高山 大三國志

3 다섯 관문 깨뜨리고

고산고정일

고산 대삼국지 3 다섯 관문 깨뜨리고

천하정세

허도(許都)는 낙양의 동남쪽 약 400리쯤 되는 곳에 있었다.

이 무렵 허도는 조조의 본거지일 뿐 아니라 중국의 도읍이라 할 수 있었다. 천자가 그곳에 있었기 때문이다.

헌제는 조조를 대장군에 임명했다.

대장군 조조는 큰 뜻을 이룩하자면 무엇보다도 인재가 필요하다고 생각했다. 같은 시대의 영웅들 가운데 조조만큼 인재를 모으는 데 열심인 사람도 없었으리라. 그는 인간을 재능으로 평가했다. 인간적으로 결함이 있더라도 재능만 있으면 높이 샀다.

조조는 입버릇처럼 이런 말을 했다.

"비록 형수와 간통한 인간이라도, 뇌물을 받아먹은 전과가 있는 인간이라도 재능만 있으면 등용한다."

북해태수인 공융(孔融)은 공자의 자손이지만 일종의 기인(奇人)으로 다루기 힘든 인물이었다. 그런데 원소의 아들 원담(袁譚)의 공격을 받아 패하자 조조를 의지하여 허도로 도망쳐 왔다.

조조는 공융의 재주를 사랑하여 그에게 장작대장(將作大匠)이란 관직을 주었다. 구경(九卿)에는 끼지 못하는 직위였지만, 지금의 건설부 장관에 해당하는 만큼 고관이었다.

이윽고 조조는 일단 임명된 대장군의 지위를 사퇴했다.

한편 헌제는 천하 영웅들의 협력을 얻기 위해 관직 하나나 열후를 봉하는 데 열심이었다. 원소에게도 태위(太尉) 관직을 내렸으나, 원소는 거부했다. 태위는 3공의 하나이다. 승상인 사도(司徒), 부승상인 사공(司空)과 더불어 국방의 최고 책임자였다.

원소가 태위를 거부한 이유는 간단했다.

"조조가 대장군이고 내가 태위라니 무슨 소리야? 나는 놈을 몇 번씩이나 도와준 일이 있다. 이젠 천자를 등에 업고 나에게 명령할 속셈인가!"

반동탁 연합군에서는 원소가 맹주였다. 조조를 동군태수로 앉힌 것도 원소이고 여포가 날뛰었을 때 조조를 도운 것도 원소였다.

한나라 제도에서는 애당초 대장군이 3공 아래 있었다. 따라서 3공인 태위가 대장군보다 위인 셈이다. 그런데 외척으로 권세를 휘둘렀던 양기가 대장군이 되고 난 후로 위아래 관계가 역전되었다.

"그렇다면 대장군 벼슬은 원소에게 주자."

조조는 말하고 대장군을 사임하여 원소에게 양보하고 자기는 사공에 취임했다. 사공은 부승상으로 전한 시대엔 어사대부(御史大夫)라고 일컬어졌던 벼슬이다. 승상이 되려면 반드시 이 관직을 거쳐야 한다는 불문율이 있었다.

어쨌든 조조는 허명(虛名)보다 실질을 중요하게 보았다. 지위의 상하 따위에는 별로 얽매이지 않았다.

소용이 찾아간 강동에서는 소패왕 손책이 스스로 회계태수가 되어 한창 세력을 떨치고 있었다. 손책은 말했다.

"나도 이제 겨우 돌아가신 아버지와 같은 지위에 올랐다. 그러니 이제부터다!"

그 말에는 대단한 자부심이 들어 있었다. 그의 아버지 손견은 장사태수로 있다가 동탁 토벌 때 출정했었다. 장사와 회계는 거의 동격(同格)의 군이었다.

염원인 자립을 달성할 때가 찾아왔다. 손책은 그 실마리를 찾았고 원술은 계기를 만들어 주었다.

원술은 제위(帝位)를 엿보고 있었다. 이제까지도 말이나 행동에 그 의도가 가끔 묻어나곤 했었다. 하지만 워낙 엄청난 일이라 쉽게 제호(帝號)를 내걸지는 못했다.

그로서도 계기를 기다릴 필요가 있었고 아무래도 그 계기가 이제 찾아온 것 같았다.

애당초 원술이 황제가 되리라 마음먹기 시작한 것은, 고대로부터 전해져 내려왔다고 하는 예언서 속에 '대한자당도고야(代漢者當塗高也)'라는 구절이 있음을 알고부터였다.

이는 '한나라를 대신하는 자는 길에 있어 높다'라고 해석된다. 도(塗)는 즉 도로이다. 원술의 자는 공로(公路)였다. 더욱이 그의 이름 술(術)을 자세히 볼 때, 가운데의 것을 빼버리면 행(行)이 된다. 이것 또한 도로와 깊은 관계가 있다.

"한을 대신하여 다음 왕조를 세우게 되는 건 나일지도 모른다."

원술은 다시 가문에 전해 내려오는 고문서를 조사했고, 원씨의 시조가 진(陳)나라 대부(大夫)인 원도도(轅濤涂)임을 알았다.

수레 거(車)변이 떨어져 원(袁)이 되었지만, 보라. 이 시조의 이름에도 도(涂)자가 있지 않은가! 더욱이 원도도는 성군인 순(舜)의 후예라는 설마저 있다. 순은 토덕(土德)으로 천하를 얻었고, 그 색깔은 노랑이었다.

한은 화덕(火德)에 의해 천하를 얻었고, 오행설로는 불 다음이 흙이다. 다음 왕조는 황색이 상징인 토덕의 인간에 의해 세워진다.

그러므로 21년 전 태평도 사람들이 반란을 일으켰을 때 '누런 하늘이 마땅히 서리라.' 하는 구호와 누런 헝겊을 표지로 삼았던 것이다.

원술은 예언서나 오행설로 이미 흥분되어 있었다. 그러던 차에 옥새가 손에 들어왔던 것이다. 원술은 예언서를 뒷받침하는 결정적인 물증을 얻었다는 생각에 미친 듯이 기뻐했다.

"틀림없다! 이제 내가 아니라고 할 사람은 없으리라."

원술은 스스로에게 몇 번씩 말하곤 했다. 그리고 자신(自信)을 가져야 한다고 다짐을 했다. 자신을 갖게 되면 그것이 말이 되어 나온다.

원술이 정식으로 천자라고 자칭한 것은 건안 2년(197) 봄이었지만, 그 이전에 그에게 참칭(僭稱)의 뜻이 있다는 것은 이미 천하에 널리 알려져 있었다.

이것은 자연스럽게 누설된 것은 아니다. 원술 쪽에서 의식적으로 정보를 흘리고, 그 반응을 살폈다. 미리 알림으로써 자신이 추후 제위에 올랐을 때 충격과 반발을 줄여보겠다는 계산도 있었다.

남쪽부터 큰 반응이 있었다. 손책이 원술 앞으로 편지를 보내왔던 것이다.

　터무니없는 소문이기를 바라지만, 이제까지의 정보로서는 한낱 풍문만이라고만 단정할 수가 없소. 5대에 걸쳐 한실의 삼공으로서 국가의 주석(柱石)이었던 원씨 가문에서 이같은 불충의 신이 나왔다는 것은 커다란 놀라움이 아닐 수 없소.

편지는 이런 투로 시작되었다.

　은(殷)나라가 하(夏)나라 걸왕(桀王)을 친 것은 하왕조에 중벌을 받을 죄업이 쌓여 있었기 때문이오. 지금 우리 한나라 천자는 비록 나이는 어리시지만 총명하고 영특하신 분이라고 듣고 있소. 벌받을 작은 죄도 없건만 이것을 폐하고 스스로 천자가 되겠다니 무슨 말이오!

악명으로 천하에 이름이 높았던 동탁마저도 선제(先帝)를 폐하기는 했지만 금상 폐하를 세우셨소. 즉 스스로는 등극하지 않았잖소! 귀공이 그와 같은 인간인 줄은 미처 몰랐소. 이제까지 친교 관계를 맺어왔다는 것은 나의 불명(不明)이었다고 하지 않을 수 없소. 이제 귀공의 추악한 본심을 안 이상 친교를 끊지 않으면 조상의 신령께 뵐 면목이 없소. 우리 손씨 가문은 원씨와 같은 명문은 아닐지 모르지만 난신 역적과 가까이 하는 일은 조법(祖法)에 의해 금지되고 있소…….

명백한 절교장이었다.

편지를 읽고서 원술은 눈썹이 곤두서긴 했지만 싸늘하게 코웃음을 쳤다.

'바보 녀석 같으니! 내가 천명을 받은 인간이라는 것을 깨닫지 못하다니. 원씨 황조가 성립된 뒤 아무리 뉘우쳐도 그때는 이미 늦다. 아냐, 천명을 모르는 무리들은 그전에 거꾸러져 버릴 게 틀림없어.'

원술 자신은 요지부동이었다.

절교장을 보낸 손책도 기고만장이었다. 같은 나이 또래의 주유를 상대로 천하를 논하고 병법을 논하며 연방 술잔을 기울이고 있었다.

"회계는 천하의 요충지라고 들었지만 우리 공격에 허무하게 무너졌다. 우리 강동 건아의 앞을 가로막을 수 있는 적이란 없다. 역적 원술을 무찔러 버리고 중원으로 나가 조조와 패권을 다툴 날도 머지않으리라."

아직 젊은 만큼 목소리도 컸고 그야말로 무서운 것이 없었다.

이들의 큰소리는 옆방에 고스란히 들렸다. 옆방에는 여자들이 있었다. 손책의 어머니 오씨는 크게 한숨을 쉬었다. 오씨 앞에는 소용이 단정히 앉아 있었다.

"소용님, 아들이 저렇듯 큰소리를 치고 있는데 걱정이 됩니다. 이제까지는 전쟁에서 큰 실수없이 이겨 다행이지만, 매번 이긴다고만 할 수 없는 것이 전쟁이지 않아요?"

"그러나 젊었을 때에는 패기도 중요합니다. 너무 걱정하지 않아도 될 것입니다."

소용은 말하며 미소를 지었다.

일찍이 동탁이 죽고난 뒤 이각·곽사·장제의 세 장수가 장안에서 날뛰던 시절이 있었다.

헌제가 장안에서 낙양으로 탈출할 때 이각 등은 어가의 뒤를 추격했다. 그러나 백파곡 계열의 장군과 남흉노군에게 격퇴되어 그들은 다시 장안에 돌아와 있었다.

그 뒤 장제(張濟)는 유표(劉表)의 세력권인 형주로 내려와 양성(陽城)을 공격했다. 이때 장제는 적 화살을 맞아 전사했다. 그리하여 장제의 조카 장수(張繡)가 그의 군단을 물려받았다.

건안 2년(197) 정월 조조는 43살이라는 한창 나이였다.

조조는 장수를 토벌하러 가다가 첩보를 들었다.

"수춘에서 원술이 마침내 황제를 참칭하고 즉위식을 올렸다고 합니다."

조조는 이 정보에 별로 놀라거나 하지 않았다. 다만 싸늘하게 웃으며 혼자 중얼거렸을 뿐이다.

"후후후…… 원술 쪽의 장수들이 그를 배반했다는 소식이 잇따라 들어오겠지. 우선 맨먼저……강동의 손책일 거야. 원술도 분수를 모르는 멍텅구리야."

그 뒤 조조는 장제의 미망인 추씨에게 홀딱 빠져 앞에서 보았던 대로 대패하였다.

그러나 승리를 거둔 장수도 걱정이 태산 같았다. 조조의 보복이 두렵기만 했던 것이다.

장수는 혼자 곰곰이 생각했다.

"좋아, 유표에게 붙도록 하자!"

마침내 장수는 하나의 결론을 얻고 크게 한숨을 내쉬었다.

본디 형주목 유표는 한 황실의 후예로 장신의 미장부요, 사교의 명인으로 이름이 높았다. 그 동안 유표는 북쪽의 원소와 손잡고, 원소와는 견원지간이었던 원술을 견제하고 있었다.

그러는 사이 조조의 세력이 강해졌다. 유표와 원소의 동맹은 아직 살아 있었지만, 동맹의 가상적(假想敵)은 원술보다도 오히려 조조로 바뀌어 있었다.

조조와 적이 된 장수가 유표와 손잡으려 한 것은 이런 배경 때문이었다.

그런데 한 가지 문제가 있었다. 장수의 숙부 장제가 그의 군단을 이끌고 유표의 영지인 양성을 습격하다가 전사한 것이다.

따라서 어제까지만 하여도 서로 적이었다. 그 적에게 이번에는 머리를 숙이러 간다. 기분이 꺼림칙할 뿐 아니라 대문 앞에서 쫓겨날 것만 같았다.

그러나 장수는 자신이 있었다.

첫째로 조조는 유표의 적이다. 그런 조조를 한바탕 무찔러 주었으니 유표는 기뻐할 것이고 앞서 양성 공격도 용서해 줄 것이 아닌가.

또 유표는 귀공자다운 성격, 나쁘게 말하면 허영심이 강한 만큼 지난날의 적을 용서하여 그 그릇이 크다는 것을 과시하는 경향이 있었다.

더욱이 장수는 이런 소문을 들었다.

양성을 공격한 장제가 화살에 맞아 죽자, 유표의 부하들이 축하 인사를 올렸다.

"도둑고양이 같은 장제 놈이 화살에 맞아 죽었다니 진심으로 축하드립니다."

그러자 유표는 시무룩한 표정이 되어 이렇게 말했다.

"장제는 궁지에 몰려 이 고장에 왔었다. 그렇건만 나는 마중도 하지 않았으니 이는 예의에 벗어나는 일이다. 전쟁을 한 것은 내 본뜻이 아니었다."

그리고 유표는 이렇게 덧붙였다.

"그러므로 조문은 받겠지만 축하는 받지 않겠다."

이것은 자못 유표다운 허영심이었다. 그는 무슨 일에나 체면을 앞세웠다.

그러므로 장수는 유표를 찾아가 이렇게 말하면 되리라.

"숙부의 전사에 대해 조문만 받고 축하는 받지 않았다는 얘기를 듣고서 감격의 눈물을 흘렸습니다. 아무쪼록 휘하의 군세로 있게 해 주십시오."

그러면 유표는 틀림없이 받아줄 것이라고 생각했다.

장수에게 대패한 후 허도로 돌아가는 조조의 마음은 무거웠다.

조조는 돌아가는 도중 참모들과 이번의 패전에 대해 진지하게 토론했다. 철저한 합리주의자인 조조는 승패를 불문하고 그 이유가 파악되지 않을 때에는 기분이 언짢았다. 이기고서도 그 이유를 모를 때에는 연방 고개를 갸웃했다.

그러나 육수의 전투에는 장수가 항복을 제의했을 때 바로 볼모를 잡아두지 않았다는 뚜렷한 실책이 있었고, 그것이 패배의 원인이라는 결론이 내려졌다.

조조는 장남인 조앙을 전사케 했다고 정실 부인 정씨가 미친 듯이

성낼 것이라는 생각 때문에 마음이 무거웠다. 그렇지 않아도 성미가 괄괄한 정씨였다. 더구나 조앙은 정씨의 친자식이 아니었음에도 그 사랑은 오히려 더 깊었다. 골육간이 아닌 사이의 애정은 더욱 순수할지도 모른다. 적어도 정씨는 누구한테도 거리낌없이 조앙에의 사랑을 표현할 수 있었다.

조조가 예상했던 대로 정씨의 분노와 비탄은 예사롭지 않았다.

정씨는 며칠이고 조조와 말도 하려 하지 않았다. 아침부터 밤까지 울기만 했다.

"거참, 웬만큼 해두지 못할까!"

조조는 마침내 소리를 질렀다. 그러자 정씨는 겨우 입을 열었다.

"당신은 어떻게 된 사람이죠? 자식을 죽이고도 눈물 한 방울 흘리시지 않다니! 그래도 사람이라 할 수 있어요? 저는 그런 사람과는 말도 하고 싶지 않습니다!"

악을 쓰듯이 쏘아대는 말이었다. 어지간한 조조도 어쩔 도리가 없었다. 마침 이 무렵 허도에 와 있던 소용에게 의논했다.

"나에게는 이제부터가 중요한 고비요. 그런 때 가정의 분란으로 마음을 어지럽히고 싶지 않소. 무슨 좋은 수가 없겠소?"

소용은 잔잔한 미소를 머금고서 대답했다.

"얼마 동안은 참으셔야 합니다."

"아니오, 아내와 함께 있어선 안 되겠소. 당분간 친정에 돌려 보낼까 하오."

"그것은 깊이 생각하실 문제입니다."

"하지만 아내가 있고서는 천하의 일에 전념할 수가 없소. 일단락되기까지 헤어져 있는 게 좋겠지. 뭐, 여자의 감정이란 세월이 지나면 눈녹듯이 없어지는 거 아니오?"

"부인의 노여움은 그리 간단히 사라질 것 같지 않습니다. 장군이 매일 조금씩 부인의 노여움을 달래야 비로소 풀릴 거라고 생각됩니다."

"무슨 소리요, 매일 아내의 비위를 맞추라는 거요? 그럴 수는 없
소. 천하 일로 지칠 대로 지친 몸에 다시 마누라의 비위를 맞추라
고 한다면 내 몸이 견뎌나지 못하오."

조조는 소용의 충고를 듣지 않고 정씨를 친정으로 보냈다. 사실
조조에게는 하나의 고비였다.

원소는 헌제에게서 정식으로 대장군의 관위를 받았다. 조조가 황
제를 자기 영내인 허도에 맞이했다곤 하나 그 세력 범위는 연주와
예주의 두 주에 지나지 않았다.

조조에게 원소는 언젠가 대결하지 않으면 안될 적이었다.

원소는 요즘 공손찬과 사이가 좋지 않았다. 공손찬은 유주자사 자
리를 유우(劉虞)로부터 앗았지만, 그 유주가 원소에게 야금야금 먹
히고 있다. 원소는 죽임을 당한 유우의 아들과 부하들을 충동해 공
손찬을 괴롭히고 있다. 머지않아 큰 충돌이 일어나게 되리라.

어느날 순욱이 물었다.

"장군은 무엇을 가장 두려워하고 계십니까?"

"원소가 관중과 손잡아 서쪽의 강(羌)이나 호(胡), 그리고 남쪽
의 촉 따위를 한편에 끌어들이는 일이다. 그렇게 되면 천하의 반
이상은 원소의 것이 된다. 그렇게 되면 연주와 예주, 두 곳만으로
는 맞서 싸울 수가 없네. 무슨 계책이라도 있는가?"

조조는 반대로 물었다.

"관중은 지금 분열되어 있습니다. 동탁의 옛 부하를 포함해서 모
두 도토리 키재기에 지나지 않습니다. 그 가운데 조금 두드러진
존재라면 한수, 마등의 두 사람이겠지요. 이 둘에게 칙사를 파견
하여 아들을 등용시켜 준다고 하면 장군을 배반하지 않을 것입니
다."

"좋아!"

곧 칙사가 보내졌다.

한수와 마등은 아들의 출세를 기뻐하며 조조에게 감사했다.

그들의 아들들은 허도로 나와 천자의 측근이 되었다.

조조가 볼 때 그들은 인질이었다. 서쪽 실력자 아들을 인질로 삼고 있어 이미 서쪽은 근심할 필요가 없었다. 그렇다면 남쪽은 어떤가?

두 번째 꾀

남쪽에선 원술이 제위를 참칭하고 있다.

조조는 그런 원술이 서주의 여포와 동맹을 맺는 것을 특히 경계했다. 그런데 때마침, 조조가 허도로 돌아와 보니 여포가 보낸 진등(陳登)이 기다리고 있었다.

진등은 큰칼을 씌운 죄수 하나를 데리고 와 있었다. 그것은 원술의 부하 한윤(韓胤)이었다.

진등은 조조를 보자, 원술이 황제 자리에 오르고 그 아들을 태자로 세웠다는 내용을 전했다.

그것을 들은 조조는 내뱉었다.

"원술이 전국옥새를 얻었다더니, 결국은 분수에 넘치는 생각을 품게 되었군."

진등은 그것이 단순한 풍문이 아닌 증거로 이 한윤이 사자로 서주에 와서 한 말을 조조 앞에서 그대로 다시 하도록 했다.

"마침내 황제의 위에 오르고 아들을 태자로 세우기로 결정했으므로, 앞서 보류하였던 따님과의 혼담을 다시 고려하시기 바랍니다.

따님이 태자비가 되는 것을 설마 마다고는 하지 않으시겠지요."

조조는 시종들을 시켜 한윤을 저자 거리로 끌고 가 목을 베게 했다.

그런 다음 조조는 새로 자리를 베풀어 진등을 접대했다. 술잔이 몇 차례 돌고 났을 때 조조는 갑자기 태도를 바꾸어 진등을 날카롭게 쏘아보며 속을 떠보았다.

"그대는 아버지와 함께 서주목 도겸을 섬겨 왔다. 도겸이 병들어 다시 일어나지 못할 것을 알자 유비에게 서주를 맡겼고, 그대 부자는 미축과 함께 그의 부하가 되었다. 그런데 서주성이 또 여포에게 넘어가자 태연히 여포를 섬기고 있다. 내가 보기에 그대는 의리에 밝은 사람인데 어째서 늑대 같은 야심을 지닌 여포 앞에 고개를 숙이고 무릎을 꿇고 있는지 그것이 알고 싶구나."

진등은 그런 비난에 미소로써 대답했다.

"말씀드리겠습니다. 우리 부자는 유현덕으로부터 서주성을 지키라는 부탁을 받은 사람들입니다. 무력에 대항할 수 없어 여포의 입성을 허락하고 그 점령을 묵인했지만, 결코 몸을 바쳐 신하가 될 것을 맹세한 것은 아닙니다. 언젠가 때가 오면 여포를 서주성에서 내쫓고 유현덕을 다시 돌아오게 할 생각입니다."

"잘 알겠다. 그대 부자가 그런 생각으로 서주에서 여포의 동정을 지켜보고 있다는 것은 마음 든든한 일이다. 내가 여포 토벌군을 일으키면 내통해 줄 수 있을까?"

"기꺼이 응하겠습니다."

진등은 쾌히 약속했다.

조조는 진규에게 2천 섬의 녹을 주고, 진등에게는 광릉태수를 약속했다.

여포는 돌아온 진등으로부터 부자가 포상받은 것을 듣고 금방 얼굴빛이 변했다.

"이해가 안 가는군! 진규는 녹을 받고, 그대는 태수의 지위를 얻었으면서 서주의 주인인 이 여포에게 내리는 상은 듣지도 않고 돌아왔단 말인가! 나는 서주의 정식 자사가 될 것을 바라고 있었기 때문에 일부러 말 잘하는 그대를 허도로 보낸 것이다. 그런데 어째서 나를 위해 서주자사를 청하지 않고, 그대 부자만이 벼슬과 녹을 받아가지고 왔단 말인가?"

여포의 호통에 진등은 조금도 두려워하는 기색 없이 말했다.

"장군께선 일에 너무 어두우십니다."

"뭐라고? 무엄한 말은 용서치 않겠다!"

여포는 격노하여 허리에 찬 칼에 손을 댔다.

"이야기를 들어 주십시오. 저는 조 승상을 만났을 때 일부러 장군의 험담을 했습니다. 여 장군은 당대의 맹호로서, 이 맹호를 기르는 데는 넘칠 정도의 고기를 주지 않으면 안 되며, 항상 배부르게 해 두지 않으면 반드시 사람을 해치게 되는 것이라고 말입니다."

"으음!"

여포는 진등을 지켜보았다.

"그러자 조 승상은 웃으며 대답했습니다. 아니다, 여 온후는 범이 아니다. 나는 매를 기르고 있는 셈이다. 매는 이쪽에서 고기를 주지 않더라도 여우와 토끼가 들에 있는 동안은 즐겨 공중을 날게 된다. 그리고 실컷 잡아먹고 나면 어디엔가로 날아가 버린다라고. 그래서 저는 승상에게 여우와 토끼는 누구를 가리킵니까? 하고 물어보았습니다. 승상은 대답하기를, 회남의 원술과 강동의 손책, 기주의 원소와 형주의 유표 등이라고 했습니다. 즉 여 장군은 단순히 서주 한 나라의 주인으로 만족하는 호랑이가 아니고, 자유자재로 회남·강동·기주·형주의 하늘을 날아다니는 매라고 승상은 말한 것입니다."

이 교묘한 비유를 듣자 여포는 금방 만족스러운 듯이 싱글거렸다.

"그랬던가. 조조는 과연 나라는 인간을 잘 알고 있군."

여포는 단순했다. 금방 의혹을 풀어버렸다.

회남의 태수 원술이 20만 대군을 일곱 길로 나누어 서주로 향해 진격해 온 것은 그로부터 석 달 뒤였다.

원술은 최근 10년 사이 무섭게 세력을 강화해 왔다. 회남은 땅이 넓고 곡식이 풍족하고 사람들은 사납고 날랬다. 원술이 이 회남을 가로채어 군대로 징발된 장정들 집을 후대하는 정책을 썼으며, 이 정책은 주효했다.

원술은 한나라 조정의 첫째가는 가문 출신이란 점이 백성들의 존경을 샀다. 그 때문에 정치는 비교적 수월했다고 말할 수 있다.

원술은 회남이야말로 천하의 중심지여야 한다는 것을 백성들 마음속에 끈질기게 심어 주었다. 따라서 수도는 낙양도 장안도 허도도 아닌, 이곳 황하 남쪽의 수춘에 두어야 한다는 원술의 주장을 백성들은 당연하게 받아들였다.

어느 날 부하 전원을 모아놓고 원술은 선언했다.

"옛날 한고조는 사상(泗上)의 한 정장(亭長)에 지나지 않는 신분으로 석 자 칼을 들고 몸을 일으켜 마침내 천하를 통일했다. 그리고 해를 거듭한 지 이미 400년에 이르렀다. 이제 한나라의 운수는 다하려 하고 있어 여러 장군과 열후들이 일어나 천하는 가마솥 끓듯 어지럽게 되었다. 우리 집안은 4대에 걸쳐 삼공(三公)을 지낸 명문으로, 백성들은 기꺼이 복종하고 있으며 무력은 모든 제후들을 능가한다. 이때를 맞아 나는, 하늘의 뜻을 받들고 사람의 마음에 따라 천하를 통일하기 위해 천자의 위(位)에 오를 것을 결심했노라."

이를 듣고 주부 벼슬에 있는 염상(閻象)이 나와 간했다.

"그건 안 됩니다."

옛날 후직(后稷)은 덕을 쌓고 공을 거듭하여 천자를 누르는 위세를 갖추고 있었고, 문왕(文王) 대에 이르러서는 천하를 3분하여 그 둘을 차지하기에 이르렀으나 여전히 은(殷)나라 황실을 섬겼다. 원씨 집은 명문임에는 틀림없으나 도저히 주나라 후직에는 미치지 못하며, 또 한나라 황실이 쇠했다고는 하나 아직 은나라 주왕처럼 포학하지는 않다.

염상은 거리낌없이 이런 설명을 했다.

이를 듣자 원술은 외쳤다.

"우리 원씨 집은 본디 진(陳)나라에서 나왔다. 진나라는 곧 순(舜) 임금의 후예다. 지금 한나라의 불〔火〕 운수를 이어 순 임금의 흙〔土〕 운수가 대신하는 것은 바로 그 때문이다. 또 내 자를 공로(公路)라고 한 것은 한나라를 대신해서 바른 길을 행한다는 뜻에서이다. 그리고 지금 내게는 전국옥새가 있다. 하늘은 내게 황제의 위를 밟으라고 명했다. 내 결심은 굳건하다. 내뜻에 거역하는 자는 목을 베겠다!"

그 거만한 위압에 눌려 염상 이외에 어느 부하도 더 이상 간하지 않았다.

마침내 원술은 길일을 택해 스스로 제위에 오르는 식을 가졌다.

원술은 호를 중씨(仲氏)라 하고, 대(臺)니 성(省)이니 하는 벼슬을 새로 두었다. 풍방(馮方)의 딸을 황후로 삼고 그 아들을 태자라 불렀다.

우쭐해 있던 원술은, 한윤이 여포에게 잡혀 조조에게 끌려가 목이 달아났다는 보고를 받자 불길처럼 분노했다.

"여포란 놈 용서할 수 없다!"

원술은 조조를 무찔러 없애기 전에 먼저 여포의 목을 베기 위해 20만 대군을 일으켰다.

사돈 맺으려다 원수 되니
　혼인하자더니 군사를 불러왔구나

　한여름의 오후. 들에는 지글지글 타는 햇볕이 쏟아져 사람의 그림
자조차 찾아볼 수 없었다. 나무도 들도 더위에 지쳐 떨어진 듯 사방
이 고요 속에 잠겨 있다.
　진가(陳家)의 집 안마당으로 활짝 열려 있는 남창(南窓)에 기대
앉은 주인도 꾸벅꾸벅 졸고 있다. 부는 듯 마는 듯한 산들바람이 노
인의 흰머리를 살랑살랑 흔들며 한때의 낮잠을 포근히 감싼다.
　진규는 요즈음 한 열흘 남짓 자기의 서재에 틀어박혀 한 걸음도
밖으로 나가지 않고 한가로이 지내고 있는 중이다.
　그때 말발굽 소리가 다급하게 다가왔다. 진규는 그 소리에 가느다
랗게 눈을 떴으나 이내 다시 눈을 감았다.
　"아버지……."
　안마당을 가로질러 온 말말굽 소리가 남창 앞에서 멈추었다. 노인
은 가볍게 하품을 하고 나서 창 밖으로 눈길을 보냈다. 이번에 조조
의 추천으로 광릉태수가 된 아들 진등이 예사롭지 않은 긴장된 표정
으로 거기 서 있었다.
　"왜 그러느냐?"
　진규는 아들을 바라보았다.
　"원술이 드디어 이 서주를 치려고 20만 대군을 일으켰습니다. 급
보에 의하면 일곱 길로 나뉘어 제1로군을 이끄는 장훈(張勳)을
총수(總帥)로 하고, 제2로군은 상장(上將) 교유(橋蕤), 제3로군
은 상장 진기(陳紀), 제4로군은 부장(副將) 뇌박(雷薄), 제5로군
은 부장 진란(陳蘭)이 이끌고, 귀순한 장수 한섬(韓暹)과 양봉
(楊奉)이 각각 제6로군과 제7로군을 맡고 있다 합니다. 그리고
원술 자신은 그 뒤를 따라 3만 군사를 이끌고 진격해 오고 있다고

합니다."

"흠, 그러냐."

진규는 그런 다급한 소식을 아들한테서 듣고도 그다지 놀라는 기색이 아니었다.

"아버지, 어찌하시겠습니까? 이대로 이 집에 머물러 계실 수는 없지 않습니까?"

"그렇겠구나."

"소자가 두려워하는 것은 모사 진궁(陳宮)의 뱃속입니다. 여포는 올 테면 오너라 하고 용맹을 돋우고 있을 테지만, 진궁은 틀림없이 원술과 맞싸워 이길 가망은 없다고 생각하고, 이 싸움을 피하기 위해서 우리 부자(父子)를 사로잡아 원술에게 보내어 그 노여움을 가라앉히려 할 것입니다. 이는 불을 보듯 뻔한 일입니다. 우물쭈물하다가 우리 부자는 목을 부지하지 못하게 됩니다."

"하하하…… . 네가 그렇게 허둥대도 이미 늦었다."

"어째서 그렇습니까?"

"이제 와서 달아나려고 해도 이미 늦었다."

"소자는 아직도 늦지 않다고 생각합니다만……."

"잘 귀기울여 보아라, 등아!"

그 말을 듣자 진등은 정신이 번쩍 들었다.

대지를 힘차게 걷어차며 달려오는 한 무리의 군마 소리가 들렸다.

"아버지!"

진등은 낯빛이 확 변했다.

"침착해라. 등아! 나에게 생각하는 바가 있다."

진규는 허둥대지 않았다.

이윽고, 진규와 진등 부자는 여포 앞에 꿇어앉혀졌다.

"진 대부(陳大夫) 부자, 이걸 보시오!"

여포는 지도를 들어 보였다.

그것은 대지를 뒤덮고 물밀 듯 밀어닥치는 원술군의 진공도(進攻圖)였다. 제1로군은 서주로, 제2로군은 소패(小沛)로, 제3로군은 기도(沂都)로, 제4로군은 낭야(瑯琊)로, 제5로군은 갈석(碣石)으로, 제6로군은 하비(下邳)로, 제7로군은 준산(浚山)으로, 바싹바싹 다가오고 있다.

　"이 엄청난 일을 그대들 부자는 어찌 보는가? 이런 화를 불러들인 것은 진 대부 부자, 바로 그대들이다. 내 딸을 달라고, 원술이 사자로 보낸 한윤을 볼모로 잡아두자고 한 것은 다른 사람 아닌 진 대부 바로 그대였다. 그리고 그 볼모를 끌고 허도로 가서 조조에게 목을 베게 한 것은 진등 바로 너야. 그대들 부자는 이러한 큰 변을 부르게 되리라는 것도 생각하지 않고, 조조에게 아첨하여 작록(爵祿)을 얻을 욕심으로 경솔하게도 한윤을 죽인 것이다. 이 죄를 어찌 보상하려는가!"

　여포는 불을 내뿜을 듯 이글이글 타는 눈으로 진규 부자를 노려보았다.

　진규는 그러나 조금도 당황하지 않고 태연히 미소지으며 말했다.

　"장군께서는 이 화를 피하시기 위하여 우리 부자의 목을 베어 원술에게 바치겠다는 말씀이십니까?"

　"그 이외에 무슨 방법이 있겠는가!"

　"참으로 지당하신 생각이십니다. 그러나 천하에 둘도 없이 용맹하신 장군께서 어찌 아녀자만도 못한 나약함을 보이신단 말씀이십니까?"

　그렇게 말하고 진규는 껄껄 소리높여 웃었다.

　"뭣이!"

　여포는 얼굴이 시뻘게졌다.

　진규는 웃음을 거두고 날카롭게 여포를 쏘아보았다.

　"내가 그 도면을 보건대 7로의 군사는 말하자면 일곱 무더기의 썩은 풀과 같습니다. 어찌 그런 것을 걱정하신단 말씀이오!"

"잔소리 마라! 목숨이 아까워 요사한 궤변을 늘어놓는데 누가 속을 줄 아는가!"

여포는 벽력같이 소리질렀다. 그때 모사 진궁이 여포의 옆으로 슬쩍 다가가서 뭐라고 귀엣말로 소곤댔다. 여포는 고개를 끄덕이고 말했다.

"진 대부, 큰소리치는 것을 보니, 그대 자신에게 원술의 20만 군사를 무찌를 어떤 계략이라도 있단 말인가? 만약 있거든 말해 보라. 죽음은 내리지 않겠다."

진규는 다시 빙그레 웃고 대답했다.

"아들의 머릿속에 난을 벗어날 계책이 서 있습니다."

"좋다. 진등, 말해 보라."

진등은 입을 열었다.

"원술이 이끄는 군사가 20만이 넘는다고 하니, 실로 땅을 휘덮고 오는 아지랑이와도 같은 엄청난 군세(軍勢)임에 틀림없습니다. 하오나 이들의 대부분은 어중이 떠중이가 모인 오합지졸이며, 이 가운데 원술에게 죽음으로써 충성할 것을 맹세한 군사가 겨우 1만 명이나 될지 의심스럽습니다. 이에 비해 우리 서주군은 정병(精兵)입니다. 기병책(奇兵策)을 써서 그들을 친다면 적을 물리치기가 반드시 어려운 일이라고는 할 수 없을 것입니다. 그래도 장군께서 그 일에 불안감을 느끼신다면 교묘한 계략이 한 가지 있습니다만……"

"뭐냐?"

"예, 제7로군을 이끄는 양봉은 천자를 모시고 장안을 빠져나와, 봉련(鳳輦)을 옛도읍 낙양(洛陽)으로 다시 모시는 데 큰 공이 있었음에도 불구하고 조조에게 쫓기어 하는 수 없이 원술에게 의지한 무장입니다. 듣자니 원술은 싸움에 지고 도망해 온 양봉을 가

벼이 여겨 막중(幕中)의 맨 끝자리를 주고 있다고 합니다. 양봉
만큼 세상에 이름을 떨친 무장이 어찌 그 지위에 만족하고 있겠습
니까? 은밀히 밀서를 보내어 양봉을 이쪽에 내응(內應)하게 하는
한편, 유비 현덕에게 청하여 옛 원한을 물에 흘려보내고 우리 편
이 되게 하여 세 곳에서 한꺼번에 공격을 가한다면, 원술을 사로
잡는 것도 그다지 어려운 일은 아니라고 생각합니다. 어떻습니
까?"

"음!"

여포는 신음했다. 그 훌륭한 계략에 감복되었던 것이다. 그러나
여포 곁에 서 있는 진궁은 여전히 의혹의 빛을 띤 채 진등을 바라보
고 있더니 말했다.

"그렇다면 양봉을 설복하는 밀사의 소임을 그대가 맡아서 해낼
수 있겠는가?"

진등은 서슴지 않고 선뜻 승낙했다.

"기꺼이 맡겠습니다."

그날로 곧 진등은 준산(浚山)을 향해 출발했다. 그리고 다른 밀
사가 예주에 있는 유비에게로 달렸다.

원술이 이끄는 7로의 군사와 여포가 이끄는 서주군이 격돌한 것
은 그로부터 이틀 뒤 새벽이었다.

소패로 공격해 온 제2로군에는 고순(高順)이 맞아 나갔다.

기도로 진격해 온 제3로군에는 진궁이 맞섰다.

낭야로 쳐들어온 제4로군에는 장료(張遼)가 맞섰다.

갈석으로 공격해 온 제5로군과는 송헌(宋憲)·위속(魏續)이 대진
(對陣)했다.

한편 하비로 진격해 온 제6로군의 대장 한섬은 양봉과 마찬가지
로 천자가 낙양으로 환도할 때 크게 활약한 옛 신하 중 한 사람이었
으나 조조에게 쫓겨난 인물이었다. 진등은 양봉을 설득시킬 때 한섬

도 또한 이편으로 끌어들여 보이겠다고 약속했었으므로, 여포는 제 6로군을 맡을 부장(部將)을 보내지 않았다.

여포 자신은 큰 길로 진격해 오는 총수 장훈과 대진하기 위해 군사를 이끌고 나갔다.

아직 채 밝지도 않은 들판에서 명마 적토마(赤兎馬)에 올라탄 여포는 의연히 가슴을 쭉 펴고 기다렸다.

맑게 갠 하늘에서 별이 하나, 둘, 사라져간다. 땅 위를 시커멓게 덮고 꼼짝달싹 않는 군사들은 기침 소리 하나 내지 않고 쥐죽은 듯이 조용했다.

멀리 적의 진영으로부터 우레 소리와 같은 굉음이 일어났다. 다음 순간 무수한 불덩어리가 하늘높이 솟구쳐 올랐다. 양봉과 한섬의 군사가 자기편 진영을 향해 불을 놓았던 것이다.

그것이 신호였다.

"돌격!"

여포는 하늘을 찢을 듯한 명령을 내리면서 적토마를 채찍질하여 질풍처럼 달려나갔다.

고함 소리와 비명.

극(戟)과 창.

사람과 말.

환하게 밝아오는 서주 들판은 눈깜짝할 사이에 처절한 수라장이 되고 말았다.

여포군은 양봉과 한섬의 배반으로 진형(陣形)이 흐트러진 원술군의 한복판으로 돌입했다.

제2로로부터 제5로까지의 회남군(淮南軍)은 여포 휘하의 맹장들과 싸우고 있기 때문에 본진영의 수습할 길 없는 혼란 상태를 알면서도 구원할 여유가 없었다.

오랜만에 여포가 그 용맹을 마음껏 발휘한 격렬한 싸움이었다. 질풍이 낙엽을 휩쓰는 듯한 기세로 적군의 인마를 방천극의 희생물로 만들고 새로운 싸움터에 핏방울을 뿌리면서 원술의 진영을 향해 적토마를 휘몰아가는 모습은 마신(魔神)과도 같았다.

중군의 전위(前衛)는 기령(紀靈)이 맡고 있었는데, 여포가 돌격해 육박하자 잠시도 지탱하지 못하고 달아나 앞이 텅 비었다.

이윽고 좀 높은 언덕 기슭에 이른 여포는, 그 중턱에서 아침 햇살을 받아 빛나는 용봉일월(龍鳳日月)의 깃발, 금과은부(金瓜銀斧), 황월(黃鉞) 백모(白鉾), 황라(黃羅)의 일산(日傘)을 보았다.

"앗! 원술이 저기 있구나!"

말의 옆구리를 세게 걷어차며 달려 올라가자, 일산 밑에 황금 갑옷으로 몸차림을 단단히 하고 오만한 태도로 버티고 서 있는 사람이 눈에 띄었다.

원술이었다.

목소리가 닿는 거리에 적토마가 이르자 원술은 소리쳤다.

"주군을 배반한 종놈! 항복하지 못할까!"

"닥쳐라! 역적질한 돼지!"

단숨에 뛰어들려는 여포를 향해 대장 이풍(李豊)이 장창을 쑥 내밀었다.

여포는 귀찮다는 듯이 방천극을 휘둘렀다. 번갯불이 번쩍하고 일었다.

"악!"

이풍은 창대와 함께 오른팔을 팔꿈치에서부터 뎅겅 잘리고, 뒤로 자빠지며 공중을 맴돌아 떨어지고 말았다.

"원술! 1대 1로 대결할 용기는 없느냐!"

고함치는 여포에게 원술 휘하의 장사들이 저마다 공을 세우려고 우르르 몰려들었다.

그러나 방천극이 울부짖을 때마다 스스로 그러기를 바라는 것처

럼, 차례차례로 그들의 목이 하늘로 날고, 몸은 두 동강이 났으며, 팔다리는 핏줄기를 뿜으며 땅바닥에 떨어졌다.

여포가 적토마를 휘몰아 가는 곳마다 적군의 마필(馬匹)과 갑옷 자락은 모조리 피로 물들었다. 원술은 듣던 바보다 더 무서운 여포의 마신과도 같은 솜씨에 눈을 의심할 정도였다. 원술은 몸을 부르르 떨며 급히 말머리를 돌려 도망치지 않을 수 없었다.

죽을 힘을 다해 언덕을 넘어서 후유 한숨을 돌린 순간, 앞쪽에 날랜 군사의 무리가 홀연히 나타났다.

맨앞에서 질풍같이 달려오는 한 장수, 아침 바람에 휘날리는 긴 수염은 천하에 그 이름을 떨친 관우 운장의 것임에 틀림없었다.

"앗! 안 되겠다!"

그림자처럼 원술을 따라다니며 그의 몸을 지키던 최진사(催進使) 악취(樂就)가 소스라치게 놀라 소리쳤다.

"폐하, 저놈은 여포보다도 더 무서운 놈입니다! 아무도 당해낼 사람이 없는 호웅(豪雄)입니다! 동쪽으로 몸을 피하십시오!"

그리고 스스로를 희생시킬 결심으로 관우를 향해 곧장 돌격해 들어갔다.

악취가 몸을 내던져 관우와 싸우는 사이 원술은 가까스로 들판을 가로질러 쏜살같이 달아날 수 있었다.

원술을 사로잡는 것만은 뜻대로 되지 않았지만 여포에게 이처럼 기분좋은 승리는 처음이었다. 여포는 으뜸가는 전공을 세운 양봉과 한섬을 서주성 안으로 불러들여 성대한 축하 잔치를 베풀었다. 다만 여포로서 좀 아쉬웠던 것은 유비가 옛 원한을 버리고 보내준 관운장이 원술이 도망치는 것을 확인하고는, 그대로 말머리를 돌려 뒤도 돌아보지 않고 예주로 철수해 버린 일이었다.

"관우란 놈! 한마디 축하 인사도 하지 않고 가버리다니!"

여포는 발끈했다. 그러나 그것도 순간적인 일, 승리의 도취감이 거대한 몸을 누비고 돌아 자신마저 잃어버릴 정도였다.

양봉을 낭야 목(牧)으로, 한섬을 기도 목으로 임명한 여포는 여러 장수들을 향하여 이 두 사람을 서주성에 머물게 하며 수족으로 삼을 것인가 아닌가를 물었다.

그러자 진규가 진언했다.

"한과 양 두 장수가 산동에 가서 웅거(雄據)한다면, 1년이 채 되기 전에 산동의 성곽은 저절로 장군에게 귀속될 것입니다."

"옳은 말이다."

여포는 고개를 끄덕이고 두 사람을 낭야와 기도로 부임하게 했다.

그날 밤 진등이 아버지에게 은밀히 물었다.

"양봉과 한섬을 서주에 붙잡아 두었다가 여포를 칠 때 계책의 근거로 삼는 것이 좋으리라고 생각합니다."

"아니지."

진규는 고개를 저었다.

"그 두 사람을 곁에 가까이 두면 호랑이에게 발톱과 송곳니를 곁들이는 것이나 다름없는 일이다. 될 수 있는 대로 먼 곳에 떼어 놓는 것이 좋으니라."

진규 부자는 여포를 무찌를 계획을 아무도 모르게 은밀히 짜고 있었다.

여포가 원술군을 패주시킨 것은 5월부터 6월에 걸쳐서였다.

조조는 9월에 군사를 이끌고 동쪽의 원술을 치기로 했다.

이보다 앞서 원술은 여포에게 패하여 회남으로 도망쳐오자 곧 강동으로 사자를 보내어, 손책에게 정예병(精銳兵) 1만 명을 원조해 달라고 요청했다. 손책에게 양육해 준 은혜를 갚으라는 것이었다. 그런데 손책은 원조는커녕 반대로 이런 답서를 보내왔다.

황제의 칭호를 참칭하여 한나라 황실을 배반한 죄는 결코 가볍지 않소. 반역을 한 역적을 도울 뜻은 더군다나 없소. 공과 같은 대역무도한 자에게 옥새(玉璽)를 맡겨둔 것은, 한나라 황실의 역대 제왕의 영혼을 대할 면목이 없는 일이므로 곧 돌려받아야겠소.

"아직 젖비린내도 가시지 않은 어린 놈이! 무슨 개소리를!"
원술은 불같은 분노가 폭발하여 강동을 칠 준비를 서둘렀다.
손책은 이것을 좋은 기회로 생각하고, 원술을 토벌하기 위해 조조의 원조를 청하였다.
"옳지, 더없이 좋은 기회다!"
조조는 손뼉을 치며 깔깔 웃었다.
조조는 여포와 유비에게 전군을 동원하여 가짜 천자를 토벌하는 장거(壯擧)에 참여하라고 명하고, 손책에게는 회계(會稽) 태수의 인수(印綬)를 주며 강구로부터 공격해 들어오라고 통보했다. 그리고 자신은 마보병(馬步兵) 7만을 이끌고 허도를 떠났다.
이 행군에 이어진 식량과 무기 운반 수레는 1천여 대나 되는 큰 규모였다. 예주와 장주(章州)의 경계에 이르자, 이미 유비가 마중 나와 있었다.
"승상께 바치고 싶은 물건이 있습니다."
유비는 시신(侍臣)에게 붉은 칠을 한 쇠상자 두 개를 그 앞에 내놓게 했다. 뚜껑을 여니 안에는 두 개의 머리가 들어 있다.
조조가 이맛살을 찌푸리며 누구의 머리인가 묻자, 유비는 조용한 목소리로 대답했다.
"양봉과 한섬의 머리입니다."
"어찌된 일이오?"
조조는 깜짝 놀라서 유비를 바라보았다.
유비는 조조에게 설명했다.
"이 두 사람은 낭야와 기도 두 곳으로 가자마자 자신의 군사력을 강화하기 위해 그곳에 사는 모든 농부들을 군사로 소집하고 그들이 저장해 놓은 양식을 빼앗아 원한에 찬 백성들의 목소리가 들판을 가득 메웠습니다. 두 곳의 백성들이 저에게 몰래 와서 애소(哀訴)했으므로 그러한 사실을 확인한 다음 주연을 마련하고 두 사람을 청하여 관우와 장비에게 그 목을 치게 한 것입니다."

"오, 그랬던가? 양봉은 황제를 받들어 모시고 낙양으로 환도케 하는 데 온갖 힘을 다한 공로자였지만, 자신의 기량(器量)이 적음을 잊고 크나큰 야망을 품은 나머지 화를 부르고 말았소. 사람은 스스로의 기량을 알아야 할 것이오."

이렇게 말하고 조조는 웃었다.

"그대도 그 지위를 잘 알아서 엉뚱한 야심을 품지 않는 것이 좋을 것이오!"

그것은 은근히 유비에게 하는 말이었다.

유비는 양봉과 한섬을 친 이유를 여포에게 납득시키기 위해 조조에게 두 사람의 목을 바친 것이다.

조조는 이를 받아들였다. 이윽고 서주 경계에 이르러 마중나온 여포를 만나자

"그대를 좌장군으로 봉하여 환도하는 즉시로 인수를 내리도록 하리다."

우선 환심을 산 다음 유비가 양봉과 한섬을 목 벤 까닭을 설명하고, 결코 유비를 원망하지 말라고 덧붙였다.

'이놈, 유비가!'

여포는 속으로는 분노가 끓었으나 겉으로는 전혀 아무렇지도 않은 체했다.

하후돈·우금을 선봉으로 하는 조조군과, 대장 교유(橋蕤)를 선봉으로 하는 5만의 원술군은 수춘의 경계가 되는 평원에서 맞붙었다.

군사들의 사기도, 무기도 비교가 되지 않았다. 대장 교유가 하후

돈과 채 3합도 싸워보지 못하고 찔리어 죽자, 회남군은 엉망으로 대열이 흩어져 성 안으로 도망쳐 들어갔다. 그러고는 부장들이 아무리 호통을 치며 불호령을 내려도 다시는 나가 싸우려 하지 않았다.

"어쩌면 좋단 말인가?"

원술은 파랗게 질렸다.

강변 서쪽으로부터는 손책이 군선(軍船)을 동원하여 공격해 들어온다. 동쪽 벌판으로부터 여포가 습격해 왔으며, 남쪽 평원에서는 유비가 관우와 장비라는 용호(龍虎) 맹장을 거느리고 진격해 오고 있다. 총수인 조조는 17만의 군사를 북면에 포진시켰다.

도저히 승산이 없는 싸움이었다.

부장들도 전의를 상실하고 침묵에 잠겨 있을 뿐이었다.

"문무 백관들은 도대체 아무런 지혜도 짜낼 수 없단 말인가!"

원술은 고함쳤다. 마침내 한 부장이 겁에 질린 얼굴로 말했다.

"이 위급한 때에 천자로서의 면목을 유지하려 하시는 것은 무리한 일인 줄로 생각되오니, 잠깐 다른 곳으로 피신하시는 것이 어떠하올지?"

"조조에게 이 성을 내주란 말인가?"

원술은 관자놀이에 시퍼런 핏줄을 드러내며 양쪽 뺨에 심한 경련을 일으켰다.

"아뢰옵기 황송합니다만, 이 수춘은 몇 해째 수해가 심하여 백성들은 굶주림에 지쳤사옵니다. 그런데다가 이제 또 군사를 움직이게 되오면 굶주림에 지친 백성들의 원한이 폐하께로 모일 것은 말할 것도 없는 일이옵니다. 오히려 지금은 폐하께옵서 군사를 모두 거느리시고 회수(淮水)를 건너 잠시 적의 날카로운 공격을 피하심이 옳을 줄로 생각되옵니다. 조조가 얼마나 많은 식량을 싣고 왔는지 모르겠습니다만, 이 땅에 진을 치고 있는 동안 오래지 않아 식량이 바닥날 것입니다. 그렇게 되면 아무리 정예를 자랑하는 군사라 할지라도 사기는 떨어지고 불평 불만이 생겨 조조는 물러가지 않을 수 없게 될 것이라고 생각하옵니다."

책략이라고도 할 수 없는 소극책이었다.

그러나 열 가운데 단 하나의 승산도 생각할 수 없는 지금은 이런 소극책이라도 선택할 수밖에 없었다.

원술은 이풍·악취·양강·진기 네 부장에게 군사 10만을 주어 수춘을 지키도록 하고, 자신은 권속과 문무백관을 거느리고 곳간 보물의 태반을 수백 척의 배로 실어내어 회수를 건너가 버렸다.

조조는 원술이 도망했다는 보고를 받자, 수춘은 북소리 하나로 탈취할 수 있다고 생각하고 군을 이끌고 성 앞에까지 진격해 갔다.

그런데 수비하는 이풍 등은 성문을 굳게 닫아 걸고 나오지 않았다. 조조로서도 별다른 묘책이 없어 속절없이 날짜만 보냈다. 수춘성은 궁성이라고 참칭하는 만큼 난공불락의 구조를 자랑하고 있어, 쉽게 떨어질 것 같지 않았다.

얼마나 오래 견디어낼 수 있을지? 지구전을 펴는 것은 싫지 않았으나 수해와 가뭄을 겪은 모든 고을에는 양식이 아주 조금밖에 남아 있지 않았다.

조조의 군사는 대군이다. 이 군사가 날마다 소비하는 양식은 굉장했다. 1천 량(輛)의 수레에 실어 온 양식도 이제 눈에 띄게 줄어들었다. 조조는 하는 수 없이 손책에게 부탁하여 강동에서 쌀 10만 곡(斛)을 빌리기로 했다. 그러나 그것이 도착할 때까지 군량미가 떨어지지 않을지 의문이었다.

관량관(管糧官) 임준(任峻)의 부하인 창관(倉官) 왕후(王垕)라는 자는 조조로부터

"강동으로부터 원조미(援助米)가 도착할 때까지 유지되겠는가?"

질문을 받자 당혹스럽게 대답했다.

"하루 한 끼의 식사를 줄이지 않는 한 도저히 힘들 것입니다."

조조는 잠시 생각하더니 말했다.

"좋다, 그렇다면 나에게 한 가지 계책이 있다. 쌀을 되는 말을 작은 것으로 바꾸는 것이 좋을 것이다. 그러면 위급함을 벗어날 수 있을 것이다."

"말씀에 거역하는 것 같습니다만, 말을 작은 것으로 바꾸면 군사들이 원망하게 될 것은 뻔한 일입니다. 그때는 어찌하시겠습니까?"

"그때는 그때대로 또 방책이 있느니라."

조조는 태연히 대답했다.

이튿날 쌀을 되는 말이 작은 것으로 바뀌었다. 과연 불평이 일시에 터졌다.

"승상은 어떠한 곳으로 행군하더라도 결코 굶주리게 하지는 않겠다고 확약하시지 않았던가? 승상이라는 사람이 병졸들을 속여서야 되겠는가?"

공공연하게 항의하는 군사도 나타났다.

조조는 은밀히 사람을 보내어 각 진을 엿보게 한 다음 이 비상조치를 원망하지 않는 군사가 없다는 것을 알자 곧 창관인 왕후를 불렀다.

"참으로 안 되었다만, 군사들의 불평을 무마하기 위해 네가 갖고 있는 것을 빌려야만 하겠다. 너는 그 물건을 결코 아까워해서는 안 되느니라."

"소신이 가지고 있는 것이라면?"

창관은 의아한 표정으로 조조를 돌아보았다.

"너의 목이다."

조조는 차갑게 말했다.

"예? 소신의 모, 목이라고요?"

"그렇다!"

"소, 소신에게 무, 무슨 죄가 있습니까!"

"너에게는 아무 죄도 없다. 그러나 군사들의 불평을 달래 주기 위해서는 네 멋대로 말을 바꾼 것으로 해야만 한다. 네가 죽은 뒤, 네 처자식은 이 조조가 맹세코 돌볼 것인즉 뒷일을 근심할 것은 없다."

그때 이미 창관 왕후는 좌우로부터 팔을 단단히 잡히고 있었다.

이윽고 본영의 한복판 빈터에 왕후의 머리가 높다란 장대에 찔려서 매달렸다. 그 곁에 방(榜)이 세워졌다.

'창관이 작은 말을 써서 관량(官糧)을 훔친 죄를 지었으므로 군법으로 바로잡는다.'

조조는 병법을 씀에 있어 희생이 부득이하다고 생각되면 충성된 신하에게도 죽음을 요구하는 얼음장 같은 찬 일면을 가지고 있었다.

금주(禁酒)의 맹세를 깨는 바람에 서주성을 빼앗긴 장비를 한 마디도 나무라지 않았던 유비와는 참으로 대조적인 인물이다.

보리밭

강동으로부터 10만 곡(斛)의 군량미가 도착하여 군사들의 배를 마음껏 채워준 날, 조조는 각 진영의 장령(將領)들에게 포고를 내렸다.

'사흘 안에 성을 함락시켜라. 만약 하루라도 미루어진다면 모두 목을 베리라.'

그날 초저녁 조조는 몸소 총지휘를 맡아 흙을 나르게 하고 돌을 모아 해자를 메웠다. 성벽 위에서 화살이 소나기처럼 쏟아져 내렸다. 이를 두려워하여 뒤로 물러선 비장(裨將)이 두어 사람 있었다. 조조는 칼을 뽑아 그 두 비장의 목을 베어 해자에 던져 넣고 크게 호통쳤다.

"비겁한 행동을 하는 자는 모조리 베어 버리리라!"

그리고 스스로 나아가 흙을 나르고 돌을 떨어뜨려 해자를 메우는 작업을 필사적으로 서둘렀다. 지위 고하를 막론하고 군사들은 이에 크게 힘을 내어 위세를 떨쳤다.

성벽 위에서 쏟아져 내리는 화살의 수가 차츰 줄어들자 조조는 명령했다.

"한꺼번에 기어올라라!"

3만 군사가 일제히 함성을 지르며 성벽에 매달렸다. 절반이나 되는 군사가 화살에 맞아 해자로 떨어졌다.

이어서 또 3만의 군사가 기어올랐다. 화살의 수보다도 더 많은 사람이 성난 물결처럼 수춘성을 습격한 것이다.

성벽 위로 용감하게 기어오른 조조 군사들의 함성이 한바탕 밤하늘을 뒤흔들었다. 이윽고 성문이 안쪽으로부터 열렸다. 공격군 10만이 성 안으로 물밀듯 밀고 들어갔다.

날이 훤하게 새기 시작할 무렵, 해자에도, 성벽 위에도, 그리고 성 안의 길·정원·건물 여기저기에 헤아릴 수도 없이 많은 시체가 겹겹이 포개져 있었다.

조조는 아침 햇살이 비치기 시작할 때, 성 안 한복판 네거리에서 이풍 등 성을 지키던 네 장수의 목을 베게 했다.

궁궐이며 전각 등 나라의 법을 어기고 지은 일체의 것들에 불을 질러 검은 연기가 하늘을 덮었다.

수춘성은 단 하루 만에 폐허로 돌아갔다.

"자, 회수를 건너가서 원술의 숨통을 끊어 버리리라!"

조조는 군선을 준비하라는 명령을 내리려고 했다.

이때 순욱이 말렸다.

"그것은 너무 무모한 생각입니다. 이미 보신 바와 같이 이 지방은 근년에 흉년이 계속되어 군량 장만이 아주 어렵게 되어 있습니다. 이대로 회수를 건너 추격한다면 모든 군사의 사기는 당장 땅에 떨어지고 말 것입니다. 잠시 허도로 돌아가 내년 봄보리가 여물기를 기다려 군량을 충분히 갖춘 다음 원술 토벌을 계획하시더라도 늦지 않을 것입니다."

그러나 조조는 일단 결정한 일을 뒤집는다는 것이 못마땅했다.

그런데 그때 장수가 다시금 군세를 회복하여 담양·강릉(江陵) 등 여러 군을 위압하여 반기를 들게 하고 있다는 급보가 날아들었다.

조조는 하는 수 없이 군사를 돌리지 않을 수 없었다. 그래서 손책에게 강 양쪽 기슭에 진을 쳐서 유표가 망동하지 못하도록 하라 일러두는 한편, 유비에게는 다음과 같이 권했다.

"여포도 이미 귀공과 맞설 뜻은 없을 터인즉 예주로부터 소패로 돌아가 여포와 화친을 맺고 서로 돕고 서로 침범하지 않도록 하는 것이 어떻겠소?"

현덕이 싫다고 할 리가 없었다.

다만 여포가 과연 신의를 지킬 것인지가 문제였다.

장수를 치기 위해 군을 돌린 조조는 육수 가를 지나게 되었다.

그는 문득 말을 멈추고 탄식했다.

"여기서 전위가 죽었다. 그밖에 얼마나 많은 장병들이 죽었던고. 벌써 1년 가까이 되지만 마치 어제 일처럼 생생하구나!"

조조는 하염없이 눈물을 뿌렸다. 조조에게는 부하에게 가혹하면서도 감상적인 일면이 있었다.

부하들은 쑤군거렸다.

"장군계선 아직도 전위를 애석히 여기고 계셔."

"그래, 그런데 전위의 이름만을 드셨다. 맏아드님 조앙과 조카 조안민도 여기서 죽었건만 그 이름은 입 밖에 내지도 않으셨다."

"그만큼 장병들을 사랑하는 분일세."

이렇듯 조조는 전위의 죽음을 두고두고 아깝게 여겼지만 그를 열후로 추증하지는 않았다. 전위가 육수 패전의 책임자였기 때문이다. 따라서 사사로이 그의 죽음을 슬퍼하고, 그의 아들을 발탁하기는 했지만 공적으로 관작을 추증하거나 하지는 않았던 것이다.

조조는 다시 전군을 출발시켰다.

마침 들판에선 보리 타작이 한창이었다. 10만이 넘는 큰 군세가 나타나자 연도(沿道) 부근에서 일하던 농부들은 인부로 징발될 것을 두려워하여 개미새끼 흩어지듯 사방으로 달아나 버렸다.

그 모양을 바라본 조조는 반성했다.

'나에게 비록 위세와 권력은 있을지라도 백성들이 진심으로 따르며 칭송하는 마음은 아직 얻지 못했구나.'

그래서 한때 행군을 멈추고 군사들에게 명령했다.

"멀고 가까운 마을에 사는 노인들과 각처의 벼슬아치들을 한자리에 모으라."

그리하여 즉시 1천여 명이 모였다. 그 앞에 서서 조조는 이렇게 타일렀다.

"나는 이제 천자의 명을 받들어 역적을 치고자 군사를 거느리고 왔소. 그 목적은 백성을 위해 해로움을 없애려는 데 있소. 보리가 익을 때에 하필 군사를 일으킨 것도 요즘 들어 역적의 세력이 왕성해졌기 때문이오. 그대들은 군사의 난폭한 짓이나 인부로 징발될 것을 두려워하여 달아나 숨으려고 하는데, 그러한 걱정을 할 필요가 없소. 마음을 놓도록 하오. 만약 장수나 군사들이 보리를 짓밟는 일이 있을 때는 당장 붙잡아 목을 벨 것이오. 이 조조가 이끄는 군사의 기강이 매우 엄하다는 것을 그대들은 촌민들에게 전해주기 바라오."

촌로, 관리 일동은 늠름하고 단호한 조조의 말과 모습에 한결같이 감동하여 환성을 질렀다.

흡족해진 조조는 말에 오르려고 했다.

그때, 무엇에 놀랐는지 보리밭 속으로부터 수백 마리의 비둘기가 소리도 요란하게 날아올라 조조 일행의 머리 위를 스쳐갔다.

그러자 조조의 말이 높이 울부짖으면서 앞발을 들고 꼿꼿이 서더니 눈 깜짝할 사이에 보리밭 속으로 뛰어들어 마구 짓밟았다.

방금 엄한 군기를 엄숙하게 선언했는데 자기 자신이 그 군기를 범하고 만 것이다.

조조는 순간 표정이 굳어지면서 그 자리에 우뚝 서 버렸다. 조조는 곧 행군주부(行軍主簿)를 큰 소리로 불러 말했다.

"나는 내가 내린 금령(禁令)을 스스로 깼다. 이 책임은 어김없이 져야만 한다. 생각하는 바를 기탄없이 말하라."

행군주부는 깊이 고개를 숙이고 대답했다.

"전군을 통솔하시는 승상께서 이만한 일로 죄를 따지실 것은 없는 줄로 봅니다."

"아니, 그렇지 않다. 스스로 법을 만들어놓고 스스로 이를 범하면 어찌 백성이 순종하겠는가!"

조조는 이렇게 말하고 허리에 찼던 칼을 선뜻 뽑더니 칼 끝을 자신의 목에 댔다.

"주군께선 잠깐만 기다리십시오!"

곽가(郭嘉)가 소리쳤다.

"예부터 이르기를 춘추(春秋)의 의(義)로서 법은 존귀한 몸에는 가할 수 없다고 했습니다. 대군을 통솔하시는 승상께서 여기서 스스로 몸을 해치신다면 누가 뒤를 이어받아 역적을 치리이까?"

"그런가?"

조조는 한참 동안 잠자코 생각에 잠겨 있었다.

그러더니 갑자기 자신의 머리카락을 칼로 싹뚝 잘라 땅에 내팽개쳤다.

"이 머리카락으로써 내 목을 대신하여 죄를 다스림을 보이노라! 여러 장수들은 이 머리카락을 3군의 군사들에게 전하라!"

엄숙히 말하고서 조조는 말에 올라탔다.

참으로 명쾌한 조치여서 조조 자신도 마음속으로 흡족했다.

'교묘하게 넘겼구나!'

그런 다음 불과 오 리나 갔을까?

조조는 문득 보리밭에서 흘러나오는 노랫소리를 들었다. 꽤나 먼 거리였으나 또랑또랑하고 낭랑한 목소리는 주의를 끌기에 충분했다. 더구나 그 가사에는 날카로운 칼날이 담겨 있었다.

　　10만의 군사는 10만의 마음이라
　　한 사람 호령으로 뭇사람 규제하기 어렵네
　　칼을 뽑아 머리칼 잘라 목을 대신하였으니
　　조조의 깊은 속임수, 똑바로 보았노라

조조의 두 눈이 번쩍 하고 빛났다.
"봉효, 저 노랫소리의 임자를 이리로 데려오너라!"
곽가가 30기 가량의 수하를 이끌고 보리밭으로 뛰어들려다가 소스라치게 놀랐다.
보리밭을 짓밟아서는 안 된다. 곽가는 어찌할 바를 몰라 조조를 뒤돌아보았다.
조조는 씁쓰름하게 웃었다. 보리밭 속에 몸을 감추고 있는 자는 그야말로 난공불락의 성 안에 있는 상태였다.
그러나 조조는 그냥 내버려둘 수가 없는 일이어서 소리쳤다.
"거기서 노래하는 자, 얼굴을 보여라!"
그러자 목 하나가 쑥 나타났다.
그 얼굴을 얼핏 본 순간, 조조는 마치 어떤 신기(神氣)를 느낀 듯 자신도 모르게 온몸이 긴장되었다.
조조는 이토록 빼어난 용모를 본 적이 없었다.
나이는 겨우 20살을 갓 넘었겠는데, 이미 신선 같은 모습에 표표(飄飄)한 품격을 갖추고 있었다.
조조는 놀라움을 누르며 물었다.
"그대는 누군가?"

"이름도 없는 떠돌이올시다."

"내가 목을 대신하여 머리카락을 자른 것을 속임수라고 비웃었겠다?"

"노하셨군요. 감히 승상께서 몸소 정하신 법을 어기시고 이 보리를 짓밟으며 나를 잡으실 수 있겠습니까?"

젊은이는 빙긋 웃었다.

"노하지는 않는다. 나는 그대가 보통 사람이 아니라는 데 흥미를 느꼈다. 나는 초야에 숨어 있는 모든 어진 이들에게 천하를 통합하기 위해 일해 줄 것을 청하려 한다. 나를 돕지 않겠는가?"

"사양하겠습니다."

젊은이는 낭랑한 목소리로 거절했다.

"승상인 내가 말에서 내려 절을 해도 고개를 젓겠는가."

"참으로 예가 아닌 줄 압니다. 그러나, 웅대한 계략을 갖고 있는 사람은 일시적인 방편으로 약삭빠른 기교를 부리지 않는다고 하는데, 승상께서 조금 전에 취하신 처사에는 받아들이기 어려운 바 있어, 그 부르심을 거절하는 것입니다."

"흠, 그러나 나는 사람을 섬기는 예를 알고서 사람을 부리는 자다. 웬만한 일은 용서할 줄도 알고, 후하게 상을 주는 데도 인색하지 않다. 귀담아 듣는 귀도 있다. 나는 그대를 이 세상에 흔치 않은 큰 그릇으로 보았다. 부디 나를 위해 일해 주기 바란다."

"사람이란 지체의 높고 낮음을 가릴 것 없이 그 첫 대면에서 눈을 보는 순간 뜻이 맞는지 맞지 않는지를 알게 됩니다. 똑같이 밝음을 서로 보며(同明相見), 똑같이 소리를 서로 들으며(同音相聞), 똑같이 뜻을 서로 따르는 것은(同志相從), 그 순간에 결정되는 것입니다. 참으로 죄송한 일이오나 제 마음은 변하지 않습니다."

젊은이는 냉연히 말했다.

그러나 조조는 체념하고 가버리기에는 젊은이가 너무나도 아까워 견딜 수가 없었다.

"그렇다면 굳이 이 이상 말하지 않겠다. 나는 군사를 이끌고 완성의 장수를 치러 가는 길이다. 부디 그대는 나를 따라가 그 싸우는 모습을 보아 주기 바란다. 그리하여 마음이 바뀌면 나를 도와주기 바란다."

그 말을 들은 젊은이는 잠깐 생각하더니 대답했다.

"떠도는 신세이니 동으로 가거나 서로 가거나 같습니다. 군사들의 뒤를 그냥 마음 편하게 따라가기로 하겠습니다."

"음, 그렇게 해 다오. 그런데 이름이나 알아 두었으면 싶은데."

"제갈량(諸葛亮), 자는 공명이라 합니다."

"좋다. 잊지 않고 기억해 두겠다."

조조는 말을 몰아 나갔다.

젊은이, 공명은 보리밭 속에 선 채 묵묵히 진군해 가는 대군을 배웅하면서 돌과 같이 차디찬, 그리고 조용한 표정을 띠고 있었다.

이미 이 무렵, 이 희대의 영걸의 가슴 속에는 믿을 수 있는 주군을 선택하여 군사(軍師)가 되리라는 결의가 굳게 서 있었던 모양이다.

아마도 여러 나라를 돌아다니며 나름대로 내로라하는 왕후와 태수들의 모습을 바라보았을 것이다. 원소·원술·유표·공손찬·손책·여포 등의 모습을 멀리서 바라볼 기회를 가졌으나 끝내 마음이 동하지 않아서 조조는 어떤가 하고 찾아왔던 것이리라.

그러나 세상에 흔치 않은 영웅 호걸도 믿기 어려운 간웅으로밖에는 비치지 않았던 것이다.

조조는 행군을 재촉하여 남양 완성에 다가가자, 사자를 보내어 장수에게 항복을 권했다. 그러나 장수는 성에 틀어박혀 성문을 굳게 닫고 나오지 않았다.

20만여 관군은 완성을 겹겹이 에워쌌다.

조조는 모든 군사에게 명을 내려 우선 서북쪽 건문(乾門)을 바라보는 해자를 메우게 했다. 그 다음 장작을 쌓아올리고 흙부대를 포개놓아 성벽을 기어 올라갈 태세를 갖추었다. 그리고 망루를 높이 만들어 그 위에 올라가 성 안을 내려다보며 작전을 짰다.

성 안에서는 모사 가후가 장수를 보고 말했다.

"조조의 계략을 알겠습니다."

뛰는 놈 위에 나는 놈 있다더라
속임수 쓰려니 속임수로 받아치네

장수는 조조가 총공격을 해 오면 마침내 성을 내주지 않을 수 없겠구나 하고 두려워하던 참이었다.

"조조가 어떤 계략을 꾸몄다고 보는가?"

"우선 조조는 이 성을 포위하기 무섭게 사흘에 걸쳐 몸소 말에 올라 성 둘레를 돌아보았습니다. 그리고 동남방인 손문(巽門)의 수비 상황을 특히 더 찬찬히 살펴보았습니다. 그는 이 성 네 문 가운데 손문이 가장 낡았고 적의 공격을 막기 위해 박아놓은 가시 말뚝도 군데군데 썩었으며 성벽도 수리가 끝나지 않았음을 알았을 것입니다. 이곳이 가장 공격하기 쉽다고 보았음에 틀림없습니다. 그러나 우리를 속이기 위해 일부러 서북방 건문을 총공격할 듯이 그 앞의 해자를 메우고 장작이며 흙부대를 쌓아올렸습니다. 우리가 주력을 그리로 집중하게 하려고 획책하고 있는 것입니다."

"과연……."

"조조는 아마도 오늘이나 내일 밤 안으로 건문을 향해 함성을 지르게 해놓고, 별안간 손문을 습격할 것입니다."

"그렇다면 우리의 방비책은?"

"건문 쪽에 주력을 집중시킨 것처럼 보이게 백성이나 부녀자들에게 군복을 입혀 성벽 위에 세워 놓고, 성 안의 군사는 모두 손문

쪽에 집결시켜, 적이 성벽을 기어오르면 한꺼번에 쳐서 떨어뜨려야 합니다."

"음, 훌륭한 계략이다!"

장수는 회심의 미소를 지었다.

그날 조조는 몸소 지휘하여 이른 아침부터 서북쪽 건문을 향해 수만의 군사를 동원하여 공격하기 시작했다.

큰 활을 맹렬히 쏘아 대도록 해 놓고 군사들을 1천 명씩 작은 대로 나누어 성벽에 달라붙게 하면서 파상 공격을 가했다.

성 안에서는 불화살로 응수하여 빈 해자에 쌓아올린 장작에 불을 지르고 성벽에 달라붙은 군사들 머리 위로 큰 돌을 던지고 끓는 물을 부어 떨어뜨렸다.

"잠시도 공격을 중지하지 말라. 계속 공격하라. 저녁 때까지 계속 공격!"

조조는 계속 명령을 내렸다. 어떻든 건문을 돌파하려는 각오가 단단한 것처럼 성 안쪽에 보여 주려는 위장 전술인 것이다.

한참 전투를 독려하던 조조는 어느 순간 문득 무엇엔가 끌리는 것처럼 고개를 돌려 올려다보았다.

예의 그 젊은이, 제갈량이 어느 틈에 조조 자신의 지휘소인 망루 위에 표연히 서 있었다.

조조는 급히 그리로 올라갔다.

"자리를 더럽혀서 죄송합니다."

제갈량은 자기를 낮추어서 머리숙였다.

"나의 작전을 어떻게 보는가?"

조조가 물었다.

"낮에는 건문을 공격하고 밤이 되면 손문을 총공격하실 것으로 짐작됩니다."

제갈량은 조조의 뱃속을 손바닥 들여다보듯이 알아맞혔다.

"그 말이 맞다. 내일 아침까지는 완성을 손에 넣어 보일 것이다."
그 큰소리를 듣고 제갈량은 문득 입가에 싸늘한 미소를 띠었다.
그것을 조조는 놓치지 않았다.
조조는 제갈량을 날카롭게 쏘아보았다.
"적을 잘 움직이는 자가 이것을 모양으로 나타낼 때 적도 반드시
그에 따릅니다. ……참으로 남을 속이는 술책도 운용하기에 따라
서는 훌륭한 묘(妙)를 발휘합니다. 다만……."
"다만, 무엇인가?"
"저쪽에서 그 속임수를 다 꿰뚫어보고 있다면 어떻게 되겠습니
까?"
"장수에게는 내 모계(謀計)를 꿰뚫어볼 만한 지력(智力)이 없
다!"
조조는 한 마디로 단정해 버렸다.
"비록 장수에게는 없을지라도 그에게는 모사가 있을 것입니다."
"가후란 자가 있기는 하나 그도 대수롭지 않은 인물이다."
"그러시다면 승상께서 생각하신 바는 성공하겠지요. 다만 제가
본 바로는 저 건문에서 불화살을 쏘아대며 응수하고 있는 성의 군
사들은 참으로 사기도 빈약하고 힘도 약해서, 마치 노인이나 부녀
자나 아이들만이 모인 오합지졸 같습니다."
"하하하…… 우스운 관찰도 하는군. 장수의 군사는 모두 성이 함
락되지 않을 수가 없다는 것을 깨닫고 절망 상태에 빠져 있는 것
이다."
"그렇다면 좋겠습니다만……."
제갈량은 머리를 숙인 뒤 망루를 내려가려고 했다.
"그대는 여기에 있다가 내가 싸우는 모습을 구경하지 않겠는가?"
"더 보아야 할 것도 없습니다. 떠돌이는 이쯤에서 실례하고 다른
곳으로 떠나야 할 때라고 생각합니다."

기인(奇人)

추위도 심해지고 어느덧 한 해가 저물어간다.

조조는 군사를 돌려 개창으로 향했다. 조조에게는 할 일이 있었던 것이다. 친정에 돌려보낸 정실 부인 정씨를 맞아오는 일이었다.

조조가 처가를 찾아가보니 그의 아내는 마침 길쌈을 하고 있었다. 하인이 정씨에게 조조님께서 오셨다고 알렸지만 부인은 베틀에서 바디를 움직이는 손을 멈추지 않았다.

조조는 성큼성큼 걸어 들어가 부인의 등을 어루만지며 말했다.

"뒤돌아보지도 않는구려. 함께 수레를 타고 돌아갑시다."

그러나 정씨는 돌아보기는커녕 한 마디 대답조차 하지 않았다.

덜커덩덜커덩 베틀 소리만 들릴 뿐이었다.

조조는 천천히 뒷걸음질하여 문 있는 데까지 나와서 다시 말했다.

"어떻소? 다시 한번 생각해 보시지 않겠소?"

그러나 여전히 베틀 소리밖에 들리지 않았다.

"그렇다면 정말로 헤어지겠단 말씀이오?"

조조는 홱 돌아서 큰걸음으로 정씨 집을 걸어나왔다.

허도로 돌아오자 조조는 우선 소용을 방문했다. 때마침 소용은 글을 쓰고 있다가 인기척에 뒤를 돌아보더니 생긋 웃었다.

"어떠했습니까?"

조조는 고개를 젓고 말했다.

"당신의 말대로 별거는 좋지 않은 결과를 가져왔소. 할 수 없지. 이제 깨끗이 헤어지기로 마음먹었소."

"그렇습니까?"

"고집이 센 여자이지만 나쁜 여자는 아니야. 소용님, 이제부터 여러 모로 정씨를 돌봐주기 바라오."

"알았습니다."

"또 한 가지 부탁이 있소. 변씨를 정실로 삼겠소. 이 말을 변씨에게 전해 주구려."

"변씨는 장군의 측실, 왜 직접 그 말씀을 하시지 않습니까?"

"여자는 무서워……."

조조는 한쪽 볼로 웃으면서 그대로 나가 버렸다.

건안 3년(198) 정월의 일이었다.

조조가 호색가였다는 것은 역사가 증명하고 있다.

특히 조조는 유부녀를 좋아했다. 장제의 과부 추씨뿐 아니라 그는 하진(何進)의 며느리 윤씨(尹氏)를 측실로 맞았었다. 윤씨는 바로 하안(何晏)의 어머니였다. 하안은 다시 조조의 딸 금향공주(金鄕公主)를 아내로 맞는다.

조조는 또 진의록(秦宜祿)의 아내를 측실로 삼았다. 자기뿐 아니라 뒷날 변씨가 낳은 아들 조비도 원소의 아들 원희의 아내 견씨를 아내로 삼게 된다. 당시 영웅들은 모두 유부녀를 좋아한 모양이다.

유비는 뒷날 유모(劉瑁)의 아내였던 오씨(吳氏)를 황후로 삼았고, 손권도 육상(陸尙)의 아내 서씨(徐氏)를 왕비로 맞는다.

정씨에 대해선 후일담이 있다.

정씨와의 이혼으로 변씨가 조조의 정실 부인이 되었지만, 변씨는 철마다 꼬박꼬박 정씨에게 문안을 갔다. 때로는 정씨를 초대하기도 했는데, 그럴 때엔 꼭 상석에 앉혔다.

정씨가 죽었을 때 변씨는 조조의 허락을 받아 조씨 일족의 선영 근처에 정씨를 매장했다.

조조는 만년, 열병에 걸렸을 때 느닷없이 벌떡 일어나 외쳤다.

"정씨 무덤은 어디지?"

고열로 헛소리를 한 것이다.

나중에 그 일을 전해듣자 조조는 쓴웃음을 지으며 대답했다.

"이제 곧 저세상인지 하는 곳에 가야 하는데, 만일 거기서 앙의 혼이 우리 어머니 산소가 어딥니까 물었을 때 장소도 모른다면 말도 안 되잖는가."

조조는 재능있는 이를 여인 이상으로 사랑했다. 그것은 조조 자신이 뛰어난 재능의 소유자였기 때문인지도 모른다.

예형(禰衡)이란 사나이가 있다.

예형은 재능이 있으나 오만불손하고 괴팍한 언동이 많았다.

예형은 고향인 형주에서 허도로 올라왔다. 그가 어째서 허도로 올라왔을까. 말할 것도 없이 벼슬자리를 얻기 위해서였다.

벼슬자리를 얻으려면 먼저 명사나 권력자를 찾아가 낯을 익히고 자기 선전을 하는 일부터 시작해야 한다.

예형은 명사 방문용 명함을 만들어 언제나 품안에 간직하고 있었다. 그러나 그는 조각한 명함 글자가 지워져 없어지기까지 누구 한 사람 찾아가려 하지 않았다. 자기 재능에 자신을 가지고 있는만큼 남에게 머리를 숙이는 게 싫었던 것이다.

어떤 사람이 보다못해 권했다.

"여보, 그러지 말고 진군(陳群)이나 사마랑(司馬朗)을 찾아보시구려."

둘다 조조 막하에 있는 출중한 신진 기예였다. 그러자 예형은 일소에 붙였다.

"돼지 백정이나 술장수 따위에게 머리를 숙이란 말이오?"

"그렇다면 조조, 순욱, 조융(趙融)을 찾아가는 게 어떻소? 모두들 당대의 영걸이라 생각되는데."

"흥, 조조도 별 인물은 아니야. 그리고 순욱은 써먹을 수 있는 것은 얼굴뿐, 조문객용으로 딱 알맞지. 조융으로 말하자면 겨우 손님을 초대할 때의 요리사감이라 할까."

순욱이 매우 근엄한 풍모를 가졌고 조융은 배가 불룩한 뚱뚱보였기 때문에 하는 말이었다.

사람들이 예형의 이런 독설을 듣고 좋아할 까닭이 없었다. 더욱이 예형은 겨우 20살 안팎의 새파란 애송이였다.

그러나 개중에는 예형의 재치를 높게 평가하여 두둔하는 인물도 있었다. 당대의 명사로 이름높은 공융도 그 중의 한 사람이었다.

공융이 예형을 조정에 추천해 주었다.

"예형은 품성이 고상하고 그 뛰어난 재주는 뭇사람을 앞지르고 있습니다. 학문길에 들어서자 그는 곧 학문의 오의(奧義)를 터득했습니다. 한 번 본 문장은 그 자리에서 외어 버리고 한번 들은 일은 결코 잊지 않습니다."

최대 최고의 찬사로써 예형을 추켜올렸던 것이다.

공융과 예형은 20세라는 연령 차가 있었다. 그리고 이 두 사람은 남다른 재능 소유자라는 점에서 동류였다. 연령 차가 별로 없었다면 서로 심하게 반발했을지도 모르지만, 20세나 차이가 있고 보니 안심하고 칭찬할 수 있었다.

이윽고 예형의 소문은 최고 권력자인 조조의 귀에도 들어갔다. 조조는 한번 만나보고 싶어했다. 그런데 예형은 평소 조조를 경멸한 일도 있어 부름에 응할 생각이 없었다.

"저는 때로 미치광이 발작을 일으켜서……."

심부름꾼에게 이런 이유를 붙여 거절했다. 그러고 나서도 오히려 비판적 말을 함부로 지껄였다.

조조가 기분 나빴을 것은 당연하다. 그러나 예형의 재주와 세상 평판을 겁내어 죽이지는 않았다. 그 대신 그가 장구의 명수라는 말을 듣고 고수(鼓手)로서 불러내어 많은 손님 앞에서 장구를 치게 했다.

드디어 그날, 다른 고수들은 조복(朝服)을 입었으나 예형만은 평복인 채 북을 치며 조조 앞에 나타났다.

절묘한 북 솜씨에 장내가 물을 끼얹은 듯이 조용해졌다. 그러자 담당 관원이 큰 목소리로 꾸짖었다.

"집어쳐라! 옷도 갈아 입지 않고 승상 앞에 나서다니 무엄하다!"

"그렇소?"

예형은 그 자리에서 입고 있던 옷을 죄다 벗어 던지고 천천히 준비된 조복으로 갈아 입었다. 그리고 다시 북을 치며 태연한 표정으로 조조 앞을 물러갔다.

조조는 쓴웃음을 짓고 말했다.

"놈에게 창피를 주려 했는데 오히려 내가 망신을 당했다."

나중에 공융이 예형을 불러 나무랐다.

"그런 짓을 하고도 자네가 군자인가? 조조는 자네에게 호의를 가졌기에 굳이 나무라지 않았던 걸세."

자기를 후원해 주는 인물의 충고이고 보니 예형으로서도 귀기울이지 않을 수 없었다.

"알았습니다. 선배님의 체면이 깎이지 않도록 하겠습니다"

공융은 새삼 조조를 찾아가 해명했다.

"그때는 예의 지랄병이 재발했던 것입니다. 지금은 깊이 뉘우치고 곧 사과를 드리러 오겠다 합니다."

조조는 기분이 좋아졌다.

"손님이 오거든 곧 들여보내라."

문지기에게 이르고 예형의 방문을 은근히 기다렸다.

그런데 예형은 홑옷에 초라한 두건 차림으로 손에 지팡이를 들고 대장군 영문 앞에 나타났다. 그는 털썩 땅에 주저앉더니 지팡이로 땅바닥을 두들겨가며 조조에 대한 욕설을 늘어놓기 시작했다.

문지기가 곧 보고했다.

"미치광이 하나가 영문 앞에서 불손한 말을 함부로 지껄이고 있습니다. 잡아들여 죽여 버릴까요?"

보고를 받자 조조는 드디어 분노를 터뜨렸다.

"애송이 놈! 내가 그를 죽이려면 참새나 쥐새끼보다도 쉽게 죽일 수 있다. 그런데 용서를 해주었더니 더욱더 기어오르는구나!"

조조는 곧 부하에게 명했다.

"놈을 말에 태워 당장 유표한테로 보내라!"

예형이 추방되는 날 사람들은 허도의 남문에서 그를 위한 송별 잔치를 열어 주기로 하고 다음과 같이 짰다.

"예형은 건방진 사나이다. 이제까지 우리는 그놈한테서 꽤나 아니꼬운 꼴을 당해 왔다. 그러니 하다못해 분풀이로 놈이 오거든 모두 딴청을 피우며 입을 다물고 있자구."

이윽고 예형이 이르렀다. 그러나 아무도 본체만체 일어서지를 않았다. 그러자 예형은 그 자리에 털썩 주저앉아 엉엉 소리를 내며 울었다.

"아니, 왜 그러지?"

사람들이 시치미를 떼며 묻자 예형은 대답했다.

"모두들 벙어리처럼 가만히 있는 것을 보니 나는 묘지에 온 모양이오. 산소나 송장들 사이에 있는 거요. 이런데도 슬퍼하지 않을 수 있겠소?"

예형은 조조의 지시로 형주 유표한테로 보내졌다. 그의 재주와 평판은 이미 유표 귀에도 들어가 있었다.

유표는 예형을 극진하게 맞았다. 예형 또한 평판에 어긋나지 않도록 재능을 발휘하여 유표를 기쁘게 만들었다.

'문장·언의(言議), 형이 아니면 되지 않았다.'

즉 예형의 문장이나 의견이 최고 권위라는 뜻이다.

언젠가 유표는 많은 문인을 모아 큰 상을 내걸고 천자께 올리는 상서를 짓게 했다. 뒤늦게 나타난 예형은 이미 완성돼 있는 다른 사람들의 초안을 땅바닥에 내던지고 붓을 들어 단번에 써 내려갔다. 유표가 보니 천하 명문이었다.

그런데 형주에서도 함부로 내뱉는 말과 괴팍한 행동이 다시 시작되었다. 예형이 말끝마다 유표의 결점을 꼬집으며 마구 비판했던 것이다.

처음엔 얻기 힘든 인재를 얻었다고 기뻐한 유표도 더는 참을 수 없게 되었다.

'옳지, 강하(江夏)태수 황조(黃祖)는 남달리 성급한 사나이이지. 예형을 그에게로 보내 버리자.'

이래서 예형은 다시 추방되었다.

강하태수 황조도 처음에는 정중히 맞았다. 예형도 기대에 어긋나지 않게 명문을 써냈다. 그의 문장은 강조할 데는 강조하고 생략할 것은 과감하게 생략하여, 전혀 나무랄 데가 없었다.

황조는 그의 손을 잡고 말했다.

"좋은 글일세. 이런 글이야말로 내가 쓰고 싶었네."

하지만 이곳에서도 오래 가지 못했다. 어느날 예형이 많은 손님 앞에서 황조에게 욕설을 퍼부었던 것이다.

황조는 얼굴이 벌개지며 꾸짖었다.

"말을 삼가도록 하라."

예형은 삼가기는커녕 오히려 황조를 노려보며 맞고함을 질렀다.

"닥쳐라, 닥쳐! 촌무지렁이 같으니!"

격노한 황조는 밖으로 끌고 나가 볼기를 치라고 했다. 예형은 그래도 욕설을 그치지 않았다.

"이젠 더 참지 못한다. 놈을 죽여라!"

이리하여 예형은 황조의 손에 죽었다. 겨우 36세였다.

'……어떤 희생을 치르더라도 하북(河北)의 원소를 멸하리라!'

새해를 맞으며 조조는 비상한 결의를 다졌다.

병마와 더불어 싸움터에서만 10여 년을 보낸 조조는 마침내 승상 자리까지 올랐다. 그러나 온 천하의 제후들이 모두 조조에게 승복한 것은 아니었다.

'조조 따위가 승상이 되다니, 사람 웃기는구나!'

원소는 비웃고 있을 것이 틀림없었다. 조조는 이따금 그들의 그 비웃음 소리가 묘당(廟堂) 안에 소용돌이치는 악몽을 꾸었다.

온몸이 땀에 후줄근해서 일어날 때면, 조조는 일찍이 다른 사람 앞에서 보였던 적이 없는 고독하고 추악한 표정이 되어 있곤 했다.

'원소를 토멸해야만 비로소 나는 참다운 승상이 될 수 있다.'

이런 생각은 승상의 지위에 올랐을 때부터 조조의 뱃속에 깊이 들어 있었다.

완성의 장수를 토멸하지 못하고 허도로 돌아온 조조는, 자신이 오늘날까지 병마를 움직여 온 것이 모조리 쓸데없는 일이었다고 생각되었다.

묵은 해가 가고 새해 새벽이 밝았다. 조조는 침상에 일어나 앉아 골똘한 생각에 잠겼다.

'……어제는 원술과 싸우고, 오늘은 장수와 군략(軍略)을 겨루고, 내일은 강동의 소패왕을 도와 유표와 싸운다. 모두 헛일이로다!

패도(霸道)를 걷는 자에게 헛고생은 용납되지 않는다. 나는 승상이 되었을 때, 원소를 토멸해야만 한다고 남모르게 결심했다. 그런데 그 결의를 어느 틈에 잊고 있었지. 내일부터 내가 하는 모든 일은 원소를 토멸한다는 목적에 집중되어야만 한다!'

조조는 순욱이 새해 축하 인사를 하려고 승상부로 들어오자 대뜸 그 뜻을 말했다.

순욱은 기다렸다는 듯이 깊이 고개를 끄덕여 찬동했다.

"먼저 이 허도를 편안하게 해놓고 나서 일찍이 없었던 군사력을 동원하셔야 할 것입니다."

순욱은 매우 당연한 말을 했다.

조조는 가만히 순욱을 쏘아보았다.

"승상께선 이제까지 종종 대군을 일으키시어 반적(叛賊) 토벌을 위한 원정(遠征)을 하셨습니다. 그러나 항상 성을 비운 사이를 노려 침입하는 자가 있음을 걱정하여 불안해하셨습니다. 그 때문에 적을 완전히 토멸하지 못했는데도 서둘러 군사를 돌려 돌아오지 않을 수 없었던 것입니다. 원소를 치려면 반드시 먼저 이러한 불안을 없애야 합니다. 그렇지 않으면 원소의 목을 높이 매달 수 없을 것입니다. 부디 이 불안의 근원을 없앤 다음, 일찍이 없었던 대군을 이끌고 하북으로 나아가심이 옳을 줄로 생각합니다."

"으음."

"그러려면 우선 여포부터 없애버려야만 합니다. 여포야말로 이 도읍에 가까운 서주에 있어 말하자면 뱃속에 들어 앉은 화근입니다. 원소와 결전하기 위해서는 도읍에 단 1만 명의 군사를 남길 여유도 없을 것입니다. 그리고 또 격렬한 싸움은 오래 끌게 되어, 오늘은 이기고 내일은 패하는 공방전을 되풀이될 뿐 승패가 뚜렷하지 않은 정세가 계속될 것입니다. 그렇게 되면 여포가 반드시 그 허점을 노력 허도를 침범해 올 것이 눈에 환합니다. 그것이 원소를 토멸하기 위해 우선 여포를 없애야만 하는 까닭입니다."

"알았다. 그러나 순욱, 여포를 없앤다는 것은 어쩌면 원소를 치는 것보다도 어려운 일일지도 모른다."

"유비 현덕과 여포가 싸우도록 하는 계책을 취하셔야만 할 것입니다."

"음!"

"여포가 유비를 공격하도록 모계를 쓰고 그런 다음 여포군이 지쳤을 무렵에 우리 군사가 여포를 덮치게 되면 반드시 그 목적은 이루어질 것입니다."

순욱은 자신만만한 듯 싸늘한 미소를 지으며 말했다.

웃음

노인의 높은 웃음소리가 왠지 으스스 기분 나빴다. 목소리가 쩡쩡 울리면서도 메말라 있었다.

"당신과 나는 어딘지 닮은 데가 있는 것 같구려."

진규는 이렇게 말하고 나서 또 메마른 목소리로 웃었다.

"어디가 닮았을까요?"

진궁이 물었다. 그는 아무래도 진규 부자가 수상쩍다 생각하여 속을 떠보려 찾아온 것이다. 그러나 속을 떠보기는커녕 이쪽의 속을 내보인 꼴이 되었다.

진궁은 한 수 높은 진규의 말에 이미 끌려들어가 있었다.

'무엇이 닮았어! 전혀 정반대가 아닌가?'

이렇게 반발하는 것이 진규에게 심리적으로 억눌렸다는 증거였다.

진궁은 또 속으로 중얼거렸다.

'내가 모를 줄 알고……. 너희들은 조조나 유비에게 마음을 주고 있다. 그러나 나는 그 반대야. 그런데 어찌 내가 너희와 닮았다는 것인가!'

"닮았지요. 어느 쪽이나 단상사(單想思)를 하고 있으니까."

진규는 말하고 나서 진궁의 눈을 들여다보았다.

단상사, 중국말로 짝사랑이다. 비로소 진궁은 진규의 말뜻을 알아들었다.

여포는 꾀많은 진규 부자를 높이 써서 천하를 잡고 싶다는 대망을 가지고 있다. 하지만 진규 부자는 속으로 딴생각을 품었다. 이것도 이를테면 여포의 짝사랑이었다.

진궁 자신은 어떤가?

'나하고 조조가 바로 그랬었다!'

진궁은 쓴웃음을 지었다.

진궁은 앞에서도 말했지만 동군(東郡) 무양(武陽) 출신으로 자를 공대(公臺)라 한다. 기록에는 그의 성격을 '강직 장렬(壯烈)'이라 쓰고 있다. 젊어서 천하에 뜻을 둔 그는 천하 제패의 가능성이 있는 영웅을 발견하고자 여러 곳을 방랑했다. 조조를 만났을 때 그는 직감했다.

'이는 바로 천하를 잡을지도 모를 영웅……'

그러나 진궁은 조조를 버렸다. 자기 손에 조종되지 않을 인물로 보았기 때문이다. 그리하여 그가 택한 인물이 바로 여포였다.

그 뒤 진궁은 줄곧 여포 진영에 속해 있으면서 일찍이 섬겼던 조조를 타도하는 일을 자기가 사는 보람으로 삼고 있다. 그런 진궁의 귀에 요즘 조조가 측근에게 이런 말을 했다는 정보가 들어왔다.

'진궁만큼 슬기로운 자는 없어. 아까운 사나이야. 어떻게든지 다시 불러내 부하로 삼고 싶구나.'

그러나 이것은 진궁의 귀에 들어갈 것을 조조가 계산하고 일부러 흘려보낸 정보임에 틀림없다.

서주성에 있는 여포는 천하 대란을 잊은 듯 주색(酒色)에서 헤어나지 못하고 나날을 보내고 있었다. 진규와 진등 부자가 머리를 쥐

어째서 여포를 무용지물로 만들려는 노력을 게을리하지 않았기 때문이다.

여포는 본디 여색에 흠뻑 빠지는 사람은 아니었다. 미녀 초선(貂蟬)을 사랑하여 미쳐 버린 것도 오히려 여포의 곧은 정이 음락(淫樂)을 좋아하지 않았던 증좌일 것이다.

그러나 여포는 남자였다. 진규 부자가 온갖 수단을 다 부려 추잡한 욕망을 부추기자 그만 여색에 빠져 버리게 되었다.

풍운을 호령하고 천하를 주름잡는 영웅도 일단 규방(閨房)으로 들어가면 미녀들이 부리는 온갖 교태에 뼈없는 벌레처럼 흐물흐물해지고 만다.

이런 광경에 이맛살을 찌푸린 것이 바로 모사 진궁이었다. 진궁 한 사람만은 진규 부자의 속내에 의혹의 눈길을 주고 있었다.

"진규 부자가 눈 앞에서 장군께 아첨떠는 것은 마음속에 간계를 감추고 있기 때문일지도 모릅니다. 마음을 놓으셔서는 아니 됩니다."

진궁은 이와 같은 간언(諫言)을 여러 번 하였다. 여포는 처음에는 '알고 있다.'고 고개를 끄덕였으나, 차츰 그는 진궁을 경원하게 되었다.

바로 며칠 전에도 진궁은 날이 채 저물기 전부터 규방에 들려고 하는 여포를 붙잡고 간곡히 간했다. 그러자 여포는 역정을 냈다.

"공대, 지나치게 귀찮게 구는구나! 다른 사람이 내 귀여움을 받는 것을 미워하여 그대쯤 되는 사람이 참언(讒言)을 한다는 소문이 나면 체면이 서지 않는다."

'사나운 호랑이도 결국은 간사한 지혜를 가진 여우에게는 속고 마는가!'

진궁은 암담한 심정으로 물러났다.

차라리 여포를 내버리고 다른 곳으로 달려갈까 하고도 생각했으나 이제 와서 모처럼 다져 놓은 모사의 지위를 버리는 것은 견디기 어려운 일이다. 이럴 때면 진궁은 사냥을 하며 시름을 풀었다.

진궁은 진규의 집에서 나오자 곧 여포를 찾아가 단단히 충고하리라 마음먹었다. 여포는 황음(荒淫)으로 게슴츠레해진 눈으로 진궁의 면담에 응했다. 진궁이 말했다.

"지금이야말로 소패성을 쳐야 할 때입니다."

"소패를 치면 조조가 원병을 보낼 거다."

아니나다를까 여포는 별로 마음내키지 않는다는 태도였다. 그래도 진궁은 열심히 설득했다.

"조조는 서쪽의 유표와 장수, 북쪽의 원소와 같은 경계할 상대에 둘러싸여 지금은 동쪽으로 손길을 뻗칠 수 없을 겁니다."

"과연 그럴까? 진규의 말로선 유비를 치면 조조가 반드시 나온다고 했다."

"그렇다면 우리 쪽도 원술에게 원병을 청하면 되지 않습니까?"

"원술과의 혼담을 거절했고 전쟁까지 한 처지가 아닌가?"

"혼담은 다시 제의하면 되는 것입니다. 난세에서는 어제의 적이 오늘은 한편이 될 수 있습니다. 진규는 말끝마다 조조를 너무 치켜세우는 것 같습니다. 그 속셈이 과연 어디에 있는지 의심스럽습니다."

"글쎄……. 과연 혼담을 다시 진행시키거나 동맹을 맺자고 새삼 말할 수 있을까?"

"지금이라면 됩니다. 작년 9월 원술은 조조에게 공격당해 패주했습니다. 세력이 강할 때라면 또 몰라도 지금은 어느 정도 약해져 있어 원술로서도 동맹을 맺고 싶을 겁니다."

"그러나 원술은 제위를 참칭한 역적이 아니냐?"

"무슨 말씀입니까? 한나라 시조 유방도 서민의 신분에서 몸을 일으키지 않았습니까? 조조도, 유표도, 혹은 원소도 마음속으로는 황제가 되고 싶어할 것입니다.”

그러나 여포는 좀처럼 결단을 내리지 못했다. 진궁은 답답했다. 그래서 설득의 각도를 바꾸었다.

“그런데 장군, 세상에서는 지금 이상한 소문이 나돌고 있는데 혹시 들으신 적이 있습니까?”

“어떤 소문인가?”

“관우에 대해서입니다.”

“관우? 아, 그 멋진 수염 녀석 말인가! 그게 어쨌다는 건가?”

“말씀드리겠습니다만 화는 내지 마십시오.”

“내가 들어서 기분 나쁜 말인가?”

“그렇습니다.”

“그렇다면 말하라! 거기까지 말하고 입을 다문다면 기분이 더 나쁘다.”

“예, 그 수염 녀석 관우가 감히 초선님을 사모하고 있다든가…….”

“뭣이!”

여포는 버럭 소리를 질렀다. 그는 몇 명의 처첩이 있었지만 초선을 가장 사랑했다. 지금 서주의 하비성에서 초선이 정실 부인 대접을 받고 있다. 그런 초선을 다른 사내가 연모하다니! 더구나 수염 녀석 관우라니!

“누구든 다 알고 있는 일입니다. 의심된다면 누구에게라도 물어보십시오. 문제가 문제이니만큼 장군에게만 말씀드리지 않았던 것입니다.”

진궁은 은근히 말했다. 상대가 흥분할 때는 잔잔한 말로 대하는 것이 더욱 효과적이다.

여포의 하얀 얼굴에 벌겋게 핏기가 올랐다.

“그 수염 녀석은 초선과 만난 적이 있나?”

"아아뇨, 이것은 초선님에게 아무런 책임도 없는 일입니다. 관우는 어디에선가 초선님의 모습을 흘끗 보았겠지요. 그때부터 줄곧 단상사입니다."

"에이, 더러운 수염 녀석!"

여포는 침을 탁 뱉었다.

침만 뱉고 그만이라면 진궁의 계산은 빗나가는 것이다. 무슨 일이 있어도 여포에게 유비를 치도록 하고 조조에게 타격을 주고 싶었다.

"재작년 관우가 정예 부하를 이끌고 이곳을 습격한 것도 초선님을 납치하기 위해서였지요. 다행히 초선님은 외출 중이라 재난을 모면했습니다만."

진궁은 자극적인 말만 골라가며 해서 활활 타오르는 분노에 부채질을 했다. 마침내 여포의 감정이 폭발했다.

"그게 정말이냐?"

일단 붉어졌던 여포의 얼굴이 창백해졌다.

"장군 말고는 이 사실을 모르는 사람이 없습니다. 아무나 부르셔서 물어보시는 것이 어떻습니까?"

진궁의 목소리는 어디까지나 싸늘했다.

"색에 미친 더러운 수염놈 같으니!"

여포는 발을 구르며 소리를 질렀다. 관우 같은 인간의 눈길에 자기의 애첩 초선의 모습이 띄었다는 것마저도 치가 떨리는데 납치까지 하러 왔었다니!

"관우 같은 천한 놈으로 말미암아 장군께서 일일이 성내시는 것도 뭣하다 싶어 저희들은 말씀을 올리지 않았던 것입니다. 그리하여 은밀히 관우에게 대비하고 있었을 뿐입니다. 장군도 지금 관우를 가리켜 색에 미쳤다고 하셨지만, 미치광이는 정상적인 마음을 갖고 있지 않습니다. 언제 또 초선님을 납치하려 할지 모릅니다. 지금까지는 만전의 대비를 하여 자신이 있었습니다. 그러나 언제까지나 그렇다고는 장담 못합니다. 이 얼마나 불안한 일입니까?"
진궁은 고개를 떨어뜨렸다.

"뭐, 불안하다고!"

소중한 초선을 온전히 지키지 못한다니 말이나 될 것인가!

"예, 초선님을 지키자면 방법은 하나뿐입니다."

"그 방법이란?"

"유비의 소패성을 습격하여 색광 관우를 찔러 죽이는 것뿐입니다."

"음, 찔러 죽이는 것만으로는 모자라. 사지를 갈기갈기 찢어 개한테 던져 주겠다. 좋아, 곧 출전한다!"

여포는 마침내 유비 토벌을 결심했다. 진궁이 말했다.

"잠깐, 며칠의 여유를 주십시오."

"여유를 달라고? 나는 그 말을 들은 이상 잠깐도 참지 못한다!"

"이제껏 몇 년도 참으셨지 않습니까? 겨우 며칠만 참으시라는 겁니다."

"무엇 때문에?"

"지금 관우를 없애려고 출병한다면 세상의 웃음거리가 됩니다. 그러니 출병 구실을 만들어야 합니다. 유비는 반드시 조조와 연락할 것이므로 그 밀사를 붙잡아……."

진궁의 말에 여포는 크게 고개를 끄덕였다.

며칠 뒤 진궁은 수하 몇 사람을 거느리고 소패 땅까지 나갔다.

오전 내내 사냥터를 뛰어다니다가 점심을 먹으려고 큰길로 나와 막 휴식할 장소로 가려던 참이었다.

저쪽에서 역마를 몰아오는 자가 있었는데, 이쪽의 모습을 보자 허둥지둥 옆길로 비키려 했다.

진궁은 그 모습으로 보아 큰길과 관련이 있는 사람의 사자라고 보았다.

'수상하다!'

직감한 진궁은 따라온 사람에게 명령했다.

"붙잡아 오너라!"

이윽고 묶여온 자가 진궁 앞에 꿇리었다.

"그냥 묻기만 해서는 고분고분 말을 하지 않겠지. 고문을 하리라!"

진궁은 그 자를 쏘아보더니 높은 나뭇가지에 거꾸로 매단 뒤 입을 억지로 비집어 벌리고 물을 부었다. 그래도 그자는 실토하려고 하지 않았다. 진궁은 발가벗겨서 두 다리를 묶어 말에 붙들어맨 다음 들판을 끌고 다니겠다고 엄포를 놓았다.

그제서야 겨우 그자는 털어놓았다.

"실은 저는 유비 현덕에게 승상의 밀서를 전해주고 나서 답서를 가지고 허도로 돌아가는 사자입니다."

진궁은 역마의 안장 속에 감추어진 유비 현덕이 조조에게 보내는 답서를 빼내들고 펴보았다.

승상의 명을 받들어 여포를 치려고 밤낮으로 기회를 엿보고 있습니다. 다만 군세가 미약하고 장수도 적어 감히 가벼이 움직일 수 없사온즉 승상께서 큰 군사를 일으키신다면 유비는 틀림없이 앞장설 것입니다. 삼가 군사를 엄히 다스리고 군비를 정비하여 오로지 승상의 명령 있기만 기다리겠습니다.

여포는 진궁으로부터 전해 받은 그 답서를 주욱 읽어보더니 품고 있던 초선을 밀쳐 버리고 벌떡 일어섰다.

"현덕의 목을 베리라!"

곧 진궁의 진언을 받아들여 태산에서 날뛰던 야도(野盜)의 우두머리——손관(孫觀)·오돈(吳敦)·윤례(尹禮)·창희(昌豨) 등을 소집

하여 일렀다.

"산동 연주(兗州)의 모든 군을 짓밟아 버려라. 약탈은 마음대로 해도 좋다. 이 여포가 허락하리라."

그리고 진궁에게 그 총지휘를 맡게 했다.

또 소패성 공격에는 고순과 장료, 두 장군을 보내고, 서쪽인 여 (汝)와 영(潁)으로는 송헌(宋憲)과 위속(魏續)을 보냈다.

하후돈 눈알

현덕은 별안간 여포의 공격을 받자 마른 하늘의 날벼락을 맞은 것 같은 놀라움을 금할 수 없었다.

유비의 배신을 마구 욕하는 여포의 글이 화살에 매어져서 성 안으로 날아왔는데, 받아든 쪽은 전혀 터무니없는 일이므로 싸울 뜻이 전혀 없었다.

조조로부터 여포를 치라는 밀서를 받은 일도 없었으며 그런 답서를 쓴 기억은 더더구나 없었다.

"여포를 만나 오해를 풀어야겠군."

그러자 미축(糜竺)이 나선다.

"그것은 쓸데없는 일인 줄 압니다."

"어째서 그런가?"

"밀서의 건은 아마도 승상부의 모사 순욱의 모계라 생각합니다. 조조는 여포를 칠 결의를 하였음에 틀림없습니다. 반드시 조조가 이끄는 대군이 서주로 물밀듯 닥쳐올 것입니다."

미축의 추측은 적중했다.

유비가 여포와 싸우는 것은 조조의 계략에 넘어가는 일이었으나 하는 수 없었다.

지난번 여포가 소패를 습격해 왔을 때와는 정세가 달랐다. 조조가 여포를 칠 배짱으로 모략을 꾸민 이상 유비는 여포와 화친을 맺을 여지가 없었다.

"하는 수 없는 일이다! 여포와 승패를 가리리라!"

유비는 일어났다.

자신은 남문을 지키고 관우에게는 서문을, 장비에게는 동문을 지키도록 명했다. 장비가 용기 백배하여 기뻐했다.

"좋다! 이번에야말로 여포의 모가지를 날려 버릴 테다!"

여포에게 서주성을 빼앗기고, 지난번 싸움에서 1대 1로 맞싸워 비긴 장비는 무슨 일이 있더라도 자신의 손으로 여포를 치리라 다짐하면서 고리눈을 흡뜨고 부르르 떨었다.

한편 여포군의 선봉이 소패에 육박할 무렵, 이미 조조의 5만 정예는 곧장 서주를 향해 진격하고 있었다. 선봉대장은 하후돈이었다.

급한 보고를 받은 여포는 너무나도 재빠른 조조의 출진에 놀랐다.

'어디 두고 보자! 나를 속였겠다!'

자기와 유비를 화해시켰을 때, 조조는 이미 남모르게 유비에게 귀띔을 해두었을 것이 틀림없다.

'조조를 베어 버리고 허도로 쳐들어가 승상의 지위를 내것으로 만들고 말 테다!'

여포는 그렇게 마음먹고 파발마를 보내 고순에게 이 일을 알리고 군세를 돌려 조조군과 맞붙도록 명했다.

고순은 후성(侯成)·학맹(郝萌)·조성(曹性) 등의 장수를 이끌고 곧장 서주 국경으로 달려갔다.

이윽고 백 리 들판에 함성과 북소리가 천지를 뒤흔들었다.

하후돈이 선봉에 서서 뛰쳐나오자 고순도 또한 말을 몰아 맞섰다.

격투가 수십 분에 이르렀으나 우열을 예측할 수 없었다.

고순은 말의 앞다리가 부러지는 바람에 엉덩방아를 찧으며 말에서 굴러떨어졌다.

"받아라!"

하후돈이 장창을 들어 고순을 찌르려는 순간, 날아온 화살 하나가 하후돈의 왼쪽 눈에 쿡 박혔다.

"끄응!"

하후돈은 꺾이지 않는 화살을 힘껏 뽑았다.

화살에 박힌 눈알이 그대로 빠져나왔다.

"이것이야말로 아버지의 정(精)이요, 어머니의 피…… 헛되이 버려서는 안 된다!"

하후돈은 소리치기가 무섭게 눈알을 입에 넣고 우물우물하더니 꿀꺽 삼켜 버렸다. 주위의 군사와 장수들은 이 모습을 보고 열린 입을 다물지 못했다.

얼굴이 온통 피범벅이 된 하후돈은 치료할 겨를도 없이 외쳤다.

"승리의 순간은 바로 이때다! 나를 따르라!"

그리고 맹렬히 적의 진중으로 돌입했다.

이때의 용맹스러운 모습은 오래오래 회자되었다.

소패성의 공방전은 겨우 반나절 만에 그 승패가 분명해졌다.

현덕의 군세는 가는 곳마다 여포군에게 짓밟혀 마침내 성을 내주었던 것이다. 현덕은 측근에 성을 지켜나갈 기책(奇策)을 자유자재로 구사할 만한 군사(軍師)를 거느리지 못한 불운을 다시 한번 골수에 사무치도록 느꼈다.

관우와 장비를 비롯, 조운·손건 등 조금도 과장함이 없이 능히 일기당천(一騎當千)의 용장들을 자신의 수족으로 거느리고 있었지만, 그들은 이러한 흥망이 달린 결전에서 지략(智略)을 구사할 수 있는 병법가는 아니었다. 다만 아수라 같은 용맹을 발휘할 뿐, 허실(虛

實)의 기병(奇兵)을 쓸 재능을 갖지는 못했다.

반면 여포는 그 성격은 단순했지만 일단 싸움터에 나가면 신책귀모(神策鬼謀)로써 3군을 자유자재로 움직이는 천성적인 군략가였다. 손자(孫子)가 이렇게 말했다.

'군사를 쓴다는 것은 궤도(詭道 : 꾀를 써서 적을 무찌르는 일)이라. 그러므로 능하면서도 능하지 않은 듯이 보이고, 익숙하되 서투른 척 보이며, 가까우면서도 짐짓 먼 것처럼 보이며, 이로움을 보여 적을 꾀어오고, 어지럽게 하여 적을 쳐부수며, 적이 실(實)하면 이에 대비하고, 강하면 이에 의하고, 성을 내어 적의 기를 꺾고, 나를 낮추어 적을 우쭐하게 하고, 적이 편안하면 이를 괴롭히며, 친하면 이간으로 떼어놓는다. 그의 허점을 공격하고, 적이 상상치 못한 용병술을 쓸 것이니, 이것이 군사를 다루는 자가 이기는 길이다. 그러나 이것을 미리 남에게 말할 수는 없는 것이니라.'

손자의 이 말은, 무릇 전쟁과, 전투에서 책략을 쓰지 않고 승리를 거둔 예는 전사상(戰史上) 없음을 똑똑히 가르쳐 주고 있다.

여포라는, 천하에 하나밖에 없는 맹장은, 얼른 보기에는 무턱대고 마구 덤벼드는 것처럼 보이지만 실은 교묘하기 이를 데 없는 술수를 쓰고 있다.

전투는 정정당당히 진을 치고 전투 상황의 변화에 따라 기책으로써 대응하며 좋은 때를 잘 잡아 단숨에 승리를 거두어야 한다.

이것을 '기정(奇正)의 변(變)'이라고 하는데, 평범한 무장의 머리로는 수라장 속에서 순간적으로 기책을 선택하여 적의 허(虛)를 찌른다는 것은 여간 어려운 일이 아니다. 여포와 같이 싸움을 위해 세상에 태어난 무장이어야만 비로소 이 기정의 변을 능히 구사할 수 있는 것이다.

현덕의 불찰은 관우와 장비에게 여포의 교묘하기 이를 데 없는 꾐에 절대로 빠져서는 안 된다고 타이르는 것을 잊어버린 일이었다.

동문을 지키던 장비는

"여포의 모가지를!"

용기 백배하여 여포가 일부러 틈을 보인 중군의 진영을 향해 곧장 달려들어갔다.

그러나 장비에게 제아무리 귀신같은 용맹이 있을지라도 5만의 중군이 일사불란한 통솔 아래 움직이는 진형 한복판에 뛰어들어 사방이 막혀 버리자 자기 목숨 하나 지키기에도 있는 힘을 다하지 않을 수 없었다.

장비가 위태롭다고 본 관우가 서문으로 쳐나갔다. 관우의 긴 수염이 펄럭이는 곳에 적의 군사는 회오리바람에 휘말린 여름풀처럼 쓰러져 갔다. 그러나 그것은 일시적인 일이고, 관우 또한 거느렸던 수하 군사들과 떨어져서 어지러이 뒤섞여 난장판을 이룬 싸움터에서 도움을 기대할 수 없는 혈혈단신의 위기를 맞고 말았다.

적은 수의 군사로 많은 군사와 맞섰을 경우에는 얼핏 보기에 혼돈된 난전(亂戰)으로 보일지라도 대형을 흐트리지 않고 어디까지나 정연하게 움직여야 한다. '기정(奇正)의 순환(循環)은 둥근 돌이 구르듯 임기응변을 잘 해나감으로써 적이 파고들 기회를 주지 말아야만 적은 군사로도 패하지 않는다.'고 손자는 말했다.

장비도, 관우도 자신의 용맹만을 믿은 나머지 그만 너무 깊이 적진에 들어가 구름 같은 군세에 둘러싸여 덫에 걸린 한 마리 사나운 호랑이 같은 상태에 빠지고 만 것이다.

이 소식을 들은 유비는 수족과 같은 사이인 그들이 헛되이 죽도록 버려둘 수 없었다. 지금 쳐나가면 자신의 몸도 위태롭다는 것은 잘 알지만 그러나 유비의 성품으로서는 가만히 있지 못했다. 유비는 성 안에 겨우 1천 명의 군사를 남겼을 뿐, 정예군사를 모조리 이끌고 여포의 진지를 향해 곧장 쳐들어갔다. 절망적인 옥쇄전법(玉碎戰

法)이었다.

여포는 이것을 기다리고 있었다.

유비는 장비와 관우가 간신히 사지에서 빠져나왔음을 확인하자, 곧 말머리를 돌려 성 안으로 돌아가려고 했다.

이것을 본 여포가 벽력같이 고함치면서 뒤쫓아왔다.

"현덕! 이 여포에게 등을 돌리고 달아나려는가!"

유비는 본디 여포와 맞서서 이길 승산은 없으므로 질풍같이 말을 달렸다.

그러나 여포의 추격은 무시무시하여 유비가 성문의 적교(吊橋) 앞까지 달려왔을 때에는 이미 열두 자쯤 뒤에 바싹 쫓아오고 있었다.

성 안의 군사들은 주군을 들어오게 한 다음 적교를 들어올릴 겨를이 없었다. 또한 주군의 몸에 맞을까 봐 여포를 향해 화살을 쏘아댈 수도 없었다.

그 결과 유비를 쫓는 여포와 그 뒤를 따르는 서주군이 소패성 안으로 물밀 듯 밀어닥치고 말았다. 순식간에 성 안은 여포군으로 가득 차 버렸다.

유비는 미로(迷路)를 통해 빠져나가 가까스로 여포의 방천극을 벗어났으나 종자(從者) 한 사람도 없이 혼자 서문으로 도망쳤다.

타오르는 성곽을 뒤돌아볼 겨를도 없이, 유비는 말다리가 부러져라 달려 멀리 달아났다.

문득 제정신으로 돌아온 유비는 외딴 조그만 언덕의 나무가 듬성듬성한 숲속에 말을 세웠다. 피투성이가 된 자신의 손에 아직도 칼이 꽉 쥐어져 있는 것을 보았다.

조상인 중산정왕 유승의 허리에 찼던 이 보검을 하늘 높이 들어 큰 뜻을 맹세한 지 몇 해가 지났던가. 그 맹세를 생각하면 부끄럽기 짝이 없는 참담한 패배를 당하고 홀몸이 되고 만 것이다.

고개를 푹 숙인 유비의 뺨에 주르르 눈물이 흘렀다.

그때 갑자기 사람의 기척이 났다. 유비는 그쪽으로 눈길을 돌렸다. 사냥꾼 차림의 젊은이가 땅에 웅크리고 앉아 겁먹은 얼굴로 올려다보고 있었다.

젊은이가 말했다.

"영주이신 유 예주(劉豫州)님이신 줄로 아옵는데……."

"음, 부끄러운 꼴을 영민(領民)에게 보이고 말았구나. 용서하라."

"뵙기 송구스럽습니다. 저의 집이 바로 가까이에 있습니다. 잠깐 들어가 쉬시옵소서."

"부끄럽구나. 그대는 얼핏 보기에도 보통 사냥꾼과는 어딘지 달라 보인다만……."

"예, 저의 선조께선 조정에 벼슬하여 금문(禁門)을 지키는 사례교위였습니다. 억울한 죄를 쓰게 되어 벼슬을 사양하고서 들에 묻혔습니다. 자손인 저는 보시는 바와 같이 영락(零落)하여 사냥꾼이 되어 있습니다. 이름을 유안(劉安)이라 합니다. 누추한 오막살이나마 유 예주님을 모시고 들짐승이라도 잡아 대접해 드릴 수 있게 된 것을 평생에 다시 없는 영광으로 생각합니다."

현덕은 젊은이의 고마운 뜻에 가슴이 뭉클했다.

그 집은 두 개의 언덕이 서로 기슭을 맞댄 골짜기에 호젓하게 자리잡고 있었다.

현덕은 그대로 잠자리를 빌려 정신없이 잠들어 버렸다. 잠에서 깨었을 때에는 이미 밤도 어지간히 이슥해 있었다. 유안이 큰 냄비를 들고 들어왔다. 부글부글 끓는 고기 냄새가 코끝으로 스며들자 현덕은 불현듯 시장기를 느꼈다. 현덕은 음식을 입으로 가져갔다.

"아주 맛이 기막힌데, 무슨 고기인가?"

유안은 고개를 깊이 숙이고 대답했다.

"이리 고기올시다."

그런데 왜 그런지 태도에 수상쩍은 기미가 있었다. 현덕은 이상한 생각이 들었다.

이튿날 아침 현덕은 마구간에서 말을 끌어내려다가 문득 한쪽 구석에 쌓여 있는 장작더미 밑으로 사람의 다리가 비쭉 나와 있는 것을 발견했다.

가까이 다가갔다. 젊은 여자의 시체였다. 그 허벅지께의 살이 무참하게 도려내져 있었다.

'⋯⋯그렇다면!'

현덕은 직감했다.

그때 유안이 현덕에게 줄 음식을 준비하여 들고 집에서 나왔다.

현덕은 말했다.

"그대가 어젯밤에 먹여준 음식은 바로 이 부인의 살점이었던가?"

유안은 땅바닥에 무릎을 꿇었다.

"드릴 말씀이 없사옵니다. 영주님께서 주무시는 동안 들판을 뛰어다녔습니다만, 공교롭게도 짐승 한 마리도 잡지를 못해서⋯⋯, 마침내 결심하고 아내를 설복해서 그 살을 얻었던 것입니다."

현덕은 코허리가 시큰했다. 어찌해야 할 바를 몰랐다.

"이 은혜에 대한 사례는 언제고 후히 하리라. 지금은 갈길을 서두르는 몸이므로 장례에 끼어 명복을 빌 겨를이 없구나. 용서해주기 바란다."

현덕은 깊이 머리를 숙여 묵도(默禱)를 올렸다.

하늘의 때

여포는 소패에서 유비를 쫓아 버린 다음 급히 서주로 갔다.

조조가 이끄는 20만 대군을 맞아 결전을 벌일 생각으로 사기충천하여 있었다.

진규와 진등 부자는 이제야말로 모계로써 여포를 멸할 때가 왔다고 은밀히 밀담을 거듭하고 있었으나 쉽사리 그 계책이 떠오르지 않았다.

그날도 진등은 아버지를 찾아가 밀담을 나누려고 뽕나무밭 사이의 오솔길로 말을 달리고 있었다. 진등은 문득 뽕나무밭 속에서 가만가만 읊조리는 노랫소리를 들었다.

봉황은 머나먼 길을 날지라도
오동나무가 아니면 머물지 않으며
선비는 한쪽에 엎드려 지낼지라도
주군이 아니면 의지하지 않도다
몸은 비록 밭갈이를 즐기되

나의 오두막을 사랑하리라
　　　거문고와 책을 벗삼고
　　　하늘의 때를 기다리리라

"저건!"

진등은 얼굴이 환하게 밝아졌다. 귀에 익은 낭랑한 목소리였다.
진등은 급히 말에서 내려 노랫소리가 나는 곳으로 걸음을 옮겼다.

젊은 나그네가 시냇가에 앉아서 낚싯줄을 드리우고 있었다.

"오, 과연. ……제갈량! 공명이 아닌가!"

진등은 가쁜 숨을 몰아쉬며 불렀다. 수려한 얼굴이 천천히 뒤를
돌아보며 벙긋 웃었다.

진등은 수년 전, 형주 땅 양양으로 가서 당대의 석학(碩學)인 사
마휘(司馬徽) 선생의 문을 두드린 일이 있었다. 그 문하생이 되어
반 년쯤 강의를 들었는데, 그때 초당에 모인 준재들과 친해졌었다.
그리고 그 준재들 가운데서도 특히 뛰어난 제갈공명을 알게 되었다.

'이 젊은이를 군사(軍師)로 삼는 태수는 반드시 천하의 패권을 잡
　으리라.'

사마휘의 문하에는 박릉(博陵)의 최주평(崔州平), 영천의 석광원
(石廣元), 여남(汝南)의 맹공위(孟公威), 그리고 영천의 서원직(徐
元直) 등 모두 제 나름의 빛을 발하는 준재들이 모여 있었다. 어느
한 사람을 고르더라도 한 나라를 다스리는 데 매우 도움이 될 복룡
(伏龍)이요 봉추(鳳雛)들이라고 생각했다.

제갈공명은 그들 네 사람보다 한층 격이 높은 인물로 진등의 눈에
비쳤다.

초당에서 준재들이 천하에 대한 일을 논하고 있을 때였다.

공명만은 홀로 떨어져 뒹굴면서 시를 흥얼거리고 있었는데, 네 사
람이 잠시 화제가 끊어져 침묵하고 있을 때, 공명이 중얼거리듯 말

했다.

"자네들은 만약 조정에 벼슬하게 되면 자사(刺史)나 태수쯤 되겠군."

"그럼 자네는 어떤가?"

한 사람이 되물었다.

"나 말인가?"

공명은 빙그레 웃고 대답했다.

"나는 자사나 태수가 될 그릇이 아닐세."

"그럼 무엇이 될 그릇인가?"

"글쎄……"

공명은 무슨 까닭인지 대답을 하지 않았다.

진등은 그 모습을 바라보며 혼자 생각했었다.

'어쩌면 공명은 자신을 주나라 800년을 흥하게 한 강자아(姜子牙)나 한나라 400년을 흥왕케 한 장자방(張子房)에 비하고 있는 것이 아닐까?'

지금 진등은 뜻밖에도 세상에서 보기 드문 그 천재를 이 서주성 변두리에서 만난 것이다.

"공명, 무슨 일로 여기에?"

진등은 공명을 빤히 바라보면서 물었다.

"방랑하는 신세요. 어제는 동으로, 오늘은 서로, 내일은…… 글쎄요, 남으로 갈는지 북으로 갈는지……"

진등이 알고 있는 몇 년 전의 공명은 홍안의 미소년이었는데, 이제는 소슬한 바람이 부는 듯한 기품을 갖춘 당당한 대장부가 되어 있다. 바라보면 볼수록 이쪽의 마음을 끌어당기는 이상한 매력을 담고 있다.

"마침 잘 만났소. 부디 아버지의 집까지 같이 갑시다. 부탁이오!"

"아니오, 사양하겠소."

"어째서요?"

"두 부자분은 지금 여포의 측신(側臣)과 같은 자리에 있는 것으로 알고 있습니다. 저는 여포라는 사람을 좋아하지 않습니다. 따라서 그 측신의 입장에 있는 분 댁에 들르는 것은 삼가려 하오."

"공명! 실은 부탁할 일이 있소. 우리 부자는 힘을 합쳐 여포를 멸하려고 계획하고 있소. 다른 사람도 아닌 그대이니, 이미 이 서주 땅 정세는 샅샅이 파악했으리라 생각하오. 우리 부자는 옛 주군인 유비 현덕을 위해 서주를 훔친 여포를 토멸할 작정이오. 그러기 위해서는 생사도 무릅쓸 각오가 되어 있소. 부디 지혜를 좀 빌려 줄 수 없겠소?"

진등은 간곡히 부탁했다.

그러나 공명은 당장 대답을 하지 않았다.

이윽고 조그마한 물고기 한 마리를 낚아올리더니 입을 열었다.

"이걸 구울 때까지 잠깐 기다려 주오."

대나무 꽂이에 꿰어진 물고기 한 마리가 이윽고 마른 나뭇가지를 지핀 불에 구워졌다.

진등은 숨을 죽이고 젊은 준재가 그것을 다 먹어치울 때까지 기다렸다.

"이것은 나의 혼잣말이라 생각하고 들어 주오."

공명은 미리 양해를 구한 다음, 그 맑은 두 눈을 들어 저편을 바라봤다.

"삼군의 화는 의심하여 주저하는 데서 생기는 법이오."

공명은 중얼거리듯 말했다.

"여포 장군에게는 힘이 있고 용기가 있으며, 전략이 있고, 명마가 있소. 뿐만 아니라 그 밑에 재지(才智)가 뛰어난 모사도 있소. 삼군의 사기 또한 왕성하여 패배라는 것을 알지 못하오. 이를 이기려면 오직 지모(智謀)가 있을 뿐이오. 장군과 모사의 사이를 갈라놓아 서로 한패끼리 치게 하여 그 틈에 성문을 닫고 그들이 기댈 곳을 빼앗아야 합니다. 다시 말해서 싸우지 않고 이기는 법이오. 이것을 상책이라 하오."

"음!"

진등은 고개를 끄덕였다. 공명은 천천히 일어나자 빙긋이 웃었다.

"싸움은 지(智)를 으뜸으로 삼고, 다음이 인(仁)이며, 용(勇)은 그 밑에 있습니다. 여포의 무용, 뭐가 그리 두렵겠소? 그럼 이만."

말을 남기고 가뿐한 걸음걸이로 멀어져 갔다.

"고맙소."

진등은 그 뒷모습에다 머리를 숙이고 나서 말을 달리기 시작했다. 아버지 진규를 찾아간 진등은 얼굴을 빛내며 말했다.

"아버님, 계략이 섰습니다."

이튿날 진규는 늙은 몸을 이끌고 서주성의 여포를 찾아갔다.

"조조가 몸소 15만 대군을 이끌고 소관(蕭關)까지 공격해 왔다니, 소패는 며칠 안에 함락되고 말 것입니다."

"알고 있소. 조조가 소패로 쳐들어오기를 나는 기다리고 있는 것이오. 조조와 당당히 결전하여 격파할 것이오."

"장군, 조조가 간사한 계략에 능한 간웅이라는 것을 잊지는 않으셨을 줄 압니다. 조조는 전군으로 소패를 공격하는 것처럼 보이면서 실은 장군이 비워 놓은 서주성을 주력(主力)으로 공략한다는 계략을 세웠는지도 모릅니다."

"음?"

여포는 일순 불안한 빛을 보였다.

"그렇다면……."

진규는 침착하게 말했다.

"만일의 경우에 대비하여 이 성 안의 전량(錢糧)을 모조리 하비성으로 옮기심이 어떠하오실지? 그렇게 해 두면 설사 서주가 조조의 말발굽에 짓밟힌다고 하더라도 하비를 근거지로 다시금 서주를 탈환할 수 있을 것입니다."

"과연! 노공의 말이 옳도다."

여포는 송헌·위속에게 명하여 금은보화와, 군량을 하비로 실어나르게 하고, 진규에게는 서주성의 유수(留守)를 부탁했다. 그리고 진등과 정예 군사 5만을 이끌고 소관으로 향했다.

소관까지의 거리를 절반쯤 갔을 때였다. 진등이 여포에게 말했다.

"생각지도 않았던 술책을 쓰는 조조가 복병을 어느 곳에 대비시켜 놓았는지 불안합니다. 저는 한 걸음 먼저 가서 조조군의 허와 실을 엿보고 오겠습니다."

"음, 부탁한다."

여포는 진등을 털끝만큼도 의심하지 않았다.

진등은 몇 사람의 부하를 이끌고 곧장 소관으로 갔다.

그곳에 진을 치고 있는 것은 진궁이었다. 태산의 들도둑인 손관·오돈·윤례·창희 등 조금도 방심을 하거나 마음을 놓을 수 없는 자들을 휘하에 거느리고 성채를 방비하고 있었다.

진등은 진궁을 만나자 갑자기 무서운 얼굴로 말했다.

"온후(溫侯)께서는 진공이 여기에서 수비 태세만을 유지하고 있을 뿐 진격하지 않는 것을 의심하고 계십니다. 만약 수상한 점이 발견되면 장군을 사로잡아 규문(糾問)도 사양치 않겠다고 말씀하셨습니다."

"원 당치않은 소리! 들도둑 수령들을 거느리고 싸움을 하는 것만도 얼마나 힘든지 주군께서 모르실 리 없소. 이제 조조군은 그 기세가 하늘을 찌를 듯 왕성하여 우리 쪽에서 먼저 공격하는 것은 사나운 호랑이에게 덤비는 멧돼지와 똑같은 짓. 원룡, 그대는 빨리 되돌아가서 주군께 고해 주오. 진궁은 이 소관을 죽음으로써 지키겠으니 주군께서는 소패성으로 물러가시어 단단히 지키심이 상책이라 생각한다고."

"알았습니다."

진등은 진궁의 진영에서 나오자, 따라온 군사들을 잠시 기다리게 해놓고 어둠을 틈타 밀어닥친 조조군 가까이까지 말을 몰아 가 미리 써 두었던 내통의 밀서를 화살에 매어 쏘아 보냈다.

중군이 머무는 곳으로 되돌아온 진등은 심상치 않게 긴장하고 있는 여포 앞에 무릎을 꿇었다.

"소관에는 전세가 이롭지 않다고 판단한 손관 등 들도둑 수령들이 불온한 기색을 보이고 있어, 아무리 뛰어난 공대라 할지라도 다루기에 벅찬 것으로 보입니다. 장군께서 몸소 이들을 진압하시지 않으면 안 되리라 생각됩니다."

"알았다! 당장 달려가 손관 등 네 놈의 모가지를 베어 버릴 것이다!"

"우선 잠깐만 기다리십시오. 소장이 이제부터 소관으로 되돌아가 진궁에게 이 뜻을 고하고 손관 등을 토벌할 준비를 갖추겠습니다. 관 위에 불길이 오르거든 그것을 신호로 하여 군사를 출진시키십시오."

"음, 이것이 상책이다. 가거라!"

진등은 마음 속으로 회심의 미소를 지으며 다시 소관을 향해 말을 몰았다.

진궁을 만나자, 진등은 숨을 몰아쉬면서 말했다.

"실로 조조는 두려운 존재입니다. 그는 소관을 정면에서 공격하는 것처럼 보이면서 실은 소관과 서주 사이에 3만의 복병을 숨겨놓아 이 성채를 고립시키려고 꾸미고 있음이 판명되었습니다. 장

군께서는 공대를 잃는다는 것은 서주를 잃는 것보다 더 큰 손실이
다, 하시며 당장 서주로 되돌아가라는 명령이십니다."

"무턱대고 소관을 버린다는 것은 분한 일이다."

진궁은 그 말을 듣자 이맛살을 찡그렸으나, 주군의 명령인지라 어
쩔 수 없이 군사를 거두어 성채를 떠났다.

진등은 마음 속으로 '옳지 되었구나!' 하고 기뻐하면서 관 위에
봉화를 올렸다.

"오오! 신호다!"

여포는 전군에 명령하고 적토마를 몰았다. 달도 없이 캄캄한 한밤
중이었다.

"이크! 조조군의 기습이다!"

성채를 버리고 물러가던 진궁의 군세는 앞쪽에서, 천지를 뒤흔드
는 말발굽 소리가 들리자 조조군이 기습해 왔다고 판단했다.

"모두들! 죽을 힘을 다해 적중을 돌파하라. 그것이 살아남는 단
하나의 길이다."

진궁은 목청껏 소리를 돋구어 군사들을 고무(鼓舞)시켰다.

한편, 질풍같이 달려온 여포가 앞길에 진궁이 퇴각하고 있으리라곤
귀신이 아닌 이상 알 리가 없었다. 하물며 이 하룻밤을 경계로 하여
자신의 운명이 다하리라는 것을 어찌 짐작인들 할 수 있었겠는가.

진궁의 군대와 여포군은 캄캄한 어둠 속에서 격돌했다.

"이 들도둑 놈들이!"

여포는 당연히 배신자들이 매복해 있는 것이라고 생각했다.

미친 듯이 성이 난 여포는 실로 귀신도 한 걸음 물러서지 않을 수
없을 만큼 무시무시한 괴력을 발휘했다.

불과 한 시간 사이에 여포는 자기편 군사를 200명이나 베었다.

그 사이에 조조군은 진등의 신호인 봉화를 바라보고 노도와 같은
기세로 소관을 공격했다. 남아 있던 손관 등 들도둑떼의 수령들이

어찌 조조군의 정예를 막아 지탱할 수 있겠는가. 마치 개미새끼 흩어지듯 사방으로 도망쳐 버렸다.

여포와 진궁이 서로 싸웠다는 사실을 깨달은 것은 날이 훤히 밝은 뒤였다.

전장이 일순 차가운 정적에 휩싸였다.

그러나 이미 때는 늦었다. 양쪽을 합쳐서 2만이 줄었다. 피가 냇물을 이루고 있었다.

진궁은 여포 곁으로 달려가서야 비로소 진등의 모계에 걸렸음을 깨달았다. 여포는 진궁에게 자초지종을 듣자 분노로 곤두선 머리카락이 하늘을 찔렀다.

"이 죽일 놈! 진등을 찾아내어 살이고 뼈다귀고 짓뭉개 버릴 테다!"

"잠깐만! 그보다도 서주성은 어찌 되었는지 불안합니다. 진규에게 성을 지키게 한 것이 불찰이십니다."

진궁의 말을 듣고 여포는 '오오!' 하고 낯빛이 변하더니 말머리를 돌려 질풍같은 기세로 서주를 향해 흙먼지를 일으켰다.

서주로 돌아와 보니 성문은 굳게 닫혀 있었다.

"문을 열라!"

그러나 목청껏 소리지르는 여포를 향해 성벽 위로부터 화살이 비 오듯 쏟아졌다.

"진규! 네놈이 배반했구나!"

여포가 악귀 같은 형상으로 고함치자 늙은 진규가 의연히 망루 위에 나타났다.

"여적(呂賊)아, 잊었는가? 이 성은 우리 주군 유비 장군의 성이니라. 이제야말로 빼앗은 것을 돌려주어야 할 때가 아니겠는가! 당장 사라져라!"

진규는 미축에게 통보하여 그가 이끄는 1만 명의 군사를 성 안으

로 맞아들였던 것이다.

여포가 제아무리 귀신보다 뛰어난 용장이라 할지라도 어두운 밤에 한패끼리 서로 싸우면서 처참하게 지쳐 있는 군사들을 호통쳐서 공격을 시작한다는 것은 불가능한 일이었다.

"주군! 이렇게 된 이상 소패로 가는 수밖에 어쩔 도리가 없습니다."

진궁이 권했다. 그러나 소패에 이르니 성벽 위에는 조조군의 깃발이 무수히 펄럭이고 있었다. 그뿐 아니라, 누상에 나타난 것은 가증스러운 모반자 진등이었다.

"역적 놈 어떠냐! 이제 천하에 발붙일 땅도 없이 상갓집 개 신세가 되어 헤매는 것이……. 그 꼬락서니가 참으로 볼 만하구나!"

진등이 크게 웃어대자 여포는 온몸의 피가 거꾸로 돌았지만 어찌할 도리가 없었다.

바로 그때, 별안간 등 뒤에서 천지를 흔드는 함성이 터져 나왔다. 선두에서 달려오는 장수는 장비였다.

웬만한 배포라면 도저히 투지가 솟지 않아 오직 달아날 것만 꾀했을 것이다. 그러나 여포는 달랐다.

"으음, 장비! 네놈을 당장 베어 버릴 테다!"

여포는 장비를 향해 적토마를 달리며 맹렬히 방천극을 휘둘렀다. 그 순간 다시 한쪽 길에서 일시에 함성이 일어났다.

"여포, 어디에 있느냐! 관우가 여기에 있다!"

벽력 같은 소리가 울려 왔다.

마침내 여포의 투지도 꺾이고 말았다. 한쪽의 혈로를 열어 진궁 등 살아남은 부장 몇 명을 이끌고 여포는 하비성으로 도망쳤다.

이미 여포는 무거운 상처를 입은 맹수일 뿐이었다.

사방에서 해일처럼 밀어닥치는 조조와 유비의 연합군을 맞아 작은 성을 지키기에도 군사는 적고 사기는 완전히 떨어져 있었다.

사전(死戰)을 거듭할 때마다 서로 간의 군세 차이는 벌어졌고, 또 조조군에 투항하여 반대로 성을 향해 화살을 쏘아대는 군사가 꼬리를 물고 이어졌다.

마침내 하비성 안에는 불과 3천의 군사가 남았을 뿐이었다.

게다가 또 여포를 절망케 한 것은 혈육같은 애마(愛馬) 적토마가 심한 부상을 입었다는 사실이다. 오른쪽 가슴 부위에서 피가 철철 흐르고 있었다. 엉덩이에도 화살이 꽂혀 있었다.

여포는 목구멍에 울컥 치밀어 오르는 것이 있었다.

"이렇게 심한 부상을 입고도 나를 살리기 위해 계속 달려왔단 말인가."

여포는 적토마의 목을 끌어안은 채 힘껏 가슴에 꽂힌 화살을 뽑아냈다. 그리고 쇳덩이를 달궈 상처 부위를 소독해 주었다. '지지직' 하는 소리와 함께 살 타는 냄새가 진동했다. 그래도 적토마는 미동조차 하지 않고 구슬픈 눈으로 뚫어져라 먼 하늘만을 응시했다. 한참 동안 끔찍한 고문같은 소독이 계속되었다. 붉은 살갗이 부르르 떨고 온 몸의 터럭이 쭈뼛 일어서는 고통의 예식이었다. 말과 주인 모두가 가슴 속으로 눈물을 삼키며 울고 있었다.

"용케 잘 참는구나. 참는 김에 조금만 더 참거라."

여포는 온 정성을 다해 적토마의 환부를 돌보았다. 그리고 응급처치가 끝나자 바로 마구간으로 데려가 휴식을 취하게 했다.

적토마는 그제서야 긴장이 풀린 듯 건초 위에 푹 쓰러졌다. 여포는 놀라 얼른 적토마의 목에 손을 대어 보았다. 숨은 쉬고 있었다. 적토마의 목덜미 갈기에 얼굴을 파묻고 여포는 숨죽여 눈물을 흘렸다.

여포는 비로소 처음으로 싸우는 데 피로를 느꼈다.

"호오, 관우가 왔다고! 곧 들여보내라."

부하로부터 전갈을 받자 조조는 말했다.

하비를 포위하고 나서 몇 차례 전투가 있었다. 여포는 처음에 성문을 열고 나와 자포자기적인 전투를 꾀했지만, 조조는 자기 마음에 들지 않는 장소가 아니면 결코 싸움을 하지 않았다.

조조가 장소를 택하기 때문에 싸울 적마다 여포는 병력 손실이 많았다. 그래서 여포는 전의를 상실하고 피로하기도 하여 성문을 걸어 잠그고 나오지 않았다.

그러자 조조가 초조해졌다. 아무리 성병 500이라도 함락시키자면 피를 막대하게 흘릴 각오를 해야 한다.

그런 때 관우가 조조 본진에 모습을 나타낸 것이다.

관우가 말했다.

"중요한 정보가 있습니다."

"말하시오."

"여포는 진의록(秦宜祿)이란 자를 성 밖에 내보내어 구원을 청하고 있습니다. 아마도 원술에게 가는 것 같습니다."

포위당한 쪽이 밖으로 원조를 청하는 것은 당연한 일로 지금까지의 경위로 보아 가장 가까운 원술을 택하는 것도 예상할 수 있는 일이었다.

조조는 오히려 이 기회에 원술이 나와 주면 일이 빨리 결판나리라 생각했다. 그런데 그와 같이 뻔한 정보를 가지고 온 관우가 우물쭈물하며 나가지 않았다. 조조는 물었다.

"그밖에 또 뭐 보고할 일이 있소?"

"예, 그것이……."

관우로서는 드물게 말끝을 흐렸다. 그 멋들어진 수염이 희미하게 흔들렸다.

"운장, 왜 그러나? 그대가 말끝을 다 흐리다니!"

조조는 편하게 웃어 보였다. 관우의 태도로 볼 때 무엇인지 말하기 거북한 것 같았다. 그래서 상대편이 말하기 쉽도록 웃어보였던 것이다.

"부탁드릴 일이 있어서."

관우는 겨우 용기를 얻은 듯이 말했다.

"예, 그것이…… 여자 일이어서……."

관우는 그렇게 말하고 눈을 내리깔았다.

"하하하, 여자 문제? 여자에 대해서라면 나도 싫어하지는 않지. 어디 있는 여자인가?"

"그것이…… 저 하비성 안에 있는……. 그러니까…… 그의 아내로서……."

관우는 눈길을 떨어뜨린 채 말했지만 수염에 파묻히다시피 한 귀가 새빨개져 있었다.

"하하하, 유부녀인가? ……유부녀도 좋을 테지."

조조는 문득 장제의 과부 추씨의 모습을 떠올렸다.

"하비성 함락 때에 그 여자를 소장에게 하사해 주시기를."

관우는 온몸을 떨었다.

"아, 그러고말고. 알았네. 성이 떨어지거든 그대가 멋대로 납치하여 자기 것으로 만들게. 내가 허락하겠네. ……그런데 그렇게도 예쁜 여자인가?"

조조는 반은 놀림삼아 물었다. 관우의 대답은 진지했다.

"예! 그야 물론……. 소장이 이 세상에 태어나서 36년, 그와 같은 미녀는 만난 적이 없습니다."

"호오, 난생 처음이라고!"

조조는 눈이 둥그레졌다.

"참말입니다. 승상도 보시면 알 것입니다. 그자가 그런 미녀를 아내로 삼고 있다 생각만 하여도 소장은…… 온몸의 피가 거꾸로 흐르는 것만 같습니다."

관우는 조조를 똑바로 쳐다보며 말했다. 조조는 관우의 기백에 질린 것처럼 말했다.

"알았네, 알았어……. 허락할 테니 안심하게."

"고마우신 분부……."

관우는 깊숙이 머리를 숙이고 난 뒤 그곳에서 나갔다.

"수염 녀석…… 나무토막 같은 관우가 그토록 반한 여자라니 어떤 미녀일까. 한번 보고 싶구나."

관우가 돌아간 뒤 조조는 혼자 중얼거렸다. 그리고 허도에 있는 여인들이며 헤어진 정씨가 문득 떠오르기도 했다.

그러나 바로 놀라운 정보가 날아들어 여자들 생각은 단번에 사라졌다.

하내태수 장양(張楊)이 여포 구원차 출동했다는 정보였다.

장양은 '여포와의 옛정을 생각할 때 그의 궁지를 차마 보고만 있을 수는 없다. 의(義)로써 원병을 보내겠노라' 말하며 나섰다는 것이다.

"양추(楊醜)는 무엇하고 있나, 양추는! 이런 때를 위해서 손을 써둔 것이 아닌가."

조조는 이렇게 말하며 혀끝으로 입술을 핥았다.

여포 진영에 진규 부자가 있듯 하내의 장양에게도 은밀히 양추를 배치해 두었던 것이다.

다음날 기다리던 양추에게서 보고가 들어왔다.

'군사를 일으켜 하내 장양을 죽였음.'

짧았지만 명쾌한 보고였다. 조조는 보고서를 읽고 몇 번이나 고개를 끄덕였다.

그런데 며칠 뒤 첩자가 또 알려 왔다.

살해된 장양의 부하 휴고(眭固)가 양추를 죽이고 무리를 이끌고

서 원소에게 항복했음.

조조에게 해를 입힌 것은 없지만 원소라는 또하나의 적, 현재로선 최대의 적이 병력을 더하는 결과가 되었다.

조조는 중얼거렸다.

"좋지도 나쁘지도 않은 일 아닌가!"

"구원군은 오지 않습니다."

하비성에서 이 보고를 받은 여포는 상을 찡그렸다.

원술은 원군을 보낼 여유가 없었다. 지난해 조조군에 쫓겨 흉년이 든 회수 지역으로 들어간 이후 원술은 아직도 타격을 회복하지 못하고 있었다. 원군을 보내기는커녕 원술은 오히려 지금 누군가의 도움을 받고 싶을 정도였다.

하지만 그에게도 자존심은 있었다.

"우리 양가의 혼담은 깨어졌는데, 내가 어째서 여포에게 원군을 보내야만 하는가."

출병 거절의 이유로 혼담이 깨어졌다는 구실을 내세웠다. 여포가 잘못을 비는 말을 보내왔지만 원술은 다시 구실을 붙였다.

"그대의 따님이 진짜로 우리 가문에 오기 전에는 단 한 명의 군졸도 보낼 수 없소."

원술은 몰락하고서도 허세를 부렸다. 아니, 몰락했기에 더 허세를 부릴 필요가 있었는지 모른다.

여포는 말했다.

"좋아, 딸을 보내면 구원군을 보내준다는 거냐? 그렇다면 내가 호위하여 보내주겠다."

진궁이 간했다.

"한 성의 주인이 포위된 성을 떠나는 일이 있어선 안 됩니다."

"그것은 그도 알고 있다. 그러나 딸을 보내 주지 않으면 원군은 오지 않는다. 이것은 성을 구하기 위해서다. 하다못해 안전한 장소까지만이라도 딸을 배웅하고 돌아오겠다."

여포는 막다른 데까지 몰리고 있었다. 진궁도 꺾였다.

"뜻대로 하십시오."

혼담이 오가는 딸이라곤 하지만 여포의 딸은 이제 겨우 열 살을 조금 넘겼을 뿐이다.

여포는 그 딸을 자기 등에 업고 그 위에 비단 쓰개치마를 씌웠다. 조금 큰 아이지만 여포가 워낙 큰 몸집이므로 그다지 부자연스럽게 보이지는 않았다.

"이렇게 하면 나도 자유롭게 활동할 수 있다."

여포는 딸을 업고서 하비성 밖으로 나갔다. 홀몸으로 혈로를 뚫고 원술에게 갈 작정이었다.

하지만 성을 나서자 그것이 불가능하다는 것을 깨달았다.

하비성은 두 겹, 세 겹으로 빈틈없이 에워싸여 빠져나갈 길은 어디에도 없었다.

혈맹장(血盟狀)

딸을 업고 여포는 헛되이 되돌아오지 않으면 안 되었다.

진궁이 여포에게 말했다.

"하비성의 위급을 구하는 데는 단 한 가지 방법밖에 없습니다."

"그 방법이란 뭔가? 나도 이제 지쳐 버렸다!"

"하비성의 남은 병력 1천500을 장군이 이끌고 포위를 돌파하는 것입니다. 1천500의 기병이라면 포위망을 뚫을 수 있겠지요?"

"그야 돌파할 수 있지. 하지만 문제는 그 다음이다."

"조조가 포위망을 뚫은 장군 뒤를 쫓으려 하면 제가 보병을 이끌고 조조의 등 뒤를 치겠습니다. 조조가 저의 보병대를 치려 하면 장군은 기병대로써 등 뒤를 기습해 주십시오. 그러면 조조도 갈팡질팡하다 지칠 것입니다."

"그것도 그렇겠군."

여포도 구미가 당겼다. 성 안에 앉아 있어도 적은 물러가지 않는다. 무슨 수를 쓰지 않는다면 자멸할 게 뻔한 상황이다.

그러나 막상 출격할 시간이 되자 여포는 고개를 가로저었다.

"그만두자. 이 작전은 마음이 내키지 않아."

초선이 반대했기 때문이다.

"당신은 겉만 보시고 속의 일은 모르고 계세요. 이 성은 장군이 계시기 때문에 겨우 유지되고 있는 거예요. 만일 당신이 성 밖으로 나가 버리시면 성 안에선 이내 파벌 싸움이 벌어져 엉망이 될 거예요. 누구누구라고는 말씀드리지 않겠어요. 하지만 그것이 틀림없다는 것은 맹세할 수 있어요. 그렇게 되면 제 목숨이 달아나게 되는 것도 또한 확실합니다."

"그래……, 그렇게도 심한가."

여포도 성 안의 파벌 다툼을 어렴풋이나마 눈치채고 있었다. 다만 그는 파벌의 균형을 이용할 만큼 정치적인 인간은 아니었기 때문에 그다지 관심을 두지 않았다.

초선이 이름을 대지 않았지만 참모인 진궁과 실전 지휘관인 고순은 서로 반목하고 있었다. 여포의 위력에 눌려 표면화되지 않았을 뿐 잠시라도 여포가 성 밖으로 나간다면 폭발할지 모른다.

진궁과 고순의 파벌 싸움 말고도 걱정거리는 또 있었다. 송헌(宋憲)과 위속(魏續)인데, 그들은 틈을 보아 조조에게 항복하려 하고 있었다.

"아, 귀찮다!"

여포는 모든 것을 포기해 버렸다.

그래서 초선을 얼싸안고 매일 술만 마셨다.

어느날 밤 여포는 술이 취해서 성의 주전각(主殿閣)인 백문루(白門樓)에 앉아 있었다.

옆에는 적토마가 있었다. 그날 따라 여포는 왠지 애마가 그리워 시종을 시켜 일부러 마구간에 쉬고 있는 적토마를 데려오게 했다. 화살에 맞은 상처가 채 아물지 않아 기운이 없는지 적토마는 움직이려 하지 않았다. 여포는 적토마의 목을 끌어 안고 속삭였다.

"긴 장정(長征)이었다. 이젠 우리도 쉴 때가 온 것 같다. 내가 널 너무 혹사했어. 넌 충성스런 부하이자 내 유일한 심복이었다. 이 온후에게 믿을 만한 존재는 오직 너와 초선뿐이구나."

여포는 계속 중얼거렸다. 그리고 적토마에 기대어 깊은 잠에 빠져들었다.

새벽녘, 적토마가 인기척에 놀라 몸을 꿈틀거리며 일어나려 했다. 그러나 이미 기력이 약해질 대로 약해진 적토마는 쇠잔한 몸을 끝내 일으키지 못했다.

거기에 송헌이 발소리를 죽여 살금살금 다가와 우선 방천극을 훔쳤다. 이어서 위속이 힘센 군사 20명을 이끌고 와서 슬며시 여포를 포위했다. 수족 같은 부하라고 굳게 믿었던 송헌·위속에게 배신당한 줄도 모르고 여포는 고개를 축 늘어뜨린 채 악몽 속을 헤매고 있었다.

후다닥 제정신을 차렸을 때는 두 팔, 두 다리가 모두 밧줄에 묶여 있었다.

"이놈들아! 무슨 짓이냐!"

여포는 고함을 치며 벌떡 일어나려 했으나 군사 20명에게 일제히 밧줄이 당겨져 견디어내지 못하고 바닥에 뒹굴고 말았다. 적토마도 보이지 않았다.

송헌과 위속은 밧줄로 묶은 것만으로는 불안했던지 쇠몽둥이를 휘둘러 여포를 마구 때렸다. 여포는 피투성이가 되어 실신했다.

한편 초선은 이 무렵 깊숙한 내당에 있었다.

갑자기 함성이 들렸다. 송헌과 위속이 여포를 사로잡았을 뿐 아니라 진궁과 고순마저 생포하고 성문을 열어 적병을 끌어들인 것이다.

"아, 지긋지긋한 전쟁!"

초선은 두 손을 합장하며 조용히 눈을 감았다. 그녀는 기도하고 있었다. 오장원의 강국 사람들에게 배운 부도의 이름, 석가모니의 이름을 뇌까렸다. 몇백 번, 몇천 번 되풀이했는지 초선으로선 기억이 없다.

얼마쯤 지났는지 거칠게 문을 열어젖히며 소리지르는 자가 있었다.

"익덕, 너는 아무도 가까이 오지 못하게 하라. 나는 볼일이 있다."

초선은 눈을 떴다. 수염투성이 사나이가 거기 서 있었다.

"오오, 초선님……. 조조 장군의 허락을 받아 그대를 맞이하러 왔소. ……나는 관우 운장이라 하오!"

수염의 사나이는 불타는 눈으로 한 걸음 한 걸음 다가왔다.

초선은 나무아미타불을 외며 다시 눈을 감아 버렸다.

난세의 여자에게 자기 주장이라곤 있을 수 없었다. 전리품으로써 다른 주인에게 옮겨질 뿐이다.

여포는 결박된 채 조조 앞에 끌려나갔다.

"조금 느슨하게 해 다오. 아파 견딜 수 없다!"

여포는 큰 몸집을 흔들며 말했다. 조조가 싸늘하게 대답했다.

"토끼나 여우라면 웬만큼 묶어도 좋지만 범이라면 단단히 묶어야 하지."

여포는 또 말했다.

"그건 그렇다 치고 어지럽던 천하도 이제 겨우 가라앉겠군."

"그게 무슨 뜻인가?"

"귀공은 보병을 이끌고 나는 기병을 거느린다. 그러면 천하무적이 아닌가? 그러면 천하는 평정이 될 것이다."

여포는 아랫입술을 내밀면서 말했다. 그는 포로가 되었으면서도 조조와 함께 천하를 평정할 생각을 하고 있는 것이다.

조조는 유비를 돌아보며 말했다.

"어떻게 하지?"

"저 사나이는 일찍이 정원을 섬겼다가 또 동탁을 섬겼지요. 지금은 조 장군을 섬기려 하고 있습니다. 스스로 판단해 주십시오.”

유비의 대답은 너무도 명쾌한 것이다. 여포는 정원의 무장이었으나 주인의 목을 가지고 동탁에게 넘어갔다. 그러나 의부였던 동탁도 죽여 버렸다. 여포는 자기가 섬긴 주인을 둘씩이나 죽인 것이다. 그런데도 여포를 용서하여 부하를 삼고 싶은가? 유비는 그렇게 묻고 있는 것이다.

“이놈, 배은망덕한 놈! 너야말로 믿지 못할 사내다!”

여포는 용을 쓰면서 유비에게 소리질렀다. 조조가 명했다.

“여포를 데리고 가서 목을 베라.”

그런 조조의 얼굴에는 한 조각 감정도 나타나 있지 않았다.

후세 사람이 시 한 수를 남겼다.

　　출렁이는 큰 물결 하비성이 잠기던 날
　　여포가 그만 사로잡혔지
　　하루 천 리 적토마 덧없이 남고
　　한 자루 방천화극 쓸모없어라

　　묶인 줄 늦춰달라는 호랑이 모습 나약하니
　　매는 배불리지 말라던 옛말 틀림없네
　　진궁 충고 듣지 않고 계집에 빠지니 어리석어라
　　은혜 모르는 귀 큰 놈이라 욕해 무엇하랴

또 현덕을 논한 시가 있다.

　　사람 잡는 주린 호랑이 단단히 묶어야지
　　동탁과 정원의 피 마르지 않았는데
　　현덕은 여포가 아비 먹는 줄 알면서도

어찌 살려두어 조조를 해치게 하지 않았던가?

다음에는 진궁이 끌려왔다. 조조가 말했다.
"아까운 녀석이다. 그러나 널 살려둘 수는 없다."
진궁은 가슴을 펴고서 당당히 대답했다.
"그거야 말할 것도 없는 일……."
"그대는 늙으신 어머니와 처자가 있을 텐데……. 그들은 어떻게 할 작정인가?"
"그것을 나에게 물어 어쩔 작정인가? 나로서는 이제 어쩔 수 없다. 내 어머니나 처자가 어찌될 것인지 그것은 당신밖에 모르는 일 아닌가?"
"좋아……. 노모와 처자는 내가 돌봐주지."
"고맙소."
진궁은 여포와는 달리 그 마지막이 매우 담담했다.
후세 사람이 시를 지어 진궁의 장렬한 최후를 애도했다.

살고 죽음에 순간 당해서 두 뜻이 없었더라
장부여, 어찌 그다지도 장렬한가
금석 같은 그의 충고를 외면하여
동량의 재목을 헛되이 잃었구나
진실로 공경하며 주인을 위하더니
늙으신 모친 두고 떠나는 애달픈 모습
백문에서 죽는 날에
공대와 같은 인물 어디에 있으랴

진궁에 이어서 고순도 처형되었다. 젊은 기병대장인 장료(張遼)는 용서되어 조조 군단의 장수로서 활약하게 되었다. 태산의 들도둑 장수들은 모두 죄를 묻지 않았다.

처형이 끝나고 한숨 돌린 조조 앞에 한 여인이 끌려나왔다.

"명령에 따라 진의록의 처를 데려왔습니다."

여자로서는 키가 커서 조조와 비슷했다. 살결이 희고 탄력이 있었으며 목이 길었다.

조조의 취향에 맞았다.

'저 수염의 관우에게 주기는 아깝다.'

조조는 그렇게 생각하자 곧 선언했다.

"이 여자는 내가 데리고 가겠다."

이윽고 관우가 따지러 오리라 짐작했으나 아무리 있어도 나타나지 않았다. 만일 관우가 나타나면 여자 대신 관직을 주리라 마음먹고 있었다.

'수염 녀석, 단념한 모양이군.'

조조는 히죽 웃었다.

관우는 초선이 탐나 그의 처라고 했을 뿐, 여포의 이름은 입 밖에 내지도 않았다. 말 않더라도 알겠지, 하는 생각에서였다.

관우가 유부녀를 달라고 조조의 승낙을 받으러 갔을 때, 그 말을 꺼내기 위해 먼저 진의록이 원술의 구원을 청하기 위해 성을 탈출했다는 정보를 알렸다. 그 정보는 관우의 속셈과는 아무런 관계도 없었지만, 조조는 관우가 진의록의 아내를 탐내는 거라고 지레 짐작했던 것이다.

"부상을 입었다니 어서 빨리 치료를 서두르게."

조조는 부하들에게 명령해 인근에서 가장 이름난 수의원을 불러오라 명했다. 불려온 수의원은 적토마의 상처를 보자 말했다.

"화살로 인한 상처는 쉽게 치료될 수 있으나 창상은 그리 쉽게 낫지 않습니다. 오환족이 사용하는 제독제가 있다면 혹시 모를까."

"오환족의 제독제?"

조조는 반문하며 부하 몇몇을 불렀다.

"즉시 나가 오환족의 제독제를 구해오라."

그러고는 바로 수의원에 물었다.

"상처만 아물고 나면 적토마가 다시 예전처럼 달릴 수 있겠지?"

"물론입니다. 명마 기질을 타고난 터라 곧 다시 달릴 수 있을 겁니다."

조조는 흐뭇한 미소를 띠었다.

"암, 그렇지. 그래야 하고말고."

하비성이 함락되고 여포가 멸망한 이때는 건안 3년 12월이다.

조조의 여포 공격에 유비도 참가했는데 여포 처형 후 조조는 차주(車胄)를 서주자사로 남기고 유비를 데리고 허도에 개선했다.

유비는 관우, 장비 등 약간의 가신을 거느렸을 뿐이었다.

그런데 조조의 유비에 대한 대우는 그야말로 특별했다. 본디의 예주자사에다 다시 좌장군을 더 얹어 주었다.

후한의 장군은 대장군, 표기장군, 거기장군, 위장군의 순서이고 이들은 삼공(三公)과 동격이었다. 그 아래 다시 전장군, 후장군, 좌장군, 우장군이 있는데 이들은 구경(九卿)과 동격이다.

말하자면 유비는 한낱 지방장관이 아닌 조정의 중신이 된 것이다.

그뿐 아니라 조조는 출입할 때 유비와 한수레를 탔고 앉는데도 같은 자리에 앉는 파격적인 대우를 해주었다.

그리고 조조는 늘 유비를 자기 눈길이 미치는 곳에 두었다.

"승상께서 유비를 그렇게 잘 대우하시다니 도무지 이상하지 않은가?"

조조를 잘 알고 있는 측근들조차 고개를 갸웃할 정도였다.

그러나 유비는 조조의 후대를 다른 눈으로 보고 있었다.

"아무래도 나를 경계하는 모양이다. 조심해야지."

「설원(說苑)」이라는 책에 다음과 같은 말이 있다.

'종아리가 넓적다리보다 굵은 자는 걷기가 어려우며, 손가락이 팔뚝보다 굵은 자는 잡기가 어렵다.'

또한 「소서(素書)」에는 아래와 같이 씌어 있다.

'기둥이 약하면 지붕이 무너지게 마련이고, 도움이 약하면 나라가 기우는 법이다.'

허도에서의 천자가 바로 그러했다. 천자는 전의 제왕처럼 범부(凡夫)는 아니었다. 그러나 지난 날에는 너무나 어려 그때그때 위세를 자랑하는 권신 앞에서 침묵을 지킬 수밖에 없었다.

동탁(董卓)이 권위를 떨칠 때는 아무 말도 못하고 장안으로 천도(遷都)하는 것도 용납해야 했다. 동탁이 멸망한 뒤 이각·곽사가 함부로 날뛰는 것을 용납했고, 정사(政事)도 저희 둘이 마음껏 휘두르는 대로 놔 두었다.

그리고 승상의 지위를 차지한 조조 앞에 천자는 너무나도 무력하고 미미한 존재가 되어 있었다.

천자가 무능하면 천하의 평화로움을 유지할 도리가 없으며, 이를 대신하여 권위를 휘두르는 자가 사해(四海)를 제압하여 사직을 지탱할 사람은 자기밖에 없다고 확신하게 되는 것은 당연하다.

제후를 누르고 경대부(卿大夫)를 제압하여, 바야흐로 혼자 뽐내는 조조였다.

이렇게 되자, 조조의 10분의 1 정도의 능력도 갖지 못한 경대부들이 이것을 시기하기 시작한 것은 당연한 일이었다. 대부분의 문무백관들은 한낱 사예교위에 지나지 않았던 옛날의 조조를 알고 있었기 때문이다.

그랬던 그가 어느 틈엔지 고개를 쳐들어 밀고 올라와서 사람들에게 교만을 떨고, 권세를 부리고 싶은 대로 행사하는 것으로 비쳤다. 승상이 된 뒤에도 그 지위에 있어서나 녹봉(祿俸)에 있어서나 불만스러운 기색이 보이면 언제고 천자를 시역(弑逆)하여 자신이 제위(帝位)를 빼앗으려고 하는 야망을 품게 될 것이 틀림없다고 그들은 생각했다.

그러나 조조 자신은 제위까지 빼앗을 정도의 야망은 조금도 없었다. 본디 타고난 패기 때문에 가끔 모든 대부들을 깜짝 놀라게 하기도 하고 두려움을 느끼게 하는 행동을 했던 것이다.

이를테면 조조는 해내(海內)에서 덕망이 높은 태위(太尉) 양표(楊彪)가 원술의 친척이라 장래에 반드시 원술과 내통할 우려가 있다고 보고 그를 추방하기도 하고, 의랑(議郎) 조언(趙彦)이 승상의 전횡을 탄핵하는 상소문을 초(草)하자 이를 붙잡아 백관들이 보는 자리에서 죽이기도 했다.

여러 대부들이 조조를 마음 속으로부터 미워하게 된 것은 천자를 청하여 허전(許田)에서 사냥을 했을 때부터였다.

어느 날 조조는 입궐해 천자에게 간했다.

"이렇게 황궁 깊숙한 전각에서 독서에만 열중하시면 건강에 이롭지 않으십니다. 신하들과 함께 사냥이라도 가시는 것이 어떻겠습니까."

그러자 어린 천자가 말했다.

"짐은 생명있는 것을 함부로 죽이고 싶지 않소. 살생은 군자의 도가 아니라 생각하오."

"하오나 폐하! 폐하는 군주시옵니다. 한 고조와 세조 광무제도 수시로 들에 나가 사냥을 즐겼다고 들었습니다. 선대 제왕들께서는 무(武)로써 천하를 통일한 바가 있습니다. 강건한 제왕은 무릇 강성한 나라를 이루는 법이옵니다. 또한 황궁을 벗어나 직접 민초들의 생활상도 살피실 겸 또한 몸도 단련시킬 겸 해서 사냥을 주청드린 것입니다."

선대 제왕과 민정을 들춰내는 데에는 천자도 고개를 끄덕이지 않을 수 없었다.

조조는 허전 들판에 10만의 병력을 분산 배치하고 그들로 하여금 약 20리를 에워싸 몰이꾼의 역할을 맡게 하였다. 또한 조정 중신들과 궁인들까지 모두 참석케 했다.

유비는 내심 의아했다.

'도대체 무슨 꿍꿍이속일까? 사냥을 핑계로 혹 천자를 해치려는 것은 아닐까?'

그런 생각을 하고 있었던 것은 비단 유비뿐만이 아니었다. 대부분의 조정 중신들은 사냥의 배경에 모종의 음흉한 의도가 도사리고 있으리라 확신했다. 간웅 조조가 아무 이유도 없이 10만의 병력과 조정의 문무백관, 궁인들을 허전 들판에 다 모아놓았을 리 없기 때문이다. 분명 다른 속셈이 있을 것이다.

이 날 사냥의 총지휘를 맡은 조인이 손을 번쩍 들자 몰이꾼들은 일제히 환호성을 올리며 사냥감을 몰기 시작했다.

풀숲에서 커다란 노루 한 마리가 불쑥 튀어나왔다.

그러나 산야에 익숙치 못한 천자는 활을 들 기미조차 보이지 않았다. 오히려 어쩔 줄 몰라 당황해하는 기색이 역력했다.

옆에 서 있던 유비는 천자의 안색을 살피고 나지막한 목소리로 말했다.

"폐하, 외람된 청이오나 신이 활을 쏴서 저 노루를 맞춰 보겠습니다. 부디 허락해주시옵소서."

그러자 천자는 겨우 위기를 모면한 눈빛을 보였다.

"그렇게 하시오. 공의 뜻이 정 그렇다면."

천자의 말에 유비는 말 배를 차고 앞으로 나아갔다. 질풍처럼 달려 적당한 지점에서 힘껏 활시위를 당겼다. '횡' 하는 소리와 함께 시위를 떠난 화살은 정확히 노루의 목을 관통했다. 어린 천자는 저도 모르게 탄성을 내지르며 순진무구한 목소리로 외쳤다.

"맞혔소! 놀라운 솜씨요!"

유비는 겸허한 태도로 천자에게 고개를 숙이며 말했다.

"황공하옵니다."

그때였다. 갑자기 큰 사슴이 천자를 향해 달려왔다. 몰이꾼들에 의해 쫓기던 사슴이 사방의 통로가 막히자 엉겁결에 길이 뚫린 천자 일행 쪽을 향해서 내달려왔던 것이다. 그것을 본 조조가 크게 소리 쳤다.

"폐하! 어서 저 사슴을 맞히시지요."

활을 들어 시위를 당기기만 하면 누구든지 명중시킬 수 있는 가까운 거리였다. 그러나 천자의 몸은 이미 겁에 질려 돌처럼 딱딱하게 굳어 있었다. 유비는 주먹을 불끈 쥐며 중얼거렸다.

'이게 바로 조조 네가 의도한 바이렷다!'

그런데 순간 예상치 못했던 상황이 벌어졌다. 어린 천자가 드디어 활을 집어든 것이다. 천자는 부르르 떨리는 손으로 시위를 힘껏 잡아당겼다. 시위를 벗어난 화살은 허공을 가르며 날아갔다. 수만 개의 시선이 날아간 화살에 머물렀다. 그러나 애석하게도 천자가 쏜 화살은 빗나가고 말았다. 그것도 사슴이 있는 곳과는 동떨어진 잡목 사이로 날아가 힘없이 떨어졌다.

그러자 곁에 모시고 있던 조조가 천자의 손에서 보조궁(寶雕弓)과 금비전(金鈚箭)을 낚아채듯 하더니 '휘융' 소리가 나게 쏘았다. 화살은 보기좋게 사슴의 목을 꿰뚫었다.

이것을 멀리서 바라본 군신(群臣)들과 장교는 영락없이 천자가 맞힌 것으로 알고 만세를 소리높이 외쳤다.

그 순간 조조가 천자의 앞을 가로막고 서더니 외쳤다.

"이 조조가 잡은 사슴이다!"

너무나도 당당한 태도에 일순 환호하던 일동은 핏기를 잃고 물을 끼얹은 듯 조용해지고 말았다. 현덕의 곁에 있던 관우는 눈꼬리가 찢어지게 두 눈을 부릅떴다.

"저런 오만불손한!"

언월도를 고쳐 잡았을 정도였다.

"조조는 이제 동탁 이상으로 포악하게 행동할 것이다. 지금 타도하지 않으면 훗날의 재화(災禍)가 될 것이다."

남모르게 수군수군하는 자들이 많아졌다.

그날 이후 천자의 용안(龍顔)에는 근심이 가득 어려 있었다. 주렴 밖에는 그윽한 후정(後庭)의 꽃향기가 넘실대고 있었으나 천자의 입가에서는 종일토록 웃음 한 자락 찾아볼 수 없었다.

천자는 구중심처 적막한 방에 홀로 앉아 상념에 잠겨 있었다. 방에 어둠이 깃들기 시작하자 시녀가 들어와 금촉(金燭)에 불을 당겼다. 그러나 용안에 깃든 어둠은 여전히 사라지지 않는다.

잠시 후, 황후가 들어와 근심어린 눈빛으로 물었다.

"폐하, 무엇을 그렇게 골몰하시나이까?"

천자는 무겁게 입을 열었다.

"짐은 천하와 민초들을 생각하고 있었소. 천자가 부덕(不德)하여 세상이 평안치 못하니 마음이 답답할 뿐이오."

천자의 맑은 눈에 눈물이 고였다. 천자는 울먹이는 목소리로 말을 이었다.

"동탁의 대란(大亂)과 이각·곽사의 변도 지나고 이제는 태평성대가 찾아오겠거니 했건만 또 그에 못잖은 조조의 전횡(專橫)으로 다시 민심이 등을 돌리고 있소. 정사를 다스리는 조정이 있으되 백 가지 영(令)은 모두 상부(相府)에서 좌우하고, 공경백관(公卿百官)이 있으되 그들은 모두 조조의 안색만을 살피고 있으니 허수아비 같은 천자 혼자서 무슨 일을 한단 말이오. 한실(漢室) 400여 년의 말로에 한 사람의 충신이 없는지고!"

천자는 한탄하며 눈물을 닦았다. 황후는 찢기는 가슴으로 천자를 얼싸안으며 소리없이 울었다. 그런데 그때 문득 주렴 너머에서 인기척이 들렸다. 천자와 황후는 불길한 얼굴로 서로 마주보았다.

황후가 곧 알아보겠다는 눈짓을 하며 일어섰다. 다행히도 나타난 사람은 황후의 인척인 복완(伏完)이었다.

"폐하, 심려치 마시옵소서. 여기 복완이 있사옵니다."

"공은 짐의 마음속을 어찌 헤아리고 그렇게 말씀하시오?"

복완은 분개하여 말했다.

"지난번 허전(許田)의 일로 심히 분해하지 않는 사람이 없습니다. 조조의 역심(逆心)은 이미 만천하에 드러났사옵니다. 사냥터에서의 방자한 행동만 보더라도 그 본심을 드러낸 것이 아니고 무엇이겠습니까? 조조는 이미 황실의 위엄을 짓밟고 참칭하고 있사옵니다."

'참칭'이라는 말에 천자는 놀라며 주위를 둘러보았다. 그리고 조심스럽게 말했다.

"목소리를 낮추시오. 이곳도 안전한 곳은 아니니……."

"노쇠한 신(臣)이 종친된 자로서 아무 위명(威名)이 없사와 감히 떨치고 일어서지 못함이 한스러울 뿐이옵니다. 이제 조조와 대적할 충신(忠臣) 한 사람을 천거할까 하옵니다."

"그게 누구요?"

"거기장군 동승(董承)이옵니다."

"동승?"

"예, 폐하께서 친히 동승을 부르셔서 밀조(密詔)를 내리신다면 반드시 어명을 받들 것이라 믿사옵니다."

복완이 물러가자 천자는 깊은 수심에 잠겨 홀로 밤을 지샜다. 그리고 이튿날 아침, 조용히 칙명을 내려 국구(國舅) 동승을 불렀다.

동승은 장안 시대 이래, 난세의 대란 속에서도 늘 황제의 곁을 떠나지 않고 조정을 지켜온 원로 충신이었다.

"국구, 평안하시었소?"

"황공하옵니다. 소신, 폐하의 망극하신 은혜로 무탈하옵니다."

"짐이 어제 밤, 황후와 더불어 지난 이각·곽사의 난을 돌이켜 회고하며, 공신들의 이야기를 나누다가 문득 공이 그리워져 이렇게 불렀다오. 앞으로도 짐의 곁을 떠나지 말고 황실을 지켜주시오."

동승은 눈물이 앞을 가려 사뭇 먹먹해진 목소리로 말했다.

"폐하! 신은 목숨바쳐 죽는 그 날까지 폐하와 황실을 지킬 것이옵니다."

천자는 동승과 함께 궁궐의 뜰을 거닐며 지난 날 힘겨웠던 천도 시절을 이야기했다. 그러다 어느덧 종묘(宗廟)의 돌계단에 올라섰다. 종묘에 들어서자 바로 공신각(功臣閣)에 올라 분향한 후 세 번 절을 하였다. 좌우 벽에는 고조 이래 제왕들의 초상이 모셔져 있었다.

천자는 담담한 목소리로 말했다.

"국구, 선대 제왕들의 창업 이야기를 들려주시오. 짐에게 참고가 될 듯 하오."

동승은 놀라 물었다.

"폐하, 그 무슨 말씀이십니까?"

그러자 천자는 엄숙한 얼굴로 말을 이었다.

"속히 말해주시오."

재촉하고 나섰다. 동승은 이야기를 시작했다.

"고조 황제께서는 사상(泗上) 땅 정장(亭長)에서 일어나시어 삼척 보검으로 망탕산의 백사(白蛇)를 퇴치하시고 의병을 일으켜 난세에 종횡(縱橫)하시고, 3년에 진(秦)을 치고 5년에 초(楚)를 치신 뒤 대한(大漢) 400년의 기업을 세우셨사옵니다. 이는 폐하께서도 익히 아시는 바가 아니시옵니까?"

그러자 천자는 슬픈 눈을 들어 동승을 바라보며 다시 말했다.

"짐은 그토록 훌륭한 선조를 가지고도 어쩌면 이렇게 나약할 수 있단 말이오. 국구, 말해보시오. 저 고조 황제의 양쪽에 선 사람들은 과연 어떤 인물들이오?"

동승은 천자의 의중을 짐작하자 목소리가 점점 작아져 갔다.

"고조 황제의 양쪽에 시립하고 계신 분은 위쪽이 장량(張良), 아래쪽이 소하(蕭何)이옵니다."

"음, 장량과 소하 두 사람은 무슨 공을 세워서 황제의 곁에 서 있는 것이오?"

"장량은 군사를 이끌고 전장에 나가 승전을 거듭하였고, 소하는 국법을 세워 치안을 반석 위에 세웠으므로 고조께서도 그 공적을 치하하셨사옵니다. 그리하여 후대에 이르러 이 두 사람을 건업(建業)의 이대공신(二大功臣)이라 하여 그 뜻을 추앙하게 된 것이옵니다."

황제는 속깊은 눈으로 동승을 보며 말했다.

"과연 종묘사직의 충신이로군!"

동승은 깊이 고개를 숙였다.

"국구, 경도 항상 짐의 곁에서 짐의 장량과 소하가 되어 주시오."

천자는 이렇게 말하며 친히 웃옷을 벗어 동승에게 씌워 주고 그 위에 옥대를 얹어 하사했다.

"신, 황공하여 몸둘 바를 모르겠사옵니다."

동승은 난감하여 굽힌 허리를 펴지도 못한 채 말했다.

"너무 과하시옵니다. 폐하, 거두어주시옵소서."

"받을 수 없다는 말이오?"

"그게 아니옵고 신은 다만 폐하의 넘치는 성은(聖恩)이 황송하여……."

어린 천자는 연로한 신하 동승의 어깨를 쓰다듬며 나직히 속삭였다.

"짐은 지난 날, 대란 속에서 과인을 지켜준 경의 충심을 한시도 잊은 적이 없소."

동승은 한동안 감읍(感泣)한 후, 어의(御衣)와 옥대를 품에 안고 궁궐 밖으로 나갔다.

그리고 집에 돌아온 동승은 급히 자신의 방에 들어가 문을 걸어 잠그고 어의와 옥대를 자세히 들여다보았다. 분명 천자의 밀지(密旨)가 어딘가 숨겨져 있으리라 생각하며 샅샅이 훑어보았다.

"이상하다. 아무 것도 없지 않은가."

동승은 고개를 갸웃하며 하사품을 잘 접어 상 위에 올려놓았다. 그리고 누워 눈을 감았다. 그러나 그는 밤이 새도록 이리 뒤척 저리 뒤척 잠을 이룰 수가 없었다. 분명 옥대와 어의에는 천자의 숨은 뜻이 있었다. 사당에 들어가 제왕과 충신들의 이야기를 할 때도 천자는 동승에게 시사(示唆)하는 바가 있었다.

"그것이 무엇일까? 천자의 하사품은 무엇을 암시하는 것일까?"

불길함을 담은 천자의 눈빛이 좀체 그의 머릿속에서 사라지지 않았다.

그 후로 닷새가 지났다. 그날도 동승은 깊은 상념에 잠겨 천자의 뜻을 헤아리는 데 골몰하고 있었다. 그러다 자신도 모르는 사이에 잠이 들고 말았는데, 문득 한줄기 바람이 불어와 등불이 흔들리면서 심지의 불이 꺼지고 말았다. 그때 꺼진 심지의 불똥 하나가 날려 떨어졌다.

동승은 잠결에 이상한 냄새를 맡았다. 뭔가가 타는 냄새였다. 그는 눈을 번쩍 떴다. 책상 위에 놓여 있던 옥대가 막 타들어가고 있었다.

놀란 동승은 황급히 손을 저어 옥대에 붙은 불을 껐다. 용환 자금란(龍丸紫金襴)에 엄지 손가락 끝만한 구멍이 뚫어졌다.

"이 무슨 변괴인고!"

그 순간 동승은 숨이 멎을 듯 놀랐다. 옥대 안에 든 흰 비단 접지가 보였기 때문이다. 뿐만 아니라 흰 비단은 핏빛으로 얼룩져 있었는데 가만 들여다보니 글자가 적혀 있는 것 같았다.

이것을 본 동승은 가슴이 뛰기 시작했다. 옥대에는 눈에 띄지 않을 정도의 촘촘한 바느질로 교묘하게 덧댄 흔적이 있었다. 그는 옥대를 꿰맨 실을 정성껏 한올 한올 풀고 마침내 감추어진 밀조(密詔)를 찾아냈다.

동승은 옥대에 허리를 굽혀 절한 후 떨리는 손으로 그것을 들고 읽기 시작했다.

혈서를 다 읽었을 즈음 동승의 얼굴은 이미 눈물 범벅이 되어 있었다. 그는 황실 쪽을 향해 몇 번이나 절한 뒤 한참 동안 그대로 엎드려 통곡했다.

"천자께서 이토록 상심이 크실 줄이야. 신(臣) 거기장군 동승, 천자의 분부를 받들겠나이다."

동승은 혈서를 고이 접어 품 안 깊숙이 넣고 다시 황실을 향해 배례했다.

이해 이른 봄 상부(相府)에서 가까운 곳에 잠시 머물고 있던 유비는 뜻하지 않게 밤이 이슥했을 때 국구(國舅) 거기장군(車騎將軍) 동승(董承)의 은밀한 방문을 받았다.

유비는 깜짝 놀라 물었다.

"거기장군께서 이 밤중에 무슨 일로?"

"예, 유 황숙께 꼭 아뢸 말씀이 있어 이렇게 찾아왔습니다."

유비가 처음 천자를 배알했을 때, 그가 경제의 후손으로 중산정왕의 후예임을 아뢰자 천자는 몹시 기뻐했다. 19세나 되었음에도 무엇하나 자기 뜻대로 하지 못하고 있던 천자는 유비 같은 종친을 만나자 몹시 마음 든든해했다.

"앞으로는 숙부로 모시겠소."

이리하여 이때부터 사람들이 유비를 유 황숙이라 부르게 되었다.

작은 방으로 들어온 동승은 자리를 잡고 앉자 말했다.

"황숙께 보여드리고 싶은 것이 있습니다."

밤도 깊은 시각에 찾아온 동승이 예사롭지 않은 태도로 유비를 뚫어지게 바라보면서 품속에서 꺼낸 것은 얼핏 보기에도 조칙(詔勅)임을 알 수 있었다.

현덕은 받아 펴보았다.

짐이 듣기에 인륜에 있어 크다 함은 부자를 으뜸으로 치고 존비(尊卑)함에서 뛰어남은 군신을 중히 한다고 한다.

요즈음 조적(曹賊)은 권세를 희롱하고 군부(君父)를 속이며, 무리를 짓고 조정의 기강을 깨뜨리고 상을 주거나 벌을 주는 것을 짐의 뜻에 의하지 않는도다.

짐은 밤낮으로 걱정하며, 천하가 위태로워지려는 것을 두려워하노라. 경은 나라의 대신이요, 짐의 지척(至戚)이니 고조께서 창업하실 때의 그 간난을 생각할지어다. 충과 의를 모두 겸전한 열사를 규합하여 간사한 무리들을 섬멸하고 사직을 다시 편안케 하면 이는 조종(祖宗)의 크나큰 다행이니라. 손가락을 베고 피를 내어 이 조칙을 써서 경에게 내리노라.

건안(建安) 4년(199) 봄 3월

조서를 내리노라.

주욱 훑어본 유비는 잠자코 그것을 동승에게로 돌려주었다.

천자가 조조의 너무나도 무례한 행동을 더 참지 못하여 국구인 동승에게 은밀히 내린 밀조(密詔)였다.

그러나 유비는 이것을 그대로 천자 자신이 쓴 것이라고 단순하게 믿지는 않았다.

"황숙께 여쭙겠습니다. 지난번 허전의 사냥터에서 조조가 오만불손한 행동을 보일 때, 황숙의 수족과도 같은 관운장은 칼을 뽑아 조조를 벨 듯했습니다. 나는 그것을 보고 아아 황숙께서도 우리와 같은 뜻을 품으셨구나, 생각하고 매우 마음 든든하게 생각한 터에 ……."

유비는 조용히 동승의 말에 귀를 기울였다.

"조정의 백관들이 모두 황숙의 주종과 같은 정의의 의사라면 어찌 조조의 포악한 행동을 가만히 보고만 있을 수 있으리까?"

'……국구는 어쩌면 조조의 부탁으로 내 뱃속을 살피러 온 것인지도 모를 일이다.'

유비는 한순간 이렇게도 생각되었다.

"말씀은 그러하오나, 승상은 이 어지러운 세상을 다스리기에 필사적인 노력을 하시는 것으로 보입니다만……."

"황숙! 나는 비장한 결의를 다져, 한 목숨 버리게 되는 것을 마다하지 않고 황숙을 찾아왔소이다. 그런데 어찌 황숙께선 시치미를 떼시고 마음에도 없는 거짓 대답을 하시오이까?"

동승은 말하고 나서 다시 한 통의 문서를 꺼내자 유비 앞으로 내밀었다. 조조 타도를 맹세한 혈맹장(血盟狀)이었다.

　맨 첫머리에 거기장군 동승
　둘째로 공부시랑(工部侍郞) 왕자복(王子服)
　셋째로 장수교위(長水校尉) 충집(种輯)
　넷째로 의랑(議郞) 오석(吳碩)
　다섯째로 장군(將軍) 오자란(吳子蘭)
　여섯째로 서량태수(西涼太守) 마등(馬騰)

이러한 사람들이었다. 당연히 끼일 것이라고 수긍할 수 있는 사람들이 대부분이고 뜻밖이라고 생각되는 사람도 끼어 있었다.

"황숙, 부디 일곱번째로 황숙의 서명을 부탁드립니다."

"잠깐만……."

유비는 손을 들어 바싹 다그치는 동승을 제지했다.

"여쭈어 보고 싶은 일이 한 가지 있습니다. 조조를 친 다음 누가 조조를 대신하여 승상의 지위에 오를 것인지 그것을 먼저 알고 싶습니다."

동승은 당장 대답하지 못했다.

혈맹 여섯 사람은 저마다 뱃속에 야심을 감추고 있었으므로 거기까지 밀의(密議)는 되어 있지 않았던 것이다.

"내가 생각하기에 지금 조조를 친다면 묘당(廟堂)은 여러 대부가 저마다 어지러이 일어서서 수습할 수 없는 혼란을 일으키지 않을까 싶습니다. 동탁이 없어진 뒤의 비참한 모습을 국구께서도 자세히 보셨을 터. ……조조의 포악한 행동을 미워하심은 지당하나, 이를 치는 것은 시기가 이르지 않을는지?"

"그러시다면 황숙께서는 서명을 거절하시는 것이오?"

동승은 험악한 표정이 되었다.

"천만의 말씀이오. 거부할 리가 있으리까. 다만 그 시기가 너무 이른 것을 두려워할 뿐입니다."

유비가 대답했을 때, 관우와 장비가 어깨를 나란히 하고 들어오더니 다짜고짜 말했다.

"주군은 무엇을 망설이시오?"

"조조야말로 동탁 이상으로 간악한 무리입니다!"

입을 모아 서명을 권했다. 이 순간에도 유비는 문득 생각했다.

'……나에게 뛰어난 군사(軍師)가 있다면…….'

"그대들이 그토록 권하는 일이라면……."

유비는 붓을 들어 혈맹장 일곱 번째에 서명을 했다.

용

조조측에서도 유비에게 의심을 품는 이들이 있었다.

모사 순욱이나 정욱이 번갈아 조조에게 말했다.

"유비는 마음속에 웅지를 품고 있고 인심을 얻는 데 뛰어난 자입니다. 늦기 전에 처치해 버려야 합니다."

"아니다. 지금은 영웅을 맞아들일 때다. 유비 정도의 사나이를 죽여 천하의 인심을 잃는 것은 실책이다."

사실 조조는 인간의 재능을 평가하는 데는 천재적인 인물이었다.

재능이 있나 없나, 그것을 첫눈에 알아 버린다. 그리고 재능을 존중하는 데에 있어서도 그를 따를 자가 없었다.

이해 4월, 조조는 동생인 조인을 대장으로 삼아 원소의 산하에 들어간 석견(射犬)을 공격하여 항복받았다. 이때의 포로 가운데 일찍이 조조를 섬겼던 위충(魏仲)이란 사람도 끼어 있었다.

메뚜기 떼로 말미암아 무승부로 끝난 저 5년 전의 싸움에서, 위충은 조조를 배반했다. 배반의 소식을 들었을 때 조조는 말했었다.

"설마 위충은 반역이야 않겠지."

그런데 자세한 보고가 들어온 것을 보고 위충도 반역배 일당에 끼어 있다는 것을 알았다. 그때 조조는 이를 갈며 격노했다.

"충이란 놈! 남쪽 월(越)이나 북쪽의 호(胡)로 망명이라도 하지 않는 한 풀뿌리를 헤쳐서라도 찾아내고야 말겠다! 놈을 그냥 두지는 않을 거야!"

따라서 누구도 포로가 된 위충이 살아남지 못하리라 생각했다. 그러나 조조는 시무룩한 얼굴로 말했다.

"결박을 풀어주어라."

부하는 확인하듯 물었다.

"용서하시는 겁니까?"

도저히 믿어지지 않는 일이었기 때문이다.

"그의 재주가 아까워."

조조는 다만 그 한마디를 입에 올리고 안으로 들어가 버렸다.

증오하고도 남음이 있는 반역자이지만 그 재능을 높이 평가했던 것이다.

이용 가치가 있는 인물.

증오 때문에 드물게 볼 수 있는 재능을 꺾거나 하지는 않았다. 결국 그 재능은 자기를 위해 쓰리라 생각한 것인데, 이 점 조조의 놀라운 냉철함이라 할 수 있다.

위충은 하내태수로 임명되었다.

따라서 조조가 유비의 재능에 완전히 반했다고 사람들은 보았다.

그러기에 동승 일당은 유비를 이용하려 했던 것이다.

그렇다고 해서 동승 등 혈맹장에 서명한 사람들이 조조를 치기 위한 계획을 착착 추진한 것은 아니었다. 다만 의분을 느낀 나머지 동지라는 의지를 서로 맹세했음에 지나지 않았다.

또 조조에게는 전혀 허술한 틈이 없었다.

유비는 맑은 날에는 밭갈고 비오는 날에는 글을 읽으며 한가로이

지냈다. 유비가 머물고 있는 집 뒤켠에 100평 남짓한 빈 터가 있었는데, 그곳을 혼자 갈아서 야채를 가꾸기 시작했던 것이다.

관우나 장비는 그것이 조조의 의심을 피하기 위한 행동이라는 것은 알고 있으나 좌장군 예주자사쯤 되는 몸으로 날마다 흙투성이가 되어 야채 가꾸기에 여념이 없는 모습을 보는 것은 도무지 견딜 수 없는 일이었다.

"운장 형. 나는 우리 주군께서 무슨 생각을 하고 계시는지, 점점 알 수 없게 되어 버렸소."

창문으로 멀리 텃밭의 주군을 바라보며 장비는 한숨섞인 투정을 했다.

"간웅의 해를 피하기 위해 저와 같이 스스로를 속이시는 것도 또한 어쩔 수 없는 일이겠지."

"그건 알아요. 알 수 없는 것은 우리 주군께서 어찌해서 이곳을 빠져나갈 계획을 세우지 않느냐 하는 겁니다. 그러실 생각만 있으시다면 오늘 밤에라도 우리 두 사람을 호위로 삼아 탈출할 수 있는 것 아니겠소?"

"무사히 탈출한다고 치자. 조조가 그냥 있겠는가? 조조는 반드시 천자 앞에서 트집을 잡고 따져, 주군의 지위를 박탈하고 말 테니까 그런 거지."

"그게 무슨 상관이야. 서주로 돌아가면 백만의 백성이 내편인데."

"군자는 조급히 굴지 않는 법이다. 주군은 탈출할 기회를 잡을 것이 틀림없다. 그때가 오기를 기다리고 계시는 것이다."

"기다리고 있을 수만 없소!"

장비는 고래고래 고함쳤다.

"장비, 그렇게 소리지르지 마라!"

장비는 하던 일을 웬만큼 끝내고 돌아온 유비 앞에 우뚝 서더니 말했다.

"주군, 여쭈어 볼 게 있습니다!"

"무어냐?"

"도대체 가슴 속에 무슨 생각을 감추고 계시는지 듣고 싶습니다."

"아무것도 없다."

유비는 빙그레 웃으며 대답했다.

"주군을 위해 죽음을 돌보지 않고 멸사봉공(滅私奉公)하는 우리 아우들에게까지 감추려 드십니까?"

"익덕은 너무 성급한 것 같구나."

"천성이 그런 걸 어떻게 합니까?"

"그럼 말해 줄까? 나는 지금 좌장군이다, 예주자사이고. 그러나 내 뜻에 의해 쓸 수 있는 힘이라는 것은 주어져 있지 않다."

"맞습니다! 사로잡힌 볼모와 같은 처지란 말입니다."

"그렇다면 볼모는 볼모답게 행동해야 하지 않겠느냐. 하하하, 그렇지 않은가, 운장?"

"옳으신 말씀이십니다. 명군(明君)은 계(計)에 맡기지 노(怒)에 맡기지 않는다고 하니까요."

관우는 주군의 뜻을 이해할 수 있었다.

그로부터 며칠 뒤 오후의 일이다.

관우와 장비가 볼일이 있어 밖에 나가고 없을 때였다. 허저 (許褚)와 장료가 상부에서 나왔다.

야채에 물을 주고 있던 유비는 뜻하지 않은 이들의 방문에 마음 속으로 각오를 했다.

'드디어 올 것이 왔는가!'

승상이 급한 일로 부르신다는 전갈에 유비는 잠시 기다리게 하고 의복을 고쳐 입은 다음 두 사람 앞에 나타났다.

"한 20일쯤 승상을 뵙지 못했소만, 안녕하신지?"

이렇게 물었으나 둘 다 대답하지 않았다.

승상부에 이른 유비는 스스로에게 일렀다.

'……어쩌면 살아서 돌아갈 수 없을지도 모른다.'

조조는 유비의 인사를 받자 별안간 쏘아붙였다.

"좌장군……. 농사꾼의 흉내를 내면서 가슴 속에 어떠한 큰 일을 계획하고 계시오?"

그 눈빛은 날카로웠다.

야채밭을 일구는 것은 큰 뜻을 감추려는 속임수일 것이다!

이렇게 정통으로 찔러왔으나 유비는 눈썹 하나 꿈틀하지 않았다.

"저는 본디 농사꾼 출신이온즉 무료한 대로 한가한 세월을 보내려면 흙을 만지는 것 외에는 다른 방법을 모르는 사람입니다."

조조는 그 말을 듣자 크게 소리내어 웃었다. 그리고 그 일에 대해서는 다시 건드리지 않고 유비를 후원으로 데리고 갔다.

5월 장마로 답답하게 흐린 날이었다. 정원 길을 천천히 걸으면서 조조가 말했다.

"어제 후원 정자에 섰을 때, 마침 매화나무 가지에 매실(梅實)이 푸릇푸릇 열린 것을 보고, 문득 지난해 장수를 정벌하던 때의 일이 생각났소. 가뭄이 심한 들판을 행군하는 도중 쉴 예정이었던 곳의 냇물이 말라붙어서 장수며 군사들은 목마름에 괴로워했소. 나는 한 가지 계교를 생각해 냈지. 채찍을 들어 앞길을 가리키며, 내 기억이 잘못되지 않았다면 저 산 너머에 매화나무 숲이 있다고 소리쳤소. 군사들은 이 말을 듣고 입 속에 군침이 돌아 무사히 들판을 건널 수가 있었소. 그때의 괴로웠던 일을 되살려 오늘은 무르익은 매실을 안주삼아 한 잔 나누고 싶어 좌장군을 초청한 거요."

"두터우신 정, 황공합니다."

두 영웅은 이윽고 작은 정자에 편한 마음으로 마주앉았다.

소반 위에는 수북이 매실이 담겼고 술은 이미 데워져 있었다. 주

거니 받거니 잔이 오가며 한참 동안 술이 계속되었다.

날씨가 고르지 못한 계절이었다. 갑자기 사방이 저녁빛에 싸이듯 컴컴해졌다. 그런가 싶더니 멀리서 천둥 소리가 요란해지며 바야흐로 소나기가 한바탕 쏟아지려 했다.

그 순간 정자 앞에 있던 종자(從者) 하나가 외쳤다.

"엇! 용이 올라간다! 허공으로 용이 올라간다!"

조조와 유비는 자신도 모르게 벌떡 일어나 난간에 기대어 하늘을 올려다보았다.

검은 구름이 소용돌이치면서 천변만화(千變萬化)를 일으키고 있는 어두운 하늘은 용을 부르는 것처럼 묘하게 보였다.

"좌장군은 용의 변화에 대해 잘 아시오?"

조조가 물었다.

"워낙 배운 것이 없는지라 도무지……."

유비는 대답했다.

"용이란 거대한 모습이 되기도 하고, 또한 매우 작게도 변하오. 거대한 몸이 되면 구름을 일으키고 안개를 토하오. 작게 오므라들었을 때에는 벌레와 같이 먼지 속에 숨어 버리기도 하오. 일단 올라가면 우주 사이에 날아다니고 숨으려면 파도 밑에 가라앉을 수도 있소. 바야흐로 천둥치고 비오는 철이고 보니, 용도 또한 변화를 일으킨 것이라고 생각되오. 이를테면 영웅이 뜻을 얻어 사해를 구석구석 거침없이 누빌 때를 맞은 것과도 같은 것이오."

"옳으신 말씀입니다."

"좌장군!"

조조는 싸늘하고 맑은 눈을 유비의 얼굴 위에 못박고 나서 말을 이었다.

"공은 오랜 세월 사방을 돌아다녀 보시었소. 그러니 이 사람이야 말로 당대의 영웅이구나, 하고 마음 속으로 고개를 끄덕인 무장을 여러 번 만났을 것이오. 어디 한번 그 이름을 들려 주시오."

"범속(凡俗)한 눈에 어찌 천하의 쟁쟁한 왕후(王侯)의 우열(優劣)을 판별할 힘이 있겠습니까?"

"쓸데없는 겸양은 마시오!"

"아닙니다. 결코 스스로를 낮추는 것이 아닙니다. 본디 다른 사람을 비판함에는 재주가 없는 터인지라……."

유비가 이렇게 대답했을 때, 갑자기 머리 위에서 번쩍하는 번갯불과 함께 우레소리가 요란하게 울렸다.

일순 유비는 자신도 모르게 손에 들었던 젓가락을 떨어뜨렸다. 젓가락은 굴러 바닥에 떨어졌다. 몸을 구부려 그것을 집어올리는 유비의 몰골 사나운 행동을 조조는 경멸하는 눈길로 바라보았다.

"천둥 번개를 싫어하는 모양이구려?"

조조가 엷은 비웃음을 띠며 물었다.

"옛날 유주 탁현의 누상촌에서 농사일을 하던 무렵, 이웃 밭에서 일하던 친한 사람이 벼락맞아 새까맣게 타 죽은 것을 이 눈으로 본 뒤로는 천둥 소리를 들으면 어린아이처럼 두려움을 느낍니다."

유비는 고개를 숙이며 대답했다.

후세 사람들이 시를 지어 현덕의 지혜를 기렸다.

　　마지못해 몸 굽혀 잠시 호랑이굴에 지내는데
　　영웅론을 설파하니 간이 떨어질 지경이네
　　천둥소리를 빌려 교묘히 얼버무리니
　　적시 임기응변 참으로 귀신같은 재주구나

소나기가 쏟아졌다.

한참 동안 서로 대화도 나눌 수 없을 정도로 요란한 빗소리가 귀를 멍하게 했다. 이윽고 하늘이 훤해지며 빗발이 멀어져가고 거짓말처럼 날이 활짝 갰다.

조조는 손뼉을 딱딱 쳐서 아름다운 시녀를 불러 술을 다시 바꾸어 오라 일렀다.

"그럼, 조금 전에 말하던 당대의 영웅이 누군가, 부디 그 이름을 말씀해 주시오."

유비는 여전히 어리둥절한 태도로 침묵을 지켰다.

"좌장군!"

조조가 갑자기 탁상을 주먹으로 쾅 쳤다. 유비는 깜짝 놀라 얼굴을 들었다.

"어리석은 척하면서 그 얼굴에 사려 깊은 빛을 띠시다니!"

조조는 이렇게 말하면서 빈정대는 웃음을 입가에 띠었다.

"그게 무슨 말씀입니까? 승상께선 이미 당대의 영웅이 누구인지 잘 알고 계시면서 그것을 저에게 묻고 계십니다. 저는 제 자신의 변변치 못한 안목을 승상께서 비웃으실 것이 두렵습니다."

"아니오, 내가 잘못했소. 용서하시오……. 그럼, 가슴을 툭 터놓고 허심탄회하게 공의 의견을 듣기로 합시다. 결코 비웃지 않을 것이오."

이렇게 말하니 유비도 이름을 들지 않을 수가 없었다.

"회남의 원술은 어떻습니까? 천자를 참칭하는 무례함을 용서하기 어려운 인물이긴 합니다만, 군사(軍事)에 밝아 성 안에 무기와 군량을 충분히 비축하고, 권위를 영토 구석구석까지 떨치고 있는 것은 보통 기량이 아니라고 생각합니다."

조조는 그 말을 듣자 당장 고개를 설레설레 저었다.

"공이 말씀하시는 원술은 옛날의 그를 말함이오. 오늘의 원술은 무덤 속의 백골이나 마찬가지요. 머지않아 반드시 내가 정복해 보이겠소."

"그럼, 하북의 원소는 어떻습니까? 4대에 3공을 낸 명문으로 원가를 모시는 관리들은 모두 충성을 맹세하고, 또한 휘하 부장에 용무(勇武)의 이름을 떨친 자도 많으며, 이제 기주(冀州) 땅에 맹호처럼 도사리고 있는 것으로 보이니……."

"그 또한 아니오! 나는 일찍이 원소를 총수로 하여 동탁을 토벌하는 군사를 일으킨 일이 있는데, 원소라는 사나이는 감정을 나타내기 잘하며 담력이 없고 모략 쓰기를 좋아하나 결단력이 없소. 큰 일을 당하면 몸을 아까워하고 작은 이로움을 보면 사명도 잊소. 도저히 영웅의 그릇이 아니오."

"그러시다면 제 머리에 떠오르는 것은 형주의 유경승(劉景升)입니다. 강하팔준(江夏八俊)이라고 일컬을 정도의 지모(智謀)를 갖추고, 그 위세는 아홉 주를 진압하고 있습니다."

"유표가 갖고 있는 것은 허명(虛名)일 뿐이오. 실력은 없소!"

조조의 부정하는 태도는 칼로 자르는 것 같은 명쾌함이 있었다.

"그럼 강동의 소패왕은 어찌 보시는지? 혈기, 실로 강강(強剛)하여 용에 비할 수 있으리이다."

"손책 말이오? 그도 아직 영웅이랄 수는 없소. 그 아비의 이름을 빌려 간신히 강동 땅을 수중에 넣었을 뿐이오. 10년 뒤라면 모르되 지금은 젖내가 가시지 않은 촌아이에 지나지 않소."

"익주(益州)의 유계옥(劉季玉)은 어떻습니까?"

"유장(劉璋)은 종실이긴 하지만 한낱 집을 지키는 개에 지나지 않소. 어찌 그 따위를 영웅이라 할 수 있겠소."

"승상께선 물론 장수·장로(張魯)·한수(韓遂) 등은 인정하지 않으실 테지요."

"하하하……. 그들은 모두 하잘것없는 소인에 지나지 않소. 말할 나위조차 없소."

"그럼 저로서는 더 이상 들 만한 이름이 없습니다."

유비가 말하자 조조는 갑자기 가슴을 쭉 펴며 말했다.

"영웅이란 가슴 속에 큰 뜻을 품고, 뱃속에 좋은 꾀를 숨기고 있으며, 우주를 자기 손에 쥘 만한 기량을 가진 사람이어야 하오."

"이 시대에 그러한 인물이 있으리이까?"

"있지!"

조조는 대답했다.

그리고 오른손을 번쩍 들어 유비의 얼굴을 가리킨 다음 자신의 가슴을 가리켰다.

"오늘날 천하에 영웅은 둘. 좌장군과 이 조조뿐이오!"

유비는 침묵한 채 자신만만한 자부심을 얼굴 가득히 띠고 있는 조조를 뚫어지게 지켜볼 뿐이었다.

바로 그때, 또다시 천둥 소리가 요란스럽게 서쪽 하늘 멀리서 울렸다. 유비는 또다시 불안한 표정으로 밖을 내다보았다. 그러자 조조가 바짝 긴장하며 머리를 홱 돌렸다.

"거기에 숨어 있는 놈이 누구냐!"

조조는 버럭 소리를 질렀다.

작은 정자에는 변(變)이 일어났을 경우 몸을 피하는 비밀문이 만들어져 있었다. 그 뒤에서 대답이 들렸다.

"유현덕의 가신(家臣), 관우와 장비올시다."

두 사람은 집으로 돌아와서 주군이 승상에게 초대되어 갔다는 말을 듣자 '이크! 큰일이구나' 싶어 승상부로 달려와 후원으로 침입하여 이 정자 밖에 몸을 숨겼던 것이다.

조조는 불쾌한 듯이 호통쳤다.

"술을 즐기는 자리에 그대들 무인들이 무슨 생각으로 칼을 들고 왔단 말이냐?"

관우가 재치있게 대답했다.

"승상께서는 미녀를 시립(侍立)케 하는 데는 이미 싫증이 나셨을 것으로 생각되어 때로는 저희들 무골의 칼춤이라도 즐기심이 어떠하실지 하는 생각으로 왔습니다."

"하하하……. 여기는 홍문(鴻門)의 잔치는 아니니까 칼춤은 필요 없다. 기왕 왔으니 올라와서 술이나 들도록 하라."

조조는 주군을 지키려는 두 충신의 마음을 너그럽게 이해해 주었다.

유비가 다시금 상부의 주연에 초대된 것은 그로부터 며칠이 지난 5월 단오날이었다. 이번에는 조조도 가슴을 터놓고 유비를 대접했다.

그 자리에서 원소의 요즈음 상황을 살피러 갔던 만총(滿寵)이 돌아왔다는 보고를 받자 조조는 그곳으로 부르라고 명령했다.

들어온 만총은 다음과 같이 보고했다.

"하북에 각별한 일은 없습니다만, 공손찬이 이미 원소에게 멸망하였습니다."

이 말을 듣고 유비는 깜짝 놀랐다. 공손찬은 유비에게는 은인이었다.

"원소는 바야흐로 공손찬의 군사를 합쳐 그 위세가 매우 왕성하며 이복동생인 원술도 그를 두려워한 나머지 사자를 보내어 자신의 제호(帝號)를 바치겠노라 말했다고 하오니, 두 원씨가 힘을 합친다면 이것은 소홀히 볼 수 없는 큰일인 줄로 생각되옵니다."

조조도 일이 일인지라 묵묵히 고개를 갸웃거렸다. 그러자 유비가 말했다.

"승상께 말씀드리고 싶은 일이 있습니다."

"무엇이오?"

"원술이 원소에게 항복한다고 하면 반드시 서주를 지날 것입니다. 저에게 병력을 주신다면 그 도중을 습격하여 원술을 쳐없애겠습니다."

돌개바람

"음!"

조조는 깊은 생각에 잠겨 한동안 말이 없었다.

황제를 참칭한 뒤 불운이 계속된 원술은 기진맥진하여 그토록 사이가 나빴던 원소를 의지하려 했다.

역시 피는 물보다 진하다.

"배가 다르긴 하지만 형님은 형님이니까 나를 괄시하지는 않겠지."

원술은 무거운 짐이 되어 버린 황제의 칭호를 형 원소에게 떠넘기고 자기는 그 아래에서 깊은 상처가 아물 때까지 휴식을 하려 했던 것이다. 패잔군이라곤 하지만 원술은 아직도 꽤 많은 병력을 거느리고 있었다. 그 군세를 이끌고 원소 진영에 가담할 속셈이었다.

원술은 먼저 원소에게 편지를 보냈다.

천록(天祿)이 한실을 떠난 지 이미 오래 되었소. 원씨가 천명을 받아 왕이 되어야 함은 갖가지 상서로운 조짐을 통해 볼 때 명백하오. 이제 형님은 4주를 거느리고 그 호수가 100만 호에 이르고 있소. 삼가 대명을 돌려 드리겠소. 마땅히 형님께서 이 천명을 받아 일어나 주시오.

원소도 이 편지를 받자 기분이 나쁘지는 않았다.
"뭐니뭐니해도 한핏줄이지. 곤란할 때 도와줘야 할 거야."
원소는 청주에 있는 아들 원담(袁譚)에게 원술을 마중하라고 명했다.
원소가 있는 기주로 가자면 원술은 반드시 하비를 지나서 북상해야만 한다.
이윽고 조조는 말했다.
"원술 따위 별것도 아니지만 그래도 꽤 많은 군세를 거느리고 있겠지. 그 군세를 원소와 합치게 한다면 곤란하다. 원술을 공격하여 병력을 빼앗는 게 좋다. 그래서 토벌군을 보내야 하는데, 유 장군이 가 주시겠소? 당신은 서주 지리에 밝으니까."
유비는 뛸 듯이 기쁜 마음을 애써 감추고 대답했다.
"삼가 분부를 좇겠습니다."
그러나 조조는 갑자기 화제를 바꾸었다.
"지난 해 여포를 사로잡았을 때의 일이 생각나는군그래."
"그렇군요. 작년이라곤 하나 아직 반 년도 지나지 않았습니다. 바로 어제의 일처럼 생생합니다."
그때 여포는 엉뚱한 말을 지껄였다.
"유 장군도 기억하고 계실 거요. 그 녀석을 묶었을 때 뭐라고 했더라? 아냐, 잊어 버릴 수 있는 말이 아니었어. 놈이 이렇게 말했었지. 어지러워질 대로 어지러워진 천하도 겨우 가라앉을 거라고. 그리고 여포 녀석 자기가 기병을 거느리고 내가 보병을 거느리면 천하 무적이 될 거라고 말이야. 좌장군도 기억하고 있을 테지요?"

그러면서 유비의 얼굴을 말끄러미 바라보았다.

"어찌 잊을 수가 있겠습니까? 아직도 귓가에 여포의 목소리가 들려오는 것 같습니다."

유비는 그렇게 말하고 토끼 귀라는 별명이 붙은 자기의 커다란 귀를 오른손으로 잡아당겼다.

그러자 조조가 날카롭게 물었다.

"여포의 말을 어떻게 생각하셨소?"

"대단한 자신감이라고 얼마간 부럽게 여겼습니다."

"호오, 부럽게 여겼다고? 난 말이오, 화가 났었지. 천하를 잡는 일이 그리 간단하다면 고생할 것도 없지 않느냐고! 그렇지 않소? 무력으로 천하를 제패할 수 있는 거라면 고생할 게 아무것도 없지."

"확실히 그러하옵니다."

조조가 다시 말한다.

"여포는 어린애 같았어. 그러나 나는 여포의 말을 듣고 문득 생각했지. 이런 철모르는 여포와 손을 잡아본들 천하를 얻지는 못한다. 내가 사절하지. 하지만 이 사람하고 손잡으면 혹 천하를 얻을 수 있지 않을까 하는 인물의 얼굴이 그때 내 머리속에 떠올랐었지. 누군지 상상하실 수 있겠소?"

"글쎄요…… 누구일까요?"

유비는 고개를 갸웃했다.

"그것은 말이오, 하하하…… 다른 사람 아닌 그대, 유비 현덕이었소."

"예? 제가 말씀입니까? 농담이라도 그런 말씀은 하시지 않기 바랍니다."

"무슨 소리야! 내가 농담을 하지 않는다는 것은 그대가 더 잘 알고 있지 않소!"

유비는 내심 크게 당황했다.

'조조의 속셈 따위는 속의 속까지 읽고 있다.'

유비는 평소 이렇게 생각하고 있었다. 그러나 거꾸로 자기의 마음을 조조가 여지없이 꿰뚫어보고 있는 것이다.

"나는 새삼 기병대장과 손잡아 천하를 얻고 싶다고는 생각지 않소. 기병대도 결국은 무력이잖소? 나는 무력의 한계를 알고 있소. 굳이 그런 것과 손잡을 필요는 없소. 내가 손잡고 싶은 것은 무력이 아니라 이것이야."

조조는 오른손 집게손가락으로 자기 관자놀이를 찔렀다. 두뇌라는 말이리라.

"두뇌라면 누구의 도움을 빌릴 것도 없지 않습니까?"

유비는 눈을 가만히 치뜨며 조조의 눈치를 살폈다.

"그렇게 생각한다면 끝장일세. 아무리 뛰어난 머리라도 여기저기 움직일 수는 없지. 두뇌가 하다못해 둘로 갈라져 있으면 좋을 텐데 하고 뼈저리게 생각한 적도 한두번이 아니었지."

"두 개로…… ?"

유비는 아직도 조조의 속셈을 알 수 없었다. 조조는 몸을 내밀며 말했다.

"현덕, 한번 나하고 손잡고서 천하를 제패하지 않겠소?"

"저는 벌써 승상과 손을 잡고 있지 않습니까? 이렇듯 이곳에 있습니다."

"아냐, 나한테 있다면 두뇌가 겹쳐져 아깝단 말이오. 내가 손잡고 싶은 두뇌는 적 진영에 있어야 하오. 내 말뜻을 알겠소?"

"적 속에?"

윤곽이 차츰 드러났다.

조조는 물었다.

"이번에 원술을 막기 위해 좌장군을 서주에 파견한다. ……내가 그대에게 바라고 있는 것이 무엇인지 알겠소?"

유비는 대답하지 않았다.

"모반!"

첩자를 잠복시켜 적의 움직임을 탐지하는 것도 누구나 하고 있는 일이다. 하지만 첩자는 탐지하여 알려주는 게 고작이다.

거기서 더 나아가 적의 동정을 알고, 그것을 바탕으로 계책을 꾸며 아군에 유리하도록 적을 조종할 수 있다면 얼마나 좋은 일인가.

그러기 위해선 자기와 비등한 두뇌와 판단력을 가진 인물을 적 진영 속에, 그것도 중요한 지위를 가진 인물로 들여보내야 한다. 조조는 그 소임에 유비를 택했다.

현재 조조에게 가장 버거운 상대는 원소이다. 유비를 원소의 진영에 들여보낸다. 그러나 조조의 객장인 유비가 곧장 원소에게로 간다면 의심스런 눈으로 볼 것이다. 그러니까 유비는 조조에게 반역하여 조조에게 호된 타격을 주고난 뒤가 아니면 원소 진영에서 신임받지 못한다.

"부탁이오니 나를 배반하여 원소가 있는 기주로 도망쳐주시오."

이것이 조조가 유비에게 내린 명령이었다.

유비의 표면상 이유는 북상해오는 원술군을 서주 선에서 저지하고 원소에게로 갈 수 없도록 하는 일이었다. 하지만 진짜 임무를 수행하기 위해선 북상하는 원술과 손잡고 서주 지방의 조조군을 무찔러 원소군에게 간다는 계획을 짜야 한다.

"극비요. 누구에게도 말해선 안 되오. 관우나 장비에게도 비밀이오. 내쪽에서도 아무도 모르오. 오로지 현덕과 나뿐이오."

조조는 다짐을 받았다.

이튿날 유비를 총대장으로 하고 주령(朱靈)과 노소(路昭)를 부장으로 하는 원술 토벌군이 편성되었다.

출발할 때 전송차 나온 조조가 유비의 귀에 속삭였다.

"밀칙(密勅)에 대해선 원소에게 간 뒤 발표하는 게 좋을 거요."

"예, 밀칙?"

유비는 조조가 거기까지 알고 있을 줄은 몰랐다.

"그렇소. 나에게 반대하는 놈이 얼마나 있는지, 되도록 놈들을 멋대로 버려두겠소. 장군이 서주에서 나를 모반할 때는 아직 밀칙에 대해서 말하지 않는 게 좋을 거요. 시간을 벌고 싶소."

조조는 평소와 조금도 다름없는 태도로 말했다. 자세한 것에 대해선 무엇 하나 말하지 않았다. 말하지 않더라도 알고 있는 일이다.

조조로부터 5만의 군사를 받자 유비는 쏜살같이 집으로 달려와 관우와 장비에게 말했다.

"기회가 왔다! 해가 지기 전에 도성문을 빠져나가야 한다."

물론 수족과 같은 두 사람은 미친 듯이 기뻐했다.

그 출진은 그야말로 바람과 같은 속도였다.

유비는 성문을 나서자 명령했다.

"힘이 다하는 데까지 서둘러라! 하루 밤낮 동안은 쉬어서는 안 된다!"

"주군, 어찌하여 이토록 서두르십니까?"

장비가 궁금해하며 물었다.

"장비, 나는 오늘까지 조롱 속에 갇힌 새요, 그물에 잡힌 물고기 처지였다. 조조에게 의심을 사지 않으려고 얼마나 마음을 썼는지 모른다. 헛되이 목숨을 잃어서는 안 되겠다고 밤잠을 설쳐가면서 탈출할 기회를 얼마나 엿보았는지 아느냐? 그 기회가 이제 온 것이다. 그러나 조조는 보통 지혜로운 자가 아니다. 또한 그의 뒤에는 순욱 등 뛰어난 모사가 많다. 당장에라도 조조는 나에게 군사를 주어 도성에서 내보낸 것을 후회하여 다시 부르려고 할 것이다. 머뭇거릴 수 없다. 어찌 되었거나 한 발짝이라도 도성에서 멀리 가야만 한다!"
유비는 바람처럼 말을 몰면서 그렇게 말해 주었다.
후세 사람들이 시를 지어 현덕의 민첩한 행동을 칭송했다.

　　병마 수습하여 급급히 떠나며
　　생각은 온통 의대 속의 황제 말씀뿐
　　쇠우리 벗어난 범처럼 내달으니
　　쇠사슬 끊고 달아난 한 마리 용이로세

　순욱은 곽가(郭嘉), 정욱(程昱), 두 장수와 함께 전량(錢糧)을 조사하러 도성에서 조금 떨어진 성으로 갔다가 돌아와 유비가 출진했다는 말을 듣고 깜짝 놀랐다.
　순욱은 낯빛이 변해서 급히 조조 앞에 달려가 소리쳤다.
　"승상! 유비에게 군사를 주어 출진케 한 것은 용을 놓아주어 바다에 들어가게 한 것이요, 호랑이를 풀어주어 산으로 돌아가게 한 것과 같은 일입니다."
　언제나 냉정을 잃지 않는 순욱이 굉장히 흥분하여 소리쳤다.
　유비는 서주성으로 돌아오기 바쁘게 원술의 동정을 알아보았다.
　제왕임을 자칭한 가짜 황제 원술은 그 위세가 이미 땅에 떨어지고 뇌박(雷薄), 진란(陳蘭) 등 부장으로부터 배반당했으며, 호남의 백성들로부터는 가렴주구(苛斂誅求)에 대한 원한만을 사고 있다고 한다.
　유비는 관우와 장비를 양쪽 날개로 하여 5만의 군사를 이끌고 서주 들판에 당당히 포진했다.

　반역 천자의 행렬 맨 앞에 선 것은 기령이었다. 그는, 앞쪽 멀리 펄럭이는 정기(旌旗)를 바라보고 고개를 갸웃거렸다.
　'……이상한데?'

예주자사인 유비는 사로잡힌 몸이나 다름없는 처지가 되어 지금 허도에 있을 터였다. 기령은 설마 유비가 서주로 돌아와 있을 줄은 꿈에도 생각지 못했다.

'서주성을 지키는 수장(守將)들이 우리 행렬에 경의를 표하기 위해 나왔을지도 모르는 일이다.'

기령은 경솔하게도 이렇게 해석했다.

이윽고 가까이 다가가자 그 진영에서 문득 바람처럼 한 기(騎)가 달려 나왔다.

"오, 장비!"

소스라치게 놀랐을 때는 이미 늦었다. 표범 머리에 고리눈, 호랑이 수염의 우람한 몸이 열두 자 거리밖에 안 되는 가까운 곳에 다가와 있었다.

"기령이로구나! 반역 천자의 말로가 어떤 것인지 가르쳐주마! 우선 너부터 제물삼아 피제사를 올리리라!"

장비는 외치면서 장팔사모를 휘웡 소리도 무섭게 휘둘렀다.

마주 외칠 틈도 없이 기령의 목은 하늘 높이 날아올라 피무지개를 그렸다. 뒤따르던 군사는 일시에 와르르 허물어졌다.

둘로 쫙 갈라진 그 대열을 향해, 관우가 이끄는 정예 군사 5천 명이 성난 파도와 같이 밀려들어 어렵지 않게 적을 무찔러 버렸다.

원술군의 장수와 군졸들은 전혀 싸울 의사가 없었다.

수십 리에 뻗친 행렬은 토막토막 끊겼거니와 과반수의 군사는 개미새끼 도망치듯 사방으로 흩어져 달아났다. 1만 명을 헤아리는 군사는 땅바닥에 꿇어 엎드려 항복을 빌었으며, 그 중 겨우 몇몇 장병만이 용감하게 싸우다가 전사했다.

당연한 일이지만 원술의 둘레에는 무기를 갖지 않은 내관, 여러 대부, 궁녀, 그리고 산더미같은 재보(財寶)와 군량이 남았다.

반역 천자의 비참한 말로를 장식한 것은 격전을 한창 벌일 때에 우르르 밀어닥쳐 온 굶주린 이리떼였다. 수춘성을 배반하고 가버렸던 옛 신하 뇌박과 진란이었다.

눈 깜짝할 사이에 보물도 미녀도 모조리 약탈당하고 만 원술은 불과 200명 남짓한, 호위할 힘도 없고 험난한 도망길을 견디지도 못할 약한 내관들만 끌고 정처없이 들판을 내달았다.

가까스로 강정(江亭)이라는 땅에 이르렀을 때 원술을 따르는 사람은 겨우 30명에 지나지 않았다. 뿐만 아니라, 행군의 험한 길을 아는 자는 하나도 없었다.

계절은 지글지글 타는 듯이 뜨거운 때였다. 강정의 작은 언덕 기슭에 있는 헐어빠진 사당에 들어가서야 비로소 그들은 한 톨의 양식도 남아 있지 않다는 것을 깨달았다.

우물은 있었으나 물이 썩어 있었다.

굶주림과 갈증의 공포에 싸여 하룻밤을 보내고 나자, 사람의 수는 다시 절반으로 줄었다. 원술은 나갈 수도 물러설 수도 없이 되어 버린 자신의 처지가 한없이 처량했다. 굶주림과 갈증을 참으며 들을 헤매는 굴욕을 견딜 수 없었다.

원술은 따라온 조카 원윤(袁胤)을 부르더니 말했다.

"우물의 썩은 물이라도 좀 길어다 다오."

원윤은 그 뜻을 알아차렸다. 그는 눈물을 삼키며 썩은 물을 길어서 독약을 섞어 가지고 왔다.

원술은 그것을 받아들고 쓸쓸하게 웃고 나서 말했다.

"윤아. 나는 아직도 이것을 꿀물이라고 생각하며 마실 만한 긍지는 갖고 있다."

그렇게 말한 다음 천천히 마셨다.

"숙부님!"

원윤이 매달렸을 때 원술의 숨은 이미 끊어져 있었다.

원윤은 숙부의 유해를 낡은 절간 묘지에 묻은 다음 옥새를 자신의

품안에 간직했다. 그러고는 여강(廬江)을 향해 달아났다. 그런데 도중에 서구(徐璆)라는 자에게 사로잡혀서 그만 옥새를 빼앗기고 말았다.

서구는 그것이 옥새임을 알자 곧장 허도로 달려가 조조에게 바쳤다. 조조는 크게 기뻐하며 서구를 고릉(高陵) 태수로 임명했다.

여포가 죽은 석 달 뒤 원소는 공손찬을 역경에서 무찔렀다.

공손찬은 감정적이고 독불장군이었다. 그의 장수가 한 성에서 원소군에게 포위되어 구원을 청해 왔을 때 그는 늘어서 있는 부하들 앞에서 말했다.

"지금 나는 구원군을 보낼 여유는 있다. 그러나 보내 주지 않는다. 구원을 청하기만 하면 곧 원군이 달려온다고 믿게 되면, 그것이 버릇이 되어 성을 단단히 지키지 않기 때문이다."

구원을 청했던 장수는 그 성에서 전사했다.

조조가 여포를 맹공하고 있을 무렵부터 공손찬에 대한 원소의 공격도 치열해졌다. 양쪽 모두 배후가 안전한 이 기회에 적을 없애려고 있는 힘을 다 기울였던 것이다.

공손찬 영내의 장수들은 아무리 맹공을 당해도 원군이 오지 않는다는 것을 알고 곧 항복했다. 구원의 가능성이 있다면 조금은 버티어 보았을 텐데.

아침에 한 성, 저녁에 한 성 하는 식으로 영지가 잠식되어 공손찬은 마침내 자기의 본거지인 역경까지 몰리고 말았다. 그는 온갖 계책이 모두 실패로 돌아가자 마지막 수단으로써 구원을 청하려 아들 공손속(公孫續)을 흑산패에게 보냈다.

흑산패 총수는 날래고 사납기로 이름난 장연(張燕)이다. 일찍이 상산에서 원소군을 괴롭히자 원소는 부득이 군량 20만 곡을 제공하고 강화한 바 있다.

장연은 원소와 다시 싸우기 위해 10만의 병을 이끌고 출동했다.

공손찬은 아들편에 밀서를 보내어 구원의 철기대(鐵騎隊)가 북습(北濕)까지 와서 봉화를 올려 신호하면, 성 안에서도 쳐나가 원소군을 협공하자고 했다.

그런데 아들 공손속이 도중에서 붙잡혀 밀서가 원소군에 들어갔다. 밀서를 읽고 원소는 싱긋 웃었다.

"공손찬이란 녀석, 벌에 쏘인 꼴이 되겠지."

흑산의 철기대가 도착하기 전에 원소는 북습에서 봉화를 올리게 했다.

"원군이 도착했다!"

역경의 공손찬군은 기뻐하며 성문을 열고 쳐나갔다. 그러나 공손찬은 덫에 걸려 대패하고 목숨만 겨우 건지다시피 하여 성 안으로 도망쳤다. 다시 성문을 굳게 닫았지만 원소는 땅굴을 파고 원군이 오기 전에 역경을 함락시켰다.

"이젠 끝장이다."

공손찬은 처자를 비롯한 자매 등 일족 여자들을 모두 목매달아 죽게 한 뒤 자신은 불 속에 몸을 던졌다.

"조조와 원소, 마침내 이 두 사람으로 압축되었군요. 양양의 유표는 천하 제패를 단념하고서 이 두 사람 중 어느쪽에 붙을 것인가, 매일처럼 회의를 열고 있답니다. 결전의 때가 가까워졌습니다. 태평천하도 이제 그 먼동이 터오는 것이 아닐까요?"

진잠이 말하자 소용은 고개를 저었다.

"강동에 손책 장군이 있습니다."

"아, 남방의 대세력 말이군요. 요즘 막강해지기는 했지만 조 승상에게 갖가지 선물을 보내오는 걸로 보아 조조 진영의 사람이라고 생각했습니다만."

"좀더 힘이 생기면 자립할 겁니다. 원술에게서도 그런 식으로 자립했으니까."

"딴은……. 그렇다면 북방의 조조·원소의 두 세력, 어느 쪽이 이기든 손책과 천하를 다투게 되겠군요."

"호호호, 진잠, 당신은 너무나 단순해요. 유감이지만 천하태평은 아직도 멀었어요. 유비가 있지 않아요!"

"아, 유비가 있군요. 하지만……."

소용은 다시 말했다.

"유비는 여포나 원술, 공손찬과는 달라요. 그들은 어차피 살아남을 수 없는 사람들이었지요."

소용의 말대로 세 사람은 약육강식의 세상에서는 살아남을 수 없는 존재들이었다. 그들은 천하 쟁탈에서 반쯤 탈락하고 있다가 끝내는 완전히 밀려난 것이다.

원술이 죽고 보니 표면상의 임무가 없어진 셈이라 유비는 허도로 돌아가야 한다. 하지만 이면의 진짜 임무는 아직도 남아 있다. 어떻게든지 조조에 대한 '모반'을 감행하지 않으면 안 된다. 그런데 그 방법에 대해서 일일이 조조의 지시를 받을 수도 없다. 조조는 모든 것을 유비에게 맡겼기 때문이다.

유비는 관우를 불렀다.

유비가 이제부터 해야 하는 일은 조조와 단 둘만의 밀약이었다. 관우나 장비에게도 알려선 안 된다는 다짐을 한 바 있다. 하지만 강직한 관우가 여차할 때 어떤 행동으로 나올지 걱정이었다. 따라서 비밀을 누설할 수는 없지만 만일에 대비하여 예방 조치를 강구해 두지 않으면 안 되었다.

유비가 말했다.

"이 서주는 애당초 도겸에게서 우리가 물려받은 것이었다."

"그러하옵니다. 나무 하나 풀 한 포기 모두 눈에 익은 곳입니다."

유비는 목소리를 낮추었다.

"실은 말이다, 나는 서주를 되찾을 생각이다. 아내를 데려온 것도 그 때문이지."

그때의 여러 장수는 가족을 데리고 전쟁에 참가했기 때문에 이번 출전에 유비가 부인을 데리고 온 것은 결코 부자연스러운 일은 아니었다.

그런데 서주는 지금 조조의 부장 차주가 지키고 있다. 유비와 함께 출전한 주령과 노소는 원술이 죽자 이미 허도로 돌아갔다.

그런 서주를 되찾는 것은 바로 조조에 대한 모반이었다. 모반한 자의 가족은 생명을 보장받을 수가 없다. 그래서 허도에 남겨 두지 않고 데려왔다고 유비는 설명했다.

관우가 대답했다.

"우리가 서주를 앗으면 조조가 군대를 보내오겠군요."

"바로 그점이다!"

유비는 몸을 내밀고 말했다.

"천하는 아직 정해지지 않았다. 아마 조조와 원소의 결전으로 천하 대세가 얼마쯤 가려질 것이다. 운장, 자신이면 어느 쪽에 걸겠는가?"

"글쎄요? 어려운 문제입니다."

"나는 원소에게 걸겠다."

"예? 원소에게 말입니까?"

"그렇다! 자, 서주를 빼앗은 것은 조조에 대한 반역이니까 나는 원소에 붙지 않을 수 없다. 하지만 어느 쪽이 이길지는 모른다. 그래서 우리 둘은 두 패로 갈라지기로 하자. 나는 원소, 아우는 조조. 어차피 한때의 위탁이니까 우리는 다음에 다시 함께 모인다. 양쪽으로 갈라지면 어느 쪽이 이겨도 목숨을 지킬 수가 있지 않겠는가?"

"음, 과연! 별로 제가 좋아하는 방법은 아니지만 이것 또한 부득이하군요. 난세니까."

관우는 주종이 둘로 갈라지는 것을 양해했다. 이것으로 관우는 조조군의 반격을 만나도 성을 베개삼아 전사하는 극단적 행동으로 달리지는 않으리라.

이런 예방 조치를 강구하고 나서 유비는 서주자사인 차주를 급습하여 서주를 탈환했다.

격문

유비는 다시 서주성의 주인이 되었다. 그러자 조조는 곧 유대(劉
岱)와 왕충(王忠) 두 사람에게 군사를 주어 서주로 보냈다.

유비는 하비성을 관우에게 맡기고 자기는 소패성으로 들어갔다.

그런데 유대와 왕충 따위는 유비와 맞서 싸울 수도 없었다.

성의 망루에서 유비는 야유했다.

"너희들 따위는 백 명이 모여도 이 현덕을 칠 수 없다. 빨리 되돌
아가 조조에게 알려라. 조조 스스로 대군을 거느리고 오지 않는다
면 소패가 함락되지 않는다고 말이다!"

서주에서 반역한 유비에 대한 대책 회의가 열렸다. 조조가 말했다.

"내가 몸소 군사를 이끌고 가서 쳐야만 할까? 유비놈도 그렇게
흰소리쳤다고 하는데, 모두의 생각은 어떤가?"

"안 됩니다. 승상과 천하를 다투는 자는 원소입니다. 지금 원소는
공손찬을 격파하여 유주까지 차지하고서 그 기세가 자못 무섭습
니다. 만일 승상께서 동으로 유비를 치려 하신다면 배후로부터 원

소가 덤벼들 것입니다."

이것이 여러 장수의 한결같은 의견이었다.

"하하하……."

조조는 큰 소리로 웃었다.

좌중은 조용해지며 조조의 말을 기다렸다. 웃음을 그치자 조조는 말했다.

"지금 나하고 천하를 다투는 자가 원소라고 말했나? 나는 그렇게 보지 않는다. 나는 원소 따위는 겁내지 않는다. 겁낼 것은 오히려 유비다. 유비는 인걸이야. 지금 치지 않으면 반드시 뒤에 화를 남기게 되리라. 그렇게 생각하지 않는가?"

장수들은 서로 얼굴을 마주 보았다. 거의 납득되지 않는다는 표정이었다.

'어째서 승상은 유비 따위를 그렇게도 높이 평가하고 계실까?'

장수들은 이상하게 여길 뿐이었다. 이때 곽가가 일어나 의견을 말했다.

"원소의 성격은 결단력이 없는데다가 의심이 많아서 가령 배후를 습격하더라도 곧 군사를 취하지는 않을 것입니다. 유비가 그렇듯 두려운 인물이라면 역시 지금 쳐야 합니다. 원소와는 달리 유비의 무리는 새로 섬긴 자들뿐으로 아직 단결이 돼 있지 않습니다. 급습하면 저절로 무너집니다."

"과연 봉효로다. 원소에 대해서 잘 알고 있군."

곽가는 원소를 섬긴 일이 있어 그의 성격을 잘 알고 있었다. 조조가 직접 출전하여 서주의 유비를 치기로 결정했다.

한편 유비는 조조가 직접 20만 또는 30만의 대군으로 공격해온다면 만에 하나의 승산도 없다고 생각했다.

'나에게 신산귀모(神算鬼謀)를 짜내는 군사(軍師)만 있다면!'

그러한 소망만 날로 더해갔다.

"이 넓은 땅에 현자가 없을 리 없으련만……."

어느 날 유비는 망루에 올라가 아득히 먼 지평선을 바라보면서 혼잣말로 중얼거리고 깊이 한숨을 쉬었다.

그러자 등 뒤에서 대답하는 자가 있었다.

"현자가 어찌 없겠습니까?"

뒤를 돌아보니 진등이었다.

"그게 누군가?"

유비는 벅찬 목소리로 물었다.

"형주 양양(襄陽) 땅에 당대의 석학(碩學) 사마휘 선생이 계십니다. 그 초당에 모이는 사람들은 모두 뛰어난 수재들입니다. 박릉(博陵)의 최주평(崔州平), 여남(汝南) 땅의 맹공위(孟公威), 영천의 석광원(石廣元), 영천의 서원직(徐元直) 등 어느 한 사람을 고르더라도 조조의 모사 순욱에 조금도 뒤떨어지지 않는 준재들이라 하겠습니다. 하오나 제가 주군께 권하고자 하는 것은 다른 인물입니다. 지금 이름을 든 네 현사(賢士)는 물론 우리 편을 만들면 만 명의 군사를 거느린 것보다 믿음직한 인물이겠으나, 그들의 지능을 모두 합친 것보다도 더욱 뛰어난 두뇌를 갖춘 인물이 꼭 한 사람 있습니다."

"오! 그런 인물이 있단 말인가?"

"이름은 제갈량, 자는 공명이라고 합니다."

"제갈량 공명? 양양 땅에 가면 만날 수 있겠는가?"

"유감스럽습니다만, 공명은 지금 여러 군을 두루 돌아다니는 중인지라, 찾아내기는 어려울 것으로 생각됩니다."

진등은 여포에게 승리한 것도 실은 공명의 지략 덕분이었음을 이야기했다.

"이 이름을 기억해 두셨다가 언제든지 그가 있는 곳을 듣게 되시면 곧 찾아가시어 군사로 모셔오도록 하십시오.”

“그러지, 기억하겠다. 반드시 제갈량 공명을 만나고야 말겠다.”

유비도 앞길에 밝은 불빛이 보이는 것 같은 생각이 들었다.

“그렇다 하더라도 때가 늦은 것 같다, 진등. 조조는 머지않아 반드시 이 서주를 목표로 군세를 몰아올 것이다.”

“아니올시다. 그런 걱정은 아직 성급하다 봅니다.”

“어째서 그런가?”

“조조가 당장 맞서는 적은 따로 있습니다. 하북의 원소, 바로 그 이옵니다.”

“음.”

“원소는 기(冀)·청(靑)·유(幽)·병(幷)의 4주에 군림하여 이름 있는 무장이며 문관들을 이끌고 백만이나 되는 정예 군사를 거느렸으며 그 위세는 조조와 서로 대등합니다. 아마도 조조의 머릿속에는 원소를 쓰러뜨리는 일이 있을 뿐, 주군께 대한 적의 따위는 아주 미미할 것으로 생각합니다.”

“그러나…….”

유비는 고개를 저었다.

“나는 그 동생 원술을 친 바 있다. 이제 와서 조조가 두려운 나머지 원소의 발 밑에 머리를 숙일 수는 없는 일이다.”

“물론 그것은 당연한 일입니다. 다만 원소가 조조를 타도하려는 횃불을 올릴 경우 주군께선 이에 편들 것을 사양치 않으시리라고 봅니다만.”

유비는 당장 대답하지 않고 허공을 올려다본 채 꼼짝도 하지 않았다.

“제가 예상하는 바로는, 원소는 요 1년 안에 반드시 조조를 칠 격문(激文)을 모든 군의 태수에게 돌릴 것이 틀림없습니다. 그때 주군께선 어느 쪽에 서실 것입니까? 잘 판단하시기를 바랍니다.”

진등은 간곡하게 말했다.

유비는 그러나 진등의 생각이 너무 허술하다고 생각했다.

'만약 원소가 조조를 토벌하는 격문을 사방에 보낸다면 조조는 우선 이 유비를 쳐서 서주를 차지하려 들 것이 틀림없다.'

조조가 원소와 천하를 놓고서 결전하는 데 있어 서주는 가장 요긴한 곳이다. 서주를 차지한 자에게 7할의 승산이 있다고 할 수 있을 것이다.

조조는, 원소가 자기가 없는 틈을 타서 습격할 가능성을 7대 3으로 보고 없는 쪽에 걸고자 했다. 가령 3의 가능성이 들어맞아도 애당초 유비와는 밀약이 되어 있으므로 곧 되돌아와서 맞아 싸우면 될 것이다. 준비만 해두면 된다.

그런데 기주의 원소 사령부에서는 조조가 몸소 서주로 출전했다는 소식을 듣고 참모회의가 열렸다.

그 자리에서 전풍(田豊)이 출격론을 강력히 주장했다.

"조조는 틀림없이 유비에게 애를 먹을 것입니다. 그 틈을 노려 총력을 기울여 배후를 습격하면 반드시 이길 것입니다."

원소는 고개를 저었다.

"지금 아들이 병중이고…… 게다가 공손찬을 치고 난 뒤라 군사도 쉬게 할 필요가 있다."

회의에서 나오자 전풍은 지팡이로 땅을 두들기며 분해했다.

"아아, 이런 천재일우의 기회를 젖먹이의 병 때문에 놓치다니 아깝구나! 이제는 더 볼 것도 없어……."

원소의 영지는 4주에 걸쳐 있어 넓고 주민도 많았다. 따라서 동원할 수 있는 병력도 많았다.

공손찬을 격파한 뒤 원소는 더욱더 안심하게 되었다. 안심하게 되면 노력할 생각이 엷어진다.

외교면에서도 원소는 조조에게 뒤지고 있었다.

원소는 외교 그 자체가 서투른 것은 아니다. 다만 그의 사람됨에 문제가 있어 사람을 끌지 못했던 것이다. 그는 건충장군(建忠將軍) 장수(張繡)와 동맹을 맺으려다가 실패했다.

장수는 원소의 동맹 제의에 찬성하려 했지만 모사 가후가 반대했다. 장수가 물었다.

"왜 반대하지? 우리들 굶주린 군단은 누군가에게 의지하지 않으면 살아갈 수가 없지 않은가!"

"확실히 그렇습니다. 그래도 원소는 의지할 수 없습니다. 형제인 원술조차 받아들일 수 없었던 그에게 어찌 생판 남인 우리들이 의지할 수 있겠습니까?"

"그럼 누구에게 의지하지?"

"조조이겠지요."

"조조는 육수에서 싸워 혼을 내준 상대가 아닌가? 우리들을 미워하고 있을 거다. 게다가 힘에 있어 원소는 강하고 조조는 뒤진다고 하지 않는가?"

"조조는 힘에 있어 원소에게 뒤지니까 우리들을 받아줄 것입니다. 어쨌든 귀순을 제의해 보도록 하십시오. 거절당하면 그뿐, 밀져야 본전입니다. 그리고 본디 패왕의 뜻을 가진 자는 사사로운 원한에 얽매이지 않습니다. 게다가 무엇보다도 조조는 천자를 업고 있지 않습니까?"

마침내 장수는 가후의 의견을 좇아 조조에게 귀순을 제의했다.

조조에게서 기꺼이 받아들이겠다는 회답이 왔다

장수가 허도에 도착하자 조조는 그의 손을 잡고서 말했다.

"잘 와 주셨소. 장안의 군대도 제자리로 돌아온 셈이군요."

조조는 진심으로 기쁨의 빛을 감추지 않았다.

장수군은 본디 조조에 투항했었는데 장제의 미망인인 추씨 문제로 싸웠던 것이다. 그러고 보니 본디 자리로 돌아온 셈이었다.

건안 5년(200) 정월, 조조가 유비 토벌로 출전할 때 장수는 양무장군에 임명되었고 가후는 집금오(지금의 치안본부장)가 되어 있었다.

장수가 조조 진영에 들어갔다는 소식은 원소에게 큰 충격을 주었다.

"천하의 원소가 이쪽으로 오라고 했는데 나를 마다하고 조조한테로 가버리다니!"

화가 나기도 하고 분하기도 했다. 그러나 그 분함도 이내 누그러졌다.

"조조 진영에 있던 유비가 서주자사 차주를 죽여 서주를 앗고 사자를 보내어 우리 진영에 가담케 해달라고 합니다."

이런 보고를 받았기 때문이었다. 원소는 찌푸렸던 얼굴을 다시 폈다.

"이것으로 피장파장이 되었어."

하루는 원소가 말했다.

"내 아들 넷 가운데서 맏아들부터 셋째아들까지는 모두 평범하고 하잘것없는 아이들이라는 것은 그대들도 잘 알 것이다. 그래서 오직 막내아들에게만 희망을 걸었는데 그만 옴으로 세상을 떠나 버렸다. 이것도 천명이겠지만 나는 느낀 바 있어 조조와 결전할까 한다."

장수들은 원소의 이런 말에 그만 입을 딱 벌렸다. 변덕이 죽끓듯 했기 때문이다.

주전론을 둘러싸고 격론이 벌어졌다.

저수(沮授)가 말했다.

"해마다 출병을 하여 영내 백성이 피폐해져 있습니다. 창고에는 곡식이 없고 백성은 노역에 동원되어 지금 모두 지쳐 있습니다. 지금은 무엇보다도 먼저 사자를 허도에 보내어 공손찬을 격멸한 전승을 보고하고 전리품을 천자께 헌상하는 한편, 식량 증산에 힘쓰고 백성의 부담을 덜어 주어야 할 때입니다. 만일 우리가 조정과 통하지 않는다면, 그때야말로 우리를 가리켜 조정에 배반했다고 천하에 공표할 것이 아닙니까? 그런 연후에 여양(汝陽)에 진출하여 서서히 황하 남쪽에 거점을 확보하고 배를 건조하여 무기를 갖추고, 정예부대를 파견하여 그 언저리 일대를 앗는 것입니다. 말하자면 이쪽은 천천히 대비하며 적을 동분서주케 하는 겁니다. 이 상태가 3년만 계속되면 앉아서 천하를 얻겠지요."

그러나 심배(審配)와 곽도(郭圖)가 반론을 폈다.

"병법에 10배 병력이 있을 때에는 곧 이를 에워싸고 5배인 때엔 곧 이를 공격하고 2배인 때엔 곧 적을 분단시키고, 막상막하일 때는 전력을 다하여 싸운다고 했습니다. 지금 우리 주군의 신무(神武)와 거기에 하북의 강대한 병력으로써 조조를 치는 것은 손바닥을 뒤집는 거나 같다 하겠습니다. 지금 이 기회를 놓치면 기회는 다시 돌아오지 않습니다."

저수가 반박했다.

"모름지기 난을 무찌르고 포학을 주벌하는 것을 의병이라 하며, 다수를 믿고 강대함을 뽐내는 것을 교병(驕兵)이라 합니다. 의병이라면 가는 곳에 맞설 적이 없고, 교병이면 멸망이 있을 뿐입니다. 조조는 천자를 허도에 맞아 대의명분을 가지고 있는만큼 지금 병을 일으켜 남으로 향하는 것은 의병이라 할 수 없습니다. 또한 필승의 방법은 병의 강약에 있지 않습니다. 조조의 법령은 이미 행해지고 있을 뿐 아니라 그 권세는 정예입니다. 공손찬이 어쩔 도리없이 우리 편에 포위된 것과는 사정이 다릅니다. 지금 절대 안전의 방책을 버리고 명분없는 싸움을 건다는 것은 주군을 위해서도 해가 됨을 염려하지 않을 수 없습니다."

곽도가 다시 반박했다.

"주나라 무왕이 은나라 주왕을 친 것을 불의라고 하지는 않소. 하물며 조조를 치는 데 대의명분이 있다 없다 하는 것은 말도 되지 않소. 바야흐로 용맹 과감한 아군은 장병 모두 분노로 불타고 사기 충천하고 있소. 이 다시 없는 기회를 두고 결행하지 않는 것은 겁쟁이의 짓이라 할 수밖에 없소. '하늘이 주는 것을 가지지 않으면 오히려 그 벌을 받는다.'고 하오. 이것이 바로 월나라가 패한 까닭이고 오나라가 멸망한 이유요. 감군(監軍 : 沮授)의 계책은 현상 유지를 위한 것은 될지언정 정세 변화에 즉각 대응하는 것은 못되오."

그런데 원소는 최후 결단을 내리지 않고 전풍에게로 눈길을 보냈다. 전풍은 누구나 다 알고 있는 강경한 주전론자다. 그의 입으로 마지막 결단을 듣고 싶었던 모양이다. 그런데 전풍은 원소의 시선을 느끼자 천천히 고개를 젓고서 말했다.

"출병은 안 됩니다."

"어째서지? 요전번에는 그렇게도 강경하더니."

"그때는 조조가 정말로 군사를 이끌고 나가 허도를 비우고 있었기 때문입니다. 그러나 지금쯤은 연일 계속되는 우리의 작전회의를 탐지하고 허도로 돌아가 있거나, 혹은 계속 군중에 있는 척하면서 사실은 우리측에 대비하고 있음이 틀림없습니다."

"유비의 사자로 이곳에 와 있는 자가 있지? 그 자를 불러라."

이리하여 손건(孫乾)이 원소 앞에 나아갔다.

원소가 말했다.

"상황은 시시각각으로 바뀐다. 그때가 무르익었는지 어떤지는 사람에 따라서 판단이 다를 거다. 손건, 그대의 주인 생각은 어떠한가?"

손건은 잠시 생각하는 척했다. 기주로 올 때 유비로부터 받은 밀명이 있었다. 이윽고 입을 열었다.

"우리 주군께서 말씀하시기를 지금 조조의 지도력이 떨어져 있다고 하셨습니다. 그 이유로……."

손건은 말을 끊고 주위를 살폈다. 무엇인가 중대한 비밀을 말하려다 망설이는 빛이었다.

원소가 재촉했다.

"안심하고 말하라."

"예, 사실은 천자께서 거기장군 동승에게 밀칙을 내려 장차 조조를 치라는 어명이 있었다고 합니다. 저의 주군 유비도 그 연판장에 서명하여……."

손건의 말에 원소를 비롯한 모든 사람들이 신음 소리를 냈다. 천자의 어명이 있었다면 대의명분은 이쪽에 있는 게 아닌가!

원소는 마침내 그렇게 생각하고 외쳤다.

"천명은 우리의 것이다. 폐하의 밀조가 있으니 조조를 치는 데 이보다 더 큰 명분이 있겠는가!"

그러나 전풍은 끝까지 반대했다.

"과연 필승의 방책이라 할 수 있을까요? 지금 조조의 군세가 숫자로 우리측만 못하지만 그의 용병(用兵)은 천변만화, 결코 방심할 수가 없습니다. 확실히 유비의 모반, 그리고 천자의 밀조까지 있다면 조조 진영이 큰 타격을 받겠지요. 그렇지만 아직은 결전보다도 기병(奇兵)으로써 적을 피로케 하는 것이 상책입니다."

전풍은 어디까지나 대군을 동원하는 결전에는 반대였다. 기병 유격전을 전개하면 유리하다는 주장이었다.

그러나 원소는 전풍의 말을 듣지 않았다.

"닥쳐라! 천자의 밀조가 이미 있는데 기병으로밖에 싸우지 못한다면 세상의 웃음거리가 되리라."

원소는 전풍을 옥에 가두라 명령하고 이어 본격적인 출전 준비에 들어갔다.

누군가 저수를 헐뜯었다.

"저수는 정치, 군사를 통괄하여 그 권력은 삼군 위에 군림하고 있습니다. 지금도 이러한데 앞으로 조정 권력을 쥐었을 때 주군께서 어떻게 누르실 작정입니까? '주군과 신하의 구별이 엄연한 나라는 번창하고 구별이 모호한 나라는 멸망한다.'고 태공망(太公望)의 병서에도 있습니다. 나라 밖에 나가 군을 감독하는 자에게 내정을 관여시키면 안 됩니다."

원소는 갑자기 의심이 생겨 감군의 권한을 쪼개어 삼군 도독(都督)으로 임명했다. 저수 및 곽도, 순우경(淳于瓊)에게 저마다 일군을 거느리게 했던 것이다. 원소는 출병에 즈음하여 조조의 죄악을 낱낱이 들추어, 정벌할 때가 되었음을 격문으로 써서 여러 군의 태수에게 보냈다.

격문을 쓴 것은 천하에 그 재주와 이름이 널리 알려진 진림(陳琳)이었다. 진림은 선제(先帝) 때 주부(主簿)로서 궁정에서 벼슬을 했는데, 동탁의 난을 만나자 난을 피하여 기주 땅으로 갔다. 그때 원소에게 불리어 그 서기가 되었던 것이다.

내가 듣기에 명주(明主)는 위기를 헤아려 변(變)을 제어하고, 충신은 난(難)을 근심함으로써 권(權)을 세운다. 이로써 비상한 사람이 있고, 그런 연후에 비상한 일이 있도다. 비상한 일이 있은 연후에 비상한 공(功)은 이루어지느니라.

이런 문장으로 시작되는 격문은 겁쟁이도 떨쳐 일어나게 만들기에 충분한 명문이었다. 조조 자신 이 격문을 입수하여 주욱 훑어보고 나서 낯빛이 변했을 정도였다. 왜냐하면 진림은 격문 속에서 조조의 죄악을 하나하나 열거했을 뿐 아니라 그 조부 조등(曹騰)이 환관으로서 권세를 부렸다는 것, 아버지 조숭(曹嵩)이 금전으로 삼공의 벼슬을 샀다는 것까지 폭로했던 것이다.

"으음, 잘 썼어. 놀라운 명문인걸."

조조는 분노하는 대신 이렇게 감탄했다.

뒷일이지만 진림이 포로가 되었을 때 조조는 말했다.

"너는 원소를 위해 격문을 썼다. 격문인 까닭에 내 욕을 써야만 했겠지. 그것은 그렇겠지만 내 조부나 부친의 욕까지 할 필요는 없었잖은가!"

그래서 진림은 살아남기는 틀렸구나 하고 생각했다. 그러나 조조는 이렇게 말했다.

"그 글재주를 나를 위해 써 주게. 아냐, 나뿐이 아니지, 천하 만민을 위해서 말일세."

조조는 진림의 목숨을 살려 주었다.

원소군의 첫번째 목표는 조조 부하인 동군(東郡) 태수 유연(劉延)이 지키는 백마성이었다. 원소는 백마성 공격의 선봉장으로 안량(顏良)을 임명했다. 저수가 말한다.

"안량은 용맹스럽지만 시야가 좁고 참을성이 적습니다. 첫 싸움이 중요하므로 다른 장수를 임명하셔야 합니다."

그러나 원소는 저수의 의견을 물리쳤다.

"첫 싸움이라 안량과 같이 단숨에 적을 짓밟아 버릴 용장을 고른 것이다. 그 이상의 적임자는 없다."

원소 진영에는 인재가 많았지만 원소의 이런 독선으로 재능을 발휘할 여지가 없었다.

"아아!"

저수는 출전에 앞서 탄식하고 자기의 전재산을 친척에게 나누어 주었다. 그에게는 이미 패전이 눈에 보이는 것만 같았다.

조조는 원소의 일거일동을 손바닥 들여다보듯 환히 알고 있었다.

자기는 곧 허도로 돌아감과 동시에, 앞서 유비한테 패하여 돌아온 유대(劉岱)·왕충(王忠) 두 사람에게 군사 5만을 주어 명령했다.

"너희들은 그대로 진격하여 현덕을 쫓아 버리고 서주를 빼앗도록 하라."

여기에 나오는 유대는 패(沛) 사람으로 전에 연주자사(兗州刺史) 였던 유대와는 동명이인(同名異人)이다.

본디 중국 사람의 성은 그리 많지가 않고 더욱이 이 시대의 인명은 거의 외자였다. 전한 말기에 두 글자 이름이 늘기 시작했는데 왕망(王莽)이 '이명(二名)의 금법'을 공포하여 이름을 외자로 짓게 된 것이다.

이를테면 조조, 유비, 관우, 장비, 동승 모두가 외자이다. 따라서 동명이인이 아주 많았다. 그것을 구별하기 위해 따로 자(字)를 붙였는데, 이것은 거의가 두 자로 이루어진다.

유대는 공교롭게도 자마저 똑같은 공산(公山)이었다. 이런 때는 출신지를 붙여 구별했다.

정욱이 조조에 간했다.

"유대와 왕충 두 사람으로는 지략이나 무용에서 유비에게는 어림도 없습니다. 먼젓번에도 보기좋게 쫓겨오지 않았습니까?"

"하하하……알고 있다."

조조는 웃었다.

"유비를 관우·장비와 함께 붙잡아 목을 베려면 20만의 대군이 필요하다. 지금 원소가 천하의 장수들을 규합하여 군사를 일으키려고 하는 이때에 내가 몸소 거기까지 갈 수는 없지 않은가? 그래서 나는 유대와 왕충에게 승상기를 주어 나 자신이 온 것처럼 믿게 하고 유비를 붙들어 매려고 한다. 원소와 나는 언젠가 여양(汝陽) 부근에서 장기간 공방전을 펴게 될 테지. 그 중에 내가 진영을 떠나도 그다지 걱정이 되지 않는 기간이 생길 것이다. 그때 질풍처럼 서주를 습격하여 유비를 쫓아 버리고 서주를 수중에 넣은 다음 다시 원소와 대치하고 있는 진으로 돌아오게 되리라."

정욱은 그 말에 비로소 납득했다. 유대와 왕충, 두 장수는 주어진 승상기를 중군에 높이 내걸고 서주를 향해 출발했다.

조조는 이어 모사들을 모두 모아 대책을 의논했다.

이 때 공융(孔融)은 이르기를, 잠시 원소와 화의(和議)를 맺어 서주를 빼앗은 다음 결전해야 한다는 의견을 내놓았다.

그에 대하여 순욱은 반대했다.

"원소는 쓸모 없는 인물이므로 화의할 필요가 없다."

그러자 공융은 정색을 하며 순욱에게 대어들었다.

"쓸모 없는 인물이란 말은 듣지 못했소. 하북은 나라가 넓으며 백성은 강하고, 그 부하인 허유·곽도·심배·봉기 들은 모두 지모(智謀)가 뛰어난 선비들이며, 전풍·저수는 충신으로 이름을 떨치고 있소. 게다가 안량과 문추는 그 용맹이 3군에 알려졌고 또한 고람(高覽)·장합(張郃)·순우경(淳于瓊) 등은 명장이라고 일컬어지고 있소. 어찌 원소가 쓸모없는 인물이겠소."

순욱은 웃으면서 명쾌하게 잘라 말했다.

"원소의 군사는 수가 많을 뿐 정연하지 못하며, 전풍은 강직하고 용맹스럽지만 그것을 내세워 오만을 부리고, 허유는 아욕(我欲)이 강하여 겉보기만의 허세를 부리고 있음에 지나지 않으며, 심배는 독단적이고 난폭한 성격으로 참다운 모(謀)를 지니지 못했고, 봉기는 과단성은 있으나 깊은 사려가 모자라오. 이들은 모두 내가, 내가, 하고 그 세력을 다투어 서로 화합하지 못하기 때문에 군사를 일으키면 언젠가는 내변(內變)이 생길 것이 틀림없소. 또한 안량·문추는 사리에 어두운 필부(匹夫)의 용맹일 뿐이오. 그 밖에는 모두 변변치 못한 소인배일 뿐, 비록 백만의 군사로써 밀어닥친다고 하더라도 오합지졸로 단정하여도 괜찮을 것이오."

공융은 입을 다물고 물러나지 않을 수 없었다.

그리하여 조조 또한 30만의 대군을 이끌고 여양을 향해 출발하게 되었다.

원소의 30만 대군과 조조의 30만 거병(巨兵)은 여양을 가운데 두고 저마다 수십 리에 걸쳐 진을 쳤다. 저마다 해자(垓字)를 깊이 파고 성채를 높이 쌓았다.

어느 쪽에서도 먼저 진격하지 않고 서로 대치한 채 싸움 없이 건안 5년 여름에서 가을에 걸쳐 탐색전만 폈다.

이른바 후세에 전해지는 천하를 놓고 싸운 관도(官渡)의 결전은 이렇게 끈질긴 대치로써 시작되었다.

한편 서주로 향한 유대와 왕충의 5만 군사도 또한 서주에서 50리 떨어진 곳에 진을 치고, 중군에 승상기를 세운 채 감히 움직이려 하지 않았다.

유비 쪽에서도 조조의 허실(虛實)이 불분명하기 때문에 관망만

하고 있었다.

양편이 이렇게 대치하고 있을 때 조조로부터 급한 사자가 파발마를 몰아 유대와 왕충의 진영에 도착했다.

'서주로 진공함에 머뭇거림이 있어서는 안 된다. 속히 공격해 들어가라.'

그런 명령이었다.

그러나 유대도 왕충도 각각 자기들이 먼저 공을 세우려는 용기가 없었다.

"선진(先陣)의 공은 장군께 양보하여 드리겠소."

유대가 왕충에게 먼저 말했다. 왕충은 고개를 설레설레 젓고서 꽁무니를 뺐다.

"묘당에서의 서열이나 나이가 장군이 위이시니 부디 장군이 먼저 ……."

그러자 유대는 불쾌한 듯이 다그쳤다.

"장군은 주장(主將)이 나인 줄을 모르시오? 주장은 경솔하게 움직일 수 없는 것이오. 장군이 먼저 진격하시오."

"아니오. 그럴 수는 없소. 우리 주군께서는 언제나 주장이 선진으로 나서는 것을 자랑으로 삼고 계십니다. 부디 장군부터 먼저 나가시도록 하시오."

비열하게 서로 뒤로 물러선다 할 수 없어, 마침내 유대와 왕충은 제비를 뽑아 결정하기로 했다.

제비에 뽑힌 것은 왕충이었다. 하는 수 없이 왕충은 그 반수의 군마를 이끌고 서주의 국경을 넘었다.

이 급보가 날아들자, 유비는 진등을 불러 대책을 물었다.

진등은 이미 밀정을 놓아 공격진의 상황을 살피게 하고 있었다.

"이상한 일이 한 가지 있습니다. 승상기가 관도의 진영에는 나부끼지 않고 이 서주로 공격해 온 군세의 중군에 나부끼고 있습니다. 그로 보면 당연히 조조가 먼저 스스로 서주를 빼앗기 위해 진군했다고 해석됩니다. 그러나 궤계(詭計)가 백출하는 조조이고 보면 그렇지 않을 수도 있습니다. 승상기를 내주어 그럴 듯이 보이도록 해놓고 자기는 관도의 본영에 있을 것으로도 추측됩니다. 우선 조조가 있는지 없는지를 확인해야 할 것입니다."

진등이 이렇게 말했을 때, 관우와 장비가 들어왔다.

유비는 진등의 진언을 듣고 나서 물었다.

"그대들 가운데 누가 가서 조조가 있는지 없는지를 알아보고 오겠는가?"

"말할 것도 없이 그것은 제가 할 일이 아니겠습니까?"

장비가 가슴을 쑥 내밀며 대답했다. 관우가 말리고 자기가 가겠노라고 나섰다.

"잠깐만, 익덕! 너처럼 성급하고 야단스러운 사나이에게는 이런 일이 맞지 않는다."

"천만에! 조조를 만나게 되면 그 모가지를 움켜쥐고 오는 것은 내가 평생을 두고 소망하던 일이오. 가게 해주시오, 운장 형!"

"익덕, 그 호언장담이 네 결점이다."

유비는 껄껄 웃으며 관우를 보고 명했다.

"가거라."

관우는 곧 3천 수하 군사들에게 출진 명령을 내렸다. 때마침 초겨울이라 음산한 구름이 낮게 드리우고 눈 꽃송이가 하나 둘 흩날리기 시작했다.

추위는 땅을 얼어붙게 하고 이것을 밟는 군사들의 손발을 움츠러들게 했다. 오직 한 사람 관우만은 말 위에 태연히 앉아 긴수염을 찬바람에 나부끼고 있었다.

공격해 오는 군세가 몇 마장 저쪽에 보이자 관우는 생각할 시간을 두지 않고 기책(奇策)도 씀이 없이 정면으로 쳐들어갈 각오를 했다.

"돌격 진형을 갖추어라!"

3천 기(騎)가 진형을 갖추자, 관우는 청룡언월도를 높이 비껴들었다.

"진격!"

호령이 떨어지자 3천 기는 흩날리는 눈송이를 뚫고 대지를 힘껏 걷어찼다.

관우가 바람과 같이 말을 몰고 가는 곳에 눈꽃송이는 순식간에 붉은 빛으로 물들었다.

말을 달려 지나간 뒤에는 목없는 주검, 팔다리를 잃고 신음하는 상처 입은 몸이 흰 대지 위에 뒹굴었다.

"공격군의 주장은 어디에 있느냐? 나와서 상대하라!"

소리소리 질러대는 관우의 앞길에 왕충이 가로막아 섰다.

"관운장! 승상께서 몸소 납셨다! 그대, 항복하려거든 지금 하는 게 좋으리라!"

"조조, 거기에 있다면 당당히 나와서 나와 한판 겨루자!"

"잔소리 마라! 어찌 승상께서 그대와 같은 하찮은 필부와 싸우실까 보냐?"

"하하하……말할 나위도 없지. 승상기 밑에 있는 것은 빈 자리일 것이다!"

관우가 왕충을 향해 곧장 돌진하자 왕충은 당황했다. 막으려고 휘두르던 왕충의 창이 단칼에 두 동강이 나고 만다.

못당하겠다고 말머리를 돌리려는 왕충을 놓칠세라, 관우는 상대의 갑옷 보대를 와락 움켜쥐더니 안장에서 끌어내면서 허공으로 던져 올렸다가 가볍게 받아 옆구리에 꼈다.

왕충을 사로잡은 관우는 곧 군사를 돌려 본진으로 되돌아왔다.

"그대는 누구이며 무슨 직책을 맡은 자인데 조 승상을 사칭했는가?"

"나는 오직 승상의 명을 받들고 허세를 부려 의병책(擬兵策)을 썼음에 지나지 않소. 왕충이라고 하오."

"그럼, 승상은 공격진의 총지휘를 하고 있는 것은 아니렷다?"

"그렇소."

유비는 왕충을 잠시 잡아두기로 했다.

"주군, 저 왕충이라는 부장을 잡아두어 뭘 하시려고?"

장비가 물었다.

"나는 조조와 결전할 생각은 없다. 화친을 하기 위해서는 살려두어야만 한다."

"그렇다면 또 한 사람의 부장은 제가 잡아오겠습니다!"

장비는 눈알을 번들번들 굴렸다.

"잠깐만, 익덕! 공격군의 또 다른 부장 유대를 가볍게 대적해서는 안 된다."

"죽이지 말라는 말씀이겠지요. 알고 있습니다. 반드시 사로잡아 오겠습니다."

"너는 너무 성급하기 때문에 여차하는 경우 귀찮은 생각이 들어서 갑자기 유대의 생명을 빼앗지나 않을까, 그게 걱정이다."

"주군! 제가 만일 유대의 목숨을 빼앗았을 때에는 제 목으로 그것을 보상하겠습니다."

"정 그렇게까지 말한다면……."

유비는 장비에게도 관우와 마찬가지로 3천의 군사를 맡겼다.

장비는 용기백배하여 출전했다.

유대는 왕충이 생포된 것을 알자 진지를 곧게 지킬 뿐 나오려 하지 않았다. 장비는 어떻게든지 꾀어내려고 성루 바로 앞까지 밀고 들어가 온갖 욕설, 잡소리를 다 퍼부으며 약을 돋우었다. 그러나 유대는 상대가 장비임을 알아차리자 더욱더 겁을 먹고서 모습조차 나타내려고 하지 않았다.

며칠이 헛되이 지났다. 이렇게 되자, 장비도 모계를 쓰지 않을 수가 없었다. 장비는 3천의 자기 군사에게 명령을 내렸다.

"오늘밤, 해시 말(亥時末 : 윤후시)을 기해 야습을 하리라! 저마다 완전 무장을 하고 기다릴 것!"

명령을 내린 바로 뒤 장비는 술을 마시기 시작했다.

"기습을 축하하여 미리 한잔 마시자."

장비는 술을 마실수록 목소리가 높아지고 행동도 거칠어졌다. 그러다가 한 병졸의 태도가 마음에 들지 않는다고 고래고래 소리지르며 꽁꽁 묶어놓고는 때리고, 차고, 짓밟고, 형편없이 학대하였다.

"야습에 즈음하여 네 목을 쳐서 깃대 위에 꽂고 혈제(血祭)를 올리리라!"

장비는 이렇게 내뱉더니 그 자리에 푹 쓰러져 드렁드렁 코를 골기 시작했다.

해가 저물었을 때 그 병졸의 소속 대장이 몰래 다가와서 병졸의 오라를 풀어 주었다.

"허물도 없는데 혈제의 희생물이 된다는 것은 억울한 일이므로 달아나게 해 준다."

병졸은 장비에게 크게 원한을 품고 진지를 빠져나오자 유대의 진영으로 달려갔다.

유대는 부하로부터 장비 진영에서 항복해 온 군졸이 있는데, 호소하고 싶은 일이 있다는 말을 전해 듣자 의심부터 했다.

"적의 책략에 넘어갈 줄 아느냐. 그자를 쫓아 버려라!"

"그 병졸을 조사해 보았더니 온몸에 타박상을 입고 있었으며 한쪽 눈도 짜부라져 있더이다. 장비는 성격이 거친 데다가 술을 먹었다 하면 미친 듯이 날뛴다는 소문이 있는 것으로 미루어 그 병졸이 받은 학대는 거짓이 아닌 듯이 보입니다."

"좋다, 그럼 이리 끌고 오너라."

유대는 눈 앞에 끌려 나와 엎드린 병졸의 무참하게 부어오르고 상처투성이가 된 얼굴을 보고 생각했다.

'거짓으로 속이려고 달려온 것은 아닌 것 같다.'

"장비는 오늘밤 해시 말을 기하여 야습해 올 것입니다."

상처투성이가 일러바쳤다.

"그럴 줄 알았다!"

유대는 곧 자기가 이끄는 3만의 군사 가운데서 2만을 정면 성루에 배치하고 나머지 1만 명을 두 패로 나누어 좌우 양쪽에 배치했다.

해시 말이 다가왔다.

정면 성루를 향해 몰래 다가든 것은 겨우 100명뿐이었다. 그들이 땅을 기어 성루에 다가서자 별안간 불화살을 쏘아댔다. 복병들은 '옳지, 왔구나!' 하고 일제히 성루에서 뛰쳐나왔다.

그때 장비가 이끄는 주력병은 유대의 진 뒤쪽으로 돌아가 있었다.

자기편 군사가 쏘아올린 불화살을 신호로 소리를 죽인 채 일시에 달려나갔다.

유대의 군은 2만의 복병도, 좌우에 있었던 1만의 병사도 불화살을 쏘며 다가서는 전면의 적이 장비군의 주력인 줄로만 생각하고 그 쪽을 향해 물밀 듯 맞받아쳐 나가 본영은 완전히 비어 있었다. 거기에 배후에서부터 장비를 선두로 2천 900의 정예 군사가 곧장 돌입해 온 것이다. 유대는 어쩔 도리 없이 장비의 포로가 되고 말았다.

장비는 자못 콧대가 높아졌다. 유대를 말에 묶고 돌아온 장비는 주군이 성문 밖까지 나와 맞아주자 우쭐했다.

"주군, 평소에 나를 성급하고 난폭한 놈이라고 꾸중만 하시더니 오늘은 어떻습니까?"

유비는 껄껄 웃었다.

"너를 나무란 것은 바로 이런 기모(奇謀)를 쓰도록 해야 하겠다는 생각에서였다."

"하하하……, 이러한 명군 밑에 지(智)와 용(勇)을 겸비한 무장 있도다!"

장비는 난생 처음이라고 해도 좋을 책략이 성공하자 자신이 천하 어디에 내놓아도 뒤떨어지지 않는 지장이라도 된 듯한 기분이었다.

그러나 그것도 잠시일 뿐 장비는 이내 불쾌해지지 않을 수 없었다. 유비가 유대의 오라를 풀어주고 귀한 손님이라도 맞듯 전각 안으로 데리고 들어갔던 것이다.

유비는 유대를 먼저 잡아온 왕충과 함께 상좌에 앉게 하고 공손히 대접하며 말했다.

"부하들이 저지른 무례함을 용서하오. 승상께서는 내가 모반할 것이라고 의심하시어 그대들 두 장군을 보내셨을 것이오만, 나는 승상의 큰 은혜를 깊이 느끼고서 어느 날이고 보은하리라 생각하고 있소. 그런 내가 어찌 모반할 마음을 품을 수 있겠소? 장군들은 허도로 돌아가시거든 부디 나의 이런 참뜻을 승상께 전해 주시오."

유대와 왕충은 목숨을 빼앗지 않았을 뿐 아니라 그대로 도성으로 돌아갈 것을 허락해 준 유비의 너그러움에 감격했으며, 유비를 위해 승상께 잘 말씀드릴 것을 거듭거듭 맹세했다.

이튿날 아침 유대와 왕충은 항복한 자신의 부하들까지 돌려받아 대열을 지어 성을 나섰다.

유비는 성곽 밖까지 배웅해 주었다.

20리쯤 갔을까? 느닷없이 한쪽 숲속으로부터 북소리가 요란하게 울리면서 수천의 군사를 이끈 무장이 성큼 달려나와 앞길을 가로막았다.

노기등등, 하늘을 찌를 듯 험악한 모습의 장비였다.

"너희들! 비겁하게도 살아서 돌아가다니 될 말이더냐! 싸움터를 누비며 살아가는 무장이라면 정정당당하게 이 장비와 대결하여

그 용맹한 이름을 후세에 남겨라!"

왕충과 유대는 새파랗게 질렸다.

그때 관우가 오직 단기로 먼지를 뽀얗게 일으키며 질풍같이 달려왔다.

"익덕! 경솔한 짓 마라!"

장비는 의형 관우의 방해를 받자, 혀를 차며 못마땅해했다.

관우는 호되게 나무랐다.

"장비, 주군이 용서하여 놓아 보내는 적장을 무단히 습격하다니 용서치 않겠다!"

"이 자들은 놓아주면 반드시 또 군사를 이끌고 공격해 올 거요! 주군은 너무 군자여서 틀렸어!"

"익덕, 다시 공격해 왔을 때 베어도 늦지 않다."

"천만에, 필요없소! 지금 당장 목을 쳐 버리겠소!"

장비는 악을 쓰며 고래고래 소리를 질렀다.

유대와 왕충은 오직 살고 싶은 한마음으로, 비록 승상이 우리 삼족(三族)을 죽이겠노라는 엄한 명령을 내리더라도 맹세코 다시는 서주를 공격하지 않겠다고 빌었다.

장비도 겨우 납득하고 지나갈 것을 겨우 허락했다.

"이번에는 조조 자신이 직접 오라고 전해라! 이 장비가 목하고 몸통을 썩뚝 동강내 줄 것이다!"

유대와 왕충은 다시 살아난 듯한 심정으로 달아났다.

유비는 다음 번 공격을 대비하여 손건(孫乾)·간옹(簡雍)·미축(糜竺)·미방(糜芳)에게 서주를 지키게 하고 자신은 장비와 함께 소패성(小沛城)에 자리잡았다. 관우에게는 하비성을 지키게 했다. 하비에는 자기의 첫째 부인 감 부인과 둘째 부인 미 부인이 있었는데 그 부인들을 관우에게 맡겼다.

그 무렵, 제후는 적으면 두어 명, 많으면 10여 명의 부인을 거느리는 것이 상례였다. 그러나 유비는 그 옛날 낙양 네거리에서 팔려 가는 아름다운 소녀 부용을 구하여 아내로 삼은 감 부인 외에 겨우 미축의 누이동생을 둘째 부인으로 삼았을 뿐이다. 감 부인에게는 아기가 없었으므로 관우와 장비가 권하여 재색(才色)을 겸비한 미축의 누이동생에게 장가들였던 것이다. 미 부인에게는 아들이 하나 있었다.

충신 동승

　이 무렵 허도는 바야흐로 부국강병(富國强兵)의 융성기를 맞고 있었다. 그것은 조조의 모사인 순욱의 힘이 컸다. 순욱은 국내 행정에 많은 치적을 남겼는데, 그 대표적인 것이 허도를 중심으로 둔전법(屯田法)을 실시하고, 지방에서는 인망있는 사람들에게 호장(戶長)을 맡긴 것이었다. 또한 각 주군(州郡)에 전관(田官)을 두어 체계적으로 농경을 관리하게 하였다. 덕분에 허도는 전란 중임에도 불구하고 산업이 진흥돼 오곡의 증산액만 해마다 100만 섬을 넘겼다.

　그러나 군사력과 경제력의 융성이 곧 조정과 나라의 평안으로 이어지는 것은 아니었다.

　허도가 왕성한 것은 조조가 왕성한 것과 다를 바가 없었다. 조조의 무권정치는 상부(相府)라는 형태로 날이 갈수록 엄연해질 뿐, 조정의 세력과 천자의 위신은 날이 갈수록 추락해가고 있었다.

　이런 상황을 바라보며 전전반측(輾轉反側) 잠을 이루지 못하는 사람이 있었다. 그는 바로 국구(國舅) 거기장군(車騎將軍) 동승(董承)이었다.

동승은 천자가 친히 피로 쓴 밀조(密詔)를 받은 뒤로 밤낮없이 애를 태웠다.

'어떻게 하면 조조를 죽일 수 있을까?'

오로지 무참히 빼앗긴 황실의 복권(復權)만이 그의 안중에 있을 뿐이었다. 침식도 잊은 채 골몰하는 나날이 계속되었다. 혈맹의 동지인 왕자복과 밀회를 계속하며 그는 때를 엿보고 있었다. 그러나 허도에는 이제 유비 현덕도, 마등도 없다. 조정의 일부 대신이 조조에게 반감을 품고 있기는 하였으나 그들은 조용히 울분을 간직하며 속으로 삭이고만 있을 뿐 누구 하나 나서서 혈맹에 동참하는 이가 없었다.

"어찌해야 할까? 어떻게 해야 천자의 비칙(祕勅)을 수행할 수 있을까?"

동승은 노심초사하며 속을 태웠다. 결국 그는 마음의 병이 깊어져 육신마저 깊은 병에 걸리고 말았다. 아예 바깥 거동조차 하지 못하는 채 집안에 틀어박혀 누워 지내는 신세가 되었다.

천자는 동승의 병세가 위중하다는 소식을 듣고 곧 황실의 명의(名醫)인 길평을 불렀다. 그리고 그에게 곧장 동승의 병상을 칙문케 하였다.

길평은 어의를 받들어 급히 동승의 집으로 달려갔다.

길평은 본디 낙양 출신으로 약재와 민간 의학에 달통하였으며 인격이 곧아 평소 사람들로부터 폭넓은 추앙을 받았다. 그는 의학자다운 품성과 명의로서의 실력을 고루 갖추고 있는 당대 으뜸가는 의원이었다.

길평이 몸소 왕진을 왔다는 전갈을 받고 동씨 일족은 마중나와 그를 크게 환대했다. 길평은 동승을 문진하고 나와 상노인 진경동에게 약을 지어 주며 말했다.

"이것을 아침 저녁으로 달여 식전에 드시게 하여라. 그러면 열흘 안에 병이 씻은 듯 나을 것이다."

경동은 길평의 확신에 찬 말에 고개를 갸웃하며 허리를 숙였다.

그리고 길평이 집을 나서자 곧장 동승에게 달려가 이를 고했다. 동승은 그 말을 듣자 매우 기뻐했다.

"천자의 성은이 하해(河海)와 같사옵니다."

눈물을 글썽이며 동승은 어렵게 노구를 일으켰다. 그리고 황실 쪽을 향하여 몇 차례 큰절을 올렸다.

과연 길평의 예언대로 날이 갈수록 동승의 병세는 호전되어 갔다. 그러나 동승이 워낙 노령이었던 까닭에 쉽게 자리를 털고 일어서지는 못했다.

"오늘은 좀 어떠십니까?"

길평은 날마다 찾아와서 문안하며 동승을 돌보았다. 어떤 날은 일부러 동승을 부축해 밖으로 나와 햇볕도 쬐게 하고, 천천히 후원을 거닐면서 담소를 나누기도 했다.

"어떻습니까? 바깥 바람을 쐬시니 한결 거동이 부드럽지 않으십니까?"

그러자 동승이 가슴에 야윈 손을 얹으며 말했다.

"그런데 조금만 움직여도 여기가……."

가슴 언저리의 통증을 호소했다.

"말을 할수록 숨이 가빠지고 가슴이 답답합니다."

길평은 말없이 동승의 눈을 바라보았다.

'역시, 내 짐작이 맞았어. 한눈에 알아보았지. 이건 분명 심화병(心火病)이야.'

길평은 입가에 잔잔한 미소를 띄우며 말했다.

"마음이 괴로우신 까닭입니다. 너무 정무에 전념하신 게 아닙니까?"

동승은 말하기도 힘겨운 듯 쉰소리로 대답했다.

"한직에 있는 몸, 전념할 일도 없소이다."

"그렇습니까. 별일 없다니 다행입니다. 어찌됐든 빨리 국구께서 자리를 털고 일어나셔야 황상의 근심이 하나 덜어지지 않겠습니까. 황상은 어제도 오늘도 수시로 저를 불러서 국구의 병세를 하문하셨습니다."

동승의 눈시울이 붉어졌다. '황상'이라는 말만 들어도 가슴이 찢어질 것 같은 그였다. 뜨거운 눈물 한줄기가 병약한 원로 충신의 볼을 타고 흘러내렸다.

이튿날도 변함없이 다시 길평이 찾아왔다. 그런데 웬일인지 길평은 그날따라 매우 심각한 얼굴을 하고 있었다. 길평의 안색을 보고 내심 불길한 예감에 사로잡힌 동승이 조심스럽게 물었다.

"무슨 일이 있으십니까? 안색이 좋지 않으십니다."

길평이 무겁게 닫혀 있던 입을 열었다.

"국구의 병인을 알았습니다."

동승은 순간 아연실색하여 얼굴이 창백해졌다.

"위중한 병이오?"

길평은 동승의 눈을 뚫어져라 마주 보며 말했다.

"위중하지요. 본디 육신의 병은 탕약과 침술로 다스릴 수 있으나 마음에서 생긴 병은 세상의 그 무엇으로도 다스릴 수 없는 법입니다. 그러니 병 중에서도 제일 중한 병이라 할 수 있지요."

그제서야 동승의 얼굴에 핏기가 돌았다. 길평은 예의 심각한 어조로 돌아가 말을 이었다.

"고정하시오. 국구, 국구의 가슴에 사무친 통한의 병을 제가 왜 모르겠습니까? 얼마 전부터 짐작하고 있었습니다만 차마 확신이 들기 전까지는 아무 말도 할 수 없었습니다. 천자를 위하고 황실을 걱정하는 국구의 충심은 맥을 짚어봐도 알 수 있고, 눈 빛깔을 보아도 알 수 있습니다. 또한 국구의 음성만 들어도 그 병이 얼마나 깊어졌는지 짐작할 수 있었습니다. 이 길평도 작은 힘이나마 국구의 힘이 되어 드리겠습니다. 맹세코 국구의 병을 치유해드릴 것입니다."

동승은 놀라 떨리는 목소리로 말했다.

"무, 무슨 소리요? 어찌 내 힘이 되어줄 수 있단 말이오?"

길평은 차가운 목소리로 말했다.

"의술은 사람의 병을 고치는 것만이 능사가 아닙니다. 진정한 명의는 나라의 우환(憂患)을 고친다 들었소이다. 내 직접 우환을 깨끗이 도려내겠다는 말이외다."

그렇게 말한 후 길평은 손가락을 입에 넣어 힘껏 깨물었다. 입가에 핏물 한줄기가 흘러내렸다. 길평은 곧 흰 종이를 펼쳐 혈맹의 약속을 피로 써냈다.

동승은 벌어진 입을 다물지 못하고 이 광경을 지켜보다가 비로소 길평의 진심어린 의지를 받아들였다.

"고맙소. 내 경에게 보여줄 것이 있소."

그렇게 말하면서 동승은 서가 위 깊숙이 감추어둔 천자의 옥대를 끌어내렸다. 옥대 속에서 천자의 밀조(密詔)를 꺼내 보였을 때는 길평의 눈에도 뜨거운 눈물이 넘쳐 흘렀다.

길평은 입술을 깨물며 다짐했다.

"반드시 내 손으로 조조를 죽이고 말겠소."

"무슨 묘책이라도 있소이까?"

한순간 길평의 안광이 번뜩이는가 싶더니

"내 천하의 간웅 조조를 한번에 쓰러뜨릴 묘책이 있소이다."

단호한 음성으로 대답했다. 동승은 숨 죽이며 다음 말을 기다렸다. 방 안에 일순 살얼음이 낀 듯 차가운 정적이 감돌았다. 길평이 다시 입을 열었다.

"독약!"

숨이 멎을 것처럼 놀란 동승은 순간 말문을 잃고 침묵했다. 길평 또한 말이 없었다. 그때였다. 바람도 없는 아침에 깃발이 나부끼는 듯 무엇인가 휙 지나가는 소리가 들렸다. 동승이 잽싸게 문을 열어 젖혔다. 그 요란스러운 소리에 나뭇가지에 앉아 있던 새 한 쌍이 놀라 소스라치게 몸을 떨었다. 그러더니 후다닥 깃을 나부끼며 공중으로 날아올랐다.

길평이 돌아간 후 동승은 가슴이 탁 트이는 듯 홀가분함을 느꼈다. 뜻밖에 의기투합하는 동지를 얻어서인지 백만 대군을 끌어안은 듯 힘이 솟았다.

어느덧 우울한 마음은 사라지고 심중에 밝고 기운찬 생기가 가득 찼다. 이상하게도 마음의 짐을 덜자 몸 또한 깃털처럼 가벼워지는 것 같았다. 동승은 실로 오랜만에 몸을 일으켜 밖으로 나왔다. 부리는 상노의 부축없이 제 발로 거동하기는 근 열흘 만에 처음이었다.

밖으로 나와 후원을 거닐다가 동승은 문득 별당에 있는 애첩 운영(雲英)을 떠올렸다.

"이게 얼마만의 발걸음인가. 운영의 반가움이 자못 크겠구나."

중얼거리며 동승은 문 밖으로 사뿐사뿐 걸어나와 마중할 운영의 앳된 모습을 머릿속에 그려보았다. 운영은 이제 갓 스물의 싱싱한 꽃봉오리같은 여인이었다. 활짝 웃으면 피어나는 꽃처럼, 보고 있는 것만으로도 삶의 의욕을 느끼게 했다.

동승은 후원 깊숙한 곳에 자리잡은 운영의 별당으로 발걸음을 재촉했다. 그런데 무심코 후원의 초정(草亭) 앞을 지나치려는데 숲 속에서 야릇한 목소리가 새어나왔다.

"그만해! 누가 보면 어쩌려고?"

"보긴 누가 본다고 그래? 여긴 우리 둘밖에 없는데."

귀에 익은 목소리였다.

"의원이 또 산책삼아 데리고 나오면 어떡해."

"아직 돌아가지 않았을 거야. 돌아갔어도 늙은이 혼자 거동하기도 힘들 텐데 뭐."

동승은 가슴이 철렁 내려앉았다. 수풀 속에 도둑괭이처럼 숨어 음탕한 대화를 나누고 있는 자는, 자신의 애첩인 운영과 상노 진경동이 분명했다. 아무리 동승의 귀가 어두워도 몇 해 동안 가까이서 들어온 측근의 목소리를 잘못 알아들을 리는 없었다. 동승은 머리칼이 쭈뼛 일어서고 등줄기에 오싹 소름이 돋는 듯한 충격에 휩싸였다.

"그래도 별안간 오면 어쩌하누?"

운영이 물었다.

"오면 또 어쩔 게야. 제 몸도 못가누는 주제에 혈기왕성한 젊은놈을 어떻게 상대하누. 그러지 말고 어서 내 품에 안겨봐."

진경동은 능청스러운 목소리로 치근거렸다. 그리고 이어서 더 끈적끈적한 음성으로 덧붙였다.

"처음도 아니잖아. 다 죽어가는 송장하고는 비교도 안 된다고 좋아 자지러질 때는 언제고. 새삼스레 왜 이래."

춘정을 못이긴 계집의 신음 소리가 파르르 꽃가지를 흔들며 요동쳤다.

동승은 금세 쓰러질 듯 휘청휘청한 걸음새로 후원을 빠져나왔다.

운영은 갓 스무 살이었고 동승의 나이는 칠십 고령이다. 그들의 나이는 춘정을 나누기에는 너무 차이가 났다. 더구나 동승은 나랏일로 노심초사하여 노년에 병까지 얻고 말았다.

병들고 노쇠한 동승이 이제 갓 물이 오르기 시작한 운영의 육체를 만족시킨다는 것은 무리한 일이었다.

그러나 상노 진경동은 달랐다. 그는 운영과 비슷한 또래로 한창 넘쳐나는 정기를 감당키 힘든 청년이다. 거기에 외모 또한 출중해서 상노살이를 하기에는 아까운 인물이었다. 그는 국구 동승의 약시중뿐만 아니라 모든 심부름을 도맡아하는 측근 중의 측근이었다.

동승은 고개를 설레설레 저었다. 도저히 지금의 상황이 믿겨지지 않았다. 입 안의 혀처럼 아끼고 사랑하던 애첩과 수족처럼 믿고 의지하던 상노가 자신을 배신하다니. 지금껏 진경동이 달여준 약을 먹고 그가 내온 차를 마시며, 어리석게도 아무 의심도 없이 살아온 자신이 스스로 원망스럽기만 했다.

동승은 눈이 멀어버릴 것 같은 질투심에 미칠 지경이었다. 알지 못하는 동안 그들이 나누었을 추파(秋波)와 긴 밤의 정염이 한 마리 검은 뱀이 되어 그의 머릿속을 칭칭 휘감아 죄어 오는 듯했다.

자신이 천자에게 하사받은 옥대 속의 밀조(密詔)로 인해 전전반측 고뇌의 밤을 지새고 있을 때 두 마리 불나방은 밀회의 기쁨을 나누며 몸을 불사르고 있었을 것이다. 그들이 피워올린 정열의 불꽃이 화마(火魔)가 되어 어느덧 자신의 온 몸을 덮치기라도 한 듯 동승은 숨이 막힐 것만 같았다.

"너희 두 연놈을 용서치 않으리!"

후원을 나온 동승은 벽력같은 목소리로 시종들을 불러 모았다. 온 집안이 발칵 뒤집혔다.

동승은 시종들을 시켜 진경동과 운영을 끌어오게 하여 마당에 꿇어 앉혔다.

"저 못된 것들을 흠씬 때려 치죄하라."

추상같은 명령이 떨어지자 영문도 모르는 시종들은 매질을 시작했다. 아직 어린 남녀에게 가해지는 매질치고는 그 정도가 지나치게 가혹했다. 당상에 앉은 동승은 얼마 전까지 병석에 있던 사람이라고 믿기 힘들 만큼 하늘을 찌를 듯한 노기(怒氣)를 발산했다.

"너희들은 언제부터 못된 짓을 하였느냐?"

운영은 이미 실신했는지 꿈쩍도 하지 않았다. 진경동은 아픔을 못 이겨 곧 죽을 듯한 목소리로 말했다.

"병환이 나시어 누워 계시던 무렵부터입니다."

신음하듯 말했다. 동승의 분노는 극에 달했다.

"내가 아파 누워 있을 때부터 그랬단 말이냐?"

진경동이 고개를 끄덕였다. 동승은 시종을 시켜 두 사람이 죽을 때까지 매를 치라고 명령했다. 이를 보다못한 부인이 나서서 동승에게 간청했다.

"지금은 난세이옵니다. 천하가 태평치 못하여 민심이 흉흉한 이 때 이만한 일로 사람을 해치시면 만민의 원성을 살 뿐입니다. 부디 너그럽게 용서해주셔서 목숨만은 살려주십시오."

부인은 몇 번씩이나 동승에게 부탁했다. 국구 동승은 본디 성품이 너그러운 사람이었다. 그는 부인의 간곡한 청을 받아들이기로 했다.

"그럼 벌로 스무 대의 매를 쳐서 헛간에 가두도록 하여라. 차후로 이런 일이 다시 발생할 때에는 내 직접 나서 너희들의 목을 베겠다. 알겠느냐!"

이렇게 진경동과 운영은 구사일생 목숨을 건질 수 있었다. 시종들은 둘을 끌어내 따로 헛간에 가두었다.

이날 밤, 진경동은 잠긴 헛간 문을 비틀어 열고 도망쳤다. 그는 곧장 내달려 조조의 승상부로 향했다.

"급히 아뢰올 일이 있습니다. 승상을 만나게 해주시오."

시자는 진경동의 험악한 몰골을 보고 물었다.

"너는 누구냐? 그 꼬락서니로 승상을 뵙겠다니 무슨 일이냐?"

"급한 일이오. 중대한 일이 있어 그러니 제발 만나뵙게 해주시오. 나는 동승의 상노로 있는 진경동이라 하오."

간절한 경동의 부르짖음에 시자는 곧장 조조에게 달려갔다.

"뭐라고? 동승의 상노?"

조조는 귀가 번쩍 뜨였다. 호시탐탐 자신을 노리는 동승의 본심을 이미 꿰뚫고 있던 조조였다.

시자는 경동을 데리고 들어왔다. 조조는 주위 사람들을 모두 물러

가게 한 후 경동과 독대했다.

"내게 할 말이 있다니, 그 말이 무엇이냐?"

"저의 주인이신 국구 동승 나리께서 역모를 꾀하고 있습니다. 승상을 해치려는 모계를 꾸미고 있습니다."

"그래서?"

조조는 경동을 빤히 내려다보며 퉁명스러운 어조로 말했다.

"승상께서 속히 그들을 잡아들여 음모를 토설케 하셔야 할 것이옵니다."

"음모라고 했으렸다?"

"예, 주인께서는 얼마 전 왕자복, 충집, 오자란, 마등, 오석 등과 함께 집에 모여 은밀한 회합을 하셨습니다. 그리고 요즘 들어 태의 길평이 자주 왕진을 하였는데 그 또한 역모에 가담키로 약조하고 혈서까지 쓰는 것을 제 두 눈으로 똑똑히 보았습니다."

길평이 언급되자 조조는 눈을 부릅떴다.

"길평은 동승의 병을 다스리러 간 것이 아니더냐? 네가 뭘 잘못 안 게지."

"아닙니다. 저는 길평이 손가락을 깨물어 흰 비단폭에 뭔가를 써 넣는 것을 분명히 보았습니다."

"흰 비단폭에?"

"예, 옥장식이 있는 띠같은 것에서 뭘 꺼냈는데 하도 심상찮아서 자세히 보니 비단에 글씨같은 것이 빼곡히 씌어 있었습니다."

조조는 잠시 눈을 감았다. 열흘 전이었던가, 동승이 천자로부터 옥대와 어의를 하사받았다는 얘기를 들었던 기억이 났다. 그렇다면 천자가 동승에게 몰래 비칙(祕勅)을 내렸단 말인가. 그것도 옥대에 은밀히 숨겨 내린 것이라면 분명 밀지가 틀림없다. 태의 길평까지 가세했다면 목표는 단 하나 조조 자신의 목숨을 노리는 것이리라. 조조는 생각했다.

'이제 때가 도래했다. 어리석은 역적 놈들이 스스로 죽음을 자초했구나.'

"알았다. 너는 주인을 배신한 가노로 처벌해 마땅하지만, 네 밀고 덕분에 내가 목숨을 구했으니 살려주도록 하마."

조조는 진경동을 당분간 안전한 곳에 숨겨주라 명령을 내렸다. 그리고 곧바로 역적 처단 작전에 착수했다.

그 첫 번째 목표물은 의원 길평이었다. 길평은 조조의 주치의나 마찬가지인 사람으로 그의 배신은 조조에게 가장 큰 정신적 타격이었다. 당연히 조조는 가장 먼저 처단할 인물로 단호하게 길평을 지목했다.

이튿날, 조조는 머리를 싸매고 누워 아픈 척하며 길평을 불렀다. 진경동의 밀고를 짐작조차 하지 못하고 있던 길평은 '이게 웬 호기(好機)인가!' 하며 즉각 부름에 응했다.

여느 때와 달리 침상에 누워 길평을 맞은 조조는 다 죽어가는 목소리로 말했다.

"이보오, 길평! 내가 머리가 아파 일어나 앉아 있기도 힘들구려. 빨리 좀 낫게 해주시오."

길평은 마음 속으로 쾌재를 부르며 말했다.

"제가 승상의 오랜 지병을 알고 있어 두풍약을 한 첩 가져왔습니다. 이것을 달여 드시면 두풍이 씻은 듯 사라질 것입니다."

"그렇소? 그럼 빨리 약을 달여 주시오."

조조는 시녀에게 약탕기를 가져오라 이르고 직접 자신의 눈 앞에서 길평이 약을 달이도록 했다. 약이 다 달여졌을 무렵, 조조는 일부러 눈을 감고 잠든 척하며 가느다란 실눈으로 길평의 손놀림을 주시했다. 소맷부리 끝으로 작게 접혀진 무엇인가가 스르르 풀리더니 알 수 없는 검은 가루가 약그릇 안으로 쏟아졌다. 부지불식간에 일어난 일이라, 자세히 보지 않았다면 눈 앞에서도 깜빡 속을 빠른 손놀림이었다. 길평은 거기에 약을 부어 태연스레 조조의 침상으로 가져왔다.

"약이 다 되었습니다. 뜨거울 때 마셔야 약효가 확실합니다."

조조는 독이 든 약사발을 내미는 섬뜩한 손을 망연히 바라보다가 불쑥 이렇게 물었다.

"그 속에는 무슨 약재가 들어 있소?"

순간 길평은 뜨끔했다. 그는 일부러 태연한 척 가장했다.

"두풍에 좋은 갖은 약재가 고루 들어 있습니다. 어서 드시지요."

자상하게 말하고 약사발을 받친 두 손을 조조의 얼굴 앞으로 내밀었다.

"그대도 황실 생활을 오래 겪어보았으니 궁중 예의와 법도라는 것을 누구보다 잘 알 것이오. '음식을 먹을 때나 약을 마실 때는 신하가 먼저 맛을 본 후 임금에게 주는 게 도리이다.'라는 말을 들어보았을 것이오. 그대 또한 나를 위해 먼저 탕약의 맛을 본 후 주는 게 어떻소?"

뭔가 일이 잘못되어 가고 있는 게 분명했다. 길평은 수십 년 동안 병자를 돌봐온 의원의 직감으로 자신이 교활한 조조의 올가미에 꼼짝없이 걸려들었다는 사실을 깨달았다.

침상을 내려와 서 있는 조조의 얼굴은 평소 두풍을 앓아온 병자의 안색이 아니었다. 그의 혈색은 말할 나위 없이 훌륭하고 눈빛 또한 형형한 생기로 충만해 있다. 오히려 낯빛에 점점 먹구름이 밀려오고 있는 것은 길평 쪽이었다.

"왜, 맛보기가 싫소?"

길평은 자신도 모르는 사이 뒷걸음질치고 있었다. 조조는 약사발을 들고 있는 길평을 향해 한걸음 한걸음 다가왔다. 살기어린 표정으로 다가오는 조조를 보자 길평은 더 이상 희망이 없다는 것을 깨달았다.

지금이 아니면 기회는 영영 오지 않을 것이다. 길평은 한 손으로 약사발을 들어 조조의 귀에 부으려 했다. 그러나 전쟁터에서 화살을 피해 달리던 장수의 민첩함 앞에서는 불가능한 일이었다. 예상했던 일인 듯 조조는 몸을 슬쩍 피하며 위기를 모면했다.

약사발이 바닥에 떨어져 산산조각이 났다. 그 위로 중심을 잃은 길평이 쓰러졌다. 워낙 맹독(猛毒)이었던지 길평의 손바닥에 약이 묻자마자 살이 검게 타들어갔다.

조조는 눈살을 찌푸리며 내뱉았다.

"네가 자초한 일이다."

말이 끝나기 무섭게 장막 뒤에 숨어 있던 무사들이 우르르 몰려나왔다. 조조는 그들을 향해 매섭게 호령했다.

"이 역적놈을 당장 끌어내 형틀에 묶어라. 함께 반역을 도모한 자들과 역모 사실을 낱낱이 실토할 때까지 사정없이 다스려라."

길평은 무사들에게 끌려나가며 소리쳤다.

"조조, 이놈! 역적은 바로 네 놈이다. 네가 역적이라는 것은 천하가 다 아는 사실이 아니냐!"

사관(史官)이 시를 지어 길평의 충심을 찬양했다.

한나라 왕조 되살아날 기색이 없자
병든 나라 고치려는 의원 길평이 나왔네
간악한 무리를 제거하기로 맹세하고
황제에 몸 바쳐 보답할 뜻을 세웠어라

형벌이 혹독할수록 그 욕설 매웠고
비록 참혹하게 죽었지만 기백은 살아있네
열 손가락 잘려나가 피 방울방울 떨어지니
그 이름 천추에 길이 우러르라

울부짖으며 끌려나가는 길평의 모습을 보며 조조는 싸늘한 미소를 지었다. 이제 역적을 처벌한다는 대의명분이라는 것이 생겼으므로 일을 도모함이 훨씬 수월해졌다. 조정 중신들의 반대없이 눈엣가시같은 존재들을 제거할 수 있게 된 것이다.

　　붉은 조서 몇 줄 기대가 틀어졌고
　　맹세한 종이 한 장 화만 불러왔구나

　조조는 이 무렵부터 허도 안의 반(反) 조조파를 깨끗이 쓸어버리는 일대 숙청을 단행했다.
　국구 동승과 그 일족, 동승의 결의에 호응하여 조조를 토벌하는 혈맹의 연판장에 서명한 공부시랑 왕자복, 장수 교위 충집, 의랑 오석, 소진장군 오자란 등과 그 일문을 합쳐 700여 명을 처형했다.
　후세 사람들이 시를 지어 동승을 찬탄했다.

　　비밀 조서 옥대 속에 넣어 전하니
　　천자의 말씀 궁문을 나갔네
　　그 옛날 황제를 구하였더니
　　이날 와 더더욱 은혜 입었네

　　나라 걱정으로 마음병 걸리고
　　간웅 제거 꿈속에도 잊지 않네
　　충성과 곧은 절개 천고에 빛나는데
　　그 성패를 누가 따져 논한단 말인가

　또 왕자복 등 네 사람의 죽음을 기린 시가 있다.

흰 비단폭에 이름 써 충성을 맹세했고
강개한 그 뜻 군은에 보답하려 했네
나라 위한 충정에 온 가족 죽었으니
그 일편단심 천추만대 빛나리라

조조는 그들의 결맹이 천자의 조칙에 의해 촉발된 것이라고 판명되자, 헌제(獻帝)를 폐하고 새 천자를 세움이 어떻겠는가, 하고 모사들과 의논했다. 그러나 순욱도 반대했고 정욱도 반대했다.

조조는 헌제의 폐위를 단념했지만 자신을 치려고 한 천자에 대하여 보복할 것을 잊지 않았다. 천자가 가장 총애한 것은 동 귀비였다. 다시 말해서 동승의 딸이었다. 숙청의 폭풍우가 궁 안을 휩쓸 때 동 귀비는 임신한 지 다섯 달 되는 무거운 몸이었다.

조조는 동승을 붙잡아 그 목을 친 날 저녁, 칼을 허리에 차고 후궁으로 쳐들어갔다. 헌제는 험악한 조조의 낯빛에 불길한 예감을 느끼고 부르르 떨었다.

조조는 예조차 갖추지 않고 다짜고짜 아뢰었다.

"오늘 모반한 죄를 물어 동승을 주륙(誅戮)하였나이다."

"모반이라니?"

"폐하께서는 전혀 모르신단 말씀이십니까?"

"모, 모르오."

천자는 새파랗게 질려서 머리를 저었다.

그러자 조조는 냉소하며 품속에서 조칙을 꺼내어 용안 앞에 내밀었다.

"이럼에도 폐하께서는 전혀 모르신다고 하실 수 있사옵니까? 폐하께서 만약 모른다고 하오시면 동승이 거짓 조서를 만든 것이 되옵니다."

"……."

"모반자를 주륙함에 있어서는 그 구족(九族)까지도 운명을 함께 하는 것으로 되어 있사온즉 비록 귀비라 할지라도 이를 용납할 수 없는 일이옵니다."

조조는 말을 해놓고 따라온 군사들에게 동 귀비를 끌어 내라고 명령했다.

"승상! 귀비의 몸에는 짐의 아이가 있소. 부디 불쌍히 여겨 주오!"

천자는 옥좌에서 내려와 눈물을 흘리며 빌었다.

조조는 받아들이지 않았다. 이 잔인한 처치는 천자에 대한 보복이었기 때문이다. 복 황후가 달려나와 탄원했으나, 조조는 들은 척하지 않았다.

이윽고 동 귀비가 끌려나오자, 조조는 싸늘하게 흰 명주를 내주었다. 동 귀비는 거의 실신한 상태여서 스스로 목을 맬 힘도 없었다.

천자는 그 가련한 광경에 자기도 모르게 바닥에 무릎을 꿇고 울며 소리쳤다.

"아아, 비여! 짐을 원망하지 마오! 요, 용서하오!"

조조는 이런 모습을 바라보고 버럭 소리를 질렀다.

"폐하! 이 무슨 흉하신 꼴이오이까? 보기 민망하옵니다!"

동 귀비는 궁문 밖으로 끌려나가 다섯 군사의 손에 의해 목이 졸리어 죽었다.

후세 사람들은 시를 지어 동 귀비의 죽음을 탄식했다.

봄날 궁전에서 받은 은혜 속절없네
슬프도다 용의 씨도 함께 죽누나
당당한 황제의 권위로도 구하지 못하고
소맷자락으로 가린 얼굴에 눈물만 샘솟네

세 가지 죄

허도에서 모반 사건을 처리한 조조는 다시 질풍처럼 군사를 움직였다.

"이제 목표는 서주다! 이번에는 반드시 현덕의 목을 베리라!"

조조가 손수 이끌고 온 20만의 대군은 마침내 소패에서 수십 리 되는 들판에 다다랐다.

그 때 갑자기 돌풍이 불어, 조조 바로 앞에 높이 내걸었던 아기(牙旗 : 대장의 깃대가 두 동강으로 부러지고 말았다. 조조는 순간 불길한 예감에 사로잡혀 후비군에 있던 순욱을 급히 불렀다.

"아기의 깃대가 부러졌다. 길흉이 어떻겠느냐?"

순욱은 질문을 받자, 바람이 어느 방향에서 불어 와 어느 색깔의 기가 부러졌느냐고 물었다.

"바람은 동남에서 불어왔고, 청홍(靑紅) 두 색깔의 아기가 부러져 나갔다."

순욱은 고개를 끄덕이며 대답했다.

"그것은 오늘 저녁에 적의 야습이 있음을 예고하는 것이라 생각됩니다."

"그런가! 야습에 대비하도록 하자!"

후세 사람들은 이 일을 두고 한탄했다.

아아, 탄식하네 황실의 후예가 고단한지라
군사를 나누어 적을 들이칠 계획 세웠는데
하늘도 무심해라 깃발은 왜 부러지는가
하늘은 무슨 까닭에 간웅을 도우시는가

조조는 곧 군사들을 9대로 나누어 그 가운데 한 대를 전진시켜 마치 중군의 본영인 것처럼 진을 벌리게 하고 8대는 팔면에 매복시킨 후 밤이 되기를 기다렸다.

이날 저녁, 하늘에는 초승달이 어스름하게 걸려 있었다.

유현덕은 장비 한 사람에게 전군을 지휘하게 하는 데에 불안함을 느껴, 소패를 손건에게 지키게 일러두고 자신도 직접 출진했다.

야습이라는 것은 칠흑같이 캄캄한 밤을 골라잡는 것이 보통이지만, 일부러 달밤에 나온 것은 적 쪽이 야습은 없을 것이라고 마음놓고 있을 것이 틀림없다는 장비의 주장에 의한 것이었다.

실로 그것이야말로 신묘한 계책이라는 듯이 자신에 찬 장비는 이윽고 스스로 앞장서서 적진을 향해 돌진했다.

분명히 거기에는 깃발을 즐비하게 늘어세운 진영이 있었다.

그러나 돌입해 보니, 겨우 얼마 되지 않는 적의 군사가 사방으로 도망쳐 흩어진 뒤였다. 진영이 있었던 자리는 어수선하였고 인마의 모습은 없었으며, 천지는 텅 비어 있었다.

"아니? 이게 뭐냐……?"

장비도 군사들도 아연할 뿐이었다.

그러자 별안간 사방에서 불화살이 일시에 날아들고 함성이 터져

나왔다.

"엇, 계략에 빠졌구나!"

장비는 그 순간부터 자신이 군사를 이끄는 장수임을 잊고, 미쳐 날뛰는 한 마리의 맹수가 되어 버렸다.

그 맹수를 에워싸고 장료·허저·우금·이전·서황·하후돈·하후연 등 이름있는 무장들이 사방에서 일시에 '와아' 하고 덤벼들었다.

장비는 글자 그대로 아수라가 되어 마구 찌르고 베고, 온갖 용맹을 떨쳤다. 그러나 어쩌하랴, 장비가 이끌고 온 것은 유현덕이 조조에게서 빌려온 허도의 옛군사들이었다. 전세가 불리함을 깨닫자 눈 깜짝할 사이에 너도 나도 앞을 다투어 항복하고 말았다.

오직 장비 혼자만이 미친 듯 날뛰었으니 아무리 베어도, 아무리 찔러도, 10겹 20겹으로 에워싼 적의 군사는 밀물처럼 끝없이 밀려 들었다.

마침내 장비는 온몸이 피투성이가 되어 가까스로 한 줄기 혈로를 뚫고 포위망을 벗어났다.

뒤따르던 유현덕의 군사도 눈 깜짝할 사이에 사방으로부터 공격을 받아, 사분오열(四分五裂)되고 유비 역시 혼자서 달빛 어린 들판을 달려야 했다.

장비의 제안을 받아들여 무모한 야습을 감행한 것을 후회한 것은 50리 길이나 달리고 또 달려서 낯선 산 속으로 도망쳐 들어가 걸레 조각처럼 땅바닥에 쓰러졌을 때였다.

조조는 소패를 빼앗자 숨도 돌리지 않고 서주를 공략했다.

서주를 수비하던 미축과 간옹 두 장군은 당해낼 수 없음을 알아차리자 성을 버리고 어디론지 모습을 감추어 버렸다.

뒤에 남은 진등은 안으로부터 성문을 열고 조조를 맞아들였다. 진등으로서는 그렇게 하는 수밖에 달리 도리가 없었다. 주군 유비가 어디로 갔는지 알 수 없게 된 지금, 일단 조조에게 항복하여 시기를 기다리기로 한 것이다.

조조는 성 안의 전각에 자리를 잡자 곧 모사들을 모아놓고 물었다.

"하비를 취해야만 하겠는데, 누구를 보내면 되겠는가?"

순욱이 대답했다.

"관운장은 유현덕의 처자를 수호하고 있사온즉 성문을 굳게 닫고 열지 않을 것입니다. 그렇다고 하비를 에워싼 채 헛되이 날을 보낸다는 것은 용납되지 않습니다. 속히 군사를 돌려 여양에 포진하지 않으면 원소는 허도를 노려 진격해 올 우려가 있습니다. 관운장을 치려면 기책(奇策)을 써야 할 것입니다."

"관우에게 성문을 열도록 꾀어 내야만 한다, 이 말이렷다?"

"그렇습니다."

"나는 전부터 관운장이라는 무장의 사람됨을 아끼고 있다. 될 수만 있다면 나의 휘하에 넣고 싶다. 관우를 혼자 꾀어내어 항복시킬 수는 없겠는가?"

조조는 모사 일동의 지혜를 바랐다.

"그것은 불가능하리라고 생각합니다."

곽가가 대답했다.

"관우는 이미 유비에게 몸과 목숨을 바치기로 한 무장이므로, 그 깊고 무거운 의기(義氣)를 깨뜨리고 항복하도록 한다는 것은 생각할 수도 없는 일입니다."

"어떻게 안 되겠는가?"

조조는 관우를 자기의 휘하에 넣을 수만 있다면 10만의 군사를 잃어도 아깝지 않을 심정이었다. 긴 수염을 앞가슴까지 늘어뜨린 우람하고 당당한 풍모, 엄정(嚴正)한 태도, 뛰어난 힘, 청렴하고 결백한 자성(資性)——무장으로서 갖추지 못한 것이 없는 희대의 명장 관우였다.

조조의 말에 대답하며 장막 아래 좌석에서 한 인물이 걸어 나왔다.

"소장은 관우와 한 번 만난 일이 있사온즉 가서 설득해 보고자 합니다."

중요한 기밀을 의논하는 자리에는 끼지 못하지만 그는 바로 여포의 부하로서 일찍이 무명(武名)이 높았던 장료(張遼)라는 사람이었다.

정욱은 장료를 바라보더니 고개를 저었다.

"그대의 뛰어난 무용에 대해서는 익히 듣고 있으나 아직도 구변이 뛰어나다는 소문은 듣지 못했소. 아무리 관우와 옛 친분이 있다 할지라도 갑자기 가서는 그 효과가 신통치 않을 것이오. 나에게 한 가지 계교가 있소."

　맹호를 겨누어 쇠뇌를 걸어놓고
　좋은 미끼 끼워 큰 자라 낚으려네

그렇게 말한 다음 정욱은 조조를 향해 말을 이었다.

"수많은 사람이 당해내지 못할 용맹을 자랑하는 관우를 항복케 하려면 꼼짝달싹도 못할 궁지로 몰아넣고 그가 수호하고 있는 유비의 처자를 볼모로 삼아야만 합니다. 저의 계교는 소패 싸움에서 우리 군에 항복한 군사를 쓰자는 것입니다."

"항복한 군사를 어찌 쓴단 말인가?"

"소패로부터 패주하여 하비로 도망쳐 왔노라고 허위로 말하여 성 안으로 들어가 기회를 엿보아 내응케 하는 것입니다."

"음, 그러나 관우를 꾀어내는 것이 뜻대로 될까?"

"그것은 이 하후돈에게 맡겨 주십시오!"

애꾸눈의 거한(巨漢)이 큰 소리로 말했다.

"좋겠지."

조조는 허락했다.

소패 싸움에서 패하여 항복한 군사라고 하지만 본디는 조조가 유비에게 준 허도의 군병이었다.

정욱이 그 속에서 100명을 골라내어 명령했다.

"패하여 도망왔노라고 거짓으로 말하여 하비성으로 도망쳐 들어가라. 그리고 관우가 출격한 뒤에 불을 지르고 성문을 열어라."

일동은 그것을 성공시키면 항병(降兵)의 냉대를 면할 수 있을까 하여 필사적인 표정이 되었다.

100명은 밤이 이슥하여 캄캄한 어둠을 틈타 적의 진지를 돌파한 것처럼 꾸며 하비성으로 달려갔다.

관우는 스스로 성문에 나와 그들이 과연 자기편 군사인지 어떤지를 확인했다. 100명 가운데에는 소대의 장이었던 자도 몇 명 섞여 있었다. 관우는 그들의 얼굴을 알고 있었다.

패주해 온 자들이라는 것을 털끝만큼도 의심하지 않고 관우는 일동을 성문 안으로 맞아들여 잘 먹이고 위로했다.

그리고 그들이 소상하게 보고하는 적진의 상태에 대하여 듣고 조조가 뜻밖에도 관우를 두려워하여 본진을 먼 곳에 치고 있다는 사실을 알았다.

이튿날 아침 햇빛이 비치기 시작할 무렵, 하후돈이 5천 남짓한 군사를 이끌고 밀려왔다. 하후돈은 오직 단기로 성문 가까이 말을 몰아 나오자 외쳤다.

"듣거라! 이 쓸모 없이 수염만 쓰다듬는 촌놈아! 썩은 나무는 기둥감이 될 수 없으며 비천한 사람은 주인이 될 수 없느니라. 너의 주인 유현덕은 무능하여 아무런 계략도 쓸 수 없어 소패성을 버리고 오직 저 혼자만 들쥐처럼 도망쳐 버렸다. 서주를 지키던 미축·간옹도 또한 두더지가 되어 땅 속으로 기어들었다. ……오직 너 혼자 이 하비를 지킨답시고 죽는 날을 기다리다가는 온 세상의 웃음거리가 될 것이다. 그 긴 수염 한 가닥만한 긍지라도 있다면 우두커니 앉아서 굶어 죽는 것보다 이리 나와 이 하후돈과 싸워 무사답게 죽기라도 해라!"

관우는 성벽 위에 우뚝 선 채 묵묵히 긴 수염을 바람에 나부끼고 있을 뿐이었다.

하후돈은 그것을 보고 미리 준비한 욕을 차례차례 내뱉었다.

"생사를 함께 하기로 한 주인 유현덕과 의제(義弟) 장비를 개죽음시켜 놓고 너 혼자만 뻔뻔스럽게 살려고 버둥대다니 이 무슨 꼴이란 말이냐! 그 어마어마한 몰골은 마치 허수아비 같구나. 긴 수염에 이를 기르는 것 외에 재주라곤 없는 놈아! 그러고 보니 네놈은 현덕이 죽어버린 것을 다행으로 알고, 네가 지키고 있는 주인의 두 부인을 차지하려는 생각이렷다. 꼴 좋다!"

이런 모욕에는 아무리 속이 깊은 관우도 침착성을 유지할 수 없었다.

"하후돈, 욕을 하고도 모자라서 무인으로써 입에 담을 수조차 없는 잡소리를 늘어놓고 있단 말이냐!"

"분한가! 분하거든 나와서 싸우자. 아니면 그 긴 수염의 이를 주인의 두 부인에게 잡게 하여 한낮의 꿈에 잠기겠느냐?"

"이놈! 이제는 더 용서치 못하겠다!"

관우의 우람한 몸은 분노로 불처럼 타올랐다.

"나가자!"

명령이 떨어지자 하비성의 3천 정예 군사는 떨쳐 일어났다.

아침 햇살에 비껴든 언월도의 섬광이 활짝 열린 성문으로 달려나왔다.

"나왔다!"

하후돈과 그 수하 군졸들은 와아 함성을 질렀다.

질풍을 일으키며 달려오는 관우를 향해 하후돈도 또한 말의 옆구리를 힘껏 걷어찼다. 격돌하여 서로 십수 합을 싸우다가 하후돈은 못당하겠다는 듯이 말머리를 돌렸다.

"하후돈, 비열하다!"

관우는 맹렬히 쫓았다.

본디 하후돈은 거짓으로 싸워 관우를 속여 멀리 꾀어내려는 것이 목적이었다. 쫓아오게 하다가는 싸우고, 싸우다가는 달아나고, 달아나다가는 또 반격하여 마침내 30리 가까이나 뒤쫓게 하는 데 성공했다.

관우는 하후돈이 갑자기 쏜살처럼 도망쳐 버려 다시 반격할 낌새를 보이지 않자 깜짝 놀라 냉정을 되찾았다.

'아차, 내가 너무 깊이 쫓아왔구나.'

깨달았을 때는 이미 늦었다. 어느 틈에 포성이 한 번 울리는 것을 신호로 오른쪽 숲과 왼쪽 풀숲에서 일시에 함성이 터지며 적의 군사가 우후죽순처럼 솟아났다.

'속았구나!'

격분하여 눈을 부릅뜬 관우는 뒤따르던 수하 군사를 두 편으로 나누어 복병들과 마주 싸우게 해놓고 자신은 오직 단기로 적의 군세 속을 곧장 돌파하여 하비성으로 돌아가려 했다. 자기가 맡은 임무는 주군의 두 부인과 공자를 수호하는 데 있으므로 헛되이 목숨을 잃어서는 안 된다는 생각 때문이었다.

그러나 겨우 세 마장도 달리기 전에 관우가 돌아가는 길은 메뚜기 떼 같은 화살로 막혀 버리고 말았다. 방패도 갑옷도 당할 수 없어 관우의 온몸은 순식간에 피투성이가 되어 버렸다.

"하는 수 없다!"

관우도 마침내 성으로 돌아가기를 단념하고 말머리를 돌렸다. 그런 관우 한 사람을 향해 서황과 허저가 이끄는 2만 군사가 무시무시하게 함성을 지르며 물밀 듯 몰려왔다.

상처 입은 맹호를 향해 헤아릴 수 없이 많은 사냥개가 덤벼드는 것같은 수라장이 동으로 우르르 몰려갔다가는 서로 와아 몰려가곤

했다.

마침내 어떤 작은 산 위로 관우가 쫓겨 올라갔을 때, 해는 이미 서녘으로 기울고 있었다. 산 꼭대기에 선 관우는 아득히 먼 서쪽의 하비성을 바라보았다.

"오오!"

관우는 소스라치게 놀라면서 낯빛을 잃었다. 성 안에서 불꽃이 활활 하늘을 향해 치솟고 있었다.

관우를 속여서 성 안으로 도망쳐 들어온 항병들이 곳곳에 불을 놓고 성문을 열어 조조군을 맞아들였던 것이다.

'하늘은 우리를 버리셨구나!'

관우는 자진(自盡)할 각오를 했다.

각오가 정해지면 이미 쓸데없이 발버둥칠 필요가 없다.

관우는 말에서 내려 털썩 땅에 주저앉아 다리를 꼬더니 두 눈을 감았다. 그런 다음, 돌이 된 듯이 무념 무상의 정지된 상태를 유지했다. 마음과 몸을 푹 쉬게 한 뒤 새벽을 맞아 조조의 본진을 향해 돌입할 결의였다.

싸움터는 쥐죽은 듯이 적막한 밤공기에 휩싸였다. 밤 하늘에 별이 눈부시게 반짝였다. 산들바람이 소리를 죽여 관우의 긴 수염을 가만가만 쓰다듬는다.

관우는 잠을 자고 있는 것인지 꼼짝도 하지 않았다. 온몸에 헤아릴 수도 없이 많은 상처를 입고 10여 개의 화살을 맞았으면서도 그 아픔조차 느끼지 않는 것 같았다.

이윽고…… 동녘 하늘이 훤하게 밝아 왔다.

아침 이슬이 관우의 철갑(鐵甲)을 축축히 적셨다.

커다랗게 두 눈을 부릅뜬 관우는 천천히 일어나 기슭으로 눈길을 보냈다. 눈에 보이는 정기(旌旗)의 물결, 창의 숲, 인마의 벽…….

'나 하나를 치기 위해 이것은 또 웬 요란한 포진인가.'

관우는 아침 냉기를 가슴에 깊이 들여마시고는 언월도에 엉겨붙은 피를 풀에 맺힌 이슬로 닦은 다음 유유히 말에 올랐다.

'자! 가리라!'

자신이 죽을 땅은 저 부근인가 하고 바라보는 맹장의 처참한 모습에 귀신도 통곡할 것 같았다.

바로 그때, 산기슭에서 말에 채찍을 가하며 달려 올라오는 자가 있었다.

"…… ?"

관우는 눈을 찌푸렸다. 지난날 친했던 장료임을 알아보았다. 거리가 좁혀지기를 기다려 관우가 말했다.

"문원, 단기 대결을 바란다면 그건 쓸데없는 일일 것이오."

그 말에 장료는 아무 말도 하지 않고 자신의 칼을 땅에 내던졌다.

"그건 무슨 뜻이오?"

관우가 물었다.

"관공, 우선 말에서 내리시오."

장료는 가까이 걸어오더니 정중하게 예를 갖추었다.

"나는 지난날의 우의를 생각하여 승상께 특히 간청하여 혼자서 그대를 만나보러 왔소."

"문원, 그 가슴 속이 뻔히 보이오."

관우는 빙그레 웃으며 말을 이었다.

"나에게 항복할 것을 권하러 오셨을 터이나 그건 헛수고요."

"아니오, 그게 아니오……."

"설마, 나를 도우러 오신 것은 아닐 테지?"

"물론 나는 조 승상 휘하에 있는 무인이니 그대의 편에 설 수는 없소이다."

"그럼, 무슨 일로 여기에 오르시었소?"

"관공, 이미 어젯밤 하비성이 불타는 것을 보셨을 줄 아오."

"음."

"이미 성 안은 우리 군사가 점거하였소. 그러나 승상의 명령으로 군사며 백성들은 한 사람도 해치지 않았으며, 유현덕의 처자 일족은 다른 곳으로 옮겨 문 밖에 군사를 배치하여 안전하게 지키고 있소. 이런 것을 그대에게 알리려고 내가 온 것이오."

이 말을 듣자, 관우는 날카로운 눈빛으로 장료를 노려보았다.

"조조는 은혜를 입혀 나를 항복하도록 만들려는 속셈이구려. 문원! 냉큼 돌아가 조조에게 전하시오. 이 관우, 고립되어 어떤 도움도 기대할 수 없는 지경에 처했으나 이미 죽음을 보기를 어차피 가야 할 흙으로 돌아간다는 생각밖에 두려울 것이 없으니 이제부터 산을 내려가 조조 본진을 습격하겠노라고 말이오."

"잠깐만!"

장료는 손을 들었다.

"관공, 지금 그대가 무인으로서의 긍지만으로 자진한다면 천하의 사람들은 어리석은 자라고 비웃을 것이오!"

"충의를 다하여 목숨을 버린 자를 어째서 비웃는단 말이오?"

"관공, 그대가 오늘 여기서 자진한다면, 그것은 세 가지 죄를 범하는 것이 될 것이오. 하나는 지난날 그대는 유 사군(劉使君)과 의를 맺을 때, 생사를 함께할 것을 맹세했을 터. 이제 주군의 행방을 알지 못한 채 그대가 전사한다면 훗날 주군이 다시 나타나 거사를 도모할 때 그대의 도움을 구할 수 없으니 옛날의 맹세는 깨어진 것이 되고 말 것이오. 둘째는 유 사군은 그대에게 처자 일족을 맡기시었소이다. 그대는 사로잡힌 주군의 처자 일족을 못 본체하고 무장의 면목을 세우기 위해서만 헛되이 목숨을 버려도 좋겠소? 셋째로 그대는 유 사군과 함께 한실(漢室)을 도와 천하에 그 정통을 바로잡을 것을 사명으로 삼았을 터인데, 상처입은 맹호가 되어 그 사명을 잊고 고작 필부의 용기를 뽐내어 헛되이 죽으려 하고 있소. 그렇다면 의는 어디에 내팽겨쳤단 말이오?"

장료는 당당히 이치를 들어 나무랐다. 관우는 팔짱을 끼고 고개를 폭 수그렸다. 조금 뒤 관우는 머리를 들어 장료를 쏘아봤다.

"그대는 나에게 세 가지 죄를 말했는데, 그럼 나더러 어찌하라는 말이오?"

"보시다시피 사면이 모두 승상의 군사로 꽉 차 있으므로 그대가 나아갈 길이 없소. 지금 버릴 목숨을 잠시 더 지탱하였다가 승상에게 항복한 후 유 사군의 소식을 들어 만약 그 죽음을 알게 되거든 스스로 자진해도 좋을 것이오. 살아 있음을 알게 되거든 그때 그대의 주군에게로 가심이 어떠하시오?"

그렇게 말하고 장료는 가만히 관우의 얼굴을 지켜보았다.

적토마 3세

관우는 문득 유비의 불가사의한 말이 생각났다. 언젠가 허도에서 유비, 관우, 장비가 원술 토벌군을 이끌고 빠져나온 직후, 주군 유비는 관우를 따로 불러 이상한 말을 했다.

그때 유비는 관우에게 물었던 것이다.

"천하는 아직 정해지지 않았다. 아마도 조조와 원소의 결전이 머지않아 벌어지게 되리라. 운장, 그대라면 어느 쪽에 걸겠는가? 나는 원소에게 걸려고 한다!"

유비는 다시 이렇게 말했다.

"물론 조조와 원소, 어느 쪽이 이길지 아무도 모른다. 그러니 우리들 둘은 두 패로 갈라지기로 하자. 나는 원소, 그대는 조조. 어차피 한때 헤어짐일 뿐이며 언젠가 우리는 함께 만난다. 그러면 어느 쪽이 이겨도 우리는 목숨을 지킬 수 있지 않은가!"

관우는 그때 유비의 속셈을 도무지 이해하지 못했다. 유비와 조조가 어떤 밀약을 하고 있다는 것을 알 턱이 없는 관우로서는 유비의 말에 숨겨져 있는 뜻을 짐작조차 할 수 없었다. 그런데 지금의 상황은 유비가 했던 말과 너무도 잘 맞아떨어진다.

관우는 잠시 그때 유비의 말을 되새겼다. 그리고 장료의 설득을 받아들이기로 결심했다.

그러나 오랜 침묵이 있었다.

그 사이에 동녘 하늘에 구름이 비끼며 언덕 위로는 아침 햇살을 비쳐 주었다. 말없이 팔짱을 끼고 얼굴을 숙인 관우의 모습은 원귀처럼 처참했다.

장료는 그 모습을 뚫어질 듯이 지켜보며 대답을 기다렸다.

관우는 가까스로 얼굴을 들었다.

"그대는 나에게 세 가지 죄를 말했소. 그렇다면 나는 세 가지 조건을 제의하고 싶소. 만약 승상이 나의 세 가지 조건을 받아들여 준다면 곧 갑옷을 벗고 산에서 내려가리다. 그러나 만약 승상이 내가 말하는 세 가지 조건을 들어주지 않을 때에는 비록 세 가지 죄를 짓고 천하의 웃음거리가 된다 해도 하는 수 없이 단기로 승상기를 목표로 뛰어들어 무인의 용맹이 어떤 것인가를 보여 드리겠소."

"그 세 가지 조건이 무엇인지 듣고 싶소."

"그 하나. 나는 유 황숙에게 한 목숨을 바친 자이므로 조조에게 항복한다는 것은 단연코 안될 일이오. 따라서 항복한다면 마땅히 한실이오. 거듭 말하오. 내가 갑옷을 벗고 산에서 내려가는 것은 조 승상의 포로가 되는 것이 아니라, 천자의 죄수가 되기 위해서요. 그 둘째는 주군의 두 부인에 대해서는 봉록(俸祿)이나 그 밖의 일체의 일용품, 높고 낮은 노비에 이르기까지 이제까지와 다름없이 제공해 줄 것. 말하자면 황숙 부인으로서의 생활을 보장해 주시기를 바라오."

"지당한 제안이오. 그 셋째는 무엇이오?"

"우리 주군은 지금 그 행방을 알 수 없게 되고 말았으나 그 거처를 알게 되는 날, 그때는 비록 천리 먼 곳일지라도 모든 것을 버리고 주군에게로 달려갈 것이오. 이 세 가지 조건을 승상이 수락해 준다면 그대가 맡은 사명도 헛되지는 않으리다."

확실히 이것은 아주 제멋대로 내건 조건이었다.

그러나 장료는 절대로 물러서지 않을 관우의 결의를 그 얼굴에서 읽었다.

"잠깐 기다리시오."

일단 유예를 청해 놓고 곧장 비탈길을 달려 내려갔다.

"아마도 조조는 나의 세 조건을 받아들이지 않을 것이다."

관운장은 중얼거렸다.

그러나 뜻밖에도 조조는 매우 너그러웠다. 장료로부터 관우의 조건을 전해 듣더니 껄껄 웃으며 말했다.

"한실에는 항복할지언정 이 조조에게는 항복하지 않겠다? 하하하……. 나는 한실의 승상이다. 한실이 곧 나라고 해도 좋을 것이다. 무슨 구별이 있을 것인가? 두 부인에 대한 예우인데, 유비가 부양할 때보다도 훨씬 후하게 대우하리라."

"셋째 약속은 어떠하십니까?"

"현덕의 행방을 알게 되면 곧 떠나겠다는 것은 너무 염치 좋은 일이라 하겠구나."

조조는 고개를 갸웃거렸다. 장료는 필사적인 표정으로 설득했다.

"승상, 들어 보십시오. 유현덕이 운장으로 하여금 저처럼 자신을 공경하고 따르게 한 것은 그 후한 예우가 그냥 보통 가신으로서가 아니라, 육친과도 같은 성심을 다하고 있기 때문입니다. 그렇다면 승상께서는 유현덕 이상으로 관우에게 후한 은혜를 베푸시어 마음을 맺도록 애쓰시면 의를 알고 있음과 동시에 또한 인(仁)을 아는 관우로서는 마침내 자신의 몸을 승상의 휘하에 두지 않을 수 없게 될 것입니다."

"음! 그대의 말이 옳다. 운장의 제의를 받아들이리라."

"황공합니다."

장료는 기뻐하여 산으로 되돌아갔다.

관우는 그러나 조조의 너그러운 뜻을 전해 듣고도 산기슭으로 옮기려 들지 않았다.

"돌아가 승상께 전해 주기 바라오. 하비성으로부터 잠시 군사를 물려 주시기 바라오."

"그러면?"

"나는 두 부인을 찾아뵙고 이 뜻을 사뢴 다음 그 승낙을 얻고야 항복하겠소."

장료는 본영으로 돌아오자 조조에게 그 뜻을 전했다.

조조는 조금도 지체하지 않고 당장 모든 군사에게 명을 내려 10리 밖으로 물러나게 했다.

이 때 순욱이 의혹에 찬 얼굴로 말했다.

"관우가 거짓으로 속이고 두 부인을 모시고서 도망칠 생각은 아닐까요?"

조조는 머리를 세차게 저으며 말했다.

"운장은 의사(義士)야. 신(信)을 잃을 만한 비열한 행동은 하지 않으리라."

관우는 단기로 하비성에 돌아왔다.

단 한 사람의 군사도 볼 수 없었다. 인가(人家)에서는 밥짓는 연기가 모락모락 피어나고, 밭에 나가 있는 농부의 모습도 하나둘 볼 수 있었다. 길 위에서는 어린아이들이 놀이에 열중하고 있었다.

관우는 두 부인이 거처하는 별관으로 들어갔다.

"삼가 아뢰오."

계단 아래 엎드려 말하자 경비하던 조조군의 군졸이 문을 열었다.

감·미 두 부인은 상처 입은 맹장의 처참한 모습을 보고 함께 소리내어 울었다.

미 부인이 낳은 어린 것이 그 끔찍스러운 몰골에도 무서워하지 않고 아장아장 걸어나와 가까이 온다. 2만 명의 군사도 당하지 못하는 호걸의 두 눈에서 왈칵 눈물이 쏟아졌다.

"공자님, 부디 용서하시오. 관우 일생 일대의 불찰로 이렇게 되었습니다."

사죄하며 가슴에 끌어안았다. 감 부인이 물었다.

"장군, 황숙의 행방은 모르십니까?"

"유감스럽습니다만⋯⋯."

"앞으로 우리의 처지는 어찌되겠습니까?"

"그 일에 대해서는 마음을 놓으십시오⋯⋯. 나는 조조에게 세 가지 약조를 지키도록 했습니다."

관우는 그것을 하나하나 자세하게 말했다.

"두 형수님께서 항복하기를 허락해 주신다면 이제부터 조조를 찾아보고 한실에 잡힌 몸으로서 예를 취하고자 합니다."

"장군. 첫째 약조, 둘째 약조는 모르지만 셋째 약조에 대해서 과연 조조가 지키리까?"

미 부인이 불안한 표정으로 되물었다.

"그 일에 대해서는 마음을 놓으십시오. 저의 가슴 속에 생각하는 바가 있습니다."

"그렇다면 저희의 허락을 구하실 것까지도 없습니다. 알아서 결정하십시오."

관우는 두 부인의 배웅을 받으며 성을 나와 곧장 조조의 본영으로 향했다.

조조는 몸소 원문(轅門)까지 나와 관우를 맞았다.

승상의 지체로, 서로 대적하고 있는 무장 휘하 가신의 항복을 기뻐하여 몸소 원문까지 나가 마중한 예는 일찍이 없는 일이었다.

관우도 이런 특별한 예우에는 놀라지 않을 수 없었다. 그래서 그도 말에서 내려 그 자리에 무릎을 꿇었다.

"패한 장수를 살려주시는 은혜, 평생토록 잊지 않을 것입니다."

"그대의 목숨이 보존된 것은 내가 너그러워서가 아니오. 그대 자신의 충의가 얻은 결과요."

조조는 빙긋이 웃고 주연을 마련한 자리로 이끌었다.

관우는 그러나 그곳에 들어가기 전에 자기가 제의한 세 가지 조건을 조조 자신의 입으로 직접 승낙한다는 대답을 확인해 줄 것을 청했다.

"이 조조는 일단 확약한 일은 결코 저버리지 않소."

"거듭 말씀드립니다. 만약 우리 주군의 소재가 분명해졌을 때에는 비록 물불을 딛고 넘어서라도 천 리 길을 마다하지 않고 가서 다시 그분을 섬길 터인즉 결코 말리시지 않도록 부탁드리는 바입니다."

"알고 있소. 그러나 운장, 그대의 주인은 어쩌면 난전 속에 전사했다고 생각하는 편이 좋지 않을까?"

"천만에!"

관우는 꼿꼿이 목을 세우더니 딱 잘라 말했다.

"주군 현덕은 단연코 뜻을 못다한 채 시신(屍身)이 되지는 않습니다!"

"그 신념이 충의의 선비가 지니는 바라고 할까."

조조는 앞장서서 술자리로 들어갔다.

술자리에서 조조는 그윽한 눈빛으로 뚫어져라 관우를 바라보더니 물었다.

"그 언월도를 감은 흰 천은 무엇이오?"

"투항의 증표로 칼날이 보이지 않도록 감은 것입니다."

그러자 조조는 술잔을 들며 다감한 목소리로 말했다.

"나는 청룡언월도를 든 운장 본래의 모습이 더 좋네. 그대를 포로로 취급할 생각은 없으니까."

그러자 관우는 무뚝뚝하게 대답했다.

"패장은 패장일 뿐입니다."

관우는 조조가 내린 술잔을 받기는 했으나 끝내 입에 대지는 않았다.

다음날 조조는 군사를 돌려 허도로 향했다.

그 대열을 따르게 된 관우는 두 부인을 수레에 태우고 그 곁에 따라붙어 갔으며, 역관(驛館)에 머무르는 밤에는 부인들이 쉬는 침방 앞에 촛불을 켜들고 서서 아침녘까지 꿈쩍도 하지 않았다.

허도에 이르자, 조조는 관우에게 승상부에서 가까운 곳에 있는 넓고 큰 저택을 주었다. 관우는 이 저택을 내외 양원으로 나누어 내원에는 두 부인을 살게 하고 그 내문을 믿을 만한 인품의 군졸 10명을 뽑아 엄하게 지키도록 했다. 그리고 자기는 외원의 허름한 방을 거실로 삼았다.

그곳은 본디 경비하는 군사가 살던 곳이었다. 관우는 그 저택을 지키기 위해 일부러 그곳에서 기거하기로 했던 것이다.

허도는 적의 땅이었다.

조조의 마음이 돌변하면 언제 유현덕의 처자를 없애버리라는 명령을 내릴지 예측하기 어렵다. 그때는 떼지어 달려드는 적의 군사를 베고 베고 또 베어 두 부인의 생명까지는 구할 수 없을지라도 공자만은 가슴에 품고 혈로를 뚫어 달아날 결의를 품었던 것이다.

비록 유현덕의 생사를 알 수 없으나 여섯 살 된 유아(遺兒)를 받들고 있는 한, 관우는 유가재흥(劉家再興)의 희망을 한시도 버릴 수 없었다.

허도에서의 관우의 일상생활은 참으로 천하에 모범이 될 만큼 청렴한 의사(義士)의 진면목이 그대로 나타나는 것이었다.

조조 또한 관우를 대우하는 데 더없이 마음을 썼다.

우선 조조는 관우를 데리고 입궐하여 천자에게 알현케 하고 편장군(偏將軍)에 임명했다.

그 다음날, 모든 모사와 무장들을 전원 모이게 하여, 관우를 주빈(主賓)으로 하는 주연을 베풀었다. 최고의 환대를 한 다음, 산더미 같은 비단과 금은으로 만든 그릇을 관우에게 선사했다.

그러나 관우는 그런 선물을 내원 곳간에 넣어둔 채 한 가지도 쓰려고 하지 않았다.

조조는 다시 또 뛰어나게 아름다운 여자 10명을 골라 관우를 좌우에서 모시게 했다. 그러나 관우는 이들 미녀를 남김없이 두 부인의 시녀로 쓰게 하고 끝내 자신의 시중을 들게 하지 않았다.

감 부인이 이것을 알아차리고 권했다.

"한두 사람이라도 곁에 두시면……."

그러나 관우는 고개를 저으며 말했다.

"지금 주군께서 황야를 헤매고 다니실 것을 생각하면 가슴이 아픕니다. 이렇게 편안한 나날을 보내는 것만으로도 황송하게 생각되는 바인데, 어찌 첩 따위를 둘 수가 있겠습니까?"

관우는 사흘에 한 번씩은 내원으로 들어가서 그곳에 몸을 숙여 예를 올리고 두 부인께 문안을 드렸다.

어느 날 조조는 인사를 하러 온 관우가 전과 다름없이 허도에 도착했을 때 입었던 그대로의 낡은 초록색 비단 전포(戰袍)로 몸을 싸고 있는 것을 보고, 시신에게 명하여 훌륭한 전포 한 벌을 선사했다.

며칠 뒤 주연에 초대해 보니, 관우는 선사한 전포를 속옷으로 입고, 여전히 다닥다닥 기운 옛 전포를 걸치고 있었다.

조조는 이맛살을 찡그리고 말했다.

"운장, 그대는 검약(儉約)이 좀 지나치지 않는가?"

"아닙니다. 이것은 검약하기 위한 것이 아닙니다. 이 낡은 옷은

주군께서 내리신 것이므로 이것을 입고 있을 때에는 그분과 일심
동체인 듯한 심정이 됩니다. 물론 승상의 두터우신 정도 저버릴
수 없는 터이므로 그것은 속에 입기로 하였습니다."

이것이 관우의 대답이었다.

"그대는 참다운 충의의 무인이구나."

조조는 입으로는 칭찬했으나 마음속으로는 몹시 못마땅했다.

이토록 마음을 써서 귀한 손님으로 예우해 주고 있는데도 관우는
옛 주군을 한시도 잊지 않는다. 그 태도는 어디까지나 옛 주인에 대
한 경모(敬慕)를 첫째로 하고 있었다.

'좋다! 어떤 수단을 취하더라도 운장을 내 가신으로 만들 테다!
두고 보아라!'

조조는 자기 자신에게 맹세했다.

어느날, 주연이 파해서 물러나는 관우를 조조는 문 밖까지 배웅했
는데, 그때 관우의 말이 너무 여위어 있는 것을 보고 말했다.

"그대의 말은 형편없는 빈상(貧相)이로군."

그러자 관우는 웃으며 대답했다.

"보시는 바와 같이 7척이 넘는 장대한 체구인지라 어지간한 준마
라도 여위고 맙니다."

"그런가? 그럼 내가 그대를 태우기에 어울리는 명마를 선사하리
라."

조조는 그 자리에서 좌우에 명하여 말 한 필을 끌어오게 했다.

온몸이 달아오르는 숯덩이처럼 불타는 빛을 띤 준마였다.

"오오, 이건!"

관우는 얼굴을 빛냈다.

아무리 귀한 물건을 선사해도 조금도 기뻐하는 빛을 보이지 않던
관우가 처음으로 자기 자신을 잊은 듯한 기색을 보인 것이다.

조조는 '옳지!' 하고 속으로 쾌재를 불렀다.

"이 말은 일찍이 여포가 타던 명마 적토마의 손자뻘이 되는 말로 3대째의 적토마요. 그대가 갖도록 하오."

"아아, 황송합니다!"

관우는 두 번이나 절을 하며 고마워했다.

조조는 좀 이상하다는 표정으로 물었다.

"내가 온 나라에서 으뜸가는 미녀를 10명이나 보내 주었는데도 그대는 도무지 기뻐하는 기색이 없었다. 그런데 기껏해야 말 한 필을 선사받고 어찌 이토록 기뻐하는가? 사람을 천하게 보고 말을 귀하게 여긴다는 것은 아무래도 이해할 수가 없군."

관우는 정중하게 대답했다.

"이것이 천하의 명마인 적토마이니, 하루에 천릿길도 달릴 수 있을 것입니다. 그렇다면 언제고 주군의 행방을 알게 되었을 때, 비록 그곳이 만 리 밖이라 하더라도 이 명마만 있으면 순식간에 달려가 다시 만나볼 수 있을 것이라고 생각하니 가슴이 마구 뜁니다."

'……아차!'

이 말을 듣고 조조는 마음속으로 후회했다.

후세 사람들은 시를 지어 관운장을 찬양했다.

> 세 나라의 으뜸가는 위엄 영웅답고
> 집 한 채에 나누어 드니 의기도 드높구나
> 간특한 승상 부질없이 예로 대했지만
> 어찌 알리오 관우는 끝내 항복하지 않음을

명마 적토마에 올라타고 문 밖으로 사라지는 관우를 배웅한 조조는 후당으로 돌아오자 곧 장료를 불렀다.

"그대는 운장을 항복하도록 하기 위해 그가 제의한 세 가지 조건을 나에게 받아들이게 했다. 그때 그대는 옛 주인 유현덕보다 나은 예우를 하면 운장은 반드시 심복(心服)하여 따르는 마음을 갖게 될 것이라고 했다. 그런데 어떤가? 내가 아무리 마음을 써서 후히 대우해도 운장은 털끝만치도 마음이 변하지 않지 않는가? 내일이라도 그대는 운장을 찾아가 그 뜻을 살피고 오라."

"알겠습니다."

장료로서는 여기서 관운장을 설득하지 못하면 승상이 언짢게 생각하여 자신의 지위도 위태로워질 우려가 있었다.

이튿날 장료는 관우를 그 저택으로 방문하여 인사를 끝내자 솔직하게 말했다.

"귀공을 승상께 천거한 저로서 승상의 후한 예우를 어떻게 받고 있으신지 한번 알아보고 싶어서 이렇게 왔소."

관우는 숙연한 태도로 대답했다.

"본디 승상의 참다운 뜻이 어디에 있는지, 나도 마음 속으로 단단히 느끼고 있소. 그러나 내 몸은 이곳에 있을지라도 마음은 한순간이나마 유 황숙의 곁에서 떠나지 않소."

"관우 공, 그 말씀은 좀 잘못되지 않았소? 처세함에 있어, 사물의 경중을 분별하지 못하는 것은 장부가 아니오. 유 황숙이 귀공을 중히 여기신 것은 의심할 데 없는 것이나, 승상의 후한 예우는 그보다 더한 것이라고 생각되오. 그럼에도 귀공은 여전히 옛 주인이 살아 계심을 알게 되면 곧 달려가시려 들다니!"

"의사(義士)란 한번 생사를 함께 하겠다고 맹세한 이상, 그것을 배반할 수는 없는 것이오. 그러나 승상께서 베풀어 주시는 후한 대우에 대해 은혜를 잊는 자가 된다는 것도 무사로서 또한 할 수 없는 일이오. 머지않아 원소와 결전을 벌이게 될 것이오. 그 때 나는 크게 활약하여 승상의 은혜에 보답하고 그런 다음 허창을 떠날까 생각하오."

"만약 유 황숙께서 이미 이 세상에 계시지 않음이 판명되었을 때는 어찌 하시려오?"

장료가 물었다.

그러자 관우는 서슴지 않고 대답했다.

"그때에는 나도 또한 저 세상으로 주군을 뒤따라 갈 것이오."

이 말을 듣고 장료도 마침내 '어쩔 수 없도다!' 하고 설득해야 헛일이라는 것을 깨달았다.

승상부로 돌아온 장료는 관우의 말을 한 마디도 숨김 없이 조조에게 전했다. 조조는 길게 탄식했다.

"관운장은 참다운 의사로고!"

그 자리에 있다가 이 말을 들은 순욱이 진언했다.

"주군……. 운장은 큰 활약을 하여 은혜에 보답한 다음 떠나겠다고 했은즉 공을 세우지 못하게 하면 떠나지 못할 것입니다."

"음, 그도 그럴 듯하군."

조조는 고개를 끄덕였다.

무신(武神)

원소의 장군 안량(顏良)이 백마성을 포위한 것은 4월이었다.

조조는 백마성이 포위되었음을 알자 몸소 구원하러 가겠다는 결의를 굳혔다.

그러자 순유(荀攸)가 진언했다.

"아군은 병력이 적어 대등하게 싸우지 못합니다. 이 경우 적의 병력을 분산시킬 필요가 있습니다. 먼저 군사를 연진(延津)으로 보내어, 아군이 황하를 건너 적의 배후를 찌르는 것처럼 가장합니다. 원소는 이에 대응하여 반드시 주력을 서쪽에 보내올 것이 틀림없습니다. 그런 뒤 경병(輕兵)으로써 백마에 급히 달려가 적의 허술한 곳을 습격하면 안량을 사로잡을 수 있을 것입니다."

"좋아, 그렇게 하기로 하자."

조조는 순유의 계책을 따르기로 했다.

조조군이 강을 건넜다는 보고에 원소는 과연 군을 둘로 나누어 주력을 서쪽으로 보냈다. 재빨리 조조는 경장비 부대를 이끌고 백마를 향해 달릴 태세를 끝냈다.

그리고 막 출발하려 할 즈음 본진에 관우가 불쑥 나타났다.

관우가 조조에게 간청했다.

"이번 출전에 부디 저를 선봉장으로 써 주십시오. 평소 입은 분에 넘치는 은혜에 보답하고 싶습니다."

조조는 흘끔 모사 순욱을 보고, 고개를 끄덕여 주고 나서 관우의 청을 거절했다.

"이 싸움은 아무래도 오래 끌게 될 것 같소. 관우 장군에게는 다음에 적당한 기회를 보아서 출진을 부탁드리도록 하겠소."

당연히 기뻐하며 수락할 줄 알았는데 조조는 뜻밖에도 거절을 하였다. 관우는 의아하게 생각하며 자리에서 물러났다.

조조는 몸소 맨 앞에서 진격해 갔다.

백마의 들판에 이르자 서쪽의 토산 꼭대기에 본영을 설치하고 15만 군대를 3대로 나누어 진을 치게 했다.

본영에 쌓아올린 망루에 올라가 앞쪽의 넓은 들판을 바라보니, 안량을 총대장으로 삼은 정예 군사 20만이 학익진(鶴翼陣)을 치고 대기하고 있었다.

조조는 부장 송헌을 불러 말했다.

"그대는 여포의 휘하에서 무용을 자랑하던 사람이다. 안량에게 단기로 도전하여 한번 공을 세워 보라."

송헌은 명을 받자 애마를 돌려 눈 깜짝할 사이에 적진을 향해 달려갔다. 송헌의 외침에 호응하여 안량은 문기(門旗) 아래 유유히 나타났다. 거리가 70보 사이로 좁혀지자, 안량은 말 옆구리를 힘껏 걷어차 쏜살같이 달려나왔다.

두 마리의 말이 서로 엇갈리는 찰나 크게 외치는 소리와 함께 송헌의 몸은 정수리에서부터 대나무 갈라지듯 두 쪽이 나서 피를 뿜으며 땅으로 떨어졌다.

토산 꼭대기에서 이것을 바라본 조조는 감탄했다.

"적이지만 대단한 용장이로군! 송헌의 원수를 갚을 자는 없는
가?"

그 소리에 대답하여 곧장 말을 몰아 나간 것은 송헌과 함께 여포
를 배반했던 위속이었다.

그러나 위속 또한 안량의 호검(豪劍) 앞에는 어린아이나 다름없
었다. 제대로 한 번 대결도 못해본 채 피를 허공에 뿌리며 말에서
굴러떨어졌다.

"음, 귀신같은 실력이다! 공명, 나가거라!"

조조가 명령했다.

서황이라면 맞싸울 수 있을 것이다. 그러나 이 기대도 헛되이 깨
지고 말았다. 서황은 20여 합을 맞붙어 싸우다가 어깨와 넓적다리
에 무거운 상처를 입자 물러났다.

여세를 몰아 안량은 전군에 총공격을 명령하고 흙먼지를 일으키
며 구름처럼 밀려왔다. 이것을 막으려고 세 겹으로 진을 구축했지만
허도의 관병들은 힘없이 허물어졌다. 안량은 금방이라도 토산을 덮
쳐 조조의 눈 앞에까지 육박할 듯했다.

조조를 구한 것은 어둠이었다. 안량은 어둠 속에서 지휘력을 잃게
될 것을 두려워하여, 일단 군사들을 이끌고 자기의 진지로 물러났다.

'……내일 아침엔 중군이 무너지고 본영도 토산을 버리고 물러나
게 될지도 모른다.'

참모진의 모든 장수들은 한결같이 이러한 불안에 사로잡혔다.

모장(謀將)의 한 사람인 정욱(程昱)이 조조 앞으로 나갔다.

"안량을 칠 수 있는 대장은 우리 편에 단 한 사람밖에 없습니다."

"누군가?"

"관우 장군입니다."

"그러나 운장에게 공을 세우게 하면 나에게 은혜를 갚았다 생각
하고 허도를 떠날 것이 틀림없다."

조조가 이맛살을 찡그리며 말하자 정욱은 이 말에 대답해 말했다.

"유현덕이 만약 생존해 있다면 반드시 원소에게 몸을 의지하고 있을 것입니다. 그렇다면 관운장으로 하여금 안량을 치게 하여 하북군을 패퇴시키면 원소는 분노하여 유비를 죽일 것입니다. 유비가 죽으면 운장은 갈 곳이 없어져 그대로 허도에 머물러 있을 것으로 생각합니다."

"좋다! 운장을 부르라!"

사자는 쏜살같이 허도로 돌아갔다.

"승상께서 편장군의 출진을 바라고 계십니다."

"알았다."

관우는 기꺼이 수락하더니, 내문을 지나 주군의 두 부인을 뵙고 출진을 고했다.

"싸움터로 나가신다면 어쩌면 주인의 소식을 알게 될지도 모르겠지요?"

감 부인이 말하자 관우는 모처럼 밝은 표정으로 말했다.

"실은 제가 한바탕 활약을 하려는 것도 관우가 여기 있다는 것을 널리 알려 어디엔가 계실 주군의 귀에 들어가게 하려는 데 목적이 있습니다."

명마 적토마를 몰아 캄캄한 밤을 곧장 달린 관우는 새벽녘에 백마의 들판에 다다랐다.

조조는 몸소 영 밖으로 나와 관우를 맞았다.

망루 위로 관우를 안내한 조조는 적진을 가리키며 말했다.

"적이지만 저 진용은 어떤가! 깃발이 선명하고, 창칼이 삼엄하여 위력이 넘치고 있지 않은가? 웅장하기로 소문이 나 있는 하북의 인마를 이끄는 대장 안량의 용맹한 모습을 나는 어제 보았소. 저 진을 격파할 사람은 관우 장군 외에는 아무도 없을 것이오."

관우는 무표정했다.

조조는 다시 빙그레 웃으며 말했다.

"바보 같은 안량은 이쪽이 나아가면 단지 혼자서 뛰어나올 것이야. 그것을 베어 버리면 이미 이긴 거나 다름없지."

관우는 고개를 갸웃했지만 캐어묻지는 않았다.

이윽고 모든 장수들이 죽 둘러앉아 군사를 의논하는 자리에서 관우는 당돌하게 제의했다.

"오늘의 싸움은 저 한 사람에게 맡겨 주십시오."

"안량은 하북 명장이니 절대로 가볍게 볼 수 없소."

정욱이 말했다.

관우는 벌떡 몸을 일으켰다.

"비록 재주 없으나, 무턱대고 덤벼드는 멧돼지 같은 무사 안량의 목을 치는 것쯤 대수롭지 않습니다. 한 시간의 여유만 주시면 적진으로 달려가 그의 목을 빼앗아 승상께 바치겠습니다."

거침없이 호언장담하는 관우를 장료가 이맛살을 찡그리며 나무랐다.

"운장, 군사를 의논하는 자리에서 말장난을 한다는 것은 삼가야 할 일이 아니겠소?"

"말장난인지 아닌지, 결과를 보아 주시오."

이런 말을 남겨 놓고, 관우는 성큼 영 밖으로 나가 매어놓았던 적토마에 획 올라탔다.

"승상, 그리고 여러 장군. 이 관우의 활약을 구경하십시오."

한 마디 말을 남기고 일진(一陣)의 마풍(魔風)을 부른 듯 산을 달려 내려갔다. 때마침 비추기 시작한 아침 햇살을 받아 높이 비껴 든 청룡언월도는 한 가닥 섬광을 발하고는 빨려들어가듯 벌판 속으로 사라졌다.

들판을 가득 메운 적이 파도가 갈라지는 것처럼 좌우로 쫘악 갈라졌다. 일제히 에워싸려고 덤벼든 적군은 언월도 번쩍이는 곳에 오른쪽 군사도 왼쪽 군사도 외마디 비명조차 지르지 못하고 목과 몸이 따로 떨어져 나갔다.

명마 적토마는 들판을 스치듯 쏜살같이 적진 속으로 들어간 뒤에도 조금도 속도를 떨어뜨리지 않았다. 적토마의 진격을 막으려는 군사는 남김없이 나가떨어져 버렸다.

관우는 눈 깜짝할 사이에 선봉대의 진을 돌파해 버렸다. 중군 한가운데에 있는 대장기 밑에 있던 안량은 마치 마신(魔神)과도 같은 기세로 눈 앞에 달려들어온 적장을 보고 경악했다.

"어느 놈이!"

한마디 외치면서 중무장한 몸을 재빨리 날려 말에 올라탔다.

그를 향해 달려온 관우는

"안량, 어떠냐!"

외치기가 무섭게 안량의 곁을 스쳐 지나갔다. 그 순간 안량이 내민 칼은 보기좋게 두 동강이 나고 말았다.

두 칸을 달려가 말머리를 돌린 관우는

"불쌍하구나, 안량! 승상께 바치기 위해 그 목을 백마의 들판까지 끌고 오다니…….""

큰소리로 놀려댔다.

"이놈!"

안량이 부러진 칼을 땅에 휙 내던진 뒤 다음 군사가 재빨리 내밀어준 창을 와락 거머쥐더니 힘주어 쭉 내질렀다. 그러나 때는 이미 늦었다.

번쩍하는 언월도의 섬광 속에 떨어진 안량의 머리는 아침 햇살 속으로 높이 날아올랐다. 핏방울을 뿌리며 떨어지는 그 머리를 한손에 받아든 관우,

"관우가 돌아간다, 물러나라!"

떼지어 몰려드는 적의 군사 속을 사람 하나 없는 벌판 달려가듯 질주했다. 봉의 눈, 누에 눈썹, 긴 수염, 우람한 몸, 올라탄 말은

불타는 듯 시뻘겋다. 그 번갯불처럼 재빠르고 능란한 솜씨는 도저히 사람의 짓이라고는 생각할 수 없었다. 하북의 군사 20만은 망연자실 넋을 잃었다.

조조가 이때를 놓칠 리가 없었다. 함성이 천지를 뒤흔들며 솟아올랐다. 성난 파도가 덮치는 것 같은 기세 앞에 하북의 군세는 어찌해 볼 도리 없이 사방으로 흩어져 달아난다.

이윽고 싸움터에서 원소의 깃발이 남김없이 사라져 버리자, 관우가 천천히 산꼭대기로 적토마를 몰고 올라왔다.

훌쩍 땅 위에 내려서자 조조 앞에 무릎을 꿇고 목 한 개를 그 앞에 내려놓았다.

"천운이 있어 큰소리친 약속을 다할 수가 있었습니다. 부디 살펴보시기 바랍니다."

시원스러워 보이는 그 얼굴을 조조는 한참 동안 말없이 지켜보았다.

'이 얼마나 놀라운 무용이란 말인가!'

단기로 20만 적군 속에 뛰어들어 그 총대장의 목을 베어 오다니, 고금을 통해 아직껏 그런 예를 듣지 못했다.

"귀공은 신인(神人)이라고 해야겠구려!"

조조는 신음하듯 말했다. 그러자 관우는 빙긋 미소짓고 나서 말했다.

"저 같은 것은 아무것도 아닙니다. 저의 의제(義弟) 장익덕이라면 백만 군사라도 그 속에 혼자 달려들어가 자루 속을 뒤져 물건을 꺼내듯 상장(上將)의 목을 벨 수 있습니다."

조조는 좌우를 돌아보며 일렀다.

"너희들, 장익덕을 만나거든 몸을 사리고 맞서 싸우지 말라!"

이 무렵 유현덕은 한 사람의 가신도 없는 쓸쓸한 식객으로 기주성 안에 방을 얻어 하는 일 없이 나날을 보내고 있었다.

백마의 들판에서 총대장 안량이 죽고 전군이 괴멸되었다는 소식

이 전해졌을 때에도 유비만은 홀로 앉아 옛 서적을 뒤적이고 있었다. 그때 갑자기 여러 사람의 발소리가 어지럽게 다가오더니 섬돌 앞에 멈췄다.

"유비 현덕은 어서 나오십시오!"

거칠게 부르는 소리에 무슨 일인가 하고 유비는 창문으로 밖을 내다보았다.

어마어마하게 무장을 갖춘 5명의 무사가 험상궂은 얼굴로 기다리고 서 있다. 유비는 불길한 예감이 들었으나 망설임 없이 칼 한 자루도 차지 않은 채 선뜻 밖으로 나갔다.

무사들은 유비를 둘러싸더니 원소에게로 데리고 갔다. 포로 취급이었다. 각오를 단단히 한 유비는 원소의 앞에 서자 물었다.

"무슨 일이신지?"

원소 자신은 무뚝뚝한 표정으로 입을 열지 않았다. 대신 곁에 모시고 섰던 모장(謀將) 저수가 말했다.

"이번에 백마의 들판에서 우리 군사 20만은 형편없이 패하고 말았습니다. 이는 군략의 잘못 때문이 아닙니다. 적군으로부터 불쑥 나타난 맹호 같은 한 장수에게 우리의 용장 안량이 전사당했기 때문입니다."

"안량만한 호걸을 칠 사람이라면 서황이나 또는 하후돈이라고 생각됩니다만……."

"아닙니다! 서황이나 하후돈 따위에게 맥없이 목을 내줄 안량이 아닙니다."

"그럼 누구란 말입니까?"

"싸움터에서 달려온 군사들의 보고에 의하면 긴 수염을 기르고 불꽃 속에서 태어난 것 같은 군마에 올라탄 위장부라는 것입니다. 휘두른 무기는 청룡언월도였다나 봅니다. 현덕 공께서는 생각나는 것이 없으십니까?"

"……."

"귀공의 수족과도 같은 부하 중에 관운장이라는 용장이 있다는 것은 누구나 다 아는 사실입니다. 그 긴 수염은 천하에 널리 알려져 있습니다. 아마도 하비성을 내준 관운장은 조조에게 항복하여, 그가 갖고 있는 적토마를 선사받아 그 은혜에 보답코자 우리 기주군에 단기로 돌입해온 것이 아닐는지? 어떻게 생각하십니까?"

저수는 날카로운 말투로 따지고 들었다. 유비는 귀한 대접을 받는 손님의 신분이었다가 별안간 계하에 무릎 꿇은 죄수나 다름없는 신세가 된 이유를 알았다.

'관우는 역시 전의 약속대로 허도에 있었구나. 아마도 나의 처자를 지키기 위해 버려야 할 목숨을 한때 미루어 조조 앞에 무릎을 꿇었을 것이다.'

이렇게 생각하면서 유비는 조용한 태도를 조금도 허물어뜨리지 않고 원소를 똑바로 바라보았다.

처음 만나서는 윗자리 손님으로 모시더니
이제는 댓돌 아래 죄수가 되었구나

"만약, 안량 장군을 친 것이 나의 의제 관우가 틀림없다면 그 책임을 지라는 말씀인가요?"

원소가 대답했다.

"별도리 없이 그래야 할 것이오."

"죄인의 자리에 놓이게 된 자의 변명을 들어주시겠습니까?"

"듣겠소."

"모장들은 내가 조조와 내통하여 관우로 하여금 안량 장군을 치게 했다고 의심하시는 듯 보입니다. 나는 서주의 들판에서 패한 끝에 이 몸 하나를 간신히 탈출하여 이 성에 비호(庇護)를 청했던 자요. 조조에게 내통할 방법이 있을 리도 없고, 또한 간책(奸策)을 써서 원소 장군을 멸망시킬 이유도 없습니다. 조조가 현재 두려워하는 것은 장군에게 내가 협력하는 일일 것이라 생각됩니다. 그렇다면 조조의 휘하에 있는 모사가 생각하는 것은 어떻게 하면 장군으로 하여금 이 유비를 없애버리도록 할 것인가 하는 일일 것입니다. 나의 의제 관우와 몹시 닮은 긴 수염의 용사를 골라내어 그에게 안량 장군을 치게 한 것은 이러한 생각에 의한 것인 줄 여겨집니다. 이런 소식이 전해지면 반드시 격노한 장군께서 유비의 목을 벨 것이다 하고……."

"과연, 그도 그렇군……."

원소는 고개를 끄덕였다.

"현덕의 말씀에도 일리가 있소. 지금 여기서 귀공의 목숨을 빼앗는다면 조조가 회심의 미소를 짓게 될 것이오."

원소는 유비를 용서하고, 곧 안량의 원수를 갚기 위한 의논에 들어갔다. 회의에선 갑론을박, 묘안백출했지만 논의는 대략 두 가닥이었다. 무장들은 황하 도하를 주장했고, 모신들은 신중론을 폈다.

이 일대는 조조의 세력권인만큼 만일 원소군이 도하작전(渡河作戰)을 시도하려면 상당한 준비 없이는 불가능했다. 또 도하에 성공하더라도 맞은편 기슭은 더욱 조조의 근거지에 가까워 치열한 저항이 예상된다. 그리하여 만일 전세가 불리해져서 철수하게 될 경우 황하가 난관이 된다. 스스로 퇴로를 끊는 것이나 같았다.

원소가 문득 물었다.

"현덕은 어떻게 생각하시오?"

유비는 신중했다.

"조조를 치기로 작정했으므로 언젠가는 황하를 건너야 합니다. 다만 문제는 그 시기입니다."

언젠가는 건너가야 한다, 이것은 무장측의 주장을 돕는 말인 셈이다.

요즘 유비는 원소군에게 불리한 작전을 건의하는 일을 삼갔다. 그 것은 이내 결과가 드러나는 일이었고, 거듭된다면 의심받게 된다.

'원소군 내부의 대립을 조장한다.'

유비는 이 점에 초점을 맞추기로 했다.

원소 진영에는 인재가 많았으나 그것을 제대로 활용하지 못하고 있었다. 인재가 한 군벌 안에서 득실거리고, 그들이 그다지 만족하지 못하고 있다는 것은 이미 내분의 불씨를 안고 있음을 의미한다.

유비는 여기저기에 넌지시 부채질만 해 두면 되는 것이다.

원소 진영에는 또 하나의 불씨가 있었다. 후계자 문제였다.

원소에게는 원담(袁譚), 원희(袁熙), 원상(袁尙)의 세 아들이 있었는데, 지금의 부인 유씨(劉氏)는 자기가 낳은 원상이 후계자가 되기를 바라고 있다.

다른 목소리도 높았다.

"장남은 원담이 아닌가? 그를 제쳐 놓고 막내아들을 세우다니 말도 안 된다."

둘째 원희는 별 말썽이 없었으나 벌써부터 다만 담과 상의 두 파로 나뉘어 후계 다툼이 시작되었다.

따라서 유비는 공작하기가 수월했다.

이윽고 회의 석상,

"소장을 이 원한을 씻는 선진(先陣)으로 보내주십시오"

하북의 으뜸가는 맹장이라 일컬어지는 문추(文醜)였다.

"오오, 문 장군인가. 그대는 평소에 안량과 형제 같은 사이였지. 10만의 군사를 주리라. 속히 황하를 건너 보기좋게 조조를 무찌르도록 하라."

원소는 승낙했다. 그러자 저수가 나서서 말렸다.

"주군, 그것은 안 됩니다. 10만의 군사에게 황하를 건너게 하는 것은 매우 경솔한 작전이라고 생각합니다. 우선 관도(官渡)와 연진(延津) 나루터에 진을 치고 잠시 형세를 관망할 필요가 있습니다."

"닥쳐라, 저수! 전투는 신속하게 하는 것이 으뜸이라고 옛 병법에도 씌어 있느니라. 시기를 뒤로 미루다 보면 사기는 떨어지고 적이 파고들 틈을 주게 된다."

원소에게 호된 꾸중을 듣고 나서 저수는 목례하고 그 자리를 물러났다.

밖으로 나온 저수는 하늘을 우러르며 한숨지었다.

"주군은 그 뜻을 고집하고 신하는 그 공을 다툰다. 유유히 흐르는 황하여, 내 너를 다시 건널 수 있으랴!"

저수는 이어 주군 원소에게 글을 올렸다.

병으로 종군하기 힘드니 기주로 돌아가게 해 주십시오.

원소는 그 글을 읽고 이맛살을 찌푸렸다.

"어떻게 하면 좋겠는가?"

문추가 말했다.

"저수는 겁을 먹은 것입니다. 그런 자는 거치적거리므로 소원대로 기주로 돌려보내십시오."

"그것은 안 됩니다."

반대한 것은 유비였다.

불평파가 군중에 있음으로써 대립의 불길이 높이 타오른다. 잘 타는 땔감이 없어지면 그에게는 곤란했다.

"어째서입니까?"

문추는 뜻밖이라는 듯이 물었다. 그는 유비를 자기들 무장파의 동조자라고 믿고 있었다.

"저수님은 확실히 일선에서 싸우는 장수감은 아니지만 두뇌가 비

범한 인물입니다. 언제 어떠한 때 그의 지모를 필요로 하게 될지
모릅니다. 실전에는 나가지 않을 것이므로 조금쯤 병이 있다 해도
상관은 없겠지요."

"그렇군요."

원소 또한 내심 뛰어난 군략가인 저수를 기주로 돌려보내는 것에
불안을 느끼고 있었다. 기주에선 후계자 다툼이 아직도 계속되고 있
다. 그런 곳에 저수가 돌아가면 어떤 결과가 나타날까?

곰곰이 생각하던 원소는 결정했다.

"그래, 저수에게는 군중에서 정양하라고 일러라. 곽도의 군에 맡
기겠다."

동료인 곽도에게 맡기는 것이므로 실질적으로는 저수가 강등된
것이었다.

원소군은 드디어 황하를 건넜다.

달빛

관우는 안량을 친 공으로 한수정후(漢壽亭侯)에 책봉되었다. 조조는 그 인수(印綬)를 만들어 장료에게 들려 보냈다. 그러나 관우는 쉽사리 받으려 하지 않았다.

장료가 몹시 의아해 그 이유를 묻자 관우는 대답했다.

"나는 승상께 항복한 것이 아니라 천자의 죄수가 된 사람이므로
……."

조조는 하는 수 없이 천자에게 주청(奏請)하여, 천자가 몸소 관우에게 인수를 내리도록 했다.

관우에 대한 조조의 지나친 후대는 드디어 모든 장수들 사이에 불평을 일으켰다.

그럴 즈음 원소의 휘하에서 이름난 호장(豪將) 문추가 10만 군사를 이끌고 황하를 건넜다는 급보가 들어왔다.

"문추는 저돌적인 무사에 지나지 않는다. 원소는 안량을 잃자 흥분해 이성을 잃은 모양이로군."

조조는 비웃었다.

조조는 군사를 내보내기 전에 그 땅의 주민들을 서하(西河)로 옮기게 했다.

그리고 출발에 즈음하여, 전투에 임할 정예부대를 뒤로 물러서게 하고 그 밖의 군수품을 운반하는 치중(輜重)부대를 일부러 앞장서게 했다.

이와 같은 행군 진용은 일찍이 그 선례가 없었다. 후군인 치중부대는 무장을 하지 않는다. 따라서 적에게 공격을 당하면 꼼짝없이 당하게 된다. 그뿐 아니라, 양식·무기·옷가지 등등을 적에게 고스란히 내주는 결과를 부르게 된다.

부장 여건(呂虔)이 이상히 여겨 물었다.

"이것은 어떤 의도에서 그러시는지요?"

조조는 껄껄 웃고 말했다.

"우선 보고만 있거라."

허도군은 황하를 따라 연진으로 향했다.

이윽고 총대장 문추를 선두로 들판을 뒤덮은 10만 기주군과 맞부딪쳤다.

앞장선 치중부대가 어찌 견디어 내겠는가. 군사들은 무기와 군량을 산더미처럼 실은 수레를 내버리고 사방으로 달아났다.

후군으로 돌려진 정예군은 멀리 이것을 바라보며 이를 갈고 팔을 걷어붙이며 분해했다. 그러나 조조는 부장들에게 그곳으로 도우러 가는 것을 허락하지 않고 연진 남쪽에 있는 두 개의 언덕을 가리키며 명령했다.

"후군은 저곳으로 오르라."

"그러나 저 언덕은 둘 다 비탈이 가파르지 않고 적을 막으려 해도 나무나 바위가 없으며 성채도 마련되어 있지 않습니다……."

여건이 고개를 갸웃거리자 조조는 괴상한 대답을 했다.

"그렇기 때문에 골라잡은 것이다."

조조의 괴이한 명령은 이게 다가 아니었다. 후군이 언덕 위로 모두 올라가자, 군사들에게 옷이며 갑주를 벗어놓고 휴식을 취하되 말은 매어놓지 말라고 명령했다. 적을 눈앞에 두고 대체 무슨 휴식이란 말인가? 여러 장수 가운데는 조조가 미친 것이 아닐까 의심하는 사람도 있었다.

공격해 온 문추 쪽은 자기들의 위세에 겁먹고 조조가 그 두 언덕으로 피한 것으로 해석했다.

"단숨에 격파하라!"

명령을 내리고 문추는 맹렬히 말을 몰아 비탈을 달려 올라갔다.

허도군의 말 떼는 매어져 있지 않았으므로 맹습에 놀라 달아나기 시작했다.

동시에 조조의 명령이 떨어졌다.

"갑옷이고 투구고 모두 버리고 달아나라!"

문추는 싸워 보지도 않고 두 개의 언덕을 차지할 수 있었다.

그러나, 앞서 치중부대의 많은 군수품을 노획하고 이제 또 말을 비롯하여 갑옷 투구 등을 빼앗은 기주의 군사들은 그쪽에 마음을 빼앗겨 대오가 흩어지고 말았다.

날이 저물자 기주의 군사들은 허도의 군사가 버린 것을 서로 가지려고 눈에 핏발을 세웠다.

참으로 멋진 조조의 기계(奇計)였다.

적군이 사욕(私欲)을 채우는 데 정신을 잃고 있는 사이, 조조는 두 언덕 기슭에 달아난 것처럼 보였던 10만 군사를 매복시켰다. 그리고 달이 솟는 것을 신호로 불화살을 쏘아올리며 한꺼번에 비탈로 출격했다.

천지를 뒤흔드는 함성에 문추가 소스라치게 놀랐을 때는 이미 적을 맞아 싸울 진형을 갖출 겨를이 없었다.

난잡하다는 형용 그대로, 노획한 물건에 정신을 빼앗긴 군졸들에게 급히 무기를 들고 대오를 갖추게 하기란 전혀 불가능한 일이었다.

산사태와 같은 무시무시한 함성이 사방으로부터 와아 덮쳐들어오자, 기주군은 허둥지둥 이리 뛰고 저리 달아났다. 그러면서도 그들은 손에 든 물건을 놓지 않았다. 패전 못지않게 부끄러운 추태였다.

문추는 너무나도 분한 나머지, 말을 마구 몰아대면서 고함을 치는 동시에 자기편 군사들을 닥치는 대로 베어 버렸다.

'이제는 어쩔 수 없다!'

문추는 단기로 혈로를 트려고 한쪽 비탈을 바람처럼 달렸다.

달빛이 환히 비추는 밤이라 문추의 기괴한 얼굴은 어렵잖게 구별할 수 있었다.

"문추, 달아날 테냐!"

"비겁하다!"

"게 섰거라!"

고함 소리가 연달아 들려왔다.

장료와 서황이 문추를 쳐 공을 세우기 위해 급히 뒤쫓았다.

장료는 장검을, 서황은 큰 도끼를 비껴들고 다가왔으나 무시무시한 힘으로 휘두르는 문추의 쇠창에 모두 기세가 꺾이고 말았다.

거기에 문추를 지키려는 한 떼의 군마가 달려왔다. 이젠 장료도 서황도 단념하지 않을 수 없었다.

사지(死地)를 돌파한 문추는 새벽녘 황하 연안으로 탈출하여 죽어라 하고 말을 몰았다.

그때 아침 안개 속에서 홀연히 검은 빛 일색의 무장이 타는 듯 붉은 말을 타고 불쑥 나타났다. 그는 쏜살같이 달리던 문추의 앞길을 가로막고 서서 우레 같은 소리로 외쳤다.

"문추! 기(旗)를 말아넣고 어디로 달아나느냐!"

깜짝 놀라 멈춘 문추는 그 등에 높다랗게 세운 깃발에 씌어 있는 글을 읽었다.

'한수정후 관우 운장(漢壽亭侯關羽雲長)'

"오, 안량을 친 것이 바로 네놈이었구나!"

문추는 온몸의 피가 콰악 역류하며 소용돌이치는 것을 느꼈다. 쇠창을 단단히 움켜쥐었다.

"의형의 원수를 갚으리라! 오너라!"

문추는 말 옆구리를 걷어차며 맹렬하게 돌진했다.

언월도와 쇠창이 쨍그렁뎅그렁 쇳소리를 허공에 울렸다. 10합, 20합, 30합——불꽃은 유성(流星)처럼 하늘에 튀었고, 무기가 부딪치는 소리는 황하의 물결을 일게 하는 것 같았다.

격돌 한 시간, 마침내 문추는 기세가 꺾이어 말을 돌려 필사적으로 도망치려 했다.

"문추, 무명(武名)을 더럽힐 작정이냐!"

관우는 화살처럼 쫓아갔다. 천하의 명마 적토마였다.

순식간에 따라붙자 문추는 필사의 일격을 퍼부으려고 말 위에 몸을 솟구쳤다. 찰나, 정통으로 내려친 언월도의 흰 빛이 문추가 이 세상에서 마지막으로 본 것이 되고 말았다.

"문추가 죽었다."

이 소식이 전해졌을 때, 유현덕은 원소 곁에 있었다.

문추를 친 적장이 안량을 친 자와 같은 인물이며, 그 깃발에는 '한수정후 관우 운장'이라고 똑똑히 씌어 있더라는 보고에 유비는 모든 것을 체념했다.

'관우 때문에 목숨을 잃는다면 그 또한 하는 수 없는 일이다!'

마음속으로 각오를 단단히 했을 때 원소가 싸늘한 표정으로 뒤를 돌아보며 말했다.

"나는 귀공의 의제 때문에 안량과 문추 두 장수를 잃었소. 관우의 주인인 귀공께서 그 책임을 져야겠소."

"어떻게든 뜻대로 하시오."

유비는 머리를 숙였다.

원소는 잠시 침묵을 지키고 나서 말했다.

"안량·문추의 무용을 합친 호걸을 나의 휘하에 데려올 수 있다면 나는 더 바랄 것이 없소. 그렇지 않소, 현덕?"

유비는 묵묵히 고개만 숙이고 있었다.

"관우를 이리로 부를 수 있다면 나는 귀공의 목숨을 뺏지 않겠다고 약속하겠소."

안량도 문추도 원소군의 맹장이었다. 그 두 맹장을 겨우 두 번 싸움으로 잇따라 잃고 나자 원소군은 크게 겁을 먹었다. 원소는 부득이 군을 돌려 관도(官渡)의 서북에 있는 양무(陽武)에 진을 쳤다.

양무의 원소군과 관도의 조조군은 서로 섣불리 움직이지 않았다.

조조는 하후돈에게 3만 군사를 주어 관도 입구를 수비하게 해 놓고 일단 군사를 이끌고 허도로 돌아갔다.

두 부인을 지키는 관우에게 다시 평온한 나날이 찾아왔다. 전과 다름없는 생활이었다. 사흘에 한 번씩 내원으로 들어가 두 부인에게 문안을 드렸고, 조조의 초대에 응해서 승상부의 주연에 나갔다. 조조가 주는 물건은 하나도 손을 대지 않았으며, 평소에는 바깥채의 허술한 경비실에 홀로 앉아 독서삼매에 잠긴다.

그러던 어느날 관우는 손건의 방문을 받았다.

손건은 서주가 함락된 뒤 여러 곳을 떠돌아다닌 끝에 옛날에 알았던 유벽을 만나 그 참모가 되었다고 한다.

관우는 손건에게서 주군이 기주성 안에 계신 것 같다는 말을 들었다. 주군이 살아 있다는 말에 관우는 기뻐 어쩔 줄 몰랐다.

'허도를 떠나 주군에게로 가게 될 날도 머지않았다.'

관우는 남모르게 마음속으로 다짐했다. 그로부터 며칠이 지난 어느날 초저녁 무렵이다.

승상부의 주연에 초대되었다가 거나하게 취한 관우가 적토마를 타고 집으로 돌아오는 길이었다.

집이 저만큼 보이는 네거리에 다다랐을 때, 버드나무 그늘로부터 떠돌이인 듯한 사나이가 쭈르르 달려나오며 그를 불렀다.

"관 장군님!"

"누구냐?"

관우는 저녁 어스름을 뚫고 바라보았다.

"저는 원소의 휘하로서 남양의 진진(陳震)이라 합니다. 장군의 주군인 유 황숙을 남모르게 깊이 공경하여 따르고 있습니다. 이번에 장군이 안량과 문추를 쳐 없앴기 때문에 유 황숙님과 우리 주군 원 장군과의 관계가 아주 미묘해졌습니다. 저는 이를 차마 볼 수 없어, 유 황숙께 장군에게 보내는 글을 한 장 써달라고 하여 이것을 전하는 전령의 역할을 자진해서 맡고 나섰습니다."

"참으로 고맙소."

관우는 진진을 데리고 집으로 돌아오자마자 편지를 펴보았다. 그리운 필적으로 쓰인 글이 한눈에 들어왔다.

비(備)는 그대와 도원에서 맹약을 맺고 생사로써 이를 맹세했다. 한데 어찌 중도에서 서로 달라지고, 은혜를 가르며 의를 끊을 것인가? 그대가 공명(功名)을 얻고자 꾀한다면, 부디 비의 목을 빼앗아 조조에게 바쳐 공을 이루라. 글로 말을 다할 수 없다. 죽어 다음 명(命)을 기다리겠노라.

"이 무슨 말씀이신가?"

관우는 길게 탄식했다.

"이 관우가 어찌 부귀를 탐내어 옛 맹세를 배반하겠는가!"

"그러나 장군, 장군께선 이미 조 승상의 휘하에 들어와 계시지 않으십니까?"

"아니오. 나는 잠깐 천자의 죄인이 되어 있음에 지나지 않소. 주군의 행방을 알게 되는 대로 곧 그분께로 갈 것을 승상과 단단히 약속했소."

"그게 과연 뜻대로 되올지?"

"승상은 반드시 약속을 지킨다 했소. 이제 서한을 적어줄 터이니 주군께 전해줄 수 있겠소?"

"시행하겠습니다."

관우는 붓을 들어 글을 쓰기 시작했다.

듣자옵건대, 의는 마음을 배반하지 않으며 충은 죽음을 돌아보지 않는다고 합니다. 우(羽)는 어려서부터 글을 읽어 예(禮)와 의(義)를 짐작합니다. 양각애(羊角哀)와 좌백도(左伯桃)의 지난 일을 읽을 때마다 세 번 탄식하고 울었나이다. 도원의 맹세를 생각함에 탄식을 금할 길 없고 흐르는 눈물을 어찌 막겠습니까. 앞서 하비성을 지킬 즈음 안으로 쌓여 있는 군량은 없고 밖으로 원병 또한 없었습니다. 그 자리에서 죽음으로 모든 것을 끝내려 했지만, 두 형수님을 모시는 몸이 어찌 헛되이 죽을 수 있으리까? 그래서 이제까지 모진 목숨을 잇고 몸을 버리지 못했습니다. 바라옵건대 훗날을 꾀하십시다! 머지않아 조승상을 하직하고 두 형수님을 모시고 돌아가도록 하렵니다. 우리가 만일 이심(異心)을 품었다면 하늘과 사람이 주는 벌을 함께 받을 것입니다. 간을 꺼내고 쓸개를 도려낸다 해도 아무런 할말이 없을 것입니다. 엎드려 뵈올 날이 있을 것이오니 부디 기다려 주십시오.

이튿날 아침 관우는 조조를 만나 하직 인사를 하려고 승상부로 갔다. 그러나 조조는 이미 그가 찾아온 뜻을 알아차린 듯 문에는 회피패(回避牌)를 걸어놓았다.

주인이 어떠한 손님이라도 사절할 때에 내거는 것이 회피패였다.

'……하는 수 없지!'

관우는 어두운 마음으로 말머리를 돌렸다. 관우는 그로부터 이레 동안 하루도 거르지 않고 승상부로 나갔다.

날마다 회피패가 걸려 있었다.

'……이 이상 어찌하겠는가. 이제는 도리없이 무단으로 이곳을 떠나는 수밖에 없구나.'

관우는 마음을 정했다.

집으로 돌아오자, 하비에서부터 거느리던 충실한 부하 30명을 모아 드디어 오늘밤 옛 주군에게로 돌아간다는 뜻을 말했다.

"이 집에 비치되었던 물건, 선사받은 물건들은 단 한 가지일지라도 가지고 가서는 안 되니 단단히 명심하여라!"

엄중히 이른 다음 수레와 말을 준비하게 했다.

그런 다음 조조에게 보내는 글을 써서 부하 한 명을 시켜 승상부로 전하게 했다.

허도에 머무르는 동안 조조가 보내주었던 금과 은, 비단, 그릇, 그 밖의 귀중한 물건은 산더미 같았으나 하나도 빠짐없이 곳간에 차곡차곡 넣어두고, 거기에 목록을 곁들여 놓고 문을 굳게 닫아 걸었다. 그리고 한수정후의 인수를 당상(堂上)에 걸어 놓았다.

관우는 마지막으로 집 안팎을 한 바퀴 돌며 모든 것이 정연하게 치워져 있는가를 확인했다. 나는 새는 자리를 더럽히지 않는다는 말 그대로 관우는 세심하게 마음을 썼다.

관우가 적토마에 올라탔을 때 이미 감 부인과 미 부인은 어린 아들을 데리고 수레에 올라 있었다.

"북문으로……."

관우가 명령했다. 그때 수십 명의 하인들이 관우 앞에 엎드렸다.

"부디 저희들도 데리고 가 주십시오!"

그들은 관우가 이곳에 온 뒤에 조조가 내려준 하인들이었다.

관우는 고개를 설레설레 저었다.

"헤어지기는 못내 섭섭하다만, 너희와는 여기서 헤어져야만 하겠다. 지금 우리는 승상을 뵈옵고 인사를 여쭙고 떠나는 것이 아니라 무단으로 떠나는 것이다. 그러므로 승상께서 보내주셨던 것은 사람이건 물건이건 하나도 남김없이 그대로 남겨두고 가는 것이 예의가 아니겠는가?"

엄숙하게 말했다. 하인들은 울며 헤어지기를 아쉬워했다.

관우는 적토마를 몰아 인적이 끊어진 큰길을 빠져 북문에 이르렀다. 겨우 날이 밝기 시작하고, 서녘에는 지다가 만 잔월(殘月)이 허공에 걸려 있었다.

"문을 열어라!"

소리 높이 부르자 문을 지키는 수문장이 호통쳤다.

"이런 시각에 어떤 자가 성 밖으로 나가려 하느냐!"

"관우가 주군을 찾아 돌아가려는 것이다. 만약 막아선다면 하는 수 없이 너희들 목을 벨 수밖에 없다. 어찌하겠느냐?"

말을 끝내기가 무섭게 관우의 오른손에서 언월도가 날카로운 빛을 뿜었다. 수문장은 벌벌 떨면서 문을 열었다.

관우는 문을 빠져나오자 부하 30명에게 명했다.

"너희들은 수레를 보호하여 먼저 앞장서서 달리도록 하라. 뒤따라 곧 추격하는 군사가 닥칠 것인즉, 이는 내가 혼자 맡겠다. 두 분께서 놀라시지 않도록 단단히 조심하여라."

훤하게 밝기 시작한 넓은 관도(官道)를 군사 30기(騎)의 호위를 받으며 수레는 쉬임없이 북으로 달렸다.

관우는 단기로 두어 마장 떨어져 말을 달렸다.

다섯 관문 깨뜨리고

관우가 남긴 글이 조조에게 전해진 것은 그가 조반상을 받았을 때였다.

……우(羽)는 하비성을 잃었을 때, 세 가지의 청을 드려 이미 그 은혜를 입기로 약속받았습니다. 이제 옛 주군이 원소의 군중에 있음을 알게 되었는 바 옛날의 맹세를 생각하건대 그것을 어찌 어길 수가 있겠습니까. 그동안 베풀어 주신 은혜가 두텁다 할지라도 옛 의는 저버릴 수 없습니다. 이에 몇 자 글로 적어 고별 인사를 대신하나이다.

조조가 주욱 읽고 있을 때, 북문을 지키는 수문장으로부터 관우가 수레와 기마군사 30명을 이끌고 문을 강제로 열게 하여 북을 향해 달아났다는 급보가 들어왔다.

이어 관우에게 내주었던 집을 살펴보고 온 순라대 대장이 보고했다. 집안은 티끌 하나 없이 깨끗이 치워져 있고, 그동안 보내준 물건들은 모조리 그대로 남아 있으며, 한수정후의 인수는 당상에 걸려 있더라고.

"음!"

조조는 허공에 두 눈을 못박은 채 낮게 신음했다. 그 때 허둥지둥한 장수가 들어왔다.

"승상, 바라옵건대 저에게 철기(鐵騎) 3천을 주옵소서. 곧 달려가 관우를 사로잡아 승상께 바치겠습니다."

50명의 힘을 가졌다고 자랑하는 장군 채양이었다.

　　만길 깊은 용의 굴 벗어나려 했더니
　　삼천 범같은 군사들을 만났네

조조의 휘하에서 장료를 비롯하여 서황, 하후돈 등 모두가 관우에게 경의를 표하고 따르지 않는 장군이 없었으나, 오직 한 사람 채양만은 관우에게 대해 반감을 갖고 있었다.

조조는 차갑게 채양을 바라보며 말했다.

"올 때나 갈 때나 맑은 물과 같이 명백한 운장의 모습은 참으로 훌륭한 위장부의 모범을 보였다. 그대도 이것을 본받도록 하라. 쫓지 말라."

그 때 정욱이 나타났다.

"주군! 관우는 그토록 후한 예우를 받았으면서도 이제 고별 인사도 드리지 않고 옛 주군을 찾아 떠났습니다. 이는 승상의 군위(軍威)를 모독한 것으로 그 죄를 용서할 수 없습니다. 또한 그를 원소의 진영으로 가게 하는 것은 호랑이에게 날개를 달아 주는 것과 같은 일이라고 생각하옵니다. 추적하여 이를 죽여 후환을 끊는 것이 상책이 아니겠습니까?"

강한 말투로 다그쳤다.

이미 그 때에는 여러 장수들이 잇따라 모습을 보였다. 조조는 긴장된 여러 무장들의 얼굴을 휘이 둘러본 다음 말했다.

"안 된다!"

조조는 말을 이었다.

"나는 앞서 운장을 허도로 데려올 때에 세 가지 약속을 했었다. 운장은 그것을 지켰다. 나도 지켜야 한다. 나는 재물로써 그의 마음을 움직이게 할 수가 없었다. 또한 작록(爵祿)으로써도 그 뜻을 바꾸게 할 수 없었다. 관운장이야말로 참다운 무인이라고 해야 할 것이다. 그가 떠나면서 보여준 훌륭함을 보아라. 금은 재보는 하나도 건드리지 않고 곳간에 넣어 두었으며, 천자께서 내리신 인수조차 남겨두고 갔다. 누가 감히 그런 흉내를 낼 수 있겠는가? ……문원, 그대 혼자서 뒤쫓아 운장을 잠깐만 붙잡아 놓아라. 내가 달려가 운장을 배웅해 주겠다."

관도를 사람과 말이 누런 먼지를 일으키며 북으로 나갔다.

맨 뒤에서 말을 몰고 있는 관우는 가끔 뒤를 돌아보곤 했다.

마음속으로는 이미 죽을 각오가 되어 있었으나, 수레가 너무 느릿느릿 나가는 데 조바심이 났다.

설사 1천 기, 2천 기가 한꺼번에 밀어닥칠지라도 관우는 자신의 몸 하나로 막아 내리라고 맹세하고 있었다.

뒤쪽에서 뽀얗게 흙먼지가 올랐다.

"왔구나!"

관우는 부하에게 부지런히 길을 서두르라고 명령한 다음 말머리를 돌렸다. 그러나 뒤쫓아온 것은 다만 한 사람뿐이었다.

순식간에 다가온 말탄 사람을 자세히 보니 다름 아닌 장료였다.

"그대는 이번에도 또 사자가 되셨군!"

관우가 빙그레 웃었다.

"우선 들으시오, 한수정후……."

바짝 다가온 장료는 이마의 땀을 닦고 말했다.

"잠깐만!"

"그대는 앞서 나를 설득하여 항복하게 했었소. 그러나 오늘 도성을 떠나려는 나를 설득하여 다시 데리고 가려 한다면 그것은 부질없는 일이오. 그보다도 칼을 뽑아 결판을 내는 것이 서로가 취할 태도라고 생각하오."

"장군, 잘못 생각지 마시오. 나는 장군을 다시 도성으로 데려가기 위해 사자가 된 것이 아니오. 승상께서 장군이 먼 길을 떠나셨다는 말을 들으시고 몸소 이별의 아쉬움을 나누고 전송하기 위해 나를 보내셨소."

"음. 과연 그럴까?"

관우는 장료의 말을 믿지 않았다.

후한 대우를 무시하고 아무 말도 없이 떠나는 사람을 그토록 자존심이 강한 조조가 용납할 리 없다고 생각했던 것이다. 우선 장료를 보내 불러세운 다음 뒤쫓아와 가증스러운 배반자를 죽여 없애려는 계략임이 틀림없다고 보았다.

"무단히 물러난 것은 나의 죄인즉 굳이 추격을 피하지는 않겠소. 장공, 되돌아가 승상께 전해 주겠소? 관우는 이 자리에서 기다리겠노라고."

"그럼, 잠시 기다리시오."

장료는 되돌아갔다.

관우는 둘레를 둘러보았다. 한 마장쯤 뒤쪽에 상당히 넓은 강이 흐르고 다리가 하나 걸려 있었다. 패릉교라고 불리는 다리이다. 관우는 그리로 적토마를 몰고 갔다. 거의 한복판쯤에 적토마를 멈추어 세웠다.

'……자아, 이곳에서 승상을 맞으리라!'

늠름히 말 위에 앉아 몸을 똑바로 세우고 언월도를 힘있게 움켜쥐었다.

다리 위에 핏방울을 뿌려 무지개를 그릴 각오를 한 얼굴빛이 그 긴 수염과 조화를 이루어 한층 더 위엄있게 보였다.

이윽고 오후의 엷은 햇살이 비치는 들판 저쪽에 한떼의 기마가 일으키는 뽀얀 흙먼지가 보였다.

'자아, 오너라!'

관우는 언월도 자루를 단단히 움켜쥐었다.

헛되이 여기서 죽을 수는 없는 일이다. 만에 하나 잘못되면 관우는 단칼에 승상 조조의 목을 공중에 날려보내고 달아날 생각이었다.

기마대는 순식간에 가까이 다가왔다.

'……이상하다?'

관우는 고개를 갸웃했다.

만약 조조 이하 모든 장수가 무장을 하고 있다면 무기들이 햇빛에 번쩍거릴 터인데 그렇지가 않았다.

맨 앞장을 서서 달려오는 것은 조조였다. 그 얼굴을 똑똑히 알아볼 수 있는 곳까지 거리가 좁혀졌을 때에야 관우는 비로소 조조의 뒤를 따르는 허저·서황·우금·이전 등 수십 기가 모두 평복 그대로 칼을 허리에 찼을 뿐 창도, 도끼도, 활과 화살도 갖고 있지 않다는 것을 알고 겨우 마음을 놓았다.

조조는 다리 옆에 이르자 부장들을 그곳에 서 있게 하고 단기로 돌다리를 울리며 다가왔다.

"운장, 무엇 때문에 그토록 길을 재촉하는가?"

조조는 미소지으면서 우선 물었다.

관우는 여전히 경계를 늦추지 않고 말 위에 탄 채로 정중히 머리를 숙인 다음 말했다.

"소장은 앞서 세 가지 조건을 부탁드렸는바 승상께서는 모두 용

납해 주시었습니다. 그 중 한 가지, 옛 주군이 살아 있어 그 있는 곳이 밝혀졌을 때에는 곧 도성을 떠나겠다는 것도 허락해주셨습니다. 우연히 옛 주군이 하북에 있다고 전해 준 사람이 있어 이제부터 그곳으로 가려는 것입니다. 후하신 정을 베풀어주신 승상께 작별 인사를 드리러 승상부로 여러 차례 찾아갔었으나, 끝내 뵈올 수가 없는지라 하는 수 없이 몇 자 적어 올리고 도성을 떠났습니다. 부디 지난 날의 약속을 잊지 마시기 바랍니다."

"물론……."

조조는 크게 고개를 끄덕였다.

"승상 조조가 이미 한 약속을 뒤엎을 리가 있겠는가? 다만 그대가 이제부터 하북 땅까지 먼길을 가면서도 내가 보냈던 금과 은을 하나도 남김없이 봉해 놓고 떠났다는 말을 들었기에 아무리 생각해도 노자가 적을 것이라 생각되어 쫓아온 것이네."

조조는 이렇게 말하고 나서 장료를 불렀다. 장료는 급히 가죽 주머니에 담은 황금을 가져오려 했다.

관우는 고개를 저어 사양했다.

"후한 은사(恩賜)를 받았기 때문에 노자 정도는 충분히 마련되어 있습니다. 승상께서는 이 황금을 전공을 세운 군사들에게 나누어 주시기를 간절히 바랍니다."

조조는 관우의 뜻이 굳은 것을 보고

"그대는 천하에 견줄 자가 없는 의사(義士)임에도 나의 덕이 부족하여 도성에 머무르게 하지 못했는데, 한낱 노자마저도 마음대로 건넬 수 없구려. 그렇다면 하다못해 비단옷 한 벌쯤은 내 작은 뜻으로 알고 받아줄 수 있겠는가?"

조조는 이렇게 말하고 허저에게 내주도록 지시했다.

허저는 말에서 내려 두 손으로 그 옷을 받쳐들고 관우에게로 가까이 다가갔다. 그러나 관우는 여전히 방심하지 않고 혹시 승상의 계락이 숨어 있지 않을까 하여 날카롭게 신경을 썼다.

"후하신 뜻 고맙게 받겠습니다."

관우는 말하면서 말 위에 앉은 채 청룡언월도를 들어 허저가 내미는 옷을 칼끝에 걸쳐서 휙 공중으로 낚아채어 어깨에 걸쳤다.

"언제고 다른 날 또 뵈올 수 있을 것입니다. ……그럼 이만."

한마디 말을 남기고 적토마를 돌려 세우더니 쏜살같이 다리를 달려내려가 북으로 사라져 갔다.

"주군!"

지나치게 무례한 관우의 행동에 분노를 터뜨린 허저가 얼굴을 시뻘겋게 물들이고 소리쳤다.

"관우의 저 오만무례하기 이를 데 없는 태도, 도저히 용서할 수가 없습니다! 어째서 사로잡지 않으십니까!"

다른 무장들도 분을 참지 못해 조조의 명령만 떨어지면 콩알만하게 보일 만큼 멀리 간 관우를 단숨에 뒤쫓기라도 할 기세였다.

"운장은 단기요, 우리는 수십 기. 그가 나에게 계략이 있지 않을까 하고 의심하는 것도 무리는 아니다. 쫓을 필요가 없다."

모든 장수들은, 그토록 아끼던 의사(義士)를 보내 버린 허탈감에 웬지 쓸쓸한 그림자가 서려 있는 조조의 등 뒤를 바라보고 나서 서로 얼굴을 마주 보았다.

감 부인과 미 부인을 태운 수레는 이미 수십 리 앞을 가고 있는지, 관우는 두 개의 언덕을 넘었지만 아직도 수레의 모습을 찾을 수가 없었다.

'이제는 보임직도 한데…….'

관우가 고개를 갸웃했을 때, 오른쪽 산기슭에서 누런 수건을 쓰고 비단 옷을 입은 사람이 말을 타고 나타나 물었다.

"거기에 계신 분은 한수정후 관 장군 아니시옵니까?"

"그렇소. 바로 관우이오만……."

관우가 대답하자, 그 자는 100명 가량의 보졸(步卒)을 그 자리에 남겨 놓고 단숨에 관우에게로 달려왔다.

아직 17, 8세밖에 되어 보이지 않는 젊은이였다.

관우 앞에 이르자, 우선 창을 버려 적의가 없다는 것을 보인 다음 말에서 내렸다.

"저는 양양 사람으로 요화(寥化)라 하옵고, 자는 원검(元儉)이라 하옵니다. 어렸을 때부터 세상의 소란스러움에 휘말려, 두루 떠돌아다니던 중 약간의 힘과 담력을 갖고 부하 500명 가량을 모을 수 있어 도적의 우두머리가 되었습니다. 부두목에 두원(杜遠)이라는 자가 있는데, 이 자가 산에서 내려가 가도를 지나가는 나그네를 약탈하려고 노리던 차에 때마침 지체가 높으신 분인 듯한 부인을 수레에 태운 일행을 만나, 이를 위협하여 산으로 데려왔습니다. 그래서 제가 그 종자에게 물은즉 황숙 유현덕님의 두 부인임을 알게 되어 놀랐습니다. 두 부인을 지키시는 분이 천하에 그 용맹이 알려진 관 장군으로 곧 이곳으로 오시리라는 말씀을 듣고 두 부인을 모셔다 드리라고 하였으나, 두원이란 녀석이 갑자기 불손하게 반대하기에 그를 죽여 장군께 목을 바치기로 한 것입니다."

요화는 안장에 매단 피투성이의 목을 바쳤다.

관우는 그것을 한 번 본 다음 물었다.

"두 부인께선 어디에 계시는가?"

"저 숲속에 계십니다."

요화는 손가락으로 가리켰다.

관우는 말을 달려 눈 깜짝할 사이에 수레 앞에 다다랐다.

그를 맞은 감 부인과 미 부인은 아무런 불안도 없는 것 같았다.

자세히 이야기하는 바를 들으니 다음과 같았다.

두 부인을 위협하여 산채로 데리고 간 두원이라는 자는 유현덕의 아내임을 알고서 요화가 경의를 표하는데도 짐승같은 눈길을 흘끔 흘끔 보내더니 말했다.

"어떤가, 두목? 이 지체 높은 두 여자를 한 사람씩 나누어 우리의 마누라를 삼는 게 어떻겠어?"

요화가 버럭 고함을 지르자 두원은 발끈하여 반항했다. 그래서 요화는 하는 수 없이 두원을 베었다는 것이다. 관우는 이야기를 다 듣고 다시 요화를 찬찬히 살펴보았다.

도적이라지만 양가의 태생이란 것을 알 수 있는 생김새였다. 아직 나이 스물도 못된 젊은이인만큼 아직 의로운 마음을 잃지 않았던 것이다.

관우는 고맙다는 인사를 하고 이별을 고했다. 요화는 무슨 일이 있더라도 함께 가게 해달라고 간청했다.

그러나 관우는 부하로 삼으면 쓸 만한 젊은이인 줄은 알지만 아직은 그럴 여유가 없었다.

"다른 날 주군께서 한 나라를 다스리게 되거든 그때 찾아오도록 하라."

관우는 이 말을 남기고 부하들에게 수레를 몰도록 명했다.

요화는 한참 동안 일행을 배웅하다가 갑자기 말을 급히 몰아 쫓아와서는 금과 비단을 바쳤다.

관우는 미소를 지으면서 완강히 사절했다.

"나는 승상이 보내준 것도 마다하고 왔다. 뜻은 가상하지만 너희의 호의를 받을 수는 없지 않은가?"

요화는 공경하고 따르는 눈길로 사라져 가는 관우의 뒷모습을 지켜보다가 소리쳤다.

"다시 수업(修業)하여 몸과 마음을 닦은 뒤 찾아뵙겠습니다!"

날이 저물기 시작하여 일행은 어떤 마을을 찾아 들어갔다. 관우는 촌장의 저택인 듯한 집을 찾아 말을 몰고 들어갔다. 마중나온 사람은 머리카락도 수염도 하얗게 센 노인이었다.

관우가 이름을 고하고 하룻밤을 묵기를 청했다.

"관우라고 하시면 안량과 문추를 베신 그 장군이십니까?"

노인은 눈을 빛내며 무릎을 꿇었다.

이는 환제(桓帝) 때 의랑(議郞) 벼슬을 하여 임금을 모시다가 고향으로 돌아온 호화(胡華)라는 사람이었다.

그날 밤, 두 부인과 그리고 그 부하 30명은 호화 노인의 융숭한 대접을 받고 처음으로 긴장을 풀고 편히 쉴 수 있었다.

이튿날 아침, 일행은 낙양을 향해 떠났다.

그 도중에 동령관(東嶺關)이라는 관문이 있었다. 공수(孔秀)라는 자가 500명 가량의 군사를 거느리고 영마루의 관문을 지키고 있었다. 관우는 공수와는 서로 안면이 있는 사이였다.

말 네 필로 수레를 끌도록 하여 영마루에 올라서자, 이미 감시하는 군사의 보고를 들은 공수가 관(關) 위에 나타나 기다리고 있었다.

"거기에 오신 분은 한수정후 관 장군이 아니십니까?"

"그렇소."

"어디로 가시는 길입니까?"

"승상의 곁을 떠나 하북으로 가서 옛 주군을 뵈오려 하오. 문을 열어주기 바라오."

"잠깐만! 하북의 원소는 승상께서 상대하고 있는 큰 적입니다. 그 성으로 가신다면 관문을 통과해도 된다는 승상의 증명서를 가지셨을 터인즉 보여 주십시오."

"그런 것은 갖고 있지 않소. 화급하게 출발한지라……."

"증명서가 없는 이상, 법도에 의해 이 관을 지나갈 수 없소. 우선 물러가 기다려 주십시오. 급히 사람을 도성으로 보내어 과연 관공께서 승상의 허락을 얻으셨는지 확인하리다."

"그것은 우리쪽 사정으로 좀 난처하오. 아무리 급히 서두른다 해도 도성까지 왕복하려면 사흘은 걸리게 되므로, 그가 돌아오기를 기다렸다가는 우리의 갈길이 어긋나고 마오. 어떻게든 지나가야겠소."

"관을 지키는 수장(守將)으로서 법도를 어길 수는 없습니다."

"도저히 안 되겠소?"

"무슨 일이 있더라도 지나겠다고 하신다면 부녀자와 어린아이들을 인질로 하겠소."

"하는 수 없는 일!"

관우는 긴 수염을 쑥 훑어내렸다.

"장군, 관을 돌파하려는 생각이오?"

"그대의 목을 벤 다음에……."

"좋다, 벨 수 있으면 베어 보라!"

공수는 관우의 용맹을 알고 있었으나 단기로 500의 정예군사와 싸울 만큼 무모하지는 않을 것이라고 생각했던 것이다.

일단 위협을 하여 물러나게 하려고 생각하고 갑주로 무장을 했다. 그러고는 북을 울리며 수비병을 모아 대오를 짜게 하여 일시에 공격 태세를 취했다.

그 때 관우는 이미 수레와 부하들을 훨씬 뒤쪽으로 물러나도록 해놓고 오직 단기로 기다리고 있었다.

공수는 장창을 높이 비껴들고 수비병 500명과 함께 함성을 지르며 와아 밀어닥쳤다.

관우는 그래도 적토마 위에 우람한 몸을 꼿꼿이 세우고 있을 뿐이었다. 거리가 열두 자로 좁혀졌을 때, 관우는 비로소 말 옆구리를 힘껏 찼다.

다음 순간, 공수의 목은 하늘 높이 날아올라 핏방울이 떨어지는 꽃잎처럼 흩어졌다.

"군사들은 겁내지 말라!"

수장을 눈 깜짝할 사이에 잃고 어쩔 바를 모르는 500명의 수비병을 향해 관우의 우레 같은 고함 소리가 떨어졌다.

"내가 공수를 벤 것은 어쩔 수 없었다. 너희들은 관계없는 일이다. 너희들 가운데 한 사람, 사자를 내어 도성으로 올라가 승상께 이렇게 보고하라. 관우는 공수가 쳐나왔기에 하는 수없이 이를 베었노라고."

모든 군사들은 이 말에 따랐다.

관운장, 동령관을 깨뜨리다!

이 소식은 쏜살같이 낙양태수 한복(韓福)에게로 날아들었다.

한복은 그 자리에서 모든 장수들을 열석(列席)케 하고 관우에 대해 어떤 조치를 취할 것인가 의논했다.

아장(牙將) 맹탄(孟坦)은 주장했다.

"관우는 승상의 증명서를 갖고 있지 않으므로 마땅히 그 가는 길을 막아야 할 것으로 생각합니다. 만약 그냥 지나쳐 버리면 훗날 반드시 문책당할 것입니다."

그러나 한복은 관우가 얼마나 용맹스러운가를 알고 있었다.

"안량, 문추를 단칼에 베어 죽인 관우를 힘으로 막는다는 것은 불가능할 것이다. 계략으로 사로잡는 수밖에 없다."

"저에게 기책(奇策)이 있습니다. 우선 관문 앞에 녹채(鹿砦)를 만들어 막아 버리고 관우가 도착하면 제가 군사를 이끌고 싸우다가 거짓 패하여 달아나겠습니다. 관우가 쫓아들어온 것을 태수께서는 숨어 계시다가 활로 쏘십시오. 관우가 화살을 맞고 말에서 떨어지거든 군사 1천 명을 한꺼번에 덤벼들게 하십시오. 반드시 생포할 수 있을 것으로 생각합니다."

"좋다!"

한복은 맹탄의 모계를 채택했다.

관우는 낙양태수 한복이 틀림없이 굉장한 수비진을 쳤을 것으로 예상하였으나, 그래도 조금도 멈칫거리지 않고 수레를 수호하며 적토마를 몰았다.

백 걸음 앞까지 다가가서 가만히 둘러본 관우는 직감했다.

'여기를 돌파하기란 쉽지 않겠다. 그러나 어찌 되었거나 돌파해야만 한다!'

관우는 가슴을 쭉 펴고 소리쳤다.

"한수정후 관우 운장, 볼일 있어 낙양을 통과하련다. 문을 열어라!"

관우의 목소리에 대답하여 관문의 쇠문짝이 소리를 내며 열렸다.

거기에는 나무를 뾰족하게 깎아 세운 녹채가 있고 그 뒤에는 낙양의 맹장 맹탄이 약 100기쯤 되는 군사를 거느리고 말 위에 가슴을 펴고 버티어 있었다.

"관 장군이시오? 낙양을 통과하시려면 승상의 증명서를 가지셨을 터인즉, 보여주시기 바라오."

"화급히 떠나왔기 때문에 승상께 받는 것을 깜빡 잊었소."

"거짓말 마시오. 증명서도 갖지 않은 채 먼 길을 달린다는 것은 몰래 도망쳤음을 말하는 것이오. 승상께 배반한 자를 지나가게 할 수는 없는 일, 물러가시오!"

"한 마디 충고하겠다. 동령관의 공수도 나의 가는 길을 방해했기 때문에 아깝게 한 목숨 잃었다. 그대는 전철을 밟지 말라!"

"하하하…… 단기로 주군의 두 부인을 모시고 낙양을 강제로 지나려는 것은 달걀로 돌을 침과 같이 무모한 짓. 웃음거리가 되고 싶은가!"

"보기좋게 통과해 보인다면 어찌 하겠느냐!"

"한번 해보시지!"

"그렇다면!"

관우는 적토마를 몰아 질풍처럼 녹채를 뛰어넘었다.

맹탄은 두 자루 칼을 뽑아들고 관우를 맞았다. 불꽃을 튕기는 쇳소리가 허공에 울려 퍼졌다.

눈에도 보이지 않을 만큼 날쌘 칼싸움이 7, 8합이나 계속되었을 때 맹탄은 못 이기는 척 달아나려 했다.

한 마장 앞에 태수 한복이 1천 기를 매복시키고 대기하고 있다. 맹탄은 그곳까지 달아나 관우를 함정에 빠뜨릴 계획이었다.

그러나 맹탄은 관우의 적토마가 얼마나 빠른가를 계산에 넣지 않았던 것이다.

말머리를 돌려 채 반 마장도 달리기 전에——

"맹탄, 공수의 뒤를 따르라!"

큰 소리와 동시에 청룡언월도가 윙 소리를 내며 그의 머리 위에 떨어졌다.

맹탄이 정수리에서부터 두 쪽으로 갈라져 땅 위로 굴러떨어지는 것을 목격한 태수 한복은 숨었던 곳에서 정신없이 말을 몰아 달려나왔다.

"관우, 이 화살을 받아라!"

외치자마자 큰 활을 힘껏 당겨 살을 놓았다.

너무나도 가까운 거리였으므로 피할 겨를이 없었다. 왼쪽 팔꿈치에 화살을 맞은 관우는, 적토마의 속도를 조금도 늦추지 않고 무섭게 달리며 입으로 화살을 뽑았다. 한복은 두 번째 화살을 메길 여유도 없이 눈 깜짝할 사이에 적토마에 따라잡혔다. 한복은 엉겁결에 말에서 뛰어내려 도망치려 했다. 그러나 한복의 발이 채 땅에 닿을까말까 한 사이에 언월도의 칼 끝이 그 목덜미를 꿰뚫고 말았다.

태수와 맹장을 일순간에 잃은 낙양의 수비병들은 들고 있던 무기도 팽개쳐 버리고 사방으로 흩어져 달아났다.

관우는 유유히 관문 앞으로 되돌아와서 높이 언월도를 쳐들었다.

두 부인을 태운 수레가 달려왔다.

"아, 피가!"

수레에서 내다본 감 부인이 얼른 비단을 찢어 내밀었다.

"송구스럽습니다."

관우는 찢어진 비단폭을 받아 팔꿈치에 감으면서 말했다.

"이제부터 통과해야 할 사수관(汜水關)이며 형양(滎陽)에도 모두 우리의 갈길을 방해하는 장수들이 지키고 있습니다. 황하를 건널 때까지 단 하루도 마음을 놓아서는 안 됩니다. 부디 단단히 각오를 하십시오."

낮에는 산골짜기의 큰 바위 틈이나 깊은 숲속에 숨었다가, 해가 떨어진 뒤에야 수레를 재촉하여 나가는 필사적인 탈출이 닷새쯤 계속되었다.

언덕 너머 아득히 저쪽에 사수관을 바라보게 되었을 때 관우는 자기 자신에게 타일렀다.

'이 관의 수장 변희(卞喜)는 병주(幷州) 태생으로 전에 황건당의 무리였다고 한다. 조조에게 항복하여 충성을 맹세한 바 있으니, 나를 사로잡아 공을 세우려고 계략을 쓸 것이 틀림없다.'

관우의 예상은 빗나가지 않았다.

사수관의 수장 변희는 관우가 동령관, 낙양 등 두 관문을 깨뜨리고 이쪽으로 향해서 온다는 급보를 받자 단단히 결심했다.

'옳지, 내가 잡고 말리라!'

사수관 가까이에 진국사(鎭國寺)라는 옛 절이 있었다. 한나라 명제(明帝)의 축원으로 세워진 향화원(香火院)이었다. 변희는 이 절 안에 도부수(刀斧手) 300명을 매복시켜 두고 관우를 이끌어들여 실컷 술을 마시게 한 다음, 적당한 때를 보아 단숨에 베어 버리려는 모계를 꾸몄다.

이윽고 달이 훤하게 밝기 시작할 무렵 관우가 수레를 수호하며 적토마를 몰고 오는 것이 보였다.

변희는 즉시 부하 군사 10여 명을 거느리고 맞으러 나갔다. 가까이 다가가자 훌쩍 말에서 내려 관우를 향해 공손히 예를 올렸다.

"관 장군! 천하에 떨치는 귀공의 위명(威名)을 공경하여 우러르지 않는 자는 한 사람도 없습니다. 이제 장군께선 유 황숙에게로 돌아가신다고 하니 그 충성스러움에 진심으로 깊이 감탄하고 있습니다. 바라옵건대 오늘 하루 제가 대접할 수 있도록 허락해 주십시오."

"잠깐만. 나는 이미 천하의 법을 어기고 공수, 한복 두 장군을 벤 자요. 사수관의 수장이 그러한 죄인을 대접했다고 하면 훗날 처벌을 받을 것이오."

"무슨 그런 말씀을. 장군께서 두 장군을 베신 것은 어쩔 수 없는 일이었다는 것을 만인이 알고 있습니다. 저는 이제 곧 승상을 찾아 뵙고 장군을 대신하여 그럴 수밖에 없었던 까닭을 말씀드리려고 생각하고 있습니다. 자, 부디 이리로……."

변희가 너무나도 정성어린 태도를 보이자 관우는 그만 마음을 놓았다.

이윽고 사수관을 넘어 진국사 문 앞까지 오자, 30여 명의 승려들이 정렬하여 맞았다. 여러 승려 가운데에 관우와 같은 고향 사람인 보정(普淨)이라는 승려가 있었다.

"장군!"

보정은 관우가 적토마에서 내릴 때까지 기다리지 못하고 불렀다.

"실례옵니다만 장군께서는 포동(蒲東)을 떠나신 지 몇 해쯤 되십니까?"

그렇게 묻자 관우는

'이상하다. 어디서 보았는지 낯이 익다.'

이렇게 생각하였다.

"벌써 20년 이상 되는데, 스님은 뉘신지요?"

"소승의 집은 장군 댁과 불과 시내 하나를 사이에 둔 곳에 있었습니다. 지금도 장군의 얼굴에는 그 무렵의 모습이 남아 있습니다."

"그랬었군요. 그럼 스님은 장씨(張氏) 댁 분이시군요."

반가운 듯이 관우가 보정에게로 걸어가는 것을 보자 변희는 마음이 조마조마했다. 이미 이 고찰(古刹)의 승려들은 자기의 계략을 짐작하고 있을 것이었다. 보정이 귀엣말이라도 하는 날에는 일이 실패로 돌아가고 만다.

변희는 목소리도 거칠게 윽박질렀다.

"거기 있는 중! 그대는 법사의 몸으로 함부로 입을 놀리다니 실례가 되지 않는가. 삼가도록 하라."

"아니오. 그렇게 노하지 마시오. 이 스님은 나와 같은 고향 사람. 우연히 만나 너무 반가운 나머지 그만 옛정을 나누었을 뿐이오. 될 수 있다면 오늘 저녁 이 스님과 지난날을 회고하고 싶으니 나무라지 마시오."

관우는 이렇게 양해를 구한 다음 수레가 있는 곳으로 걸어가 두 부인을 내리게 하여 주지승의 거처로 안내했다.

승려 보정은 이들을 따라와서 우선 두 부인에게 차를 대접하고, 이어 관우 앞에 찻잔을 놓고는 얼른 집게손가락으로 마룻바닥에 이렇게 썼다.

'변희 수상함, 방심 금물(卞喜怪異, 放心禁物)'

관우는 알아차렸다.

조금 뒤에 변희가 나타나 청했다.

그러자 관우는 천천히 회랑으로 나오더니 물었다.

"변공, 꼭 한 가지만 묻겠소."

"무엇이오?"

"나에게 술을 먹이려는 것은 대접하려는 뜻이요, 아니면 해치려는 뜻이오?"

"무슨 그런 말씀을!"

"만약에 대접하려는 고마운 뜻이라면 어찌하여 벽 저쪽 마루 밑에 도부수를 숨겨 놓았단 말이오?"

뱃속을 들키고 만 변희는 훌쩍 뛰어 마당에 내려서더니 부르짖었다.

"얘들아, 나와서 덤벼라!"

관우는 성큼 뛰어나가 물밀 듯 몰려나오는 300여 명의 도부수들을 휘이 둘러보고 호통쳤다.

"부질없이 목숨을 버리지 말라."

눈 깜짝할 사이에 여기저기에 목이, 팔이, 다리가 뎅겅뎅겅 날아가 뒹굴었다.

관우가 활약하는 모습은 그야말로 유유했다.

떼지어 몰려드는 도부수들을 귀찮다는 듯이 베어 버리며 변희에게로 다가갔다. 변희는 유성추(流星鎚)를 잘 쓰는 것으로 이름을 날리고 있는 자였다. 기다란 쇠사슬 끝에 비추(飛鎚)를 단 유성추를 윙윙 소리내어 돌리면서 한 발 한 발 육박하여 상대의 뇌수를 산산이 부숴버리는 별난 재주를 지니고 있었다.

천하에 두려울 것이 없는 맹장 관우도 일순간 주춤하는 듯했다.

변희는 그 순간을 놓칠세라 비추를 힘껏 휘두르며 달려들었다.

아차, 관우의 머리가 박살 났는가 싶은 찰나!

관우의 왼손에 어느 틈에 빼어들었는지 보정이 내밀어준 계도(戒刀)가 쥐어 있었고, 거기에 비추는 친친 감겨 버렸다.

"얼빠진 놈! 이얏!"

관우는 언월도를 한 번 크게 번쩍여 변희의 어깨에서 갈비뼈까지 단칼에 베어 버렸다.

관우는 보정에게 고맙다는 인사를 한 다음 잠깐 휴식을 취하고 곧 어둠을 이용하여 출발했다.

다음 난관은 형양이었다.

형양태수 왕식(王植)은 낙양태수 한복과는 친척이 되는 사이였다. 복수를 꾀하고 있을 것이 틀림없었다.

그러나 관우는 지략으로 왕식을 속이고 지나갈 궁리를 하는 사람이 아니었다. 정정당당하게 지나가는 것이 체면에 맞는 일이라고 생각했다. 오로지 믿는 것은 하늘의 도움이었다.

관우는 형양 관문을 향해 말없이 관도를 한발 한발 걸어나갔다. 그런데 이 어찌된 일인가?

이미 관문은 활짝 열려 있고 태수 왕식은 평복을 입은 채 불과 몇 사람의 부하만을 거느리고 마중나와 있었다.

"관 장군, 필경 이 형양을 지나시려면 이만저만 어렵지 않을 것이라고 각오하셨을 줄 압니다만, 그런 염려를 하실 필요는 없습니다. 이 왕식은 평소부터 장군의 인격과 무용에 진정으로 감복하는 사람으로서 역관(驛館)에서 하룻밤 푹 쉬실 수 있도록 모든 준비를 다 해 놓았습니다."

그 공손하고 점잖은 태도에는 털끝만큼도 수상한 기색이 없었다.

"베풀어 주시는 두터운 정, 평생토록 잊지 않을 것이오."

관우는 깊이 감사하고 안내하는 대로 역관 객사로 들어갔다.

거기에는 조조도 머문 일이 있는, 훌륭하게 지어진 건물이 한 채 있었다.

관우는 왕식이 초대하는 주연을 정중하게 거절하였다. 두 부인에게 드리는 저녁 식사에 독이 들어 있지 않은지 살펴보는 한편, 종자들에게는 푹 쉬게 하고 몸소 말에 먹이를 준 다음에야 겨우 갑옷을 풀었다.

왕식은 해가 완전히 지기를 기다렸다가 종사(從事)인 호반(胡班)

이라는 자를 가까이 불렀다.

"오늘밤 관우를 친다. 너에게 그 지휘를 명한다."

1천 명의 군사로 객사를 겹겹이 에워싸고 삼경을 기해 군사 모두가 저마다 손에 횃불을 들고 쳐들어가 관우와 두 부인을 비롯하여 종자 전원을 태워 죽이고 만다는 계략이었다.

호반은 명을 받자 곧 군사를 동원하여 마른 장작에 염초(焰硝)를 섞어 객사 주위로 실어 날랐다. 이제 남은 일은 삼경을 기다리는 일뿐이었다.

문 밖 어둠 속에 숨어서 밤이 깊기를 기다리는 동안 호반의 마음이 문득 움직였다.

'나는 오래도록 관운장의 용맹스러움을 듣기만 했지 아직껏 그 모습을 보지 못했다. 태워 죽이기 전에 한번 보기라도 해야겠다.'

이런 생각이 들자 가만히 있을 수가 없었다. 문에 들어선 호반은 왕식이 보내온 수비병을 가만히 불러 물었다.

"관우 장군은 어디에 유(留)하시는가?"

"저 방입니다."

손가락질해 가리킨 곳은 경비하는 군사가 머무는 곳이었다.

"장군의 몸으로 어찌 저같이 허름한 방을 택한단 말인가?"

의아해하면서 가만히 다가가 창문으로 몰래 들여다보았다.

등불을 밝히고 책상 앞에 단정히 앉아 위엄이 있는 긴 수염을 왼손으로 쓰다듬으면서 책을 읽고 있는 장부의 늠름한 모습이 그곳에 있었다.

한눈으로 흘끗 보았을 뿐인데 호반은 온몸을 호되게 얻어맞은 것 같은 충격을 받았다. 호반은 태어난 뒤로 아직까지 이토록 훌륭한 품격을 갖춘 무장을 본 일이 없었다.

'천상의 무인이라고 해도 조금도 지나친 말이 아니다!'

호반은 이런 위장부를 죽이려고 한 자신을 끔찍스럽게 생각하지 않을 수 없었다. 그때 관우는 얼굴을 들어 창문으로 눈길을 보냈다.

"거기 몰래 숨어 있는 자가 누구냐?"

"예, 에에!"

호반은 팔다리를 와들와들 떨면서 방 안으로 들어서자 넙죽 엎드렸다.

"어인 일이냐?"

관우는 뚫어지게 지켜보았다.

"저, 저는 왕식의 종자로서 호반이라고 합니다. 실은 주인으로부터 관 장군을 암살하라는 명을 받고 몰래 들어왔사온대 거룩하신 모습을 뵈옵고 자신의 마음이 옳지 못함과 주인의 비겁함에 부끄러움을 느꼈습니다."

호반은 오늘 밤의 계략을 감추지 않고 다 털어놓았다.

"그런가. 그대에게 뭐라고 감사해야 할지 모르겠구나."

관우는 역시 하늘의 도움이 있었구나 하고 미소를 띠었다.

이미 삼경, 객사는 1천 명 군사가 던진 횃불로 눈깜짝할 사이에 무시무시한 불길에 휩싸였다.

태수 왕식은 성벽 위에서 이것을 바라보고 비웃었다.

"보라! 아무리 귀신 같은 관우라 할지라도 역시 사람이었다. 내 지략에는 속지 않았느냐?"

그 때 등 뒤에서 싸늘한 목소리가 들렸다.

"과연 그럴까?"

소스라치게 놀라 뒤돌아본 왕식은 이미 타죽었어야 할 관우가 서 있는 것을 보고 너무 놀라 그대로 얼어붙고 말았다.

"하잘것없는 책략으로 패한 것은 바로 너다!"

언월도는 다시 한번 신들린 듯이 춤을 추었다.

형양을 지나 다시 며칠이 흘러갔다.

'황하를 건너는 데만 성공하면!'

관우는 한결같이 그것만을 생각했다.

이윽고 황하를 바라보는 활주(滑州) 국경에 이르렀다. 성문 앞에서는 태수 유연(劉延)이 10기를 거느린 채 기다리고 있었다.

관우와 전부터 아는 사이인 유연이었으나 지금은 싸늘한 태도로 말했다.

"귀공은 여러 개의 관문을 돌파하였다고 들었으나, 이제 여기에서 끝난 것으로 생각하오."

"내 힘으로는 황하를 건너지 못한단 말이오?"

관우는 빙그레 웃었다.

"동령관의 공수를 베었고, 낙양의 한복을 쳤으며, 사수관의 변희를 죽였고, 형양의 왕식을 저 세상으로 보낸 귀공을 활주의 태수로서 도울 수는 없소."

"나는 귀공께 부탁하여 나룻배 한 척을 빌리려는 생각이었는데, 그러면 그것을 거절하려고 하시오?"

"참으로 냉정한 처사지만 어쩔 수 없는 일이오. 깨끗이 단념하도록 하시오."

"황하의 나루터는 하후돈의 부장 진기가 수비를 철통같이 하고 있다는 말을 들었소. 만약 귀공이 나에게 나룻배 한 척을 내주었다가 훗날 하후돈으로부터 문책 받을 것이 두려운 모양이구려. 그렇다면 귀공에게 부탁하지 않겠소."

관우는 유연에게 기대할 수 없다고 생각하자 운을 하늘에 맡기기로 했다.

오래지 않아 황하 나루터에 이르렀다. 그곳에는 하후돈의 오른팔로서 30명의 힘을 자랑하는 진기가 기다리고 있었다. 아직 스물밖에 되지 않은 어린 나이였다. 진기는 관우인 줄을 뻔히 알면서도 거기에 온 사람이 누구냐고 물었다.

"한수정후 관우라고 한다."

"승상을 배반하고 도성에서 나온 배신자가 분명하군."

"새삼 말할 나위도 없는 일이나 내가 옛 주군을 모시려고 먼 길을 떠난 이상, 한 목숨은 이미 버렸다. 따라서 내 길을 막는 사람들은 모조리 이 청룡도의 제물이 되었다. 이 점을 명심하라!"

"닥쳐라! 공수나 변희 같은 졸장을 쳐 없앴다 하여 우쭐거리다니, 우습기 짝이 없는 노릇이다!"

"하하하……. 진기, 너는 스스로 안량이나 문추보다 낫다고 우쭐거리는 모양이구나!"

"말 같지도 않은 소리! 고작 서캐나 기르는 수염쟁이 같으니!"

진기는 말의 배를 세게 차면서 맹렬히 돌진해 왔다.

"진기, 황하를 황천(黃泉)으로 삼으라!"

대갈일성(大喝一聲)! 외치기가 무섭게 관우는 언월도를 번뜩였다. 진기의 목은 하늘 높이 날아올랐다가 둑 너머에 떨어져 비탈을 데굴데굴 굴렀다.

관우는 '와아' 하는 함성과 함께 움직이려는 진기의 군사들을 노려보았다.

"나에게 대적하는 자는 이미 목과 몸뚱이가 따로 떨어졌다! 너희들은 빨리 물러나 내가 강을 건너는 것을 잠자코 보고만 있으면 죄가 되지 않을 것이다."

관우는 수레를 재촉하여 기슭으로 내려오자, 그곳에 묶여 있는 배 한 척에 수레까지 몽땅 실었다. 돛이 바람을 안자 배를 강 복판으로 밀어냈다.

'참으로 운이 좋았구나!'

고물에 선 관우는 멀어져 가는 하남 땅을 바라보면서 그제서야 겨우 '휴우' 하고 안도의 한숨을 몰아쉬었다. 다섯 관문을 돌파하면서 6명의 장수를 베고 마침내 황하를 건널 수 있었던 것이다. 자기 혼자의 힘이었다고는 생각할 수 없다. 그것은 하늘의 도움이었다. 관우는 하늘을 우러러 조용히 빌었다.

"두 부인을 주군께 인도할 때까지 부디 이 목숨을 지켜주소서!"

후세 사람이 시를 지어 관우를 칭송했다.

관인도 황금도 남겨두고 조승상 떠나네
그리던 형님 찾아 아득히 먼 길을 돌아가네
하루에 천 리 가는 적토마 위에 높이 앉아
청룡언월도 한 자루로 다섯 관문 돌파했노라

장하다 충의 마음 뻗쳐 온 우주에 가득 차니
그 영웅의 기상 이로부터 온 천하 진동시켜라
홀로 가며 여섯 장수 베어 적수가 없었으니
그 이름 붓끝에 올라 길이길이 전해지네

그런 지 며칠째 되는 날이었다.

저쪽에서 누런 먼지를 일으키며 말 한 필이 달려오는 것이 보였다. 가까이 다가오더니 말 위에 탄 자가 손을 높이 쳐들고 외쳤다.

"거기 오시는 분은 관 장군이 아니시오?"

"오오, 손건!"

관우도 손을 번쩍 들었다.

여남에서 세력을 떨치고 있는 황건당 유벽과 공도 아래 있었다는 손건으로부터, 주군의 소식을 듣게 된 것이 허도를 떠나는 계기가 되었다.

그 손건이 지금 단기로 달려온 것이다.

양무의 원소군과 관도의 조조군은 대치를 계속했다.

그러던 어느날 원소에게 저수가 건의했다.

"아군은 병력이 우세하지만 용맹성에서는 적에게 한 걸음 뒤지고 있습니다. 반면 적은 군량이나 물량으로선 우리쪽에 미치지 못합니다. 그러므로 적에게는 속도전이, 아군에게는 지구전(持久戰)이 유리합니다. 여기서는 되도록 시간을 오래 끌어 적이 지쳐 버리는 것을 기다려야 합니다."

그러나 원소는 받아들이지 않았다. 그 뒤 각 진지를 옆으로 잇대며 조금씩 전진했고 관도로 육박하여 도전했다.

8월이 되자 원소는 모래언덕을 따라 군사를 전개시켰다. 동서 수십 리에 걸친 포진이었다.

조조도 이것에 대응하여 병을 전개했다. 전투가 있었으나 조조군 쪽이 대체로 밀렸다. 병력에서 양군에 차이가 있었기 때문이다.

이 무렵 허유(許攸)가 원소에게 건의했다.

"이제 조조와 맞겨룰 필요는 없습니다. 이대로 적을 꼼짝 못하도록 묶어두고 그 틈을 노려 다른 길로 허도를 급습하여 천자를 모시는 겁니다. 그러면 천하 제패는 곧 이루어집니다."

"아냐, 나는 여기까지 왔으므로 무슨 일이 있어도 조조를 무찔러 버리겠다."

허유는 시무룩해서 원소 앞을 물러났다.

병력이 열세인 쪽에서는 먼저 공격하지 못한다. 조조군은 진지에 틀어박혀 저항을 계속했다.

진지에 틀어박힌 적을 공격하기란 어렵다. 군감인 심배가 걱정하며 계책을 내놓았다.

"적진 앞에 흙을 쌓아올리고 그 위에서 화살을 쏘도록 하십시오."

원소는 그 계책을 받아들여 각 진에서 건장한 병사들을 뽑아 괭이, 가래, 지게 따위를 총동원하여 조조진 앞에 토산을 쌓아 올리도록 했다. 황하 기슭의 흙은 황토층이라 무르다. 토산을 쌓기란 그다지 어렵지 않았다.

토산 위에 망루를 설치하고 그 위에서 노궁을 발사했다. 돌활촉이 달린 무거운 화살이 조조 진영으로 소나기처럼 쏟아졌다. 조조군은 당장 뾰족한 방책이 없어 방패 아래 몸을 움츠리고 있을 수밖에 없었다.

그러나 조조측도 가만히 있지만은 않았다. 이윽고 발석거(發石車)를 만들고 수레 위에서 바위를 날려 적의 망루를 차례로 파괴했다. 원소군 측에서는 이것을 벽력거(霹靂車)라 부르며 무서워했다.

다음에 원소군은 땅굴을 파고 적의 본진을 습격하는 작전으로 나왔다. 이것을 알아차린 조조는 곧 자기 군 진지 둘레에 깊은 참호를 파서 적의 의도를 꺾었다.

관도에서 격전이 계속되는 사이 남쪽 양주(揚州)에 본거지를 둔 손책은 조조의 본거지 허도를 습격할 계획을 세웠다. 손책은 헌제를 맞이하여 천하를 호령할 속셈이었다.

또 여남(汝南)에서는 황건당의 대방(大方)이었던 유벽(劉辟)·하의(何儀) 등이 조조에 반기를 들어 원소측으로 돌아섰고 허도를 남쪽에서 위협했다.

원소는 이때다 싶어 유비를 유벽한테로 보내어 그 전쟁 지휘를 위임했다. 의심을 받고 있던 유비로서는 탈출의 기회가 생긴 셈이다.

여 체

손건이 관우와 만난 것은 바로 이러한 때였다. 손건은 관우에게 말했다.

"장군! 방향을 잘못 잡으셨소!"

"뭐라고?"

"유 황숙께선 이미 하북 땅에 계시지 않소."

"어찌된 일이오?"

"원소라는 위인은 휘하에 거느리고 있는 모든 장수들을 적재적소에 불만없이 앉혀둘 만한 능력이 있는 사람이 아니오. 저수는 떠나고, 전풍은 옥에 갇히고, 심배(審配)와 곽도(郭圖) 등은 서로 시새워 권력을 다투기 때문에 원소 자신도 부장 가운데 누구를 믿어야 할지 모르는 상태가 되어 실로 하북은 허물어지기 직전의 위험한 상태에 있소. 유 황숙은 이 소용돌이 속에서 객장으로 그날 그날을 지내던 중 여남에서 유벽과 공도 등이 조조에게 반란을 일으키자 그리로 보내졌다고 하오."

"그랬었군. 나는 안량과 문추를 친 자이므로 하북으로 가서 원소를 만나기가 거북했었는데, 주군께서 그의 곁을 떠나셨다니 오히려 다행한 일이오.”

“전해 들은 바에 따르면, 원소는 안량과 문추가 장군에게 죽었을 때 유 황숙에게 말하기를, 운장을 자기 편으로 데려올 수만 있다면 용서하겠다는 조건을 붙였다 하오. 그러던 중 장수들의 권력 싸움이 심해진 까닭에 유 황숙에 대한 감시의 눈길이 멀어진 모양이오. 황숙께서는 그 틈에 빠져나오신 것 같소.”

“손공, 귀공의 급보는 마치 하늘의 소리인 양 들리오. 참으로 고맙소.”

여남으로!

관우는 수레에 탄 두 부인에게 이런 뜻을 고하고 길을 바꾸었다.

약 50리쯤 갔을 때였다.

뒤쪽에서 뭉게뭉게 흙먼지를 일으키며 한 무리의 기마대가 질풍같이 달려오는 것이 보였다.

‘……추격자인가!’

관우는 수레를 먼저 가게 하고 기마군사를 단기로 맞았다.

맨 앞에 서서 달려오는 장수는 상당히 먼 곳에서 보아도 이미 누구인지 알 수 있는 우람한 몸집이었다.

“하후돈!”

관우는 마음을 단단히 다잡았다.

　　여섯 장수 관에서 막다 부질없이 죽더니
　　한 군사가 길을 막아 또다시 싸워보잔다

애꾸눈의 맹장이 이끄는 것은 약 200기였다. 모르긴 해도 1천 기쯤을 이끌고 뛰쳐나왔겠지만 너무나도 맹렬히 달려오는 바람에 나머지는 낙오되었을 것이다.

"관우!"

하후돈은 달려오기가 무섭게 두 길이나 되는 장창을 높이 비껴들고 고함쳤다.

"다섯 관문을 깨뜨린 죄를 이제야 받을 때다! 각오하라!"

누구보다도 사랑하는 진기를 잃은 분노로 하후돈은 그 우람한 몸집이 불덩이처럼 타올랐다.

"하후돈, 미친 짓 마라! 승상께서 일부러 나를 패릉교까지 배웅하신 것을 모르느냐."

"닥쳐라! 만일 승상께서 그대가 떠나는 것을 용납하셨다면 반드시 직접 쓰신 공문을 주셨을 것이다. 그것을 갖지 않는 한, 나는 그대를 배반자로 볼 뿐이다! 자아, 승패를 가리자."

장창은 번갯불처럼 관우를 공격했다. 관우는 언월도로 그 창 끝을 뿌리쳤다.

두 장수의 교전이 무르익어갈 무렵, 들판을 스치며 한 필의 말이 바람처럼 달려왔다.

"잠깐만 멈추시오!"

말 위의 무사는 외치면서 한손에 무엇인가를 높이 쳐들고 있었다. 조조가 보낸 사자였다.

"승상께서는 모든 수관장(守關長)들이 관 장군의 통과를 가로막을 염려가 있다고 하시면서 이 공문을 나에게 들려 보내셨소."

"승상께서는 관우가 이미 다섯 관문을 짓밟아 깨고 여섯 장군을 친 사실을 아직 모르고 계실 거다!"

하후돈이 소리쳤다.

"그 크나큰 죄를 아신다면 아무리 승상이라 할지라도 관우를 결코 용서치 않으실 것이다. 이 하후돈이 그를 잡아 승상부 뜰 앞에 꿇리리라!"

하후돈은 다시 장창을 윙윙 내지르면서 노려보았다.

"관우, 어떤가?"

"귀공이 끝내 대적해야겠다고 한다면 자웅을 가릴 수밖에 없는 일!"

관우는 적토마의 옆구리를 두 다리로 세게 죄어 다시 싸울 태세를 취했다.

하후돈의 장창은 때로는 용이 불꽃같은 혓바닥을 날름거리는 것처럼, 때로는 뇌신(雷神)이 번개를 내리듯이 관우를 맹렬히 공격해댔다.

관우로서는 하후돈을 두 동강이를 내어 조조의 격노를 사느니보다는 될 수 있는 대로 상처만을 입히고 그 자리를 모면할 생각이었다. 그렇기 때문에 이상한 소리를 내지르며 달려드는 하후돈의 장창을 한참 동안 오로지 막기에만 힘썼다. 그러다가 틈을 엿보아 말 위에서 굴려 떨어뜨릴 생각이었다.

그러나 천하의 호걸 하후돈이 미친 듯이 흥분하여 공격하는 것이므로, 오직 막기만 하려는 관우는 이따금 위기를 맞기도 했다.

격전은 거의 두 시간 가까이 계속되었다.

들판은 이미 서쪽으로 기울기 시작한 저녁 햇빛으로 곱게 물들기 시작했다. 바람도 가볍게 일고 있었다.

두 장수가 맞붙어 싸우는 장소는 조금씩 옮겨져서 지켜보는 사람들로부터 차츰 멀어져갔다.

그 무렵, 또다시 남쪽으로부터 말발굽 소리가 들려왔다. 질주해 오는 것 또한 단 한 필의 말이었다.

"오오! 역시 그랬었구나!"

말 위에 높이 앉아 격투하는 광경을 바라보고 소리친 사람은 장료였다. 눈 깜짝할 사이에 맞붙어 싸우는 곳으로 달려온 장료는 목이 터져라 외쳤다.

"두 분 다 물러서시오! 뒤로 물러서시오!"

하후돈도 장료임을 알고 장창을 내렸다. 하후돈은 온몸이 땀에 젖었다. 그는 어깨를 크게 들먹이며 가쁜 숨을 몰아쉬었다.

장료는 두 사람 사이로 말을 몰아넣고 나서 말했다.

"승상께서 관우 장군이 이미 관을 깨고 수장을 베었다는 소식을 들으시고 급히 나를 보내시어, 각 관에 말씀을 전하게 하여 관 장군이 무사히 통과하도록 하시었소. 하후 장군도 승상의 이러한 뜻을 받드셔야 할 것이오."

"그대는 관우가 진기를 베었다는 사실을 아시오? 진기는 채양의 조카로, 채양이 특히 나를 믿고 맡긴 사람이오. 그 사람을 함부로 베었는데 내가 가만히 보고만 있을 것 같소!"

하후돈은 고래고래 소리를 질렀다.

"여기서 장군이 관 장군을 친다면 승상께서 모처럼 보이신 큰 도량은 수포로 돌아가고 마오. 채 장군께는 내가 사정 이야기를 드려 너그러이 용서를 빌겠소."

"그러나 이 분함을 이대로 가라앉힐 수는 없소!"

"원양!"

장료는 화가 치밀어 버럭 소리를 질렀다.

"나는 승상을 대리한 사람이오! 감히 주명(主命)을 어기겠다면, 그 뜻을 승상부에 보고하여 그에 대한 조치를 내릴 것이오!"

하후돈도 하는 수 없이 땅에 탁 하고 침을 뱉고 말머리를 돌렸다.

장료는 하후돈과 그 부하가 저녁 어둠 속으로 사라지기를 기다렸다가 관우에게 물었다.

"관 장군, 애초와는 방향이 달라진 것 같은데……. 어디로 가시는 거요?"

"주군께서는 이미 기주에서 여남 땅으로 옮기셨다는 말을 들었기에, 그곳으로 찾아가려는 것이오."

"여남 땅 어디에?"

"글쎄, 그것을 아직 자세히 알지 못하기 때문에 이제부터 찾아나 설 생각이오."

"수고가 많으시겠소. 부디 몸조심하시오."

"귀공의 두터운 정, 평생토록 잊지 못할 것이오."

관우는 장료와 헤어지자 곧장 10리 밖에서 기다리는 수레의 뒤를 쫓았다. 여행길은 계속되었다.

며칠 후 찬비를 맞으면서 종일토록 행군하다가 이윽고 저녁 때가 되자 어떤 야산 기슭에 이르렀다. 성긴 숲속에 불빛이 깜박이는 것을 보고 하룻밤 머물 생각으로 찾아가니, 그곳에는 아주 훌륭하게 지은 저택이 있었다.

주인을 부르자 키가 크고 기품이 있어 보이는 노인이 나타났다. 관우가 자신의 이름을 대자 귀한 손님에 대한 예우로 공손히 맞아들였다. 곽상(郭常)이라고 하는 이 노인은 이 지방에서 으뜸가는 뼈대 있는 가문의 후손이었다.

감 부인과 미 부인을 후당으로 모셔 편히 쉬게 한 다음, 곽상은 하인들을 동원하여 어린 양을 잡아 고기를 굽고 특별히 간직해 둔 좋은 술을 꺼내어 대접했다.

관우와 손건은 종자들을 시켜 오랜 나그네길에 흙먼지를 뒤집어 쓴 수레를 말끔히 청소하게 하고, 젖은 옷을 말리며 말에게 먹이를 주는 등 매우 분주했다.

밤이 꽤 이슥해졌을 때, 문득 말을 몰아 달려들어온 자가 있었다. 열일고여덟 살짜리 소년이었다.

곽상은 소년을 데리고 관우 일행이 쉬고 있는 초당으로 들어섰다.

"이 아이는 제 자식 놈입니다. 부디 보아두셨다가 장차 무언가 도움이 되시도록 잘 거두어 주시기를 부탁드립니다."

노인은 진심으로 간절히 부탁했다. 그러나 소년은 무뚝뚝하고 차가운 눈길로 흘끗 보았을 뿐, 뒤도 돌아보지 않고 나가 버렸다.

손건은 관우와 마주 보며 말했다.

"노인께서 아드님을 가르치시는 데 퍽 애를 끓이시겠습니다."

그러자 노인은 별안간 얼굴을 숙이더니 주르르 눈물을 흘릴 뿐 말을 잊지 못했다.

한밤중에 관우는 요란한 말 울음 소리에 놀라 잠을 깨었다. 적토마가 예사롭지 않은 소리를 질렀던 것이다.

"손건……"

관우가 불렀을 때 이미 옆방의 손건은 일어나 칼을 뽑아들고 있었다.

"제가 살펴보고 오겠습니다."

손건이 밖으로 나갔다. 오래지 않아 손건은 한 사내의 목덜미를 움켜쥐고 와서 관우 앞에 무릎을 꿇렸다.

집 주인 곽상의 아들이었다.

"이놈이 적토마를 훔치려다가 걷어채여서 몰골사납게 땅바닥을 기어다니고 있었습니다."

"역시 늙으신 아버지를 울리는 불효자식이었구나."

관우는 그 교활해 보이는 생김새를 그윽히 바라보았다.

'살려두어도 결국 좀도둑의 생애를 보내게 될 것이야. 차라리 지금 베어 버리는 편이 오히려 인정일 것이다.'

그때 아버지 곽상이 달려들어와 엎드렸다.

"장군께서 사랑하시는 말을 훔치려 한 죄 만 번이라도 죽을 만한 일입니다만, 저의 안사람은 외아들인 이놈을 불량한 아이이기 때문에 오히려 더 사랑하고 있사옵니다. 부디 인자하신 마음으로 용서하여 주십시오."

아버지가 진심으로 용서를 빌자, 관우도 하룻밤 머물게 해 준 은혜도 있고 해서 아들을 풀어 주었다.

날이 밝아 떠나려 할 때, 관우는 전송하는 사람들 가운데 아들의 얼굴이 보이지 않으므로 곽상에게 물어보았다.

그러자 곽상이 고개를 푹 숙이고 대답했다.

"용서해 주신 바로 뒤에 아비가 좀 타이르려고 했더니 한 마디도 듣지 않고 집을 뛰쳐나가고 말았습니다."

"매우 딱한 일이오만 아드님의 마음을 고치기란 연로하신 아버지로서는 힘이 드실 것입니다."

관우는 이렇게 말한 다음, 적토마를 몰아 그 집 문을 나섰다.

손건이 앞서고 두 부인을 태운 수레가 중간에, 관우가 맨 뒤를 지켰다. 일행은 들길을 더듬어 해가 높이 올랐을 무렵 산길로 접어들었다.

앞에는 산봉우리가 하늘을 찌를 듯 솟아 있었다.

갑자기 밀림 속에서 소란스러운 소리가 일어나더니, 산길로 여러 필의 말이 뛰쳐나왔다. 이어 100여 명의 병졸이 뛰어나와 일행을 에워쌌다. 앞길을 가로막고 선 여러 필의 말 가운데 하나에는 머리를 노란 수건으로 감싸고 전포를 걸친 사나이가 올라앉아 있었다.

손건은 그 뒤의 기마군 속에 곽상의 아들이 섞여 있는 것을 보고 짐작되는 바가 있었다.

"나는 천공(天公) 장군 장각(張角)의 제자 배원소(裵元紹)라는 사람이다. 너희들이 무사히 이곳을 지나가기를 바란다면 저 맨끝에 있는 붉은 말을 놓고 가라."

손건은 큰소리치는 산적을 비웃으며 말했다.

"너는 황숙 현덕 장군의 아우에 관운장과 장익덕이라는 맹장이 있다는 소문을 들은 일이 있느냐, 없느냐?"

"들었다. 그러나 아직껏 만나본 적은 없다."

"좋다, 그렇다면 한수정후 관 장군의 천하에 비할 바 없는 긴 수염을 너희에게 보여주겠다."

손건은 뒤를 돌아보고 관우에게 손을 들었다.

관우는 적토마를 앞으로 몰아 산적 앞에 서자, 천천히 수염주머니를 풀어 그 훌륭한 긴 수염을 산바람에 나부끼었다.

"오오, 그렇다면 그 말은 천하의 명마 적토마란 말씀입니까?"

놀란 배원소는 말에서 뛰어내리자 허둥지둥 달려가 곽상의 아들을 움켜쥐고 질질 끌고 나왔다.

"관 장군이신 줄은 꿈에도 알지 못하고 요 녀석이 부추기는 대로 무례한 짓을 저지른 것을 뭐라고 사과드릴 염치도 없습니다. 용서해 주십시오. 저희는 황건당의 수령 장각이 망한 뒤 도리없이 산속에 모여 좋은 때를 기다리며 살고 있습니다. 때마침 이 불량한 놈이 달려와, 자기 집에 한 나그네가 명마를 타고 와서 머물렀는데, 이 산을 지날 터인즉 말을 뺏는 것이 어떻겠느냐고 충동하기에 깊이 생각하지 못하고 경솔히 나섰습니다. 그런데, 뜻밖에 관 장군을 뵙게 되니 천운인 듯합니다. 부디 수하로 거두어 주십시오."

배원소는 무릎을 꿇고 청했다.

관우는 그 청에 대답하는 대신 땅바닥에 이마를 납짝 대고 있는 곽상의 아들을 내려다보았다.

"아이야, 네 목을 베어 버리면 늙으신 어머니가 비탄에 잠길 것이다. 살려 두어도 세상에 조금도 이롭지 못할 놈이지만 네 어머니를 생각해 또 한번 너그럽게 보아주리라. 썩 사라지거라!"

곽상의 아들이 쥐새끼 달아나듯이 도망치는 것을 바라본 다음 관우는 배원소를 보고 물었다.

"이 산을 네가 점거하고 있는가?"

"아닙니다. 저 같은 사람은 이 크고 넓은 산을 차지할 엄두도 내지 못합니다. 저기에 보이는 높은 산봉우리는 와우산(臥牛山)이라고 하는데, 거기에 자리잡고 사는 주창(周倉)이라는 호걸이야말로 이 산의 수령입니다."

주창은 관서(關西) 사람으로 처음에 황건당에 들어가 장보(張寶)

의 오른팔 노릇을 하다가 장보가 죽은 뒤 이 산을 차지하고 5천 명의 장정을 모아, 용감하기 이를 데 없는 정예로 조련하여 천하에 큰 소리칠 날이 오기를 기다리고 있다고 한다.

관우는 그 말을 듣자,

"너는 주창에게 이 말을 전해라. 이제부터 사(邪)를 버리고 몸을 나쁜 일에 떨어뜨리는 일이 없도록 하라."

이렇게 말하고 나서 갈길을 트게 했다.

오르락내리락하는 산길을 넘어 해가 서쪽으로 거의 기울었을 때였다.

"야호오!"

메아리를 부르는 소리가 서쪽 봉우리에서 울려왔다.

손을 이마에 대고 살펴보았다. 나무가 빽빽이 우거진 골짜기 건너편 우뚝 솟은 절벽 위에 저녁 햇살을 등진 채 붉은 갑주를 몸에 걸치고 말에 올라탄 한 사람이 서 있었다.

"그곳에 서 계시는 분이 한수정후 관 장군 아니시오?"

"그렇소만……."

"저는 주창이라고 합니다. 배원소의 보고를 받고 뒤쫓아왔습니다. 지금 그리로 가겠습니다."

말을 마치자 휙 몸을 날려 큰 바위 뒤로 사라졌다.

아마도 험한 산을 달리는 것이 평지를 가는 것보다 쉬운 모양이다. 그 자는 순식간에 앞쪽 산길 위에 모습을 나타내더니 성큼 관우 앞으로 달려왔다.

주창은 말에서 내리자 다시 인사를 한 다음 말했다.

"장군을 모실 수 있도록 엎드려 탄원드립니다."

관우는 받아들일 수 없다고 물리쳤다.

그래도 주창은 굳은 결의를 얼굴 가득히 띠고 힘차게 말했다.

"저는 거친 졸장부에 지나지 않습니다. 더욱이 몸을 도적떼에 빠뜨려 이름을 더럽힌 자이올시다. 그러나 가슴속에 담아 둔 충성된 마음은 아직도 불타고 있어 조금도 쇠하지 않았습니다. 지금 장군을 뵈옵게 된 것은 제 생애에 처음으로 주어진 행운입니다. 이 행운을 놓치면 다시는 밝은 해를 우러러볼 기회가 없을 것입니다. 부디 장군을 모시게 해주십시오.”

“너는 5천의 무리를 거느리고 있다고 들었는데, 어찌하여 혼자 왔는가?”

“장군께서는 지금 주군을 찾아가시는 길인 것으로 알고 있습니다. 제가 5천의 수하를 이끌고 모시게 되면 지나치는 곳곳마다 소문이 날 것입니다. 그래서 배원소에게 수하들을 맡겨 두고, 저 혼자 장군 휘하에 들게 되는 것이 남의 눈에 뜨이지 않을 것이라고 생각해서입니다. 유 황숙께서는 지금 군사 한 사람도 휘하에 거느리지 못하신 불우하신 처지라는 풍문이온즉, 언젠가 정기를 높이 들 때 저의 수하들도 약간의 도움이 될 것으로 생각합니다.”

관우는 주창의 진심을 알았다. 바라보기만 해도 그 양쪽 팔뚝에 천 근(斤)의 힘이 있음을 알 수 있었다. 관우는 수레 쪽으로 가까이 가서 두 부인께 주창을 수하에 거느릴 뜻을 고하고 허락을 받았다.

이때 주창을 받아들인 일은 뒷날 크게 도움이 되었다.

다시 산을 하나 넘어 하룻밤을 밝혔다. 그리고 다시 산길을 더듬기 시작했을 때, 주창이 앞쪽에 높이 솟은 봉우리를 가리켰다.

“저 산꼭대기에 고성(古城)이 있습니다. 몇 달 전까지만 해도 사납기 이를 데 없는 산적이 살며 마을을 털고 나그네를 위협하곤 했습니다. 그런데 별안간 뜨내기 장수가 나타나 산적의 수령을 치고 자신이 산성의 주인이 되었습니다. 그 맹장은 무시무시한 호랑이 수염을 기른 7척이 넘는 거한이라 합니다. 이 자를 설복하여 수하를 삼으심이 어떠하실는지요?”

호랑이 수염이라는 말을 듣자 관우는 문득 장비의 얼굴을 머릿속에 그려보았다.

'……혹시나?'

"에잇, 이게 술맛이란 말이냐!"

터무니없이 큰소리가 터지며 큰 잔에 담긴 술이 느닷없이 앞에 무릎꿇고 앉아 있는 아름다운 처녀의 머리에 좌악 끼얹어졌다.

"좀더 맛좋은 술은 없느냐."

취한 눈을 부릅뜨고 아랫자리에 늘어앉은 수하들을 노려본 것은 틀림없는 장비였다. 이 산성을 빼앗아 수령이 된 지 넉 달이 된다.

장비는 완전히 야인(野人)으로 돌아가 있었다.

"술은 이제 더 없습니다만 여자라면 대여섯 더 데려올 수 있습니다."

수하 한 사람이 이렇게 말하고 웃었다.

"좋아, 데려오너라."

지금 그의 앞에 앉아 있는 아름다운 처녀는 너무 얌전해서 장비에게는 조금도 재미가 없었다. 수하에게 등을 떠밀리다시피 하여 줄레줄레 따라 들어온 어린 여자들을 취한 눈으로 바라보던 장비가 소리쳤다.

"흥, 뚱뚱한 것, 바싹 마른 것, 동그란 것, 긴 것, 여러 가지로구나. 좋다, 모두 알몸이 되어라. 어느 물건이 쓸 만한지 보아 주리라."

모두 이 지방의 양가집에서 빼앗아 온 여자들로 처녀도 있는가 하면 남의 소실도 있었다.

눈 깜짝할 사이에 수하의 손에 옷이 벗겨져서 실오라기 하나도 걸치지 않았다. 알몸이 되어 버린 여자들은 부끄러움으로 어찌할 바를 모르는 채 와들와들 떨기만 했다. 살집이 통통한 게 갓 쳐놓은 떡처럼 흰 여자, 가무잡잡하게 사지가 탄탄해 보이는 여자, 아직 성숙하지 못해서 가슴도 엉덩이도 밋밋한 처녀, 봉긋하게 육감적으로 부풀어오른 젖무덤이 제법 사나이를 아는 듯한 여자…….

"흠, 이렇게 늘어놓고 보니 저마다 안는 맛이 다를 것 같구나."

장비는 건들건들 일어서더니

"자아, 오른쪽에서부터 한 사람씩 안으로 들어오너라. 귀여워해줄 테니까."

말을 내던지고 뒷방으로 들어갔다.

유현덕이라는 명군 휘하에서 싸움터를 뛰어다닐 때의 장비는 그야말로 비할 나위 없는 맹장이었다. 그러나 일단 떠돌이 야인으로 돌아오자, 장비는 술주정뱅이 난봉꾼에 불과했다. 자신을 제어하지 못하는 탓에 사나운 행동이 끝이 없었다.

장비는 첫번째 여자가 들어오자 우선 위아래로 훑어본다.

"으음, 너무 여위었구나. 허리가 너무 가늘고 약해서 옷이 걸리지도 않을 것 같애. 아직도 숫처녀인 듯한데, 어떠냐?"

발가벗은 여자는 고개를 푹 숙인 채 떨기만 할 뿐이다.

"어디, 숫처녀인지 아닌지 내가 살펴보리라."

장비는 팔을 뻗쳐 그 가느다란 양허리를 움켜쥐더니, 거꾸로 들어올려 크게 가랑이를 벌렸다. 그리고 부끄러운 곳을 들여다보고 입맛을 쩝쩝 다셨다.

"음, 아직 꽃봉오리로구나. 좋다, 좋아!"

한 시간이 지난 뒤, 두 번째 여자가 알몸으로 들어왔다. 이 여자는 안색이 나빴다. 게다가 한물 간 듯 시들해 보이고 나이도 서른에 가까웠다.

"너는 농사를 짓는 여자로구나."

벗은 여자는 고개를 끄덕였다.

"남의 아내냐? 아니면 후실이냐?"

"남편은 군대에 나가고 저는 두 아이와 살고 있습니다."

"안돼! 그런 여자를 끌고 오다니 괘씸하다! 너는 집으로 보내주마."

세 번째로 들어온 여자는 몸집이 크고 꽤 나이도 들었다. 살결이 뽀얗고 무르익어 있었다. 장비는 무릎에 올려놓고 이 구석 저 구석을 쓰다듬어 보았다. 그러자 여자가 숨을 할딱거리며 허리를 비틀고, 미태(媚態)를 보이기 시작했다. 그 순간 장비는 여자를 방바닥에 집어던졌다.

"재미없다! 너는 사내를 백 명이나 알고 있는 매음녀지? 너 같은 것이 궁정에라도 들어가는 날에는 나라를 뒤엎는 독부가 되는 거다. 가랑이를 찢어 버릴 테다!"

장비는 고래고래 고함을 쳤다. 여자는 기절이라도 할 것처럼 떨면서 흉한 꼴로 바닥을 기어 달아났다.

"여자보다도 맛좋은 술을 가져오너라!"

장비가 소리를 벽력같이 질렀을 때, 수하 한 사람이 문에 서서 손님이 찾아왔음을 고했다.

"어떤 자라더냐!"

"손건이라는 무사올시다. 주창이라는 자의 안내로 여기까지 왔다 합니다."

"손건? 손건이 아직 살아 있었구나."

장비는 의복을 갖추어 입고 나가 당 앞에 서 있는 손건에게 말했다.

"오오…… 반갑소, 공우. 천하의 형세는 어떻소?"

손건은 그 말에 대답하는 대신 낯을 찌푸렸다.

"역시 귀공이었군……. 장익덕쯤 되는 용장이, 그래, 산적이 되어 세상을 멀리 하고 있단 말이오?"

"주군을 잃은 장비에게 앞날의 희망 따위는 없소!"

"유 황숙께선 건재하시오."

장비는 두 눈을 부릅떴다.

"뭐라고? 그, 그게 정말인가?"

"지금 여남 땅 어딘가에 계시오. 주군에게로 귀공의 의형께서도 급히 가시는 길이오."

"뭐라고?"

"운장께서 지금 이 산기슭에 머물고 계시는데, 산성의 주인이 혹시 의제가 아닌가 하여 나를 보내신 것이오. 지금 나의 보고를 기다리고 계시오."

그 말을 듣자 장비는 무슨 생각을 했는지, 아무 말도 하지 않은 채 장팔사모를 움켜쥐고 산성을 뛰쳐나갔다.

만남

관우는 산기슭의 큰 바위 위에 우뚝서서 산마루의 고성을 바라보고 있었다. 잠시 뒤 산채의 문이 열리는가 싶더니 말 한 필이 질풍을 일으키며 뛰쳐나오는 것이 보였다.

"오오, 역시 익덕인가!"

관우는 뛰는 가슴을 누르지 못한 채 외쳤다.

가파른 산길을 단숨에 달려나온 장비는 고리눈을 딱 부릅뜨고 호랑이수염을 곤두세우며 형용하기도 어려운 표정으로 짐승 같은 소리를 질렀다.

"운장!"

"익덕…… 반갑다!"

"반갑다구?"

장비는 너무 흥분한 나머지 말 위에서 그 우람한 몸을 두어 번 펄쩍 뛰어오르듯 흔들었다.

"무사로서 의를 저버린 짐승 같은 자, 바위에서 내려오너라! 그 긴 수염이 붙은 목을 단칼에 베어 버릴 테다!"

"그게 무슨 말이냐, 익덕?"

"뻔뻔스럽게 시치미를 뗄 작정이냐! 나는 운장을 잘못 보았다! 낯짝도 두껍게 내 앞에 얼굴을 내놓다니, 창피를 느끼는 것조차도 잊은 모양이구나! 이 불의불충한!"

"내가 허도에 머문 것을 나무라는 것이냐, 익덕?"

"뻔뻔스럽게 무슨 말을 지껄이는 거냐? ……어찌 성내지 않을 일인가! 주군도, 동료들도 풍비박산되어 생사조차 알지 못하는 비참한 꼴을 당했는데, 자기 혼자만 조조에게 항복하여 어슬렁어슬렁 허도까지 따라가서 후(侯)에 봉해지고, 크나큰 저택에 두 다리 뻗고 앉아서 영화를 누리다니 참으로 용렬하고 비천한 근성이 아닌가! 운장, 네가 나를 달래어 의롭지 않은 패거리로 끌어넣으려 해도 그렇게는 안 된다! 어림도 없지! 자아, 썩 내려오너라, 결판을 내줄 테다!"

"잠깐만, 익덕! 내가 허도로 가서 한때 조조에게 머리숙인 것은 그럴 만한 까닭이 있었다."

"변명은 필요 없다!"

장비는 장팔사모를 윙윙 소리내어 휘둘렀다.

그때 숲속에서 수레 하나가 나타났다.

"저건 뭐야?"

장비는 수레를 노려보았다.

관우는 미소를 띠면서 대답했다.

"내 변명은 들리지 않겠지만 형수님 말씀이라면 익덕, 너도 듣지 않을 수 없겠지."

"뭐라고?"

누에처럼 굵은 장비의 눈썹이 꿈틀했다.

손건이 수레의 문을 열었다.

먼저 감 부인이 조용히 내려서 달랬다.

"장 장군, 노여움을 가라앉히십시오."

장비는 말에서 내려 허리를 굽혀 절을 했으나, 여전히 관우에 대한 분노는 삭이지 못했다.

"두 형수께선 운장에게 속아서는 안 됩니다! 운장은 조조의 밀명을 받아 두 형수를 보호하는 체하면서 실은 인질로 잡고 있음에 틀림없습니다!"

"아닙니다, 절대 그렇지 않아요. 관 장군께선 우리 두 사람과 어린 아기의 목숨을 지키기 위해서 한때 조조 앞에 머리를 숙이셨을 뿐이에요."

"천만에요! 참된 의사(義士)요 대장부라면, 어떤 일이 있더라도 단연코 두 주군을 섬기지는 않습니다!"

"그건 장군이 관 장군의 고충을 못 보았기 때문에 하시는 말씀입니다. 관 장군은 조조에게 항복한 것이 아니라, 천자의 죄인이 된 것입니다. 그때, 만일 주군께서 살아계시다는 것을 알게 되면 즉시 도성을 떠나겠다는 약속도 굳게 했답니다. 지금 주군께서 여남에 계시다는 소문을 들으시고 우리를 수호하여서 어려운 길에 오르신 것입니다. 진실을 아셔야 합니다."

"아아! 두 형수를 이토록 믿게 하다니 운장도 교활하기 짝이 없구나. 두 형수께서는 여기서 저하고 관우가 싸우는 것을 잘 보십시오! 운장의 목을 뎅겅 잘라 버리고 무사히 주군께로 모셔다 드리겠습니다."

장비는 끝까지 관우를 배신자라고 생각하여 그 무시무시한 기세를 가라앉히려 하지 않았다.

손건도 안타까워 혀를 끌끌 차며 말했다.

"관 장군께서 배신했다면 어찌하여 수하 군사도 거느리지 않고 이렇게 귀공을 만나러 온단 말이오?"

"닥치시오! 운장은 분명 달콤한 말로 나를 배신자 패거리에 끌어들이려는 거요. 만약 그게 뜻대로 되지 않으면 나를 쳐 없앨 준비를 갖추고 있을 것이오. 틀림없구말구!"

"군사도 없이 어떻게 귀공을 친단 말이오!"

"속이지 마시오. 저 산 너머로! 누렇게 먼지가 피어오르는 게 보이지 않소? 저런 형세라면 1천 기는 더 되겠어. 운장, 수하 군졸을 뒤따르게 한 것이지, 어때?"

장비가 가리키는 곳을 보고 관우는 고개를 끄덕였다.

"추격군이 온 것 같다."

"추격군이라고? 웃기지 마라! 틀림없이 네 수하 군졸일 것이다!"

장비는 코웃음을 쳤다.

"익덕!"

관우는 그제서야 태도를 고쳐 정색을 했다.

"저건 우리 일행을 치려고 뒤쫓아오는 허도의 장수 가운데 한 사람일 것이 틀림없다. 이 관우가 배신자가 아니라는 증거를 보여 주마."

관우는 말을 마치자마자 적토마에 나는 듯이 올라탔다.

"좋다, 운장. 네가 과연 두 마음을 품지 않은 충신이라면 내가 북을 세 번 치는 동안에 추격군의 대장을 베어라!"

"알았다."

관우는 두말없이 승낙했다.

거기에 땅을 흔들어대면서 한 무리의 군마가 와아 밀려왔다.

"관우야, 원비(猿臂) 장군 채양이 네 목을 받으러 왔다!"

관우는 기세 등등한 적장을 바라보았다.

"너는 다섯 관문을 부순 데다가 내 조카 진기까지 죽였다. 여기까지 용케 도망쳐 왔다만 이젠 네 목숨도 다한 줄 알아라! 각오하라!"

채양이 고함치고 있는 사이에 장비는 북을 한 번 울렸다.

"진기가 목숨을 잃은 것은 자업자득이다. 누구에게 행패냐! 자, 너도 그 뒤를 따라 저승길을 가라!"

관우는 적토마 옆구리를 한 번 세게 걷어찼다. 땅을 구른 적토마가 유성 같은 속도로 채양을 향해 곧장 달려나갔다.

그때 두 번째 북소리가 울렸다.

찰나 채양의 목은 언월도 한 번 번쩍이는 가운데 피의 선을 그으며 허공에 날아올랐다. 말머리를 돌린 관우는 떨어지는 채양의 목을 받아 들고 장비가 기다리는 곳으로 돌아왔다. 세 번째 북이 울린 것과 장비 앞에 채양의 목이 내밀어지는 것은 동시였다.

"으음!"

장비는 엎드려 크게 신음한 다음 외쳤다.

"내가 잘못했소, 운장 형! 역시 내 형님이오, 고맙소!"

관우는 장비에게 좀 도와달라고 부탁하고, 다시 추격군을 향해 돌격해 갔다. 장비도 뒤질세라 달려들어갔다.

대장을 잃은데다가 천하에 이름을 떨치는 용맹스러운 용과 호랑이에게 공격당한 추격군은 눈깜짝할 사이에 사방으로 흩어지고 말았다.

관우는 땅바닥에 납작 엎드린 채양의 군졸에게, 채양이 어찌하여 추격해 왔느냐고 물었다.

채양은 조카 진기가 칼을 맞아 죽었다는 소식을 듣고 길길이 뛰며 격노했다. 그러나 조조에게 애걸해도 도저히 관우를 치라는 허가를 얻을 수 없음을 알자 여남의 유벽을 토벌하겠노라 말하고 허도를 뛰쳐나와 곧장 관우의 뒤를 쫓아왔다는 것이다.

그 옆에 서 있던 장비가 물었다.

"이봐, 기수(旗手)! 너는 도성에서 관 장군의 소문을 들었더냐?"

"예, 들었습니다. 장군께서는 크나큰 저택을 승상께서 주셨는데도 경비병이 사는 누추한 방에서 기거하셨다고 합니다. 또 승상으로부터 갖가지 선물을 받았지만 단 한 가지의 물건도 스스로 쓰는 일 없이 도성을 떠나실 때에는 모두 두고 오셨다는 말을 들었습니다. 이 적토마만은 주군에게 가실 때에 하루에 천 리를 달릴 수 있는 명마이므로 주군을 만나는 것이 한시라도 빠를 것이라 여기시고 기꺼이 받으셨다고 들었습니다."

"으음!"

장비는 느닷없이 주먹을 불끈 쥐고 자신의 머리를 꽝꽝 때렸다.

"나는 역시 천하에서 으뜸가는 덜렁이 병신 바보다!"

그날 밤 산성에서는 관우와 두 부인을 주빈으로 모시고 성대한 잔치가 베풀어졌다. 관우도, 두 부인도, 도성을 떠난 뒤 처음으로 편안하게 웃고 흥겨워할 수 있었다.

그 다음 날에는 일동을 더욱 기쁘게 하는 일이 일어났다.

수십 기의 궁전(弓箭) 부대를 거느린 두 장수가 찾아왔다. 미축(麋竺)과 미방(麋芳) 형제였다.

산성에서 세력을 떨치고 있는 호걸에 대한 소문을 듣고 미씨 형제는 혹시 장비가 아닐까 하고 달려온 것이다.

그런데 뜻밖에도 산성에는 장비뿐 아니라 관우와 두 부인까지 있지 않은가. 미 부인은 두 형제의 친누이였다.

눈물 속에 재회의 기쁨을 서로 나누었다. 그리고 앞일을 숙의했다. 우선 장비와 미축·미방 형제가 산성을 지키며 두 부인을 모시고 있고, 관우는 손건과 주창과 함께 기마 군사 10여 명을 이끌고 주군을 찾아가기로 하였다.

"운장 형, 여남의 유벽이 지금은 마음을 고쳐먹었다지만 본디 적도(賊徒)였소. 부디 조심하오."

장비가 충고했다.

"알고 있으니 염려 마라."

유벽·하의 등이 반란을 일으키자 조조는 몹시 걱정했다. 사촌 동생 조인(曹仁)이 말했다.

"우리 쪽은 정면의 적에 온 힘을 기울이고 있어 다른 곳까지 손이 돌아가지 않습니다. 게다가 유비까지 가세했으므로 일이 심상치 않습니다. 하지만 너무 걱정은 하지 마십시오. 유비의 군대는 원소의 잡스러운 부대에 지나지 않습니다. 아무리 유비라도 제대로 지휘하기가 어렵겠지요. 그것을 치기란 쉽습니다."

"좋다. 너에게 맡기마."

조인은 기병대를 이끌고 유비·유벽 토벌에 나섰다. 유비는 맞싸웠다가 곧 패배하고 달아났다. 조인은 쉽사리 유벽을 평정하고 돌아왔다. 관우가 달려간 것은 그 싸움이 있고 난 뒤였다.

관우가 여남 땅에 이르러 보니 이미 거기에 유비 현덕의 모습은 보이지 않았다.

맥이 쭉 빠진 관우의 모습을 보고 손건이 말했다.

"제가 먼저 하북으로 가서 남몰래 황숙을 뵈옵고 관우·장비 두 장군이 건재하심을 고하고 반드시 모시고 올 터이니, 마음을 놓으시오."

관우는 손건을 보내고 주창을 향해 명령했다.

"그대는 와우산으로 가서 배원소에게 맡겨둔 수하 군사를 이끌고 장비의 산성으로 와 주게."

"잘 알겠습니다. 제 수하 군사와 배원소의 군사를 합치면 5천은 실히 될 것인즉, 그들을 산성의 군세에 넣으면 능히 한 현(縣)을 다스릴 만한 무력이 될 것입니다."

주창은 곧 와우산을 향해 달렸다.

유비 현덕은 이때 기주에 돌아와 있었다.

밭 속에 덩그러니 서 있는 초라한 집에서 유비는 여남에서 다시 만난 간옹(簡雍)과 함께 살고 있었다.

간옹은 자(字)가 헌화(憲和)이다. 탁군(涿郡) 출신으로 유비와는 고향이 같아 오랫동안 유비의 막빈(幕賓)으로 지내며 어려움을 나누었다.

거기에 손건이 남모르게 찾아와 관우와 장비가 두 부인을 지키며 주군과의 재회를 학수 고대하고 있다고 보고했다.

다시 일어날 때가 온 것이다.

유비는 간옹과 의논했다.

"또다시 이 성을 떠나려면 구실을 만들어야 하겠는데……."

"형주로 가서 유표를 설득하여 조조를 칠 계략을 세우고 싶다고 말씀하시면 어떠하올지?"

간옹이 이렇게 권했다. 유비는 이튿날 원소를 찾아갔다. 원소는 유비의 제의를 듣더니 말했다.

"유표에게는 앞서도 내가 사자를 보내어 동맹을 맺으려고 했지만 거절당했소."

유비는 고개를 끄덕이며 말했다.

"그 말은 들어 알고 있습니다만, 다시 제가 찾아가 설득해 보려고 합니다. 유표는 저와 같은 종실이기 때문에 마음을 움직이게 할 수 있지 않을까 생각합니다."

"그럼 한번 해보시겠소? 그런데……."

원소는 유비를 빤히 쳐다보면서 물었다.

"소문에 듣자니 관운장이 허도에서 빠져나와 이 하북으로 달려오고 있다 하오. 만약에 운장이 이 성으로 들어온다면 나는 곧 붙잡아 안량과 문추를 잃은 한을 풀려는데, 그래도 괜찮겠소?"

"명공(明公)께서 아마 잊으셨나 보군요. 안량과 문추는 이른바 두 마리의 사슴이요, 운장은 한 마리의 호랑이니 두 마리의 사슴을 잃어 사나운 호랑이 한 마리를 얻을 수 있다면 그 주인인 유비의 목숨까지도 용서하겠다고 하시었습니다."

"하하하……. 참, 그랬었군. 정말 그렇게 말했었소!"

원소는 웃음으로 얼버무렸다.

현덕이 물러간 바로 뒤 간옹이 나타나서 청했다.

"유 황숙이 형주로 가겠다고 한 모양이온데, 저를 함께 가도록 해주십시오."

"무엇 때문인가?"

"첫째는 유 황숙의 동향을 감시하고, 둘째로는 유표를 황숙과 함께 설득해 보고 싶습니다."

"좋다."

원소는 허락했다.

현덕과 간옹은 그날 밤 기주성을 떠났다.

이튿날 아침, 곽도가 원소를 뵙자고 청했다.

"주군, 유현덕과 간옹이 떠났는데, 좀 성급한 허락이셨던 것 같습니다."

"무슨 이유인가?"

"현덕은 유표를 설득하려고 간 것이 아닙니다. 관운장과 재회하기 위해 달려갔음이 분명합니다."

"에이, 귀찮다! 그런 거야, 아무런들 어떠냐? 물러가라. 어서 물러가!"

원소는 손을 홰홰 내저었다. 곽도는 길게 탄식했다.

'주군의 운명도 경각(頃刻)에 달렸구나!'

그로부터 며칠 뒤.

장비의 산채에 마치 신이 인도한 것처럼 유비 현덕과 그 부하가 나타났다. 이로써 도원결의한 세 형제가 모두 모였다.

먼저 손건의 안내를 받으며 유비가 간옹과 함께 이르렀다.

이어 관우가 낯선 젊은이를 데리고 돌아왔다. 그 젊은이는 관우가 여남을 떠나오는 도중 하룻밤 머물렀던 고가(古家)의 아들이었다. 늙은 집주인은 관정(關定)이라고 이름을 밝혔다. 자기에게는 아들이 둘인데, 맏아들은 관녕(關寧)이라 하여 글 익히기를 좋아하고, 둘째아들은 관평(關平)이라고 하는데 무(武)를 좋아하는데다 힘도 갖추고 있다며 될 수만 있다만 둘째를 양자로 받아줄 수 없겠느냐고 부탁했다. 관우는 승낙하고 이를 데리고 온 것이다.

며칠을 사이에 두고 5천의 군사를 거느린 주창도 산성으로 달려왔다. 거기에는 뜻밖에도 조운(趙雲) 자룡(子龍)도 끼어 있었다.

조자룡은 여러 곳을 떠돌아다니던 끝에 와우산 기슭을 지나려다가 일대(一隊)를 이끄는 배원소와 만났다. 둘은 서로 길을 비켜라, 못비킨다 하고 실랑이를 하였는데, 자룡이 단칼에 배원소를 베었다. 그리고 그대로 자룡은 배원소가 거느렸던 부하들을 수습하여 수령이 되었다. 거기에 주창이 돌아와 유비 일행의 소식을 알리자 자룡은 뛸 듯이 기뻐했다.

멀리서 이들 일행을 지켜보던 유비는 놀란 목소리로 물었다.

"맨 뒤에 오는 이는 자룡이 아닌가?"

확인해볼 필요가 없었다. 말을 타고 행군을 뒤따르던 자룡 또한 유비의 모습을 발견하고 기쁨에 겨운 나머지 안장에서 뛰어내려 유비를 향해 달려왔다. 어느새 유비 앞에 이른 조운은 넙죽 엎드려 감격한 목소리로 말했다.

"조운, 황숙께 인사드립니다."

유비와 관우는 말에서 뛰어내려 조운의 예를 받았다.

"정녕 자룡이 맞구나. 살아 있어 다행이다. 나는 공백규가 돌아가셨다는 말을 듣고 자네를 얼마나 걱정했는지 모르네."

"주군까지 잃고 이렇게 혼자 목숨을 부지하고 있어 부끄럽습니다."

조운의 눈에 뜨거운 눈물이 흘러내렸다. 어느새 유비의 눈에도 눈물이 고였다.

"공백규는 나의 은인이시다. 그를 잃은 것은 내게도 큰 슬픔이었다. 하지만 자네가 이렇듯 살아 돌아왔으니 나는 더 이상 바랄 게 없다. 그래 그동안 어떻게 지냈는가?"

"주군이 돌아가시고 난 후 저는 오로지 서주(徐州)에 계신 황숙만을 생각했습니다. 빨리 서주로 가 이 한 몸을 의탁할 생각밖에 없었는데 공교롭게도 제가 서주에 이르기도 전에 놀랄 만한 소식을 듣게 되었습니다. 이미 성은 함락되었고, 운장께서는 조조에게 항복했다는 것이었습니다. 또한 황숙께서도 원소에게 가셨다는 말을 들었습니다. 하늘이 무너지는 슬픔으로 세월을 보내다가, 몇 번이나 황숙을 찾아 원소에게 가려 했으나 원소가 수상히 여길까봐 그 또한 쉽지 않았습니다. 제가 간 것이 원소 자신을 위해서가 아니라 황숙 때문이라는 사실을 알게 되면 저뿐만 아니라 황숙까지도 해칠지 모른다는 생각에서였습니다. 하는 수 없이 저는 정처 없는 떠돌이 생활을 하게 되었습니다. 처음에는 공손찬 휘하의 몇 안 되는 군사들을 이끌고 있었으나 그마저도 뿔뿔이 흩어져 나중에는 홀몸이 되고 말았습니다. 배원소를 만나 그를 물리치고 그 부하들을 수습하여 수하로 삼았는데 마침내 주창으로부터 황숙과 의제님들의 소식을 듣게 되었습니다."

조운은 눈물 범벅이 되어 그간의 일을 소상히 전했다. 유비는 끝까지 자신을 잊지 않고 찾아와준 조운이 한없이 미덥고 고마웠다. 관우와 장비 또한 서로의 사정을 듣고 나자 북받치는 눈물을 참을 길 없었다. 순식간에 일대는 온통 울음바다가 되고 말았다.

유비는 조운의 손을 잡으며 말했다.

"죽은 사람에게는 안 된 일이나 나는 지금 백만대군을 얻은 듯 든든하다. 그대는 앞으로 어떤 일이 있더라도 내 곁을 떠나지 말지어다."

조운도 진심어린 목소리로 말했다.

"앞으로 황숙을 주군으로 모시고 생사고락을 함께 할 것입니다. 오늘의 맹세는 평생 저버리지 않겠습니다."

이로써 삼형제가 모두 모이고 조운까지 합세했다. 관우는 양자 관평을 얻고 휘하에 주창까지 얻었다. 유비로서는 달리는 말에 날개를 얻은 격이었다. 그리하여 일행은 며칠 동안 주연을 열어 술을 마시며 그 기쁨을 함께 나누었다.

뒷날 이때의 감격이 시로써 읊어졌다.

지난날 수족같은 형제들 뿔뿔이 흩어져
소식 끊긴 채 남이 되어 지내다가
오늘 군신이 다시금 한자리에 모였으니
바로 용과 범이 구름과 바람 만난 것이로세

참으로 하늘의 도움이라고 할 만한 일이었다. 신의 도움이었다고 믿어야 할 일이었다.

군사는 합하여 8천여.

"이렇게 된 이상, 여남 땅을 우리가 차지해야겠다."

유비 현덕은 결의를 굳혔다. 그러자 손건이 말했다.

"우선 나를 보내주시어 여남의 유벽과 공도를 설득하게 해주십시오."

손건은 한때 유벽과 공도 밑에 모사로 끼어 있었던 것이다.

유비로서는 가만히 앉아서 여남을 손에 넣을 수 있다면 더없이 좋은 일이었다.

유비는 흔쾌히 손건의 청을 받아들였다.

여남으로 말을 몰아간 손건은 유벽과 공도 두 사람을 어떻게 설복시켰는지 그로부터 스무 날이 지난 뒤, 두 사람 자신이 말머리를 나란히 하여 고성으로 유비 현덕을 맞으러 왔다.

유비는 피 한 방울 흘리지 않고 여남 땅에 자리를 틀었다.

지난해 서주성을 차지했을 때에도 그랬지만 현덕에게는 싸우지 않고 영토가 손에 들어오는 인덕(人德)이 있었다.

유비는 여남으로 옮기자, 군사를 불러모으고 전마(戰馬)를 사들여 조용히 정진(征進)할 때를 기다리기로 했다.

원소 쪽은 유현덕이 여남 땅을 차지했다는 소식을 듣자 그제서야 비로소 소스라치게 놀랐다.

"좀도둑 놈을 단숨에 여남으로부터 좇아낼 테다!"

원소는 당장 토벌령을 내리려 했다.

곽도가 이것을 말렸다.

"유비는 불과 1만 명도 못 되는 군사를 이끌고 있는 데 지나지 않으며, 참으로 하찮은 작은 군사로써 우리 편에는 대항할 뜻을 갖지도 않은 자올시다. 그냥 내버려두어도 아무런 걱정이 없을 것입니다. 그보다도 우선 숙적(宿敵)인 조조를 어떻게 제거할 것인가 하는 일에 마음과 힘을 다해야 할 것입니다."

"유표를 믿을 수 없다면 어찌하면 좋겠는가?"

"소장이 생각하기로는 강동의 소패왕 손책이야말로 동맹을 맺을 만하다고 생각합니다. 그 위세는 3강을 진압하고, 그 땅은 6군을 아우르고 있으며 모신용장(謀臣勇將) 또한 열 손가락으로도 꼽지 못할 만큼 많습니다. 그 위세의 왕성하기가 마치 아침해가 솟는 것 같다고 말한다면 가히 짐작하실 줄 생각합니다."

"좋다."

원소는 곧 편지를 써서 진진을 사자로 삼아 오(吳)나라로 보냈다.

하북에서 영웅이 사라지려니
강동에서 호걸이 나타나는구나

과연 오나라의 소패왕은 위세를 크게 떨치고 있었다.

강동은 땅이 기름지고, 사람들이 많아 군사를 기르는 데 부족함이 없었다.

손책은 수년 동안에 그 무력을 10배로 늘리고, 건안(建安) 4년 (199)에는 여강(盧江)을 쳐서 유훈(劉勳)을 달아나게 하고, 이어 예장(豫章)을 위압하여 태수 화흠(華歆)을 항복케 하였으며, 이듬 해인 건안 5년(200)에는 이미 그 가까운 이웃에 감히 항거하는 적이 없었다.

조조도 소패왕의 위세를 인정하여 그와 다투는 것은 어리석은 일이라 깨닫고, 조인(曹仁)의 딸을 손책의 동생인 손광(孫匡)에게 시집보내기로 약속하는 등 좋게 지내도록 애썼다.

그러나 손책이 대사마(大司馬)의 자리를 요구해 온 데 대하여 조조는 이를 허락하지 않았다.

'조조는 믿을 수 없는 자다!'

손책은 불만을 품게 되었다.

때마침 오군(吳郡) 태수 허공(許貢)이 허도로 보낸 밀사가 붙잡혔다. 양자강을 수비하던 장수가 밀사를 손책 앞으로 끌고 왔다.

손책은 그 편지를 주욱 훑어보자 불같이 노했다. 그로서는 밀서 내용을 도저히 참을 수 없었다.

손책은 효웅으로 마땅히 도성(허도)에 소환해야 합니다. 만일 밖에 놓아둔다면 반드시 세상의 화근이 될 것입니다.

요컨대 난폭자에겐 정략적으로 높은 관직을 주어 도읍에 붙잡아 두어야 한다는 내용이었다.

오 부인

　사실 손책은 이 세상에서 무서운 것이라고는 하나도 없는 인간이되어 버렸다. 그런 그에게도 꼭 한 사람 두렵다기보다 귀찮게 여기는 사람이 있었다.

　"어머니만은 아주 질색이야! 도무지 어쩔 수가 없으니까."

　그런데 어머니 오 부인 쪽에서도 아들이 사나운 데는 한숨이 절로나왔다.

　"책의 성미가 불덩어리 같은 데에는 정말 속이 상합니다. 이대로나가다간 앞날이 어떻게 될지……."

　이런 일이 있었다.

　회계군의 공조(功曹)로 위등(魏滕)이란 자가 있었다. 위등은 꽤나 고지식하여 주군의 명령이라도 옳지 않다고 여기면 복종하지 않는 일이 가끔 있었다.

　손책은 화를 내어 그를 죽이려 했다.

　그때 오 부인은 우물로 달려가 우물전에 등을 대면서 외쳤다.

　"책아! 너는 고작 강남 땅에서 소패왕이란 소리를 듣고 있을 뿐이다. 그것도 아직 지반이 굳어진 건 아니다. 이런 때야말로 어진 이를 대우하고 선비를 예로써 대해야 한다. 그러자면 허물이 있어도 용서하고 공이 있으면 반드시 등용하도록 힘써야 한다. 그렇건만 너는 위등을 죽이려 하니, 오늘 네가 위등을 죽이면 내일은 모두들 너를 배반할 것이다. 너는 습격을 받고 일족은 몰살된다. 그런 꼴은 당하고 싶지 않으니 이 어미는 미리 우물에 몸을 던져 죽어 버릴 테다!"

손책은 깜짝 놀라 빌었다.

"안 하겠습니다, 안 하겠습니다. 위등을 죽이지 않겠습니다."

그래서 오 부인은 우물에 몸을 던지지 않았다.

이 시대에는 성미가 거칠고 사납다 하면 사람을 때리거나 물건을 부수거나 하는 그런 정도가 아니었다. 사납다는 말은 그대로 살인과 직결되었다.

어머니의 눈이 번뜩이는 곳에서는 손책도 차마 성미가 난다고 해서 멋대로 살인은 하지 못했다. 하지만 어머니의 눈길이 닿지 않는 곳에서는 살인을 밥먹듯이 했다.

그런 손책이니 오군태수 허공이 조조한테 보낸 밀서를 보고 가만 있을 리 없다. 손책은 다시 한번 밀서를 읽어 보았다.

손책은 날쌔고 용맹스런 품이, 초한(楚漢) 때 항적(項籍)과 같은 장수올시다. 조정에서는 특별히 영화스런 높은 벼슬을 주시어 서울로 불러들이십시오. 밖에 있게 한다면 반드시 후환이 있을 것입니다.

손책은 밀서의 내용을 곱씹을수록 화가 치밀었다. 그러잖아도 조조한테 좋지 않은 감정을 갖고 있는 터였다.

손책은 오군태수 허공의 사신을 목 베고, 허공한테 의논할 일이 있으니 잠깐 와 달라고 청했다.

허공은 멋도 모르고 손책한테로 왔다. 손책은 허공의 편지를 내어 보이며 크게 꾸짖었다.

"이놈! 나를 사지(死地)로 보내려 하느냐? 이놈을 죽여 버려라."

무사들은 허공을 잡아내어 목매어 죽였다.

손책은 이때 이렇게 외쳤다.

"나에게 거스르는 놈은 모두 이런 꼴이 된다!"

손책은 다시 병력을 오군에 보내어 허공의 가족 모두를 죽여 버렸다. 그런데 허공의 아들 하나가 살아남아 손책의 목숨을 노렸다. 손책은 그것을 몰랐다.

애당초 손책은 원술에 딸린 무장이었다. 원술이 죽었을 때, 그의 사촌들은 원술의 관과 유족들을 데리고 여강태수 유훈(劉勳)에게 도움을 청했다.

손책은 그런 유훈을 쳐서 조조에게 달아나게 했지만, 원술의 유족들은 손책의 손에 들어왔다.

그때 어머니 오 부인은 손책한테 말했다.

"그 애는 괜찮더라. 그렇게 호감이 가는 아이는 좀처럼 없다. 책아, 네가 맞이하는 게 어떠니?"

그 애란 원술의 딸이었다.

"어머님도 별말씀을. 그 애는 아직 어린애가 아닙니까! 권(權)에게나 어울려요."

손책의 대답에 어머니는 또 한숨을 지었다.

"정말이지, 넌 어째서 그러냐?"

영웅은 색을 좋아한다. 하지만 손책은 예외인 듯 여성에게 별로 관심이 없었다.

그에 비하면 동생 손권은 아직 20살도 안 되었건만 굉장한 조숙아였다. 어머니는 동향인 사씨(謝氏)의 딸을 며느리로 맞아 주었지만 아무래도 하나로써는 만족하지 못하는 것 같았다.

"그렇다면 원술의 딸을 권의 아내로 삼을까……?"

오 부인은 혼자 중얼거렸다. 그리고 집안 친척들에게 곧잘 이런 말을 했다.

"책이 흙발로 마구 짓밟고 다닌 뒤를 권이 깨끗이 청소한다, 이런 조화를 이루는 게 가장 좋을 텐데."

난세이니만큼 차지할 수 있는 땅은 차지해 두어야 한다. 하지만 그대로 버려두면 토지는 황폐해진다. 민심을 수렴하고 산업을 일으킬 필요가 있다. 이 일은 손책으로서는 불가능하고 손권이라면 가능하지 않을까?

형은 군사에서, 동생은 정치에서 각각 뛰어난 재능을 지니고 있었다. 손권은 여자를 좋아하나 어머니의 눈으로 볼 때 오직 여체(女體)만을 찾고 있는 게 아니라 여자와의 응수를 즐기고 있는 것 같았다. 여자의 미묘한 심리를 찾아내어 그것을 푸는 일에 희열을 느끼는 것 같았다.

건안 5년(200), 북쪽 황하 가에서 조조와 원소가 사투를 벌일 무렵 남쪽 양자강 기슭에서는 손책이 문자 그대로 동분서주하고 있었다.

수군까지 동원하여 황조(黃祖)를 궁지에 몰아넣었으나 끝내는 놓치고 말았다. 황조는 유표의 후원을 받고 있었던 것이다.

"아버지의 원수!"

손책은 황조를 노리고 있었다. 아버지 손견은 현산(峴山)에서 황조군과 싸우다 화살에 맞아 죽었다.

손책이 서쪽에서 황조에게 싸움을 걸고 있을 때, 동쪽에서는 광릉 태수 진등(陳登)이 앞서 죽은 엄백호의 잔당과 더불어 교란작전을 폈다.

손책은 서둘러 서쪽에서 동쪽으로 군사를 옮겼다. 엄청난 일이었으나 손책 본인은 별로 어렵게 여기지 않았다. 전쟁을 밥먹는 것보다 즐기기 때문에 전쟁의 피냄새가 나는 한 피로를 느끼는 일이 없었다. 그런 전쟁 속에서도 손책은 틈을 내어 사냥을 즐기곤 했다.

그런데 이때 어머니 오 부인이 평소 우려하던 사건이 뒤에서 진행되고 있었다. 허공의 아들과 두 명의 자객이 단도(丹徒)의 서산(西山)에 숨어 손책을 해칠 기회를 엿보고 있었다. 그들은 단도의 서산에는 사슴이 많으므로 손책이 반드시 사냥하러 오리라고 생각했던 것이다.

초여름 어느날, 과연 손책은 10여 기의 시종만을 거느리고 서산으로 사슴 사냥을 나섰다.

곧, 큰 사슴 한 마리를 발견한 손책은 말을 몰아 뒤를 좇았다. 따르는 10여 기는 손책이 너무 빨라서 쫓아갈 수가 없었다.

눈 깜짝할 사이에 산을 절반 이상이나 달려 올라간 손책은 사슴을 놓치고 말았다.

"어디에 숨었을까?"

그가 두리번거리고 있을 때, 빽빽이 우거진 나무숲 속에서 세 사나이가 나타났다. 모두 활과 화살을 등에 메고 창을 들고 있었다.

"누구냐, 너희들은?"

그러자 세 사람은 땅에 엎드려 한당(韓當) 휘하의 군사라고 대답했다.

손책은 의심하지 않고 말에 채찍을 가하여 그냥 지나치려 했다.

그 순간 세 사람이 달려들었다.

한 사람이 불쑥 내미는 창 끝이 손책의 왼쪽 넓적다리를 찔렀다.

"죽일 놈!"

손책은 칼을 뽑아 베려 했다.

운 나쁘게 칼날이 쑥 빠져 버리고 칼자루만 손에 남았다.

"제기랄!"

말에서 뛰어내리려는 순간, 다른 한 사나이가 화살을 쏘았다.

화살은 손책의 뺨을 꿰뚫었다. 손책은 이에 굽히지 않고 자신의 화살을 등에서 뽑아 시위에 메겨 쏘았다. 한 사나이를 보기좋게 쓰러뜨렸다.

나머지 두 사나이가 창을 마구잡이로 찌르며 덤벼들었다. 손책은 칼을 잃었기 때문에 하는 수 없이 숲속으로 뛰어들어 맨손으로 막으면서 적의 창을 빼앗으려고 기를 썼다.

마침내 힘이 다해 적의 창에 희생되려 할 때 가신(家臣)들이 뒤쫓아왔다.

이 처참한 광경을 보고 소스라치게 놀란 가신들은 말에서 뛰어내려 두 괴한을 난도질해 죽였다.

후세 사람이 이 일을 칭송한 시가 있다.

　　손책의 지혜와 용기 강동에서 으뜸이건만
　　홀로 산속에서 사냥하다 위기에 빠졌어라
　　허공의 가객 의리 위해 목숨 바치니
　　주인 위해 몸 바친 예양도 못미치리

그때 손책은 이미 얼굴과 온몸에 무수히 창상을 입고 피투성이가 되어 있었다. 성으로 옮겨진 손책은 거의 빈사 상태가 되었다.

곧 명의 화타(華佗)에게로 급히 사자가 달려갔다. 공교롭게도 화타는 나그네길에 올라 있어, 언제 돌아올지 알 수 없었다.

사방으로 수색하는 비마(飛馬)가 달렸다.

화타가 성 안으로 이끌려 온 것은 이레나 지난 뒤였다.

화타는 고개를 갸우뚱했다.

"화살이고 창이고 모두 맹독이 묻어 있었던 듯합니다. 독은 이미 골수까지 이르러 있습니다. ……맹독이 몸에 퍼졌음에도 용케 견디어 내셨습니다."

화타가 조제한 영약이 아니었다면 손책은 그대로 목숨을 잃었을 것이다.

화타는 말했다.

"아무리 약을 썼더라도 조용히 정양하지 않으시면 생명을 보장할 수 없습니다."

손책은 성미가 급했기 때문에 병이 더디 낫는 것을 매우 조바심했다. 그로부터 20일쯤 지났을까?

조조의 움직임을 살피기 위해 허도로 올려보내졌던 첩자가 돌아왔다.

즉시 머리맡으로 불러 보고를 듣더니 손책은 자리에서 벌떡 일어났다.

"뭐라고! 젖비린내 나는 아이 주제에 대사마를 바란다는 것은 건방지다고! 조조가 그렇게 비웃었단 말이냐!"

"예. '손책은 성급한데다가 지모(智謀)가 없고 필부(匹夫)의 오기밖에 갖지 못했다는 점(占)이 나왔다.'고 말했습니다."

"으음, 제멋대로 지껄였겠다! 좋아, 이제는 태평하게 누워 있을 수 없다. 대군을 일으켜 단숨에 허도를 짓밟아 줄 테다."

손책은 비틀비틀 일어나서 헛소리처럼 외쳤다.

"출진이다. 준비하라!"

장소(張昭)가 달려들어와 필사적으로 만류했다.

"주군, 한때의 분을 못이겨 젊으신 목숨을 줄이시다니, 무슨 성급한 생각이십니까! 진정하십시오!"

손책은 심한 현기증을 이겨내지 못하고 그 자리에 푹 쓰러졌다.

원소의 사자 진진이 하북 땅으로부터 멀리 이곳 강동 땅까지 찾아온 것은 그로부터 얼마 지나지 않아서였다.

원소의 서한을 읽어본 손책은 기분이 좋아졌다.

"음! 원소와 호응하여 조조를 칠 큰 계획을 세운다? 재미있는

일이로다!"

그날로 모든 장수가 성루에 호출되어 성대한 연회가 베풀어졌다.

연회가 한창 무르익을 무렵, 어찌된 셈인지 갑자기 모든 장수가 술렁술렁 일어나 성루를 내려갔다.

"어찌된 일이냐!"

"우신선(于神仙)이 오셨습니다."

좌우에 모신 시종이 대답했다.

"우신선이라니?"

"나이가 여든을 넘은 도사입니다."

손책은 일어나 난간에 기대어 아래를 내려다보았다.

넓은 한길은 모여든 군중으로 꽉 메워져 있었다. 그 가운데를 표표하게 한 노인이 걸어오고 있다.

몸에 흰 학창의(鶴氅衣)를 걸치고 명아주 지팡이를 짚었다. 마치 구름 위를 가는 것처럼, 그야말로 속세를 떠난 사람 같았다.

손책은 모든 장수들이 백성들과 함께 땅에 꿇어 엎드려 향을 피우며 절을 하는 것을 흘끗 보고 화가 불끈 치밀었다.

"저놈! 요마(妖魔)의 화신 아니냐! 당장 사로잡아 오너라!"

손책은 고함을 질렀다.

"주군, 그것은 안 됩니다. 저 신선은 성을 '우(于)'라 하옵고 이름은 '길(吉)'이라고 하며, 동쪽 나라에 사시면서 일 년에 한 번, 이 오나라에 오시어 부적(符籍)과 정화수(井華水)를 널리 주어 서민들의 만병을 구해 주십니다. 만민의 우러름을 한몸에 모으고 있는 살아 있는 신선을 욕되게 하시면 어떤 소동이 일어날지 모릅니다. 경솔히 욕되게 하시면 안 됩니다."

"닥쳐라! 이 오나라의 주인은 나다! 나 외에 백성들을 꿇어 엎드려 절하게 하는 자가 한 사람이라도 있다는 것은 용납할 수 없다! 저 늙은이를 냉큼 끌어오너라!"

하는 수 없이 좌우의 시종들은 달려나가 우길 선인(仙人)을 누상으로 데리고 왔다.

손책은 뚫어질 듯이 노려보며 소리질렀다.

"이 늙어빠진 도사, 무슨 꿍꿍이로 혹세무민하느냐!"

늙은 도사는 흰 수염이 성성한 얼굴을 들었다.

"빈도(貧道)는 본디 낭야궁(瑯琊宮)에 있던 도사올시다. 순제(順帝) 때 산에 들어가 약초를 캐어 여러 가지 병을 고치는 의술을 배우기 시작했소이다. 오늘날까지 써놓은 질병을 치료하는 방술서(方術書)가 100권이 넘지요. 오로지 하늘을 대신하여 덕화(德化)를 베풀기에 힘쓰고 널리 만인을 구하나, 아직 한 번도 금품을 받은 일이 없소이다. 어찌 사람을 미혹하게 했다 하겠소?"

"그렇다면 묻겠다. 자신은 무엇을 입고 무엇을 먹는가."

"저절로, 내게 있음이오!"

"닥쳐라! 짐작하건대 너는 전 황건당의 수령 장각의 무리이리라. 만약 없애버리지 않는다면 훗날 반드시 화를 일으킬 것이다. 애들아! 이 늙은이를 베어 버려라!"

명령을 받은 모든 장수는 소스라치게 놀라 낯빛이 변했다. 장소가 앞으로 나서 필사적으로 간했다. 진진도 보다못하여 만류했다. 손책은 목 자르는 것만은 면해 주고 우길 도인을 옥에 가두었다.

이 소식은 후당에도 전해졌다. 손책의 어머니 오 부인은 손책을 불러, 모든 장수를 비롯하여 백성들이 한결같이 공경해 우러르는 신선을 옥에 가두어 욕을 보이는 것은 지나친 일이 아니겠느냐고 타일렀다.

손책은 듣지 않았다.

"그렇다면 오나라에는 다시 오지 못하도록 다짐하고 옥에서 풀어 주는 것이 어떻겠는가?"

오 부인은 한사코 권했다. 손책은 어머니의 간절한 부탁을 거절할 수 없었다. 몸소 옥사로 갔다.

가보니 옥리(獄吏)들은 모두 우길 도사를 공경하고 믿었으므로 족쇄도 쇠사슬도 채우지 않고 따뜻한 이부자리를 주고 맛있는 음식을 바치고 있었다.

이것을 본 손책은 또다시 분노가 치밀었다.

"이 요사스런 늙은이, 용서치 않으리라!"

손책은 당장 병사들을 향해 명령했다.

"이 늙은이를 사람들이 보는 앞에서 불살라 죽여라. 어서 끌어내 화형식을 거행토록 하라!"

그 말을 들은 병사들은 모두 기겁했다. 그러나 손책의 무시무시한 성미를 알고 있는 그들로서는 달리 도리가 없었다.

바람이 불자 시뻘건 불길이 치솟았다. 장작더미 위에 누운 우길 도인은 잠든 듯 고요히 눈을 감고 있었다. 문득 한 가닥 검은 연기가 허공으로 오르는가 싶더니 별안간 천지를 뒤집는 듯한 굉음과 함께 창검같은 번갯불이 번쩍 하늘을 갈랐다.

연도에 모인 사람들은 모두 비명을 질렀다. 어딘가로부터 거센 광풍이 불어오기 시작했다. 장작더미 위에서 우길 도인이 짧은 탄식을 내뱉었다. 그것을 신호로 광풍은 잠잠해지고 다시 억수같은 비가 쏟아졌다. 일대의 도랑과 계곡은 금세 빗물로 가득 찼다. 몇 년 만의 단비였다. 한참 뒤 비가 그치고 주위가 밝아지더니 중천에서 해가 드러났다.

모든 관리와 백성들이 달려들어 장작더미 위에 누운 우길 도인을 구해냈다. 그리고 그들은 일제히 꿇어 엎드려 절하며 도인의 신묘함을 칭송했다.

이를 지켜보고 있던 손책은 잠시 정신이 몽롱해졌다가 제정신이 들자 모여 있는 사람들을 향해 외쳤다.

"가뭄에 비가 내리는 것은 반가운 일이다. 그러나 이것은 하늘의 이치이고 자연의 순리일 따름이다. 이 늙은 요물이 부린 신통력이 아니란 말이다. 다들 미혹되지 말고 두 눈을 똑똑히 뜨고 보거라."

손책은 허리에 찬 보검을 빼어 단칼에 우길 도인의 목을 쳤다.

우길 도인의 머리는 힘없이 땅바닥에 떨어져 굴렀다. 순간 한 가닥 서슬 푸른 기운이 하늘을 향해 치솟았다.

그날 밤부터 손책은 고열에 시달렸다.

환각 속에 우길 도사가 나타났다. 손책은 눈이 뒤집혀 칼을 뽑아 들고 허공을 마구 베었다. 그 무서운 기세에 좌우의 시종들은 손을 쓸 수가 없었다.

사흘 낮과 밤을, 손책은 미쳐 날뛴 끝에 마침내 쓰러져서 다시는 일어나지 못했다. 손책의 나이 스물 여섯이었다.

후세 사람이 시를 지어 이렇게 찬탄했다.

홀로 우뚝 서서 동남 땅에 홀로 싸우니
사람들은 그를 소패왕이라고 일컬었네
계책을 세울 땐 범이 웅크린 듯하고
결단을 내리면 매가 나는 듯 신속했네

위엄은 삼강 지역을 눌러 평정하고
명성은 사해에 널리 퍼져 달리더니
아까운 나이 죽음 이르러 유언을 남기니
그 뜻을 오로지 주유에게 부탁했다네

강동의 소패왕은 생각지 못했던 재액을 만나 마침내 이 세상을 떠났다. 다행히 오나라에는 그 뒤를 이을 영재(英才)가 있었다. 손책의 동생 손권이었다. 자는 중모(仲謀), 눈알이 파랗고 콧날이 오똑

하며, 아래턱이 넓고 입이 컸다.

일찍이 한실의 사자로 오나라에 왔던 유완(劉琬)이라는 사람은 도성으로 돌아가, 다른 사람에게 이렇게 말했다 한다.

"손가 집안의 형제를 보건대, 모두 재기가 뛰어나지만 아깝게도 명이 짧은 상이다. 다만 중모만은 생김새가 기위(奇偉)하고 골격이 심상치 않으니 크게 귀해질 모습인 데다 명도 길 것이라 형제들이 다 그를 따르지 못할 것이다."

그 손권이 소패왕의 지위를 잇게 된 것이다.

손책은 죽음에 대한 예감이 있었던지, 세 동생 가운데 손권을 후계자로 삼는다는 유서를 적어 놓았었다.

그리고 손권에게 다음과 같은 유언을 남겼다.

너는 나보다 열 갑절이나 재주가 있으니 대임을 맡기에 족하다. 그러나 아직 나이가 어리기 때문에 안을 다스림에 있어서는 장소(張昭)에게 물어서 처리토록 하고, 밖의 일에 관해서는 주유(周瑜)에게 물음이 좋으리라. 네가 한시도 게을리 말아야 할 일은 널리 예사롭지 않은 인재를 구하여 휘하에 넣는 일이다.

유명(遺命)을 받든 손권은 겨우 18세였다.

손책과 의형제를 맺은 주유가 파구(巴丘)로부터 별이 총총한 밤에 말을 몰아 도착한 것은 상(喪)을 입은 지 사흘째 되는 날이었다.

한동안 손책의 영전에 묵념드린 주유는 이윽고 손권과 마주 앉자 말을 나누었다.

"저는 간뇌(肝腦)가 땅에 묻힐 때까지 오나라를 위해 일할 것이오니 부디 마음을 놓으십시오."

손권은 주군이 된 위엄을 보이면서 말했다.

"선형(先兄)의 유언을 귀공에게 전하오. 안의 일은 장자포(子布

는 장소의 字)에게 맡기고, 밖의 일은 주공근(公瑾은 주유의 字)에게 물으라 하시었소."

"자포는 현달(賢達)한 선비이므로 대임을 지는 것은 물론 어렵지 않으리라 생각합니다. 그러나 저는 재주가 없사온즉, 아마도 막중한 유언에 어긋나는 일이 있을까 두려워 고명(高名)하고 달견(達見)한 인물을 찾아 주군을 보필케 할까 생각합니다."

"귀공이 추천하는 사람이란 누구지요?"

"노숙(魯肅), 자는 자경(子敬)이옵고 임회군(臨淮郡) 동성(東城) 사람입니다. 가슴에 도략(韜略)을 품었으며, 뱃속에 기모(機謀)를 감추고, 자질이 고결하여 마주하는 사람은 누구나 머리를 숙이게 하는 인품입니다. 집안은 매우 부유하여, 언제나 재물을 내놓아 빈궁한 자들을 구휼하고 있습니다. 제가 거소(居巢)의 장(長)이었던 무렵, 수백의 군사를 이끌고 임회를 지날 때, 군량이 떨어졌기에 그의 집에 들러 부탁한바, 노숙은 쾌히 응하여 쌀 3천 곡을 쌓아둔 광을 가리키면서 원하는 만큼 가져가라고 내준 일이 있었습니다."

"예를 다하여 모셔오면 나를 도와줄 것 같소?"

"제가 명을 받들고 가서 설득해 보겠습니다."

주유는 노숙이 그 친구 유자양(劉子揚)으로부터 함께 소호(巢湖)로 가서 정보(鄭寶)를 섬기지 않겠느냐는 권유를 받았을 때 끝내 따르지 않았던 것을 알고 있었다.

이튿날 주유는 혼자서 말을 타고 노숙의 집으로 찾아갔다.

노숙은 들판에 나가 수십 명의 머슴들과 야채를 가꾸기에 여념이 없었다.

주유가 말에서 내려 가까이 다가가자 노숙은 미소를 짓고 말했다.

"새로운 나라를 마련하시느라 노고가 많으시오."

"나라의 기틀을 잡는 일에, 한쪽 날개를 귀공께서 맡아주십사 하고 찾아왔소."

"저 같은 사람은 아무 도움도 되지 못할 것이오."

"아니오, 우선 들어보오."

주유는 자리에 앉았다. 거름 냄새 감도는 야채밭에 앉아서 노숙을 설득하기 시작했다.

"옛날 마원(馬援)은 광무제(光武帝)에게 '이 세상은 다만 주군이 신하를 택할 뿐 아니라 신하도 또한 주군을 택하게 되었습니다.'라고 말했습니다. 지금 우리 주군 손 장군은 현사(賢士)들과 친하며 선비를 예로써 대우하고, 기인(奇人)도 서슴지 않고 받아들이며 이인(異人)도 벼슬 주기를 마다하지 않습니다. 젊은 나이에 이만한 지력(智力)과 도량을 갖춘 장군은 천하에 찾아볼 수 없습니다. 더욱이 젊은 군주는 그 지위를 물려받은 지 얼마 되지 않았습니다. 이를 보필하여 귀공이 품고 있는 도략을 마음껏 행사하여 기모(機謀)를 발휘해야 할 때가 아니겠습니까?"

주유가 열심히 설명하는 것을 잠자코 듣고 난 노숙은 이윽고 대답했다.

"한 번 만나뵈온 다음에 마음을 정하기로 하겠소. 허락해 주시겠소?"

"그것은 오히려 내가 부탁하려던 바요."

주유는 노숙을 성 안으로 안내하여 왔다.

사람과 사람의 판별은 처음 대면하는 첫눈에 결정된다.

노숙은 손권의 색다르게 생긴 용모를 우러르는 순간 직감했다.

'이분이야말로 내 몸을 바치기에 족하다.'

손권도 또한 노숙을 보고 크게 고개를 끄덕였다.

손권은 장소, 주유와 함께 노숙을 한자리에 불러 담론(談論)하였는데, 종일 이야기를 나누어도 싫증이 나지 않았다.

마침내 손권은 자기 침실로 노숙을 불러 잠자리를 나란히 하고 누웠다. 이야기는 쉬이 끝나지 않았다.

손권이 물었다.

"바야흐로 한실은 위태로워지고 사방이 싸움질로 시끄럽소. 이때에 아버지와 형님 자리를 이어받은 이 몸이 당장 해야 할 일이 무엇이겠소?"

노숙은 잠시 생각할 시간을 두었다가 대답했다.

"옛날 한나라의 고조는 의제(義帝)를 존중하여 섬기려 하였으나 그것이 이루어지지 못했던 것은 항우(項羽)의 해를 당했기 때문이었습니다. 지금 허도에서 권세를 부리는 조조야말로 마침 항우와도 견줄 만한 처지에 있습니다. ……저의 어리석은 생각으로써 헤아린 바, 황실은 그 기세가 시들어 끝내 다시 일어서지 못할 것입니다. 다시 말씀드리자면 한나라 조정은 그 생명이 다한 것입니다. 조조는 한실을 누르고 있으며 그의 기세가 갑작스럽게 쇠퇴하리라고는 생각할 수 없습니다. 헤아리건대 주군께선 강동 땅에 머물면서 조조와 원소와 더불어 솥발의 세(勢)를 취하시어 천천히 천하의 틈을 엿보심이 좋으실 것으로 생각합니다. ……군사를 움직인다면 우선 황조(黃祖)를 쳐 없애고, 나아가 유표를 치고 장강(長江)의 끝닿는 데까지 국경을 넓히시는 것은 좋은 일이지만, 그 이상을 꾀하심은 오히려 위험할 것으로 생각됩니다."

"고맙소. 귀공의 충언을 깊이 명심하겠소."

손권은 몸을 일으켜 노숙에게 머리를 숙였다.

뛰어난 인재가 모이기 시작할 때는 갑자기 한꺼번에 모이게 마련이다.

노숙에 이어 낭야 사람 제갈근(諸葛瑾)이 찾아왔다. 제갈근의 자는 자유(子瑜), 제갈량 공명의 형이다.

제갈근은 손권에게 권하여 천하의 형세를 바라보건대 지금은 조조를 따르는 것이 유리하므로 원소와 통해서는 안 된다고 말했다.

그래서 손권은 먼저 오나라에 와서 머물고 있는 원소의 사자 진진을 쫓아보내고 서장(書狀)을 보내어 국교를 끊었다.

한편 조조는 손책이 갑작스럽게 죽었다는 소식을 듣고 오나라를 치려 했으나, 시어사(侍御史) 장굉(張紘)이 나서서 말한다.

"남이 상(喪)을 입었을 때를 노려 친다는 것은 의로운 거사라 할 수 없습니다. 오히려 두터운 은혜를 베푸시는 것이 이득을 얻는 길이라고 생각합니다."

이같은 충고의 말을 받아들여 손권을 장군에 봉하고 회계(會稽) 태수를 겸하게 했다.

더욱이 조조는 장굉을 회계 도위로 임명하여 강동으로 보냈다.

이른바 감시하는 역할이었지만 손권은 장굉을 중히 써서 장소와 함께 정사를 맡겼다. 장굉은 손권에게 진심으로 복종하여 한 사람의 큰 인재를 추천했다. 고옹(顧雍), 자는 원탄(元嘆)이며, 중랑장 채옹(蔡邕)의 제자였다.

사람됨이 자신을 엄하게 다스림으로써 관리로는 더없이 이상적인 사람이었다. 손권은 고옹을 승(丞)으로 썼다.

오나라는 빼어난 인물을 차례차례 등용함으로써 군주가 나이 어리지만 확고한 터전을 닦아 나갔다.

군략

한편 관도의 대진(對陣)은 이미 반 년이 넘었다.

원소는 별장 한순(韓荀)을 파견하여 조조군의 서쪽 보급로를 끊으려 했다. 조인이 한순을 계락산에서 맞아 싸워 크게 격파했다.

조조군은 군량 부족으로 큰 곤란을 겪고 있었다. 조조는 허도로 돌아가고 싶다는 편지를 써서 순욱에게 보냈다. 허도 유수를 맡고 있는 순욱의 마음을 떠볼 속셈이 깔려 있는 편지였다. 만에 하나 순욱에게 반심이 있다면 조조군은 무너질 수밖에 없다.

순욱에게서 답서가 왔다.

원소는 전군을 관도에 집결시켜 공과 승패를 결하려 하고 있습니다. 약하디약한 우리 측은 가장 강한 힘과 맞서고 있는 것입니다. 만일 여기서 상대를 이기지 못한다면 아군은 붕괴될 것이 틀림없습니다. 지금이야말로 천하대세가 갈리는 중요한 때이옵니다. 원소 따위는 범용한 인물에 지나지 않습니다. 인재를 모으더라도 제대로 쓰지를 못하고 있습니다. 이쪽에는 장군의 신무(神武)와

명석(明晳)에 더하여 천자를 받들고 있다는 대의명분이 있습니다. 어찌 일이 성사되지 않을 리가 있겠습니까?

조조는 철수하지 않기로 결심을 굳혔다.

원소는 기(冀)·청(靑)·유(幽)·병(幷) 여러 주의 군사를 끌어모아 70여만의 군세로 관도에서 결전하고 허도를 공격하라는 대명령을 내렸다.

　　강남의 싸움 잠잠해지자
　　하북의 전쟁 또 일어난다

모사 전풍은 이 때 병들어 누워 있었는데, 이 무모한 기병(起兵)에 놀라 원소에게 글을 보냈다.

　　지금 조조와 결전하는 것은 이롭지 못하오니, 조금 더 하늘의 때를 기다리십시오.

이 글을 받아보고 원소는 성이 버럭 나서 두 말도 하지 않고 소리쳤다.
"전풍을 베어라!"
그러나 모든 벼슬아치들이 필사적으로 만류했기 때문에 원소는 마지못해 그 명령을 철회했다.
"조조의 목을 들고 돌아와서, 다시 전풍의 죄를 묻겠다."
70만이 넘는 대군은 관도(官渡)를 목표로 출발했다.
정기(旌旗)는 넓은 들판을 메우고 칼과 창은 끝없는 숲을 이루었다. 중군이 양무(陽武)에 이르렀을 때, 원소를 피해 숨어 살고 있는 모장 저수(沮授)의 상서가 전해졌다.

　우리에게 이로운 점은, 적은 병참로(兵站路)가 멀어 군량이 부족하다는 것입니다. 그러므로 적은 속전속결을 바라고 덤벼들 것이 틀림없습니다. 우리로서는 느긋하게 계략을 세워 쉽게 적의 도전에 응하지 말고 요충지를 잘 지켜 오래 끌어가는 것이 상책인 줄로 생각합니다.

원소는 이것을 읽고 화를 냈다.
"내 곁에 가까이 있기를 거절한, 은자(隱者)인 체하는 녀석이 새삼스럽게 불길한 말을 써보내다니, 이 무슨 무례한 짓이란 말인가! 도성으로 돌아갔을 때, 저수도 또한 전풍과 함께 그 죄를 물어 목을 베어 버릴 테다."
원소는 욕을 하며 서장을 찢어 버렸다. 그때 이미 원소는 자신의 명맥을 끊었다고 하겠다.
관도의 산과 들은 사방 백 리에 걸쳐 원소의 군대로 꽉 메워졌다.
거기에 대해 지키는 조조의 군사는 겨우 7만.
70만에 대해 불과 7만이었으나, 조조의 군사는 하나하나 차근차근 가려뽑은 정예부대였다. 하나로써 열을 당하는 정예부대를 주장한 것은 순유(荀攸)였다.
번개같이 달려들어 승리를 올리는 데는, 대군으로써 밀고 나가 헛되이 군량 때문에 고생하기보다는 소수의 정예로써 귀신같이 활약을 하게 하는 것이 상책이라고 순유가 말했던 것이다.
십 리쯤 떨어져서 양군은 서로 대진했다.
북소리를 신호로 원소군이 움직이기 시작했다. 총대장 원소가 몸소 금 투구에 금 갑옷, 비단 포의에 옥대를 두르고 새하얀 말에 올라 앞장서 나왔다.

그 좌우에는 장합·고람·한맹·순우경 등 여러 장수가 말머리를 나란히하고 꿩깃 깃발의 긴 행렬을 전진시켰다. 1만 명의 노수(弩手)와 5천의 궁전수(弓箭手)가 그 뒤에 숨어 있었다.

이에 응전하는 조조는 단기로 맨 앞에서 땅을 걷어차며 달려나왔다. 허저·장료·서황·이전 등 휘하 장수들은 일부러 거리를 두고 뒤따르게 했다.

양쪽의 거리는 순식간에 부르면 대답할 수 있을 만큼 좁혀졌다.

조조는 원소를 보자 채찍을 들어 가리키면서 소리쳤다.

"원소! 내가 천자께 아뢰어 대장군의 지위를 내렸음에도 불구하고 이 모반은 무슨 일이란 말인가!"

"닥쳐라, 조조! 너는 명색은 한나라의 승상이라고 하지만 실은 한나라 역적이니라! 너의 그 포악스러운 짓은 왕망(王莽)이나 동탁(董卓)보다 심하다. 나를 보고 모반자라니 적반하장도 분수가 있지. 이제는 더 이상 용서할 수 없다. 이 원소가 하늘을 대신하여 너의 악독한 죄를 벌하리라."

"하하하……."

조조는 크게 웃었다.

"천자의 명을 받은 것은 바로 나니라. 모반자는 썩 나와 내 칼 아래 엎드려라!"

소리치자마자 검을 쑥 빼어 하늘 높이 쳐들었다.

그것을 신호로 장료가 조조 곁을 스쳐 원소를 향해 질풍같이 내달렸다.

원소측에서는 장합이 주군을 지키기 위해 황급히 말을 몰고 나왔다.

장료와 장합은 양군이 숨을 죽이고 지켜보는 가운데 50여 합 격전을 벌였다. 여간해서 끝이 나지 않자 마침내 허저가 말 옆구리를 걷어찼다.

"자아, 허저다!"

이에 응해 원소 쪽에서는 고람이 장창을 휘두르며 뛰쳐나왔다.

"이때다!"

조조는 칼을 높이 들어 커다랗게 허공에 휘둘렀다.

그 신호를 기다리던 하후돈과 조홍(曹洪)이 각각 부하 군사 3천을 이끌고 곧장 적진을 향해 돌격했다.

원소는 이것을 노려보더니 심배(審配)에게 명령했다. 1만 명의 노수가 일제히 화살을 날렸다.

70만 대군과 7만의 군대가 격돌한 것이다.

군사의 수로 보면 조조는 상대가 되지 않았다. 조조의 군대는 20리쯤 물러났다. 조조의 위계(僞計)였다.

서전에서 압도한 것처럼 착각하게 하여 원소로 하여금 오만한 마음을 품게 하는 것이 목적이었다. 헛되이 화살을 버리게 만드는 것도 계산에 넣고 있었다.

조조가 세운 작전의 요체는 싸움을 오래 끌 것으로 보이게 하다가, 때를 엿보아 질풍처럼 70만 대군의 보급로를 끊는 데에 있었다.

두 진영 사이에는 연일 수만 개의 화살이 날았다. 원소의 진영은 화살이 넉넉했다. 여양 땅에서 끊임없이 공급되기 때문이었다.

'이 상태로 계속 압박하면 조조군은 오래 버티지 못하고 무너지게 될 것이다. 그렇게만 되면 이 싸움도 끝나는 것이다.'

원소는 생각했다.

군량도 여양에서 무난히 도착하고 있었다. 다만 속히 가까운 곳에 병참 기지를 마련해 놓을 필요는 있었다. 원소는 느긋했다. 허도에서 병참을 조달하고 있는 조조군에 비해 훨씬 우월한 조건임에 틀림없었다.

"쉴새없이 날려보내라. 화살은 얼마든지 있다. 저들에게 한 발짝만 나와도 죽는 목숨이란 걸 알게 해야 한다. 방어선을 조금씩 무너뜨려야 해!"

원소는 소리치며 자신만만한 눈으로 조조의 진영을 바라보았다.

그로부터 닷새 후 조조군은 침묵을 지켰다.

"조조는 아무런 방책도 없다. 지금이 씨도 남기지 않고 멸망시킬 좋은 때가 아니겠는가?"

원소는 심배에게 말했다.

"아닙니다. 조조는 기책을 장기(長技)로 하는 간웅이온즉 어쩌면 우리가 총공격을 감행하는 때를 기다리고 있는지 모릅니다."

심배의 만류로 원소는 조금 더 두고 보기로 했다.

조조로서는 소수의 정예 군사로 구름같이 적진을 마구 휘저어 적군이 화가 치밀어 공격을 하게 만들고 그 때마다 대량 살육을 할 계획이었다.

그러나 원소는 그대로 산과 들판을 뒤덮은 진을 좀처럼 움직이려 하지 않았다.

거기에 아침부터 원소군은 최전선 앞에 새로운 성루를 다시 구축했다. 성루 앞에 또다른 성루를 쌓아 놓은 것이다. 벌써 세 번째였다. 그곳을 직접 습격하면 많은 적군을 도륙할 수 있으나 끊임없이 날아오는 화살 탓에 기습조를 출진시키기가 어려웠다. 망루에서 표적을 정확히 조준해 날려 보내오는 화살이 가장 위협적이다. 그래서 조조는 골몰 끝에 일명 '투석기(投石機)'라는 장치를 고안했다.

투석기란 망루를 파괴시키기 위해 개발한 장치로 긴 통나무 끝에 커다란 돌을 얹어놓고 지레를 이용해 돌을 날려보내는 기구였다.

처음에 이 장치는 꽤 위력을 발휘했다. 몇 개의 분산된 성루를 파괴시킬 수 있었다. 그러나 나중에는 그것도 수월치 않았다. 원소군이 새끼줄로 짠 그물을 망루 앞에 설치해놓고 날아오는 돌을 다 막아버렸기 때문이다.

조조는 열 배의 대군 앞에서 이대로 무릎을 꿇는 것이 아닌가 내심 초조해지기 시작했다. 그러나 지금껏 대군을 상대해 승리를 거둔 전투는 얼마든지 있었다. 백만에 이르는 청주(靑州)의 황건당을 토벌할 때도 고작 수만에 불과한 의군으로 맞서 싸워 단숨에 승전을 거두지 않았던가. 그에 비하면 70만은 아무 것도 아니다.

그러나 지금은 정규군과 정규군 사이의 교전이다. 정규군의 전투치고는 병력의 차이가 너무 극심했다. 아무리 가려뽑은 정예 부대라고는 하지만 대군을 상대하기에는 너무 적은 숫자였다.

대치 상태가 계속되자 병사들의 피로도 극에 이르렀다. 더욱이 군량 공급도 날이 갈수록 줄어들었다. 허도에서 틈틈이 군량을 보내오고 있지만 병사들의 배를 채우기에는 턱없이 부족한 양이었다. 뭔가 새로운 방법을 강구해야 했다.

"좋다! 이렇게 된 이상 직접 적의 등 뒤를 찔러 군량을 불태워 버릴 테다."

기회를 엿보고 있을 여유는 없었다. 조조는 수백의 척후(斥候)를 내보냈다.

이윽고 척후를 맡은 한 사람이 기주군의 첩자를 사로잡아 끌고 왔다. 그 자의 입을 열게 했더니 원소 휘하의 부장 한맹이 엄청난 군량을 실어오고 있다 했다.

조조는 한맹이 지나갈 사잇길을 도면으로 그리게 하여, 그것을 서황에게 주며 명령했다.

"5천의 수하 군사로 한맹을 급습하여 한 톨의 군량도 남기지 말고 모조리 불살라 버려라."

그리고 조조는 만전을 기하기 위해 장료와 허저에게도 군사를 이끌고 떠나게 했다. 멀리 우회하여 하북군의 등 뒤로 몰래 숨어든 서황의 부대는 산골짜기에 잠복하여 한맹의 치중부대를 기다렸다.

꿈에도 적의 매복을 생각해 보지 않은 한맹은 군량을 실은 수레 수천 대를 이끌고 줄을 지어 사잇길로 전진해 왔다. 좌우에 험한 산이 높이 솟은 좁은 골짜기 사이를 꾸불꾸불 전진하는 것을 내려다본 서황이 명했다.

"이때다, 공격하라!"

맨 먼저 기름을 가득 담은 통들이 굴러 떨어졌다.

100여 개의 기름통은 군량을 실은 수레에 부딪치면서 사방으로 흩어져 부근을 온통 기름바다로 만들었다.

거기에 불화살이 날아들었다.

수천의 군량차는 '아차' 하는 순간에 불덩어리가 되었고, 인부들은 비명을 지르며 달아나려고 아우성이었다. 하북군은 후방에 치솟은 불길로 '이변이 일어났구나.' 하고 소스라치게 놀랐다.

원소는 즉시 장합과 고람을 보내어 구원토록 했다.

장합과 고람은 군량을 태워 버리고 유유히 철수하려는 서황을 향해 물밀 듯 밀려들었다. 그때, 산 속에 숨어 있던 장료와 허저가 이끄는 군사 1만 명이 함성을 크게 지르며 나타나 등 뒤를 쳤다.

장합과 고람은 자신의 목숨을 지키는 것이 고작인 참패를 맛보았다. 불에 탄 군량은 70만 대군이 석 달 동안 먹을 양이었다. 원소는 하는 수 없이 50리를 물러나 오소(烏巢)에 저장한 군량을 운반하도록 했다.

"그런가. 원소는 군량을 오소에 저장해 두었던가."

조조는 사방에 풀어 놓았던 첩자들의 보고로 그것을 알았다.

'……오소를 덮쳐 군량을 태워 버리면 70만 군사를 굶어 죽게 할 수 있겠구나……'

조조는 그 계획을 짜는 데 몰두했다. 그러나 조조군도 이미 군량이 거의 바닥이 나 있었다. 군량 보급을 먼저 해야 했다. 조조는 허도의 순욱에게 급히 사자를 보내어 군량 보급을 재촉했다.

"하루라도 빨리 수송하라."

그런데 그 사자는 도중에 하북의 군사에게 사로잡혀 원소의 모사 허유에게로 끌려갔다. 허유는 자를 자원(子遠)이라 하며 소년 시절

328 고산 대삼국지 ③다섯 관문 깨뜨리고

부터 조조의 친구였으나 원소의 청으로 그의 모사가 되어 있었다.

허유는 사자의 몸을 샅샅이 뒤져 군량을 재촉하는 조조의 편지를 끄집어냈다. 곧 본진으로 말을 몰아간 허유는 원소를 만나자마자 진언했다.

"주군, 조조는 이미 군량이 바닥나 가고 있습니다. 이 기회를 놓치지 말고 우리 군사를 두 편으로 나누어, 한쪽은 조조의 진영을 공격하고 다른 한쪽은 허도를 친다면 승리는 어렵지 않게 주군의 손 안에 들 것입니다."

원소는 조조의 편지를 받아들고 주욱 읽어 보았으나 고개를 아래위로 끄덕이지는 않았다.

"조조는 궤계(詭計)가 많은 사람이다. 이 편지는 틀림없이 우리를 속이려는 계략일 것이다."

그러나 허유는 대치한 날을 헤아려 보고 틀림없이 군량이 떨어질 때가 되었다고 생각하였다. 그래서 결코 이것은 계획된 책략이 아니라고 주장했으나 끝내 원소는 결단을 내리지 않았다.

허유에게 불운했던 것은 마침 그때, 기주성으로부터 수비를 맡은 부장의 보고가 전해진 일이었다. 보고서를 주욱 읽어보고 나서 원소는 허유에게 그것을 내밀었다.

"읽어보라!"

그 보고서 끝에 허유의 아들과 조카가 백성에게 무거운 세금을 매겨 거두어들인 돈과 곡식을 가로챈 것이 밝혀져 옥에 갇혔다는 내용이 적혀 있었다.

"허유, 그대는 기주에 있기 전부터도 이런 식으로 제 욕심을 채워왔겠지! 그대의 아들과 조카는 그런 나쁜 짓을 보아 왔기 때문에 흉내를 냈을 것이다. 이 보잘것없는 필부야! 무슨 면목으로 뻔뻔스럽게 정말인 것처럼 그 따위 계략을 나에게 내놓는단 말인가! 너는 본디 조조와 사이좋게 지내던 자이므로, 그 자의 뇌물을 먹고 감언이설에 속아 이 원소를 배반하려는 것이리라! 그렇지 않느냐!"

원소는 얼굴이 시뻘개져서 호통쳤다.

만약 이 때, 허유가 쓸데없이 변명을 하려 했다면 그 목은 뎅겅 달아났을 것이다.

허유는 의연한 태도로 말했다.

"주군! 남을 의심하여 마음을 썩이는 것은 자신의 심기가 쇠하였음을 여러 사람들에게 말해 주고 있는 것밖에 안 됩니다!"

원소는 확실히 자신의 기력이 쇠했음을 인정하고 있었다.

아픈 곳을 찔린 원소는 크게 외쳤다.

"에에이, 귀찮다! 네 얼굴 따위는 보기도 싫다! 썩 물러가라, 물러가!"

허유는 밖으로 나오자 아들과 조카가 붙잡혀 죄수가 된 것은, 평소 앙숙처럼 지내온 심배가 자기를 모함하기 위하여 비열하게 꾸민 간계임에 틀림없다는 것을 깨달았다.

'충성된 직언을 거슬러 듣는 소인과는 함께 일을 도모할 수 없다.'

허유는 원소를 버리기로 결심했다.

후세 사람이 시를 지어 탄식한다.

　　　원본초 장한 기상 중화를 뒤덮었거늘
　　　관도의 오랜 대치, 일을 그르쳤네
　　　허유의 계책을 받아들였던들
　　　산하가 어찌 조조의 차지 되었으랴

밤이 되자 허유는 단신으로 몰래 조조의 진영을 찾았다.

"뭐야, 허유가 왔다고?"

본영에서 갑옷을 벗고 쉬고 있던 조조는 전위진(前衛陣)의 한 대장이 보고하는 것을 듣자 이맛살을 찡그렸다.

어둠을 틈타 몰래 숨어든 자를 잡았더니, 자기는 조 승상의 옛 친구 허유라면서 본영으로 안내해주기 바란다고 요구했다는 것이다.

"허유는 의(義)를 아는 사람이다. 원소를 배반하리라곤 생각되지 않는데……."

조조는 아무튼 만나보기로 했다.

허유는 본영 옆에 있는 막사에 있었다. 막사는 허저의 부하들이 겹겹이 에워싸고 있었다. 조조가 막사 안으로 들어서니 그 안에는 병사들이 20명 가량 있었다. 그리고 하후돈을 비롯한 부대장들이 나란히 서 있었다. 모두 근엄한 표정이었다. 허유는 몹시 불편한 자세로 조조를 기다리고 있었다.

조조는 눈짓으로 병사들과 부하 장수들을 모두 나가게 했다. 그리고 허유 앞으로 다가갔다. 사실 낙양에서 어릴 때부터 친했던 사이이니만큼 서로에 대해 예의 격식을 따질 처지가 아니었으나 지금은 상황이 달랐다.

허유는 조조 앞에 서자 이내 무릎을 꿇고 엎드려 절을 했다. 조조는 웃으며 말했다.

"자원, 이 조조는 옛 친구에 대해서는 이름이나 지위로 높고 낮음을 가리지 않소. 일어서시오."

"공께서는 한나라의 승상이시오. 소생은 보잘것없는 사람. 더욱이 지금은 적의 휘하에 있는 사람인즉 사로잡힌 죄수라 할 수 있을 것입니다."

"알았소. 그래, 그대는 어찌하여 여기에 왔는지 우선 그것을 자세히 들었으면 좋겠소."

"나는 주인을 잘못 택했던 것 같소이다."

허유는 주군을 버리기로 한 사정을 이야기했다.

"과연……. 만일, 그대가 진언한 것을 원소가 받아들여 하북군을 두 편으로 나누어 공격했다면 이 조조는 꼼짝도 못하고 멸망했을 것이오."

조조가 말하자 허유는 청했다.

"승상, 옛날의 우정을 생각해서 이 자원이 승상을 따르게 해주시겠습니까?"

조조는 뚫어지게 허유를 지켜보며 대답했다.

"그대가 원소를 깨뜨릴 묘책을 일러준다면……."

조건을 내걸었다.

허유는 조금도 거리끼는 기색 없이 조조를 마주 바라보며 말했다.

"그 계책을 말씀드리기 전에 한 가지 여쭙고 싶은 일이 있습니다."

"뭐든지 물어보시오."

"지금 군중에는 군량이 얼마나 쌓여 있습니까?"

"일년은 지탱할 만하오."

조조는 곧 대답했다.

허유는 싸늘하게 미소를 띠었다.

"그렇지 않을 것입니다."

"하하하, 용케도 알아보았구려. 실은 반 년치밖에 준비되어 있지 못하오."

그 말을 듣자 허유는 옷소매를 떨치며 자리에서 일어나려 했다.

"어디 가오, 자원?"

"승상, 나를 속이지 마시오."

"잠깐만, 자원. 속였음을 인정하리다. 실은 우리 진영에는 석 달 동안의 군량밖에 남아 있지 않소."

이 말을 듣자 허유는 쌀쌀하게 말했다.

"세상 사람들이 조맹덕을 간웅이라고 말하는데, 분명히 그 말이 틀림없구려."

"자원……. 예부터 이르기를 병사(兵事)는 거짓을 말하기를 싫어하지 않는다 하지 않았소. 솔직하게 털어놓으리다. 사실 진중에는 이달치 군량밖엔 없소."

조조는 목소리를 낮추어 말했다.

그러자 허유는 큰 소리로 외쳤다.

"승상, 거짓말 마시오! 남은 군량은 앞으로 2,3일치뿐일 것이오."

조조는 소스라치게 놀랐다.

"어떻게 그걸 안단 말요, 자원?"

"이걸 보십시오."

허유가 내놓은 편지를 받아든 조조는, 그것이 틀림없이 자기가 순욱에게 보낸 군량을 재촉하는 글임을 인정했다.

"자원, 잘못했소. 이 편지에 쓰인 것이 틀림없는 사실이오."

조조는 머리를 숙였다.

"군량이 다 떨어진 우리 7만 군사가 원소의 70만 대군과 싸워 이길 수 있는 비책을 부디 가르쳐 주구려."

"이길 수 있는 계략은 단 한가지밖에 없소."

허유는 말했다.

"그 계책이란?"

"하북군은 군량과 군수품을 모조리 오소에 저장해 두었소이다."

"음!"

"이것을 지키고 있는 것은 순우경(淳于瓊)인데, 이 자는 형편없는 술꾼인지라 방비를 소홀히 하고 있을 것이오. 그러니 지금 승상께서 정예군사를 뽑아, 원소의 부장 장기(蔣奇)가 군사를 이끌고 왔노라고 거짓말을 하게 하여 깊이 오소의 땅으로 들여보내시오. 그리고 틈을 엿보아 군량과 군수품을 모조리 불태워 버린다면 원소군 70만은 채 사흘도 못 가서 진영이 허물어지고 난동이 일어나 통솔을 할 수 없게 되고 말 것이오."

코없는 부대

"음, 고맙소."

조조는 허유의 계책을 듣고 크게 기뻐했다.

그는 곧 오소 공격 준비에 착수했다. 원소와는 달리 조조의 결단과 행동은 무섭게 빠르다. 그는 일단 확신이 서면 결단을 내림과 동시에 곧장 행동에 옮겼다.

오소는 늪의 이름이다. 연진의 동남쪽에 자리잡고 있다.

조조는 5천의 보병과 기병을 뽑았다. 군량을 태우는 일이 목적이라 되도록 가볍게 무장시켰다.

때는 10월, 철은 초겨울이지만 그다지 춥지 않다. 밤이 되기를 기다렸다가 샛길을 택해 오소늪을 향해 떠났다.

이때 전군은 원소 쪽 깃발을 사용했다. 그리고 군졸들은 입에 함매(銜枚)를 물렸다. 함매는 군사들이 떠드는 것을 막기 위한 도구로 젓가락 모양의 나무조각인데 이것을 입에 물고 그 양쪽 끝 구멍에 꿴 실을 목 뒤에 매도록 되어 있다. 그리고 말들은 모두 재갈을 물리고 단단히 묶었다.

은밀한 행동이다. 비록 주민들이 보더라도 원소군의 깃발을 사용하고 있어 의심하지 않으리라.

병사들은 저마다 한 단의 장작이나 마른 풀을 짊어지고 있었다.

허유의 정보에 의하면 오소의 군량 저장소를 지키는 하북군은 1만 남짓이라 한다. 하지만 사기는 형편없다.

오소의 수비 장수 순우경은 술꾼으로 밤낮 술만 마시고 부하들도 도무지 병참기지를 지키겠다는 사명감이 없었다.

이 오소 공격에 조조는 모든 것을 걸었다.

5천의 조조군은 오소의 적진에 이르자 일제히 포위하고 준비한 섶이나 풀에 불을 붙여 진 안으로 던졌다. 아직 어두컴컴한 새벽이었다.

"무슨 일이냐, 시끄럽다!"

술이 엉망으로 취하여 곯아 떨어져 있던 순우경은 잠이 깨자 소리를 버럭 질렀다.

적의 기습임을 알자 오소의 원소군은 갈팡질팡 어쩔 줄을 몰랐다. 하지만 누구도 총대장 순우경을 깨우려 하지 않았다.

깨우더라도 쓸모가 없을뿐더러 오히려 방해가 됨을 알고 있었기 때문이다.

"뭣이, 적의 기습이라고? 봉화를 올려라, 봉화를!"

순우경은 일어나자 비틀거리며 외쳤다.

"보십시오! 봉화의 필요성이 있을까요?"

그의 부장(副將)이 입술을 씰룩거리며 말했다. 봉화를 올릴 것도 없이 적이 여기저기서 방화하고 있다. 50리 떨어진 양무의 본진에서 그것이 보이지 않을 턱이 없다.

이윽고 날이 밝기 시작했다.

순우경은 야습해 온 병력이 그다지 많지 않다는 것을 알았다. 게다가 밤하늘에 뿜어올린 불기둥을 보고서 양무의 본진에서 머지않아 구원군이 달려오리라 생각하니 기운이 났다.

그는 목이 터져라 외쳤다.

"적은 몇 안 된다! 막아라, 막아라!"

그러나 병력이 많고 적음 따위는 이미 문제가 아니었다. 혼란에 빠지면 아무리 대군이 있더라도 허수아비나 다름없다.

술고래 장군의 지휘를 받는 군졸들이니 처음부터 규율은 엉망이었다. 원소군의 운명은 이미 시간 문제였다.

단 하나의 희망은 구원군의 도착이었다.

"양무에서 구원군이 곧 달려온다. 그때까지만 버티어라!"

순우경은 진중을 미친 듯이 뛰어다니며 외쳤다.

한편 오소 방면에서 불길이 오른 것을 보고서 원소는 긴급 작전회의를 소집했다. 이런 판국에 이르러서도 원소 진영은 그 고질병인 의견 대립과 우유부단으로 도무지 결말이 나지 않았다.

"오소 공격에는 조조 스스로 대군을 이끌고 진두에 섰을 겁니다. 그렇다면 관도의 조조 본진에는 주장이 없고 병력도 적겠지요. 본진이 함락되면 조조 놈은 돌아갈 곳이 없어 우리 손에 걸려들 것입니다."

이렇듯 오소를 그대로 버려두고 조조가 없는 사이 그 본진을 치자고 주장한 것은 곽도였다.

그러자 장합(張郃)이 반대했다.

"천하의 조조인지라 손수 출전했다 하더라도 본진의 수비는 단단히 굳혔을 것입니다. 지금은 전군을 움직여 오소를 구해야만 된다고 생각합니다. 오소에 우리 군의 전 군량이 쌓여 있다는 것은 한낱 군졸도 알고 있습니다. 오소를 잃었다는 것을 알면 전군의 사기는 곧 떨어지겠지요. 오소에 아군의 운명이 걸려 있습니다."

두 주장이 모두 일리가 있었다.

원소는 크게 망설였다. 그는 조조의 본진을 습격하고 싶은 생각이 강했으나 장합의 주장에도 설득력은 있었다.

"알았다. 군을 두 길로 나누자!"

원소는 역시 그답게 이것도 저것도 아닌 결정을 내렸다. 그런 중에도 자신의 마음을 반영시켜 주력은 조조의 본진으로 보내고 일부를 오소로 보냈다.

더욱 나빴던 것은, 오소 구원을 가장 열심히 주장한 장합과 고람 두 사람을 조조 본진 공격의 사령관에 임명한 것이었다. 말하자면 자기 주장이 받아들여지지 않아 불만을 가지고 있는 장군에게 군사를 맡긴 것이다.

장합은 '조조의 본진은 수비가 견고할 것'이라고 주장했기 때문에 만일 간단히 함락된다면 자기의 예상이 빗나간 것이 된다. 겉보기만이라도 고전한 것처럼 보여야 한다는 미묘한 입장에 있었다.

원소의 구원부대가 오소에 접근한다는 소식을 들었을 때 조조는 침착하게 말했다.

"당황하지 말라!"

그때 원소군의 오소 수비 장수 순우경은 이미 포로가 되어 있었다. 술이 아직도 깨지 않은 상태였다.

"개같은 놈들, 나를 어쩔 셈이냐!"

순우경은 술기운을 빌려 고래고래 소리질렀다.

"이제부터 가르쳐 주마"

조조는 군졸을 돌아보며 명했다.

"이 녀석의 코를 도려내 주어라! 그리고 양손의 손가락을 잘라 말등에 붙들어 매라!"

"뭐, 뭐라고!"

술고래 순우경도 이 말을 듣자 취기가 싹 가셨다.

"포로는 몇 명쯤이냐?"

조조는 이어 막료에게 물었다.

"약 1천 명입니다. 전사는 2천, 이 근처에 숨어 있는 자가 약 2천, 나머지 1천 명 남짓은 달아났습니다."

"좋아, 포로들의 코를 벤 다음 놓아주어라."

포로들은 차례로 코만 도려내고 그대로 놓아 줬다. 이리하여 코없는 부대가 오소로부터 달아났다.

조조는 전군을 모았다. 적의 군량은 이미 태워 버려 소기의 목표는 이루었다.

"코없는 부대 뒤를 따라 도망쳐라!"

"도망입니까?"

막료는 고개를 갸웃했다.

"그렇다. 우리에겐 원소군의 깃발이 있다. 원소군인 척하며 달아나는 거다. 도중에서 원소의 구원부대를 만나겠지. 그들도 휩쓸리게 하여 도망치게 하는 거야."

조조는 말하고서 말에 급히 올라탔다.

오소로 향한 원소의 구원부대는 코가 베어져 온 얼굴이 피투성이가 된 도망병의 행렬과 마주쳤다. 코없는 병사의 대열은 삼삼오오 끝없이 이어졌다. 이윽고 코가 베어지고 손가락이 잘린 순우경을 매단, 안장도 없는 벌거숭이 말이 달려왔다.

그때 패잔병 일단이 저마다 외쳐대며 달려왔다.

"무서운 함정이 도사리고 있어! 지금 오소에 가면 여지 없이 모두 죽는다! 가지 말라구, 가지 말라구! 목숨이 아깝다면 가지 말라구!"

그들의 코는 제대로 있었으나 그들의 목소리는 공포에 질려 있었다. 그 '함정'이 무엇인지 아무도 말하지 않았으나 아무튼 '무섭다'고 했다. 무엇인지 모르기 때문에 오히려 그 무서움은 더했다.

"가지 마라, 가지 마라!"

그들은 구원군의 소맷자락을 잡아당겼다. 공포심에 사로잡힌 구원군은 그대로 뒤로 돌아 거의 모두 퇴각해 버렸다.

곧바로 나아가 오소에 도착한 자는 거기서 군량이 불타고 있는 것을 보았을 뿐 조조군의 모습은 발견할 수 없었다.

원소군의 오소 구원은 실패했다. 구원하려 해도 적은 이미 작전을 끝내고 어디로 사라졌는지 알 수 없었다.

오소에 적군 모습이 없다는 보고를 받았을 때, 곽도는 지금이야말로 자기의 경쟁자를 매장시킬 때라고 생각했다.

지금 관도의 조조군을 공격하기 위해 출동한 장합은 곽도의 막강한 경쟁자였다.

곽도는 원소에게 말했다.

"장합은 조조와 내통하고 있음이 틀림없습니다. 그 증거로 조조군이 없는 오소에 아군 전 부대를 투입하자고 했지 않습니까?"

"음, 그렇군"

원소는 장합을 의심했다.

"어쨌든 소환해서 조사해 보자."

'조사할 일이 있으니 군을 고람에게 맡기고 장합은 본진으로 출두하라.'

명령을 받든 급사가 장합에게 파견되었다.

"뭣이, 조사라고?"

장합의 머리에 퍼뜩 숙적 곽도의 얼굴이 떠올랐다.

'그 녀석이 모함했을 게 틀림없다. 무슨 조사인지는 모르지만 아무래도 덫에 걸린 것 같다. 출두하여 본진의 군법회의에 올랐을 때 과연 변명이 통할지…….'

이때 옆에서 동료인 고람이 말했다.

"의심많은 주군을 섬기다 보니 늘 불안하군요. 언제 내 몸에 어떤 혐의가 씌워질지 알 게 뭡니까! 이쯤에서 좀더 꿋꿋한 주인을 찾

고 싶군요."

"고 장군, 지금 뭐라고 하셨소?"

장합은 크게 숨을 들이마시고 창백한 얼굴로 물었다.

"조조 승상은 인재를 사랑한다고 들었소."

"그렇소! 함께 투항해 주시겠소?"

오소의 이변(異變)은 원소에게 결정적인 타격을 주었다.

"이 멍청한 놈이!"

원소는 온통 얼굴이 피투성이가 된 순우경을 몸소 베어 버리고 그 대로 그 자리에 주저앉았다.

"내 운도 다 됐구나!"

절망했다. 더욱이 장합과 고람 두 장수도 끝내 돌아오지 않았다.

장합도 고람도 마침내 주군의 운이 다했음을 깨닫고 싸우지도 않 고 조조에게 항복하고 만 것이다.

두 사람은 거느리고 있던 병사와 말, 군량 등을 모조리 휘몰아 가 지고 조조에게 투항했다.

이 소식을 들은 조조는 몹시 기뻐했다. 옆에 서 있던 하후돈이 못 마땅한 목소리로 말했다.

"장합과 고람은 이전에도 여러 번 주인을 바꾸었습니다. 지금 두 사람이 항복했다고는 하나 아직 그 진위를 확인해보지 않은 상태 입니다."

그러자 조조가 웃으면서 말했다.

"주인이 옳지 못하면 아랫사람이 몸담고 있던 곳을 떠나는 것은 정한 이치다. 지난 날 은(殷)나라가 그러해 미자(微子)가 떠났 고, 초(楚)나라가 그러해 한신(韓信)은 한(漢)으로 돌아섰다. 내 가 두 사람을 너그럽게 맞아들인다면 혹 딴마음을 품고 왔다 하더 라도 돌아서지 못할 것이다."

조조는 몸소 영문(營門)을 열어 두 전향자를 맞아들였다.

장합과 고람은 이에 몸둘 바를 모르며 갑옷을 벗은 뒤 땅에 엎드려 넙죽 절을 올렸다. 그들은 울먹이며 그간의 경위를 낱낱이 설명하고 이해를 구했다. 그러자 조조는 다시 위로했다.

"원소는 참으로 어리석은 사람이오. 만약 원소가 부하 장수의 진언을 겸허히 받아들였다면 나와 내 군대를 물리치고 지금쯤 대승을 거두었을 것이오. 그대들 두 장수께서 내게 온 것은 마치 미자가 은을 떠나고, 초를 버린 한신이 한으로 온 것과 같소. 이것은 정한 이치이니 너무들 스스로를 책망치 마시오."

이후 장합은 편장군(偏將軍)에 도정후(都亭侯)로 봉하고, 고람은 편장군에 동래후(東萊侯)가 되었다.

이제 군세는 완전히 한 쪽으로 기울었다.

조조에게는 모든 일이 일사천리였다. 이제 돌격하는 일만 남았을 뿐이다.

어제의 우군(友軍)이 오늘은 앞장서서 습격해 오자, 하북군은 싸울 뜻을 잃고 비참하게 달아날 궁리만 했다.

실로 그것은 황하의 홍수가 백 리 들판의 초목을 휩쓸어 버리는 것과 같았다.

원소 자신도 갑옷을 몸에 걸칠 겨를도 없이 복건만 쓰고 말에 올랐다. 그는 어둠을 틈타 무턱대고 마구 달렸다.

그 뒤를 따른 것은 셋째아들 원상(袁尙)뿐이었다.

가까스로 황하의 물가에 다다랐을 때 주군을 따라 뒤를 쫓아온 부하는 800여 기를 헤아릴 뿐이었다.

조조는 패배할 때도 눈부시지만, 대승을 거둘 때에도 눈부셨다. 원소와 천하를 겨룬 싸움에서 그는 그의 생애에서 가장 빛나는 전과를 거둔 것이었다.

조조가 이 승리로 얻은 군량·무기·마필·금백(金帛)·보물 등은 헤아릴 수 없을 정도였다. 항복한 군사만도 30만을 넘었다. 조조는 그들 항복한 군사들을 모조리 자기 휘하에 편입시켰다.

원소가 미처 챙기지 못하고 본진에 그대로 두고 간 중요한 비밀 서류가 조조 앞으로 운반되어 왔다. 그 가운데 서신 한 묶음을 조사해 보니 허도나 조조의 군중에서 은밀히 원소와 내통한 자들의 밀서가 섞여 있었다.

좌우의 시신들은 이 밀서를 증거로 하여 배반을 꾀한 자들의 목을 남김없이 베어야 한다고 권했다. 그러나 조조는 큰 아량을 보였다.

"원소의 기세가 성했을 때에는 나도 무릎을 꿇을까 생각한 일이 있었다. 하물며 70만의 대군이 밀어닥친다는 말을 듣고 보통 사람이라면 원소를 당할 수 없다고 생각하는 것이 당연하지 않겠느냐? 굳이 나무랄 것은 없다."

그렇게 말하고 나서 밀서를 모조리 불살라 버렸다.

그런데 한 인물이 군사 몇몇에게 끌려와 조조 앞에 무릎꿇렸다.

"그대는 원소의 모장(謀將) 저수가 아닌가?"

조조는 매우 놀라 그 오라를 풀게 했다.

저수는 이제 모든 것을 단념한 조용한 표정으로 조조의 눈길을 받으면서 말했다.

"주군께서 너무 무모하고 무책(無策)하다는 말을 듣고 조금이라도 도움이 될까 하여 단기로 달려왔으나, 때는 이미 늦어 우리 군사는 크게 패했으며 저 자신도 붙잡혀서 면목이 없습니다."

"만일 그대가 싸움이 벌어지기 전에 원소에게 도착하여 그 계책을 원소가 받아들였다면 나도 이렇듯 크게 이길 수는 없었을 것이다."

조조는 이렇게 말한 다음 저수에게 권했다.

"어떤가, 저수? 이미 원소는 독 안에 갇힌 쥐와도 같은 처지가 되었으니 그 목숨도 얼마 남지 않았다. 듣자니 그대는 주인의 무능함을 알아보고 은거하던 중이었다. 마음을 돌려 이 조조를 섬길 생각은 없는가?"

"2, 3일의 말미를 주십시오."

"잘 생각해보고 대답해 주기 바란다."

조조는 시신들에게 명하여 저수를 극진히 대접하게 했다.

그 이튿날 아침이었다. 군사들이 한 시체를 운반해 왔다. 조조는 그것을 보자 소스라치게 놀라 눈을 부릅떴다. 마치 살아 있는 듯한 저수의 죽은 얼굴이었다.

새벽녘, 저수는 영내에 있는 말을 훔쳐내어 도망하려 했다고 한다. 뒤쫓아간 군사들이 아무리 소리쳐 불러 세우려고 해도 듣지 않으므로 하는 수 없이 활을 쏘아 쓰러뜨렸다는 것이다.

조조는 탄식했다.

"저수가 도망하려다가 들킬 만큼 어리석을 리가 있겠느냐? 일부러 뒤쫓아오게 하여 죽은 것이다. 훌륭하다. 충의의 사람이여!"

조조는 손수 붓을 들어 '충렬저군지묘(忠烈沮君之墓)'라 써서 그것을 비석에 새기게 한 뒤, 황하 나루터 어귀에 큼직한 무덤과 더불어 세우게 했다.

이 사실을 두고 후세 사람이 시를 지어 찬탄했다.

하북 땅에 명사들이 많았지만
충의와 절개로는 저수를 꼽더라
눈길을 모으면 진법을 꿰뚫고
하늘을 쳐다보면 천문을 알았네

죽음 순간까지 마음은 철석같고
위험 앞에서 기개는 의연하였네
조조가 의리와 절개를 흠모하여
특별히 의로운 무덤 세워주었네

원소는 가까스로 여양 북쪽 기슭까지 도망쳐 체력도 기력도 다 하자 속수무책으로 나무토막처럼 누워 깊은 잠에 떨어지고 말았다.

　　세력은 약하나 헤아림 많아 이겼고
　　군사는 강해도 지모가 적어 망했네

그 동안에 패주한 장병들이 속속 모여들었다. 원소는 지옥 밑바닥에서 울려오는 듯한 기분나쁜 소리에 잠에서 깨어났다.

잠자리에서 꾸물꾸물 일어나 앉은 원소는 사방에서 진동하는 그 소란스러운 소리에 가만히 귀를 기울였다. 그것은 패잔병들이 한탄하는 소리가 점점 높아져서 바닷물이 거세게 파도치듯 울려오고 있는 것이었다.

형을 잃고, 동생이 맞아 죽고, 친구를 빼앗기고, 주인을 버리고 온 괴로움을 호소하는 비통한 부르짖음이, 원소의 가슴에 수천 개의 화살이 박히는 듯한 아픔을 느끼게 했다.

장막 바로 밖에서 들으라는 듯이 외치는 자가 있었다.

"만일 주군께서 전풍의 진언을 받아들이셨다면 이와 같이 참혹한 화를 당하지는 않았을 것이다!"

'……옳은 말이다.'

원소는 고개를 끄덕였다.

'……전풍의 충고를 듣지 않고 군사를 일으켜, 병졸은 패하고 장수는 죽어 없어진 이제, 무슨 면목으로 나라에 돌아가 전풍과 얼굴을 마주 대할 수 있으리오!'

원소는 두 손으로 얼굴을 가렸다.

그 이튿날 부장 봉기(逢紀)가 1만 명의 군사를 이끌고 달려왔다. 원소는 가까스로 기력을 되찾아 고산을 향해 말을 몰았다.

도중에 원소는 봉기에게 말했다.

"나는 전풍이 간하는 말을 물리쳤기 때문에 이런 패배를 당했소. 기주로 돌아가 전풍을 만나기가 부끄럽구려."

그러자 평소부터 전풍을 미워하던 봉기는 엷게 비웃으며 말했다.

"전풍은 지금쯤 옥중에서 주군이 패했음을 듣고 손뼉을 치며 비웃고 있을 것입니다."

"그럴까? 그럴 테지!"

원소는 고개를 푹 숙였다.

"만일 전풍을 옥에서 풀어 주신다면 그 자는 반드시 허도로 달려가 조조에게 항복할 것입니다."

"그렇게 생각하는가?"

"그것은 불을 보는 것보다도 더 명백합니다."

"어찌하면 좋겠는가?"

"저에게 맡겨 주십시오."

봉기는 싸늘하게 전풍의 처리를 맡고 나섰다.

기주의 옥에 붙들려 있던 전풍은 주군의 패배를 전해 듣자 비웃기는커녕 침통한 마음으로 정좌하고 있었다.

옥리는 전풍을 진심으로 공경하며 따랐다.

"주군께서도 비로소 장군의 충고를 잘 알게 되셨을 것입니다. 돌아오시면 장군을 반드시 중히 쓰실 것이 틀림없습니다."

전풍은 쓸쓸하게 웃었다.

"아니다. 나는 죽게 될 것이다."

옥리는 놀라서 되물었다.

"어찌하여 그와 같이 불길한 생각을 하십니까?"

"주군께서는 10년 전의 그 주군이 아니시다. 어떤 자가 충성스러운 신하인지, 간사한 자인지 분간을 하지 못하신다. 한 번은 후회를 하시더라도 측근의 간신들이 모함하는 말에 마음이 흔들려 자신의 뜻을 세우시지 못한다. 만일 승리를 거두어 돌아오시는 거라면 혹시 나를 사면하여 주시리라고 생각할 수 있겠지만, 패배를 부끄러워하며 돌아오는 지금은 옳고 그름을 판별할 슬기로움마저 잃으셨을 것이다.”

전풍은 다시금 깊은 생각에 잠겨 말없이 앉아 있었다.

옥리는 그런 말을 듣고도 ‘설마’ 하고 생각했다.

그러나 원소가 돌아온 그 날, 사자가 와서 전풍을 처형한다는 명을 전해 왔기 때문에 옥리는 아연실색하면서 전풍의 선견지명에 새삼 탄복을 했다.

옥리가 옥사 앞에 왔을 때, 이미 전풍은 싸늘한 주검이 되어 쓰러져 있었다. 옥리 한 사람에게서 작은 칼을 빌려 이미 목을 찔렀던 것이다.

벽에는 ‘대장부가 하늘과 땅 사이에 태어나 그 주군을 알지 못하고 섬겼음은 슬기로움이 없음이로다. 오늘 죽음을 받게 됨에 무엇이 아까우랴.’ 하는 뜻의 장절(壯絶)한 시가 씌어 있었다.

후세 사람이 전풍의 죽음을 탄식하는 시를 남겼다.

어제 아침 저수를 군중에서 잃었는데
오늘 되니 전풍이 옥중에서 죽는구나
하북 기둥감이 이렇듯 모두 꺾이는데
원소가 어찌 제 나라를 잃지 않으리오

눈물

기주로 돌아온 원소는 전사(殿舍) 안쪽 깊은 곳에 틀어박혀 울적한 마음으로 나날을 보냈다.

후처인 유씨가 이 모습을 바라보고 만일의 경우를 염려하여 빨리 뒤를 물려 줄 후사(後嗣)를 세우도록 권했으나 원소는 그에 대한 결단도 내리지 못했다.

원소에게는 재주와 지혜가 뛰어났던 막내아들이 죽고, 세 아들이 남아 있다. 맏아들 원담(袁譚)은 파견 나가 청주(靑州)를 지키고 있다. 둘째아들 원희(袁熙)도 유주(幽州)를 지키고 있다. 셋째아들 원상(袁尙)만이 아버지 곁에 머물러 있다.

원소는 아내가 너무 끈질기게 권하는 데 못이겨 후사 문제를 심배·봉기·신평(辛評)·곽도 등 네 사람에게 맡겼다. 그런데 신평·곽도는 맏아들 원담을 지지했고, 심배·봉기는 셋째아들 원상을 옹립하려고 했다.

전풍·허유·저수 등 충성된 신하를 잃은 지금, 나머지 장수들은 권력 다툼으로 반목을 거듭해 기주는 실로 수습하기 어려운 지경이 되어 있었다.

원소에게는 한 마디로 후사를 결정할 기력조차 없었다.

한창 분쟁이 일 때, 먼저 둘째아들 원희가 6만의 군사를 이끌고 유주로부터 돌아왔다. 이어 맏아들 원담이 5만의 군사를 이끌고 청주에서 돌아왔다. 그리고 또 외조카인 고간(高幹)이 5만의 수하 군사를 이끌고 병주로부터 찾아왔다.

그러자 원소도 가까스로 기력을 되찾아 다시 한 번 조조와 자웅을 가릴 각오를 다졌다.

한편 조조는 황하 가에 진을 치고 기주를 습격할 태세를 착착 진행시키고 있었다.

이윽고 원소가 4주의 군사를 모아, 약 20만의 대군으로 창정(倉亭)까지 진격해 왔다.

"패장이 이와 같이 재빨리 보복하기 위해 나선다는 것은 아주 신기한 일이야……."

조조는 우선 2만의 군사를 출발케 하여 하북의 군세가 얼마나 강한지 시험해 보았다. 적은 뜻밖에 강했다. 퇴각해 온 선발대의 부장 가운데 한 사람이 보고했다.

"원소의 막내아들 원상이 지휘를 맡고 있는데 눈이 휘둥그레질 만한 병략을 쓰고 있습니다."

"기책(奇策)이 필요하겠군."

조조는 정욱과 의논했다. 정욱은 한동안 깊이 생각하더니 말했다.

"십면 매복의 계(十面埋伏之計)가 좋을 것으로 생각합니다."

"좋다, 그것을 쓰자!"

조조는 그 자리에서 결정했다.

좌군으로서 제1대 하후돈, 제2대 장료, 제3대 이전, 제4대 악진(樂進), 제5대 하후연(夏侯淵).

우군으로서 제1대 조홍, 제2대 장합, 제3대 서황, 제4대 우금, 제

5대 고람.

중군의 선봉은 허저가 맡았다.

달도 없는 한밤중 허저는 3만의 군사에게 함매를 물려 말을 못하게 막고, 말에게는 재갈을 물린 다음 은밀히 창정(倉亭)을 향해 진격해 갔다.

원상은 조금도 방심하지 않았기 때문에 급보를 접하자 즉시 아버지 원소를 설득하여 단번에 자웅을 결정하기로 했다.

허저의 군사가 다가오기를 소리없이 기다렸다. 적이 일시에 함성을 지르며 달려들기 전에, '와아' 고함을 치며 원상을 선두로 하북의 군사가 먼저 맹렬한 공격을 개시했다.

선수를 빼앗겼으면서도 허저는 일단 격돌하여 필사적으로 싸우는 것처럼 보이다가 적당한 때를 보아, 후퇴 명령을 내렸다.

"물러가라!"

조조의 군사는 뿔뿔이 흩어져 도망치기 시작했다.

"한놈도 놓치지 마라!"

젊은 원상은 관도에서 당한 치욕을 여기서 씻고 말리라는 결의로 쏜살같이 말을 몰았다.

조조군이 달아나는 속도는 질풍 같았지만 하북군이 추격하는 속도는 쏜살같았다.

눈 깜짝할 사이에 싸움터는 황하 기슭으로 옮겨졌다.

강기슭에는 조조가 말등에 올라앉아 늠름한 모습으로 환히 밝힌 모닥불 가에 우뚝 서 있었다.

패주해 오는 자기편 군사들을 향해 조조는 벽력같이 큰소리를 질렀다.

"뒤는 큰 강이다! 달아나면 빠져죽을 뿐이다. 물고기밥이 될 것인가, 아니면 적병과 맞붙어 싸워 이길 것인가. 어느 쪽을 택하겠느냐? 허도의 정병(精兵)들아!"

그에 대답하여 '와아' 하고 천지를 뒤흔드는 함성이 터졌다.

순식간에 진형을 다시 정돈한 조조의 군사는 하북군을 향해 황하에서 솟구치는 성난 물결처럼 반격해 갔다.

그 기세에 눌려서 하북군은 와르르 허물어지기 시작했다. 그때 별안간 왼쪽 오른쪽에서 하후연과 고람의 두 부대가 일시에 가세했다.

하북군은 당황하여 혈로를 열어 달아났다. 그러나 십 리도 채 내닫기 전에 왼쪽에서 악진, 오른쪽에서 우금이 한 사람인들 놓칠까 보냐 하는 기세로 돌진해 왔다.

수천 구의 주검을 들판에 남겨놓고 도망치는 하북군을 향해, 이번에는 왼쪽에서 이전이, 오른쪽에서 서황이 요란한 함성을 내지르며 쏟아져 나왔다.

주검은 여기저기 널려 들판을 메웠고, 피는 흘러 강을 이루었다. 이 말이 조금도 과장이 아닐 정도로 참혹한 패주였다.

이전과 서황의 두 군사에 쫓긴 하북군이 가까스로 옛 성채로 도망쳐 들어가 한숨 돌릴 겨를도 없이, 좌우로부터 장료와 장합의 제2대가 맹렬히 돌입해 왔다.

원소는 원담·원희·원상 세 아들과 함께 간신히 도망쳐 나와 방향도 정하지 못한 채 숨넘어갈 정도로 내달았다. 그 앞길에 느닷없이 하후돈과 조홍의 제1대가 나타났다.

십면 매복의 계략은 이리하여 백지에 그림을 그리는 것처럼 훌륭하게 성공했다.

원소와 그 세 아들이 겹겹이 에워싼 적의 군세 속에서 혈로를 튼 것은 기적이라고 할 수밖에 없었다.

말할 것도 없이 저마다 크고 작은 상처를 입었다. 상처의 아픔을 느낀 것은 어느 정도 안전하다고 생각되는 곳까지 도망친 뒤였다. 먼저 원희가 등에 깊이 박힌 화살의 아픔을 더이상 견디지 못하고 말에서 떨어져 정신을 잃었다. 원담은 한쪽 팔이 잘려, 풀밭에 쓰러지자 이미 일어날 기력마저 잃고 말았다. 오직 원상만이 그래도 기력이 조금 남아 있어 가쁜 숨을 몰아쉬는 아버지를 부둥켜 안았다.

원소는 배에 화살을 맞아 숨을 헐떡거릴 때마다 피를 토했다.

"아버지, 정신 차리십시오!"

원상이 귓가에 대고 소리치자 원소는 겨우 고개를 저으며 꺼져가는 목소리로 중얼거렸다.

"하늘은……나를 버리셨다!"

"아닙니다. 일시적인 패배에 낙심할 것은 없습니다! 내일이 있습니다, 내일!"

"상아……."

원소는 셋째아들의 손을 더듬어 잡았다.

"내가 죽은 뒤에는 네가 기주의 주인이 되거라……알겠느냐…… 세 아이 중에서 너를 빼놓고 내 뒤를 이을 아이가 없다. ……맏형 담에게는 신평과 곽도를 딸려 청주를 지키게 하고…… 작은형 희는 유주로 들어가게 하고, 고간에게는 병주를…… 알겠느냐? 그들에게 저마다 맡은 곳을 단단히 지키게 하고…… 군사와 말을 모아 다시 정예병을 길러서……."

여기까지 말하고 고개를 푹 떨어뜨렸다.

"아버지! 기주로 돌아갈 때까지만이라도 살아 계셔 주십시오!"

원상은 죽을 힘을 다해 아버지를 끌어안았다.

그때 고간이 수레 하나를 찾아내어 끌고 왔다. 원상은 아버지를 수레에 태우고, 달려온 자기편 군사 3천 명의 대오를 가다듬어 말없이 기주를 향했다.

제1대인 조홍과 하후돈은 이때, 서쪽에 있는 높은 대지(臺地)로 달려올라가 맥없이 돌아가는 패잔한 적군의 대열을 내려다보고 있었다.

"조홍, 누가 원소의 목을 들고 승상께 돌아갈지, 한 번 겨루어 보는 게 어떻겠소?"

외눈박이 맹장은 말했다.

"아니오!"

조홍은 머리를 설레설레 흔들었다.

"내가 승상이라면 패잔한 적을 눈아래 보며 어떤 태도를 취하실 것인가 하고 생각했소."

"그야 물론 일거에 공격하여 원소의 모가지를 단칼에 베어 버리실 것이오."

"아니오, 승상께선 그렇게 하지 않으실 게요. 원소는 모르긴 해도 아마 저 수레 속에 있을 터인데 저토록 느릿느릿 조심스럽게 가는 것을 보니 다 죽어가는 몸임에 틀림없을 것이오. ……무사로서 이것을 덮쳐 목숨을 빼앗는 것은 의롭지 못한 일이오. 지금은 조용히 보내주는 것이 예의일 것이오."

"무슨 그런 너그러운!"

하후돈은 혀를 차며 못마땅해했다. 그러나 조조의 동생인 조홍이 굳이 못 본 체하겠다니 하는 수 없는 일이었다.

조홍이 취한 태도는 올바른 것이었다.

수레가 기주 성 안에 들어갔을 때, 원소는 이미 차디찬 시체가 되어 있었다.

뒷날 누군가가 시를 지어 원소의 죽음을 탄식했다.

조상대대의 음덕으로 큰 이름 떨치고
젊은 시절 천하를 누비며 의기를 펼쳤네
삼천 준걸 헛되이 불러 모으고
백만 대군 있어도 제대로 부릴 줄 몰랐네

양 기질에 범탈이니 공을 이루지 못했고

봉황 깃에 닭의 담력 큰일하기 어려웠네
가련하고 가슴 아픈 것은
쓸데없이 두 형제가 집안 싸움 일으킴이라

원상은 서둘러서 장례를 거행하고, 곧 심배와 봉기 두 장수의 지지를 얻어 대사마의 지위에 앉아 기·청·유·병 등 4주의 주인임을 선언했다.

심배와 그 추종 세력들은 원소의 부인이었던 유 부인을 충동질해 원소가 평소 사랑하던 애첩 다섯 명을 한꺼번에 죽여버렸다. 후환을 없애기 위한 조치였으나 투기심에 불탄 유 부인은 총첩(寵妾)들의 혼백이 저승에서나마 원소를 만날까 봐 머리털을 잘라 버리고 얼굴을 찌르는 등 잔혹한 방법으로 주검을 훼손시켰다. 원상 또한 부화뇌동하여 첩의 가족들까지 삼족을 몰살해버렸다. 아버지인 원소보다 더 잔혹한 아들이었다.

유명(遺命)에 의해 아버지의 업을 이어 주인이 된 것이므로 맏형 원담이나 작은형 원희도 불만을 말할 수는 없었다. 내키지는 않았지만 어쩔 수 없이 승복하여 각각 청주로, 유주로 떠났다.

다만 세 형제가 이대로 각자 분수를 지켜 하북을 편안하게 다스려 나갈 수 있을지 의심스러울 뿐이었다. 지금은 조조라는 눈앞의 강적과 맞서야 하기 때문에 힘을 합쳐야겠지만, 만약 조조가 군사를 물리면 곧 형제 사이에 권력 다툼이 일어날 것은 불을 보듯 뻔한 일이었다.

한편 여남 땅을 차지하고 수만의 정예를 거느리게 된 유비 현덕은 천하 정세를 관망하고 있었다. 그는 이미 조조와의 밀약은 끝난 것으로 생각했다. 원소가 꺾인 지금에 와서 그런 약속이 계속 효력을 발휘할 수는 없을 것으로 판단했다.

'나도 자립해야 한다.'

그렇지만 아직은 힘이 약하다. 조조와 결전을 벌이기에는 너무도 미약한 존재였다. 그런 것을 알고 있기 때문에 허도를 치자고 하는 관우나 장비의 주장에 고개를 저었다.

"아직 때가 이르다. 좀더 기다리자!"

그러나 관우와 장비는 서둘러대기만 했다.

"형님, 지금 아니고서 언제 또 기회가 있겠습니까? 조조가 없는 허도를 찔러 천자님을 받들어야 합니다."

유비는 아우들이 그렇게 말할수록

'아아, 나에게 뛰어난 군사(軍師)가 있었으면!'

하는 생각이 간절했다. 그러나 어차피 승패와 대의명분은 다른 것이 아닌가 하는 생각을 가졌다.

유비는 마침내 결단을 내렸다.

'조조의 중군과 원소의 중군이 창정에서 격돌했다!'

그러한 급보가 있자 유비는 진격하라는 명령을 내렸다.

용약(勇躍) 분기한 여남의 군세는 오로지 허도를 목표로 내달았다.

그런데 양산에 이르러 산을 하나 넘었을 때 모든 군사들이 한순간 얼굴빛이 달라졌다. 조조의 군사 10만이 그 들판을 뒤덮고 기다리고 있었다.

질풍 노도와 같이 하북군을 공격하여 대승을 거둔 조조는 급보를 받자 곧 군을 돌려 양산에 진을 치고 기다렸던 것이다.

"천운이 없는가!"

유비는 낮게 부르짖었다. 그러나 지금은 하는 수 없이 조조군과 격돌할 수밖에 없다.

"군사를 3대로 나눈다. 동남은 운장, 서남은 익덕, 정남으로는 내가 나가리라. 자룡은 나를 따르라."

두려움없이, 망설임없이, 여남의 군사 5만은 그 진형도 정연하게 양산 들판으로 내려갔다.

그러자 승상기를 펄럭이며 말을 탄 한 사람이 곧장 앞으로 달려나오는가 싶더니, 그 뒤를 따라 얼른 보기에도 총대장임을 알 수 있는 기마 장수가 묵묵히 다가왔다.

"현덕, 나오너라! 이 조조가 헤어진 뒤의 인사를 받아주리라!"

이에 응하여 유비는 몸소 문기(門旗)를 높이 들고 말을 몰아 나갔다. 부르면 대답할 수 있을 만큼 가까운 거리로 다가가자 조조가 채찍을 휘두르며 욕설을 퍼부었다.

"현덕! 그대는 상빈(上賓)으로 나의 보호를 받았던 은혜를 저버리고, 내 군졸을 훔쳐 여남 땅을 약탈하여 차지했다. 의를 배반한 망은(忘恩)의 무리가 무엇을 하겠느냐!"

유비도 지지 않고 고함을 쳤다.

"조조! 이제야말로 말하리라. 너는 한나라의 승상이란 관명을 자처하고 있지만, 실은 천자를 위협하여 그 지위를 약탈한 국적이다. 한실의 종친인 내가 가짜 승상에게 은혜를 입은 기억은 없다. 실인즉 네게 잡힌 몸으로 허도에 있었을 뿐이다. 죄인으로 잡힌 몸이 자신의 목숨을 지키기 위해 틈을 엿보아 달아난 것은 당연하지 않은가."

"닥쳐라! 나는 칙명에 의해 천하를 어지럽히는 역적들을 치기 위해 나선 한나라 승상이다! 빨리 항복하면 목숨만은 살려주리라!"

"우습기 짝이 없는 말이로구나! 천자께서 내린 참다운 칙명은 내가 받았느니라!"

유비는 전에 국구 동승이 읽어준 밀조(密詔)를 낭랑한 목소리로 다시 외어 들려주었다.

"……오늘날 조조는 권세를 희롱하고 천자를 속이며 무리를 지어 조정의 기강을 깨뜨리고……."

조조는 끝까지 듣지 않고 두 눈을 부릅뜨며 외쳤다.

"쳐라!"

조조 곁에서 질풍같이 뛰쳐나온 것은 허저였다.

기다렸다는 듯이 유비의 등 뒤로부터 곧장 내달린 것은 창을 옆구리에 낀 조자룡이었다.

창과 칼이 불꽃을 튕기면서 맞붙었는가 싶더니 두 무장은 서로 엇갈려 15보 거리를 달려갔고 말머리를 돌려 다시 격돌했다.

그때, 함성을 지르며 관우의 군사는 동남으로부터, 장비의 군사는 서남으로부터 산사태 무너지듯 무서운 기세로 돌격해 왔다.

그 무시무시한 기세에 조조군은 당혹하여 무너졌다.

관우의 강하고 용맹스러움은 이미 너무도 잘 알려져 있는 바였으며, 장비의 용맹 또한 관우 이상이라는 소문을 허도의 군사들은 이미 들은 바 있다. 게다가 하북군과의 싸움으로 매우 지쳐 있기도 했다.

조조군은 눈깜짝할 사이에 진형이 허물어지고 저마다 앞을 다투어 패주했다.

유비는 승세를 타고 너무 깊이 쫓는 일이 있을까 봐 스스로 경계하여 이윽고 군사를 물렸다.

이튿날, 유비는 조자룡에게 명하여 일부러 유도하는 시위(示威)를 하도록 했다. 그러나 어찌된 일인지 조조는 이에 응하지 않았다.

조조의 귀신같은 계산과 지모를 얕잡아보면 안 된다는 것을 누구보다도 잘 아는 사람은 관우였다.

"조조가 입을 다물고 꿈쩍도 않는 것은 수상하다!"

관우는 불길한 의혹을 느꼈다. 그러나 조조가 어떤 기습 작전을 써 올 것인지, 군사(軍師)가 아닌 관우로서는 헤아리기 어려운 일이었다.

조조는 닷새가 지나고 열흘이 지나도 군사를 움직이려 하지 않았다.

"주군! 조조가 꿈쩍도 하지 않는 것은 군사들의 피로를 풀어줄 목적만이라고는 생각할 수 없습니다. 이제는 일단 여남으로 돌아가는 것이 안전한 일인 줄로 생각합니다."

이렇게 관우가 진언했을 때였다.

말 한 필이 급히 달려오더니, 공도가 여남으로부터 군량을 운반해 오는 도중, 조조군에게 포위되어 전멸했다는 다급한 소식을 전했다.

"익덕, 군량을 탈환하라!"

"알았습니다."

장비는 즉각 1만 명의 군사를 이끌고 달려갔다.

유비는 관우·조운과 함께 급히 여남으로 되돌아가려 말머리를 돌렸다. 그런데 그 도중에 쏜살같이 달려온 파발마를 만났다.

"여남은 이미 하후돈이 이끄는 2만 군사에게 공격을 받았습니다."

패배 소식이 전해졌다. 성을 지키던 유벽은 맥도 못 추고 패하여 성을 버리고 도망쳐 버렸다는 것이다.

"내가 다시 빼앗으리라!"

관우가 1만 명의 군사를 이끌고 적토마에 힘껏 채찍질을 가했다.

유비는 조자룡에게 뒤를 맡긴 다음 일시 토산 부근에 진을 치고 기다리기로 했다. 그러나 그곳에 진을 치고 불과 며칠이 지나지 않은 어느 날 밤, 사방에 무수히 횃불이 타오르고 천지를 뒤흔드는 함성이 일어났다.

조조의 지략은 유비의 예측을 앞지르고 있었다.

진퇴유곡! 막막하기만 한 유비 곁으로 조자룡이 달려왔다.

"주군, 제 뒤를 떨어지지 마시고 말을 몰아 오십시오! 기필코 혈로를 트겠습니다!"

주군과 장수는 모든 군사에게 동쪽으로 달리라고 외친 다음 말에 올라탔다. 조자룡은 창을, 유비는 쌍고검을 휘두르며 적진 속을 정신없이 돌파해 나갔다.

"조자룡! 승패를 가리자!"

허저의 고함 소리가 튀어나오고 장검이 윙 하고 우는 소리가 귀를 스쳤다. 이어 우금과 이전 등의 고함 소리가 다가왔다. 무수한 적의 군사가 메뚜기떼처럼 달려들었다.

찌르고, 차고, 베며, 글자 그대로 아수라가 되었다. 어지럽게 뚫고 나가는 동안 상대편이 뿜은 피인지, 자신의 몸에서 흘러나온 피인지, 머리며 가슴이며 사지가 흠뻑 붉게 젖었다.

가까스로 20리를 뚫고 달렸을 무렵, 날이 뿌옇게 밝기 시작했다.

등 뒤에서는 여전히 끈질기게 적의 군대가 쫓아오고 있다.

'이제 마지막인가!'

유비는 눈앞이 막막했다.

그때 오른쪽 숲속에서 한 무리의 인마가 홀연히 뛰쳐나왔다.

"복병인가!"

유비는 자기도 모르게 두 눈을 감았다.

"주군, 유벽입니다!"

아아, 이 목소리! 유비에게 아직도 천운이 다하지 않았음을 깨우쳐주는 순간이었다. 여남에서 쫓겨난 유벽이 1천여 기의 패잔병을 이끌고 도망쳐 오던 중이었다.

비록 패잔 부대였지만 위기에 처한 주군을 구하기 위해 유벽은 그대로 추격해 오는 적의 군대를 향해 뛰어들었다. 그리고 필사적으로 싸웠다.

그 틈에 유비는 10리 남짓 달아날 수 있었다.

유비 현덕은 결국 그것이 미리 정해진 숙명인 것처럼 패주했다. 그리고 다시 의지할 곳을 잃었다.

사투에 사투를 거듭하다가 겨우 도망쳐 정신을 차렸을 때 앞에는 망망한 강이 가로놓여 있었다. 머리를 돌린 현덕은 관우·장비·조운의 모습이 거기 있는 것을 보고서야 마음을 놓았다.

모두 검붉은 물감을 뒤집어 쓴 듯 피투성이가 되어 있었다.

"유벽은 어찌 되었는가?"

"원통하게도 전사하고 말았습니다."

관운장이 침통한 얼굴로 대답했다.

유벽은 추격해 오는 선봉장 고람에게 찔려 죽었다고 한다.

"공도(龔都) 역시 구원하러 달려갔을 때는 이미 죽고 난 뒤였습니다."

장비가 보고했다.

현덕은 겨우 1천 기 남짓 남은 군사들을 둘러보며 비장한 목소리로 말했다.

"늘 쫓겨다니기만 하다 목숨을 들판에 버리는 것은 무인으로서 너무나 부끄러운 일이다. 이렇게 된 이상 구름 같은 적군 속에 뛰어들어 싸우다 깨끗이 죽고 말리라."

망망한 강을 눈앞에 둔 지금 달아날 길은 완전히 끊겼다.

유비·관우·장비·조운은 숙연히 말머리를 돌려 한줄로 늘어섰다.

그때 흙먼지를 일으키며 한 필의 인마가 힘차게 달려왔다.

"오오! 주창이다!"

관우가 몸을 일으켜 세우며 소리쳤다. 가까이 온 주창은 두 손을 높이 쳐들고 외쳤다.

"안심하십시오! 조조는 군사를 철수시켰습니다."

"오오, 하늘은 아직 나를 살려두는 건가!"

유비의 눈이 젖어 왔다.

이들은 오랜만에 한때의 휴식을 취했다. 장비와 조운이 근처 어부 집에서 양고기와 술을 얻어왔다. 모래밭에서 보잘것없는 술자리가 베풀어졌다.

술을 한 모금 입에 넣는 순간 현덕은 눈을 감았다. 눈물이 넘쳐 볼을 타고 흘렀다.

현덕은 천천히 일어나 말한다.

"패한 장수는 할 말이 없다. 그러나 지금 술을 마시니 그 쓴맛이

나로 하여금 하기 어려운 말을 하게 만든다. ……내 운명은 벌써 다했다. 그대들마저 설 곳이 없게 되었다. 모든 것은 힘도 재주도 없는 나를 따랐기 때문이다. 그대들은 모두 왕좌(王佐)의 재질을 가지고도 현덕의 부하가 되었기 때문에 늘 이런 고난을 당해야만 했다. ……나는 이 이상 그대들의 앞날을 그르치고 싶지 않다. 나를 버리고 각각 훌륭한 주인을 만나 공명을 세우고 부귀를 누려 주기 바란다."

가슴을 찌르는 이 말에 일동은 소리없이 고개를 떨어뜨렸다.

마침내 운장이 긴 수염 속에 과묵히 닫혀 있던 입을 열었다.

"주군! 한나라 400년 기업을 여신 고조의 옛일을 생각하십시오. ……고조는 항우와 천하를 다투어 싸울 때마다 패했습니다. 그러나 마지막 구리산(九里山) 싸움에서 이김으로써 한나라를 세우게 되었습니다. 승패는 싸움에 늘 따르는 일입니다. 스스로 절망한다는 것은 있을 수 없는 일입니다."

운장의 이 말에 모두들 다시 생기를 얻어 저마다 다투어 현덕을 격려했다.

이때 손건이 나서며 말했다.

"주군께서는 혹시 형주를 잊고 계신 것은 아닌지요? 형주는 여기서 가깝습니다. 자사 유경승은 주군과 같은 종친으로 아홉 고을을 손아귀에 넣고 있습니다. 군사도 강하고 양식도 풍부하며, 그 위세 또한 조조에 대항할 수 있습니다. 가서 부탁하면 반드시 반겨 승낙할 것입니다."

현덕은 고개를 끄덕였다.

손건이 거듭 말했다.

"제가 먼저 가서 유경승의 승낙을 얻도록 하겠습니다."

이리하여 손건은 형주로 말을 달렸다.

식객

　형주는 옛날 초(楚)나라 땅이었다. 형주자사는 유표, 자는 경승(景升)이었고 산양(山陽) 고평(高平) 사람이다. 키는 여덟 자, 따뜻해 보이는 얼굴에 위엄이 있었다.

　애당초 유표는 형주자사로 임명되었을 때 임지인 양양으로 들어갈 수가 없었다. 그래서 그는 병력도 거느리지 않고 양양 남쪽에 있는 의성(宜城)으로 들어가 형주의 호족 가운데 명사인 괴량(蒯良), 괴월(蒯越) 형제 및 채모(蔡瑁)를 초대하여 협력을 청했다.

　"이 형주라는 곳은 군소 호족들이 조정에 반기를 들고 제멋대로 할거하고 있소. 그래서 나도 군세를 모으고 싶은데, 이에 대해 무슨 좋은 생각은 없겠소?"

　"무릇 군소 호족들이 영주의 산하에 들어가려 하지 않는 것은 영주에게 인(仁)이 없기 때문이며, 일단 산하에 들어갔다가 곧 배반하는 것은 영주에게 의(義)가 없기 때문입니다."

　괴량은 말을 이었다.

　"인과 의에 바탕을 둔 정치가 베풀어지는 한, 백성은 물이 낮은 곳으로 흐르듯 정사에 심복(心服)하는 법. 영내 백성이 복종하지 않는다고 해서 힘으로 억누르려 하거나 그런 대책을 강구하는 일 따위는 적절치 못하다고 생각합니다."

"음, 과연……."

유표는 다음에 괴월을 바라보았다. 괴월이 말한다.

"평화로운 시대라면 인의도 좋겠지요. 하지만 난세이고 보면 예사로운 수단은 통용되지 않습니다. 역시 권모술수가 필요합니다. 또 군사를 모은다고 하셨는데 그것보다도 필요한 것은 중추가 되는 인간을 장악하는 일입니다. 지금 형주의 상황을 살펴보건대 군소 호족들은 탐욕스럽지 않으면 횡포하여 부하에게 인심을 잃고 있습니다. ……그래서 저에게 한 가지 생각이 있습니다. 이제부터 그들에게 사자를 보내어 힘을 빌려 달라는 겁니다. 유리한 조건을 내세우면 부하를 이끌고서 좋아라고 달려올 게 틀림없습니다. 그 가운데 질이 나쁜 자는 사정없이 베어버리는 것입니다. 나머지는 장군이 잘 구슬려 부하로 삼으면 됩니다. 이렇게 하면 이 형주의 백성들은 사는 기쁨을 얻고 장군의 위덕(威德) 아래 모두 복종할 것입니다."

"괴량의 말은 그야말로 옹계(雍季)의 의견, 괴월의 계략은 그야말로 구범(舅犯)의 계라 할 만하오."

옹계와 구범은 춘추시대 사람으로 진(晉)나라 문공(文公)의 신하였다. 문공이 초나라 성왕(成王)과 성복(成濮)에서 싸울 때 구범은 상대를 속이는 작전을 건의했고, 옹계는 거짓으로써 이기는 것은 한 때의 계략이며 인의로써 상대를 복종시키는 것이야말로 백년대계라 했다.

문공은 결국 구범의 진언을 받아들여 크게 이겼지만 옹계의 의견이 낫다 하여 구범보다 후히 상을 내렸다.

유표는 그와 같은 '옹계·구범의 계'라는 말로써 감탄한 다음 괴월을 시켜 군소 호족들에게 사자를 보냈다.

꾐에 넘어가 찾아온 자는 55명. 유표는 이들을 도착하는 대로 베어 죽이고 주인을 잃고서 갈팡질팡하는 그들의 부하들을 고스란히 자기 수하에 거두어 들였다.

유표는 괴월의 의견을 좇아 책모로써 형주를 평정했지만 선비를 자처하는 그에게는 어디까지나 권도(權道), 임기응변의 조치에 지나지 않았다.

즉 그는 권도의 사람이 아닌 정도(正道)의 사람이었던 것이다.

건안 3년(198) 장사태수 장선이 지난날 태수로 있었던 영릉·계양(桂陽) 두 군의 군사를 끌어들여 반기를 들었다. 유표는 토벌군을 파견하여 장사를 포위했고 장선을 무찔러서 고을을 평정했다.

이리하여 유표 산하의 형주는 남으로 교주(交州)와의 경계인 산악지대로부터 북은 한수(漢水) 강가에 이르는 수천 리 사방으로 넓어졌고 병력도 10여만을 거느리게 되었다.

본디 형주 사람들은 무엇인가 일이 일어나면 소동을 벌이는 경향이 있었다.

황건난 이래의 대동란기를 맞아 서로 다투다시피 조정에 반기를 들고 전역에 걸쳐 마치 끓는 죽처럼 혼란에 빠져 있었던 것이다.

거기에 유표가 자사로써 부임하여 각지에서 품행 방정한 인물들을 초빙하여 은위(恩威)를 베푸는 한편, 오랫동안 날뛰던 무법자들을 교묘히 소탕했으므로 백성들이 모두 기뻐하고 진심으로 복종하게 되었던 것이다.

이윽고 장안 북부 지방이나 연주, 예주 등 전란이 그치지 않는 지방의 유학자들이, 청류파(淸流派)인 유표가 형주목으로 어진 정사를 베풀고 있다는 소문을 듣고 잇따라 형주를 찾아와서 그 수효가 1천 명을 넘었다.

유표는 그들에게 살 집을 마련해 주고 충분히 생활비를 주었다.

학교를 개설하여 전국 곳곳에서 유학자를 초빙하였다. 또 기모개(蟇母闓), 송충(宋忠) 등에게 명하여 《역경》, 《서경》, 《시경》, 《예기》, 《춘추》 등 5경에 새로운 주석을 달도록 했는데 이를 《신정 오경》이라 했다.

유표는 이렇듯 백성들 생활에 신경을 쓰고 유학자의 보호자가 되어 천하 동란과는 아랑곳없이 착착 그 세력을 쌓아 올렸다.

관도 싸움이 시작되었을 때, 전부터 우의가 깊었던 원소로부터 구원을 청하는 사자가 왔다.

유표는 입으로는 승낙했으면서도 도무지 군을 일으키려 하지 않았다. 그렇다고 조조의 편에 서려고도 하지 않았다.

전국이 어떻게 돌아가는가를 보고 나서 움직이려 했던 것이다.

모사 한숭(韓嵩), 장군 유선(劉先)이 입을 모아 건의했다.

"이번의 조조·원소 양웅의 대결은 그야말로 천하를 차지하느냐 못하느냐의 싸움이고 천하가 누구에게로 갈지 그 열쇠를 쥐고 있는 사람이 장군, 바로 주군이십니다. 만일 주군께서 천하의 패권을 잡으려는 뜻을 가지셨다면 지금이야말로 어부지리(漁夫之利)를 얻는 다시 없는 기회입니다. 만일 그런 뜻이 없으시다면, 물론 어느 쪽인가 유리한 쪽을 골라야만 하겠지요. 10만의 정예를 가졌으면서도 무사안일하게 전쟁의 결판이 나는 것만 부질없이 기다리며, 원소에 대해서 원군을 보내려 하지도 않고 조조와 적극적으로 손을 잡으려 하시지도 않는다, 이런 법이 있을 수 있을까요? 이렇게 나가다가는 장군께서 조조, 원소 양측의 원한을 삼으로써 중간에서 세력을 유지하기조차 어렵게 될 것입니다. 조조는 병법에 밝고 더구나 지모의 인물들이 막하에 많이 있습니다. 따라서 원소를 무찌른다는 것은 불을 보듯 뻔한 일입니다. 원소를 격파한 뒤 여세를 몰아 이 형주에 쳐들어온다면 아무리 장군이라 할지라도 막아낼 수가 있겠습니까. 이 형주를 바치면서 조조 산하에 들어가는 일, 지금은 그밖에 길이 없습니다."

괴월도 이 주장에는 찬성이었지만, 유표는 선뜻 결단을 내리지 못했다. 그러다가 결국, 한숭을 허도로 보내 조조측의 내정을 탐지하기로 했다.

유표는 한숭에게 말했다.

"지금 천하 정세는 혼돈에 빠져 있어 누가 패권을 잡을지 알아내기가 어렵다. 그러나 우선은 조조가 허도에서 천자를 모시고 천하를 호령하고 있다. 가서 그들의 허실을 알아봐 주게."

그러자 한숭이 대답했다.

"조조는 참으로 뛰어난 인물. 제가 보기에는 마침내 천하를 잡을 자는 그뿐입니다. 그러므로 장군께서 만일 조조 산하에 들어가실 생각이라면 저를 사자로 보내시는 것도 좋겠지요. 그러나 아직 마음을 정하시지 않은 채 저를 파견하신다면, 문제가 있습니다. 즉 제가 허도로 가서 입궐했을 때 천자께서 관직을 내리시게 되면 신하로서 거절할 수가 없습니다. 그러면 저는 조신(朝臣)이 되면서 장군과의 관계는 사라집니다. 따라서 그 뒤로는 제가 천자를 위해 죽을 몸이 되고 장군을 위해 목숨을 내던질 수 없게 됩니다. 아무쪼록 다시 생각해 주십시오."

유표는 그가 사자로 가기 싫어하는 것으로 오해하고 소리질렀다.

"이런저런 변명 늘어놓지 말고 어서 가라!"

한숭은 허도를 향해 떠났다.

그런데 아니나다를까 천자는 그를 근위무관으로 발탁했을뿐더러 영릉(零陵) 태수로 임명했다.

한숭은 형주로 돌아와 유표를 만나자 천자나 조조의 덕을 크게 칭찬하며 권했다.

"장군께서도 공자님을 조정에 꼭 올려보내도록 하십시오."

"네놈이 배반했구나!"

격노한 유표는 당장 형리를 불러 그의 목을 베라고 명했다.

그러나 한숭은 얼굴빛 하나 변하지 않았다.

"그것에 대해서는 허도에 가기 전에 누누이 말씀드렸습니다."

유표의 아내 채씨(蔡氏)는 한숭의 고결한 인품을 알고 있었기 때문에 남편 유표에게 간하여 처형 명령을 거두어 들이도록 했다.

그러나 유표는 화가 풀리지 않았다. 그래서 한숭의 종자 하나를 고문하여 마침내 그를 죽게 만들었다. 그런데도 반역의 증거를 찾아낼 수 없어 한숭을 하옥시켜 울분을 달랠 수밖에 없었다.

유표의 아내 채씨는 채모의 누이로서 그의 후처로 들어왔다. 채모에게는 이 여인 말고 누님인지 누이동생인지 확실치는 않지만 또 한 사람의 자매가 있었다. 이 여인이 양양의 명사 황승언(黃承彦)에게 시집가서 딸을 낳았다. 이 딸이 바로 제갈량 공명의 아내이다.

조조에게 쫓겨 유비가 형주의 유표에게 의탁하려 했던 시기는 바로 이런 때였다.

형주태수 유표는 손건의 말을 듣자 기꺼이 승낙했다.

"종친이 곤궁에 빠져 있는 것을 못 본 체할 수야 있겠소. 기꺼이 황숙을 이리로 맞으리다."

손건은 감격해 세 번 절했다.

그러자 유표를 모시는 모사 채모가 못마땅한 기색을 보였다.

"그럴 수는 없다고 봅니다. 유비란 사람은 처음엔 여포의 손을 잡았다가 여포가 망하자 조조의 식객이 되었고, 다시 조조를 배신하고 원소에게 갔다가 원소가 망하자 또 우리 쪽에 매달리려 하고 있습니다. 의리와 지조가 없는 그런 사람은 믿을 수가 없습니다. 만일 유비를 맞아들이면 조조가 크게 분노하여 형주를 칠 것이 틀림없습니다."

이렇게 말한 채모는 손건의 목을 베어 조조에게 바쳐야 한다고 눈짓을 보냈다.

그러나 손건은 태연히 말했다.

"나는 죽음을 두려워하지 않소. 지금 채 장군께서 유 황숙이 여포와 조조를 배신했다 하였는데, 그렇다면 그 여포와 조조가 과연 목숨을 바칠 만한 사람인지 묻고 싶소."

채모는 말문이 막혔다.

손건은 계속했다.

"우리 황숙은 천하를 위해 일할 뜻을 품고 있으면서도 아직 운이 따르지 못해 몸을 동서로 옮기고 계십니다. 여포를 친 것도, 조조를 저버린 것도 스스로 꾀를 쓴 것이 아니고 스스로를 지키기 위해 부득이한 길이었습니다. 지금 장군께 의지하려는 것은 같은 종친의 의를 소중히 여긴 때문입니다. 굳이 거절하신다면 강동의 손권에게 의지할 수밖에 없습니다. 그렇게 되면 천하는 장군의 냉혹함을 비웃게 될 것입니다."

유표는 손건의 주장이 옳다고 고개를 끄덕이며 결정을 내렸다.

"돌아가 유표가 반겨 맞는다고 전해 주시오."

이리하여 유현덕은 세 번째로 한 치의 땅도 갖지 못한 식객의 몸이 되었다.

성벽 위 망루에서 바라보면 동쪽에 초록빛 분하(汾河)가 보인다.

표(豹)가 말했다.

"높은 데서 굽어보니 잘 알겠어."

그러자 채문희(蔡文姬)가 물었다.

"승부까지 알 수 있습니까?"

"조조의 군이 이겨. 그런데 원상군은 어째서 일부러 패하러 가는 것일까?"

20세가 된 표는 고개를 갸웃했다.

"그것은 이미 스스로 대답하시지 않았습니까?"

32세인 채문희는 말했다.

"내가 스스로 대답했다고?"

"위에서 굽어보면 잘 안다고 하셨잖아요. 원상은 평지에 있을 뿐 높은 데서 내려다보지 않아서 진다는 것을 모릅니다."

"조조군이라고 해서 특별히 높은 데서 관전(觀戰)하는 것도 아닌데."

"실제로 높은 데 서지 않더라도 머릿속에서 굽어볼 수는 있습니다. 머릿속에 그려내는 것입니다."

"언제나 그렇듯 마음먹은 대로 될까?"

"반드시 할 수 있습니다."

채문희는 웃으면서 말했다.

"이제부터 전투가 벌어지면 문희에게 지휘를 부탁해야겠군. 어떤 곳에 있든지 머릿속에서 전황을 환히 굽어볼 수 있으니까. 아하하하……."

표는 큰 목소리로 웃었다.

문희는 나무랐다.

"웃을 일이 아닙니다."

확실히 웃을 일이 아니다. 지금 평양성(平陽城)은 조조가 파견한 종요(鍾繇)군에 포위되어 있다.

"그것이 웃을 일이야. 하하하…… 울든 웃든 무엇을 하든 좋아. 이런 짓을 해도……."

표는 느닷없이 그 자리에 문희를 쓰러뜨렸다.

"어머머!"

옷자락이 갈라지며 문희는 자못 부끄러운 모습으로 쓰러졌다. 표의 한손은 재빨리 옷자락 속을 더듬었다. 문희의 허벅지에 밀어붙여진 손바닥이 이윽고 미끄러지듯 위로 뻗쳤다.

"몹쓸 사람……."

문희는 가냘프게 신음소리를 냈지만 그 얼굴에는 벌써 황홀해하는 빛이 떠올라 있었다.

"난 몹쓸 짓만 하지."

표는 문희 위에 덮쳤다.

문희는 할딱이는 목소리로 말했다.

"누가 오면 어떻게 해요?"

"아무도 오지 말라고 일러 두었어."

"하지만……아, 성이 이런 때…… 제발……."

"성은 염려 없어, 걱정할 것 없어. 여자의 몸은 이상한 것이야…… 여자의 마음도……."

표는 열두 살 손 위의 여자에게 볼을 비벼댔다.

이 평양은 전설적 성군 요(堯)임금이 도읍을 정했던 곳이라고 한다. 한무제 무렵, 건국 공신 조참(曹參)의 증손인 조수(曹壽)의 봉지(封地)였다. 무제의 친누님 평양공주가 조수에게 시집갔으므로 고을 이름도 평양이 되었다.

남흉노 선우 오프라가 죽고 동생 호주천이 새로운 선우가 되었음은 앞에서 말했다.

오프라의 아들 표는 그때 겨우 13세였으나 선우 다음가는 좌현왕이 되었다.

'우리 남흉노가 살아남기 위해서는 문명화되지 않으면 안 된다.'

이것은 죽은 오프라의 유언이었다. 오프라가 죽은 지 7년, 평양의 남흉노는 대체로 오프라의 유언을 따랐다.

오프라가 죽기 직전 마침 장안에서 낙양으로 환도하는 헌제 일행 중에서 많은 궁녀를 납치하고 납치한 그녀들을 흉노 간부의 처첩으로 삼았다.

이때 13세의 표에게 25세의 채문희가 주어졌던 것이다.

"여자 쪽이 열두 살이나 많은데도 결혼 생활이 잘 될까?"

"아냐, 오히려 그편이 좋을지도 몰라. 규방에 대해서 일일이 가르쳐 줄 테니까 말이야."

사람들은 이렇게 수군거렸다. 실제로 지난 7년 동안 두 사람은 원만하게 살아왔다.

표는 조숙아여서 13세밖에 되지 않았어도 규방에 대해 문희의 가르침을 받을 필요가 없었다.

"어머나! 이런 것까지……."

갑절이나 나이먹은 문희가 혀를 내두르는 일조차 있었다.

표는 20세가 되어도 문희의 몸을 어루만지면서 여성의 육체와 마음의 신비로움을 입에 올렸다.

문희가 가만히 물었다.

"좌현왕께서는 이제 색의 세계에 도통하셨겠지요?"

"아냐, 아직도 멀었어. 머지않아 수업하러 떠날까 했어."

표는 이런 말을 진지하게 하기도 했다.

"견문을 넓히기 위해 여러 지방을 두루 돌아다니고 싶다."

숙부인 선우에게 이런 청마저 해놓고 있었던 것이다.

"일년쯤의 편력은 상관없지만, 아직은 염려스럽다. 문희가 동행한다면 좋으리라."

조건부로 허락이 내려져 있었다.

표가 각 지방 편력을 떠나지 못한 것은 전쟁에 휩쓸렸기 때문이다. 평양은 그때까지 원소의 세력권에 속했다.

남흉노는 원소와 주종의 관계를 맺은 적은 없었다. 다만 지리적 관계로 원소의 명령을 따르고 있는 데 지나지 않았다.

원소가 관도 싸움에서 조조에 패한 것은 2년 전 일이었다. 지난해에도 조조에게 참패했다.

금년, 건안 7년(202) 5월 원소는 피를 너무 많이 흘려서 죽었다. 본거지인 업성을 확보하고 있지만 천하 쟁패전에서 탈락했다.

세상에서는 이렇게 보고 있었지만 원소의 후계자들은 그렇게 생각지 않았다. 원소의 아들들은 명문 자제로서 흔히 볼 수 있는 콧대 높은 자존심 덩어리 같은 인물들이었다.

원소의 정식 후계자가 된 원상은 곽원(郭援)·고간과 같은 장수에게 하동을 치라고 명했다.

남흉노에게도 명령이 내려졌다.

"곽원·고간들과 협력하여 하동의 조조군을 쳐라!"

남흉노는 그들의 부하가 아니기 때문에 그와 같은 명령에 따를 필요는 없다고 생각했다. 그런데 원상은 남흉노를 자기 수하라 믿고 있어 천하에 널리 공표해 버렸다.

"남흉노에게도 조조 토벌을 명했다!"

남흉노로 볼 때 정말 어처구니없는 일이었다. 원소 진영이라고 확실히 낙인 찍히게 되면 조조에게 공격받을 염려가 있었다.

실제로 지금 평양성은 조조의 장수 종요의 군세가 포위하고 있다. 포위된 평양을 구하고자 원상은 곽원에게 구원을 명했던 것이다.

사모(思母)

"웃을 일이야. 성은 염려 없다니까."

겹겹이 포위된 성 안에서 표는 문희에게 말했다. 그리고 전쟁 따위는 잊거나 한 것처럼 문희의 무르익은 육체를 탐하였다.

표는 몸이야 늠름했지만, 아직 충분히 무르익지는 못했다.

아직 순진한 젊은이였다.

그런 젊은 사나이에게 안긴 채 몸의 중심부가 젖는 것을 느끼면서, 문희는 좀전에 들은 표의 말을 천천히 되씹어볼 여유가 있었다.

사나이 몸이 떨어졌을 때 문희는 말했다.

"성 밖의 싸움이 웃을 일입니까?"

표는 눈썹을 꿈틀 움직이더니 지긋이 문희를 노려보았다.

"그건 아까 내가 한 말인데?"

"그러니까 모르는 사람 앞에서 그와 같은 말씀을 함부로 하시면 안 됩니다. 제가 들었으니까 망정이지."

"왜 안 되지?"

표는 알 수 없다는 듯 문희의 얼굴을 들여다보았다.

"조조의 군대는 평양을 포위하고는 있지만 공격할 마음이 없습니다. 성의 주인인 당신도 그걸 잘 알고 계십니다."

"어떻게 알았지?"

표는 자기도 모르게 문희의 두 어깨에 손을 걸치고 죄듯이 힘을 주었다.

"당신이 그와 같은 말씀을 하시면, 머리가 조금 빨리 도는 사람일 경우 숨겨져 있는 사실을 금세 눈치채게 됩니다. 저도 알 수 있으니 웬만한 사람이라면 알 수 있을 거예요. 가령 구원하러 오는 곽원이 이것을 눈치챘다면 어떻게 되지요? 모처럼의 작전을 다시 시작해야 하지 않습니까!"

"그렇구나."

표는 문희의 어깨를 움켜잡았던 손을 슬며시 내리고 어머니에게 꾸중을 들은 개구쟁이처럼 입술 언저리를 조금 깨물었다.

원상이 멋대로 내린 명령 때문에 남흉노의 입장이 곤란해진 것은 말할 것도 없다. 명령에 따를 생각은 없지만 세상에 공표된 이상, 잠자코 있으면 조조에게 오해를 받는다.

선우 호주천은 곧 조조에게 사자를 보내어 전후 사정을 설명했다.

"원상이 그따위 소리를 떠들고 다니는 모양인데 저희들은 승상께 대항할 생각이 털끝만치도 없습니다. 아무쪼록 오해가 없으시기 바랍니다."

조조는 그것을 양해했지만, 지모가 있는 사람이니만큼 오히려 이렇게 말했다.

"그렇다면 그것을 역이용하자."

세상에서는 남흉노가 원상에게 붙었다고 알고 있다. 조조의 귀에 그것이 알려지고 토벌군을 보내도 사람들은 이상하게 여기지 않는다. 조조군이 평양을 포위하면 원상은 구원군을 보내지 않을 수 없을 것이다. 만일 자기편의 어려움을 저버린다면 누구도 그를 따르지 않을 것이기 때문이다.

조조는 평양을 포위함으로써 원상의 구원군을 끌어내고 그것을 친다는 전법을 생각했던 것이다.

구원군인 곽원 부대는 평양에 가까이 오면, 성 안에서부터 남흉노군이 당연히 호응하여 쳐나올 것으로 예상하고 있었다. 하지만 조조군과 남흉노군은 미리 짜고서 대진하는 체하고 있을 뿐이다.

이것은 평양의 소수 수뇌부밖에 모르는 일이었다. 채문희에게도 물론 말하지 않았다. 하지만 문희는 표의 말에서 그것을 눈치챘던 것이다.

그래서 문희는 표에게 조심하라고 타일렀던 것이다.

지금 두 사람은 망루에서 전투 상황을 굽어보고 있다. 높은 데서 굽어보기 때문에 전체의 움직임이 한눈에 들어온다.

평양은 분하(汾河) 서쪽에 있고, 동쪽에서 구원차 달려온 곽원의 부대는 분하를 건너야만 했다.

곽원은 조조군이 총병력으로 자기들을 맞아 싸우리라고는 꿈에도 생각지 못했다. 그렇게 하면 남흉노군이 성문을 열고 조조군을 등뒤에서 습격할 것이므로. 하지만 조조군은 전군이 도하부대를 공격할 태세를 취하고 있었다.

망루에서 보면 그것을 알 수 있지만, 분하 동쪽에 있는 곽원군에게는 보이지 않았다.

"위험해……. 강 한가운데에서 당하겠는걸."

표가 말했다.

곽원의 부대는 배를 마련하여 강을 건너려 했다. 조조군은 강기슭의 풀숲에 배와 병력을 숨기고 적의 배들이 강 복판에 이르기까지 기다렸다.

표의 예상처럼 곽원 부대가 강 복판까지 왔을 때 갑자기 조조군의 배가 나타나 공격하는 한편 강기슭의 매복병들도 소나기처럼 화살을 쏘아댔다.

곽원의 군사는 나가지도 물러나지도 못할 상태였다.

"보라, 문희. 곽원군이 무참하게 당하고 있어."

표는 몸을 내밀며 손을 눈썹 위에 댔다.

하지만 문희는 얼굴을 돌렸다. 전쟁 따위를 굳이 보고 싶은 마음이 없었다. 더구나 강에서 싸우는 전투는. 7년 전 저 황하 기슭에서 벌어졌던 비참한 죽음들이 떠올랐다.

"그렇지! 여기서는 밀어붙이듯 공격해야만 돼!"

표는 주먹으로 망루의 창틀을 쾅쾅 두들겼다. 그 옆얼굴은 순진한 소년의 그것이었다.

분하 싸움은 싱겁게 끝나 버렸다.

곽원의 군단은 거의 전멸하다시피 했다. 너무나 어이없게 무너져 버렸던 것이다.

"뭐야, 문희는 보고 있지 않았나?"

반대쪽 창문으로 얼굴을 돌리고 있는 문희에게 표는 말했다.

이런 장면은 좀처럼 볼 수 있는 게 아니다. 그렇건만 정작 봐야 할 장면을 외면하다니, 표로서는 그런 문희의 심정을 이해할 수 없었다.

"조조군의 대장 종요는 원상군의 대장 곽원에게 분명히 숙부가 된다고 들었어요. 너무도 잔혹한 일입니다."

문희는 얼굴을 외면한 채 말했다. 표는 대수롭지 않게 말했다.

"난 또 뭐라고. 그런 일로 신경을 썼단 말인가. 난세에는 부자와 형제가 싸우는 것도 결코 드문 일이 아니야."

이 전투에서 곽원의 목을 벤 용사는 방덕(龐德)이었다.

그는 종요에게 말했다.

"용서해 주십시오."

종요는 조카의 목을 보고서 소리내어 울었다. 방덕은 그만 견딜

수가 없어 빌었던 것이다.

그러나 눈물을 주먹으로 닦은 종요는 말했다.

"빌 까닭이 어디 있는가? 원은 확실히 나의 조카이지만 그래도 역적은 역적이니까 말일세. 싸움터에서 내가 직접 맞부딪혔더라도 그의 목을 베었을 것일세."

'원군을 기다렸지만, 그 원군이 분하에서 전멸되었으므로 부득이 항복한다.'

남흉노의 항복은 이런 절차를 밟았다. 미리 짜고서 하는 전쟁이니 아무래도 공표하기가 꺼림칙하다.

조조는 이런 종류의 작전을 잘 짜냈다. 유비와의 밀약도 이 평양 포위와 비교하여 규모는 훨씬 큰 것이었지만 같은 유형이었다.

평양의 남흉노가 조조에게 투항한 뒤 전쟁 때문에 연기돼 있었던 표의 각 지방 편력이 겨우 실현되게 되었다.

"어디로 갈까요?"

문희는 물었다. 이 여행에는 뚜렷한 계획이 없다.

선우로부터는 아무런 지시가 없었다. 문희는 노잣돈과 조조의 허가장을 맡았을 뿐이었다. 요즘 기주군을 무찌르고 세력권을 넓히고 있어서 조조가 발행하는 통행증은 여행에 도움이 될 것이다.

"어디라도 좋지."

"어디라도 좋다 하시면 곤란합니다. 우선 목적을 분명히 정하고 그 목적에 가장 도움되는 곳을 택하도록 하세요. 자, 무엇을 배우고 싶지요?"

"전쟁. 그것도 야전(野戰)이 아니라 모략 말이야. 우리 흉노에게 가장 부족한 것은 술책이니까."

"그것이라면 조 승상이 으뜸이겠죠. 그밖에는요?"

"여자를 알고 싶어."

"여자를?"

"하하, 문희가 아직 가르쳐 주지 않은 게 있을 것 같아. 어디로 가면 가르쳐 줄까?"

표는 문희를 놀리고 싶은 모양이었다.

"모릅니다. 스스로 생각하도록 하세요."

"이제까지 만난 여인 가운데 최고의 미녀한테 갈까?"

"그렇게 하세요. 어디지요?"

"낙양성 서쪽 백마사. 그런데 그 여인이 아직도 있을까?"

"백마사라고 하면 부도의 가르침을 받드는 월지족의 사원 말씀이 시군요."

채문희는 불교에 대해서도 조금은 지식이 있었다. 장안에 있을 무렵 강국(康國) 사람과 접촉한 일이 있었다. 그들이 불교를 받들고 있어 채문희는 여러 가지로 불교 이야기를 들었다.

"부도가 무엇인지 나는 몰라. 다만 어렸을 때 나는 거기서 아름다운 여자를 만났었지. 이 세상에 이렇듯 아름다운 여인이 있을까 싶을 정도였어. 그 모습이 영영 잊혀지지 않아. 동탁이 낙양에 있을 무렵이었지."

문희는 손을 꼽아 계산했다.

"그럼 좌현왕이 겨우 일곱 살 때였군요?"

"그렇지. 아버지를 따라 낙양 주변을 방황하고 있던 시절이었어."

"일찍부터 여자의 아름다움을 아셨네요?"

"그 무렵에 더 잘 알았던 것 같은 느낌이 들어."

"그렇다면 우선 낙양으로 가기로 하세요. 분하로 내려갈까요, 아니면 산을 넘을까요?"

"산을 넘자."

분하를 내려가 황하로 나가는 뱃길은 배에 실려갈 뿐이라 몸은 고되지 않지만 꽤나 돌아가게 된다. 아직 젊은 표는 가까운 험로를 택했다.

문희가 또 물었다.

"그 미녀의 이름을 기억하고 계세요?"

"이름은 몰라. 누나라고 불렀을 뿐이야. 그러나 그 고운 자태는 내 눈꺼풀 속에 아로새겨져 있어. 보면 금방 알 수 있을 거야."

문희와 표는 남매로 가장하고 평양에서 남으로 향했다.

채문희의 고향은 진류(陳留)였고 하남 태생이라 낙양을 고향이라 해도 좋았다. 세상 떠난 남편도 낙양에서 벼슬을 했다. 따라서 문희에게 낙양은 추억이 많은 곳이었다.

그러나 화려했던 지난 날의 거리는 사라졌고 불타 깨어진 기왓장과 흙벽돌만이 질펀하게 흩어져 있었다.

초토를 배경삼아 백마사는 한결 높이 솟아 보였다. 문희와 표는 백마사를 찾아가 이곳에 온 뜻을 전했다.

"10여 년 전 이 절의 여인과 함께 놀았다고 합니다. 이름은 잊었지만 그 여인께서 아직도 계신지요?"

머리를 반들반들 밀고 눈썹이 흰, 그러나 눈빛만은 날카로운 인물이 되물었다.

"10여 년 전이라 하셨는데, 그러면 낙양이 불타기 전이 아닙니까?"

"그렇습니다. 그 직전이었다고 합니다."

문희가 표를 대신하여 대답했다.

"호오, 경매(景妹)를 말하는 것 아닐까? 그 무렵 흉노 선우의 아들과 곧잘 놀곤 했었는데……."

그 흰 눈썹이 물끄러미 표를 바라보았다. 눈이 파랗다.

"나는 그 선우의 아들과 함께 이곳에 왔었는데……."

표는 순간적으로 거짓말을 했다. 파란 눈의 인물은 표로부터 시선을 떼지 않았다.

"표라고 했을 겁니다……. 경매는 곧잘 그 이름을 입에 올리곤 했지요. 들리는 바로는 지혜가 돋보이는 여인을 부인으로 맞았다던가. ……하여간 그 인간적 성장이 기대된다고 하더군요."

파란 눈길이 이번에는 문희에게로 옮겨졌다. 이미 두 사람의 정체를 꿰뚫어 보았으리라.

문희가 말했다.

"만나뵐 수 있을까요?"

상대는 고개를 옆으로 저었다.

"이 절 안에 있긴 하지만 만나게 해드릴 수가 없습니다."

"어째서입니까?"

"경매는 중병을 앓고 있습니다."

"병 문안을……."

문희는 말하려다가 흰 눈썹이 심하게 고개를 젓는 바람에 그만 입을 다물었다.

흰 눈썹 사나이는 잘라 말했다.

"어느 분과도 면회는 안 됩니다."

"알겠습니다."

문희는 머리를 숙였고 이어 표에게 말했다.

"자아, 갑시다."

13년이나 지난 일이다. 더욱이 면회를 사절할 만큼 중병에 걸려 있다고 한다.

그렇다면 그 아름다웠던 용모는 무참하게도 시들었으리라. 적어도 표가 가슴 속에 그리고 있는 모습과는 이미 하늘과 땅의 차이가 있을 것이 틀림없었다. 가슴 속에 남아 있는 모습을 그대로 간직하기 위해서는 병으로 여위었을 그 여인을 만나선 안 된다.

문희는 표가 품고 있는 환상(幻像)을 깨뜨리지 않기 위해 그 이상 면회를 강요하지 않고 백마사를 떠났다.

표는 아쉬운지 몇 번이고 뒤를 돌아보았다.

"조 승상을 뵙고 돌아오는 길에 다시 들러봅시다. 경매인가 하는 분의 병도 그때쯤이면 좋아질지 모르니까요."

조조에게 가는 길이었으나 조조는 이미 출전하여 허도에 없었다. 건안 7년(202)이다.

그 2년 전 원소에게 치명적 타격을 준 곳은 황하 가의 관도라는 곳이었다.

이번에 조조는 동북으로 나아가 백마진(白馬津)을 건넜다. 여양은 백마진의 별명이라 생각해도 좋지만 엄밀히 말한다면 같은 나루터의 남쪽 기슭을 백마라 하고 북쪽 기슭을 여양이라 불렀다. 따라서 조조의 군단은 황하를 건너 원씨의 세력권인 하북에 들어간 셈이었다.

여양에는 원담(袁譚)이 포진하고 있었다.

원씨의 본거지인 업성은 여양에서 겨우 200리가 채 되지 못했다. 원상은 원담을 믿을 수가 없어 군감(軍監)으로 심복인 봉기를 원담군에 보내놓고 있었다.

조조군이 백마진을 건너자

"원군을 보내라!"

원담은 업에 있는 동생을 재촉했다.

"안 됩니다. 지금 여양에 병을 보내면 그것은 고스란히 원담 것이 됩니다. 장군은 언젠가 형님과 자웅을 결판지어야 하지 않습니까? 그런데 병력을 보내주다니 말도 안 됩니다."

심배가 반대했다. 원상은 거기에 대해서 말했다.

"그러나 이렇듯 시끄럽게 요구해 오는데 병을 보내 주지 않을 수도 없잖은가? 조조가 여양을 깨뜨리고 말 거다."

"그것도 좋지 않습니까? 조조가 대신 형님을 해치워 버리는 것입니다. 형을 친다는 건 별로 마음내키는 일이 아니잖습니까? 그것을 남이 대신 해 주니 다행이라고 할 수 있습니다."

심배는 이런 말까지 했다.

결국 업에서는 시늉뿐인 소수의 원군을 보냈을 뿐이었다.

원담은 크게 화를 냈다.

"사람을 뭘로 보는 거야! 본때를 보여 주어야겠다."

그는 군감으로 파견되어 있는 봉기의 목을 베어 버렸다.

그 소식을 듣자 어지간한 심배도 놀라 신음 소리를 냈다.

"형님은 그보다 더한 짓도 할 분입니다."

원상이 물었다.

"어떤 짓을 말인가?"

"조조와 손잡고 친동생을 공격하는 일이지요. 한시라도 빨리 대군을 이끌고 여양으로 달려가십시오. 형님에겐 원군을 데려왔다 하고서, 여양에서 진을 나란히 하여 조조와 대치해야 합니다. 이 업은 제가 유수로 지키겠으니 안심하십시오. 조조의 힘으로 형님을 쳐없애도록 하십시오."

심배는 끈질기게 원상을 충동질했다.

원상은 곧 대군을 거느리고 남하하여 여양의 원담 진영으로 들어갔다.

"형님, 원군을 거느리고 왔습니다. 안심하십시오."

그는 원담을 보자 큰 소리로 외쳤다. 원담은 입술을 실룩이며 싸늘하게 웃었다.

"오, 겨우 왔구나."

이리하여 건안 8년(203)이 되었다.

남흉노의 좌현왕 표가 문희와 함께 비공식으로 조조진에 들어온 것은 이런 때였다.

조조군은 2월에 여양에서 원담 형제군을 맹렬히 공격하여 패주시켰다.

여양의 전투는 만만치 않았다. 원소는 여양을 지키는 것이 곧 하북 4주를 지키는 것이라고 믿고 있었다. 그래서 미리 성 둘레에 파놓은 해자가 많았다. 어쩌면 자신도 모르는 사이 본능적으로, 자신의 사후에 그 아들들이 치러야 할 전투를 대비해 그런 조치를 해 놓았는지도 모를 일이다.

조조는 허저의 부대를 이끌고 북쪽을 향해 진군했다. 하후돈이 그 뒤를 이었다. 어린진(魚鱗陣)으로 진형을 펼쳐 중앙에 허저의 기마대를 배치했다.

원상과 원담군은 넓은 진형을 확보하며 포위하듯 진격해왔다. 그러나 조조의 진형은 변함없이 철통같은 방어선을 펴고 꿈쩍도 하지 않았다. 잘 훈련된 정예군으로 편성된 조조군은 노련한 창검술로 적군을 맞아 용맹하게 싸웠다.

원소의 두 아들이 이끄는 군대는 끝내 조조의 방어선을 돌파하지 못했다. 뒤이어 하후돈의 군대가 그들의 배후를 기습했다. 앞 뒤의 아귀가 딱 맞아 떨어지는 완벽한 전술이었다.

원담, 원상 형제는 군을 거두어 업으로 물러났다.

여양의 대진(對陣)은 지난해 9월부터였으므로 다섯 달에 걸친 긴 대치였다. 조조군은 그들을 업까지 추격했지만 식량만 약탈하고는 다시 여양까지 물러났다.

"이번 기회에 업을 단숨에 함락시켜 원씨 형제의 숨통을 끊어 놓아야 합니다."

이와 같은 소리가 높았으나 조조는 그것을 억눌렀다.

"녀석들이 자멸하도록 내버려 두자."

조조는 웃으면서 말했다.

원담·원상의 형제 다툼은 첩자의 보고로 조조의 귀에도 소상히 들어오고 있었다.

조조는 이어 말했다.

"원씨 형제는 이미 문제가 아니다. 그것보다 형주의 유표를 평정
해야만 해."

이것은 자기 진영에 잠입해 있을 원씨 쪽 첩자에게 일부러 들려주
는 말이었다.

원소가 죽은 뒤 원씨 일문은 원담파와 원상파로 나뉘어 사사건건
대립하였다. 봉기가 살해됨으로써 대립의 불길에 기름이 부어졌다.

그러나 서로 다투던 양파가 이제까지의 감정을 버리고 일치단결
할 수도 있다. 그러나 그것은 바깥으로부터의 압력이 강할 때이다.

'집안끼리 싸울 때는 너무 손댈 필요가 없다.'

조조는 이렇게 생각했다.

하북은 큰 땅이다. 무력으로 제압하기에는 그 범위가 너무 넓다.
하지만 지모로써 하북을 평정할 날도 얼마남지 않았다. 조조는 회심
의 미소를 지었다. 그러나 간웅의 생각을 짐작조차 할 수 없었던 하
후돈은 안타까운 어조로 말했다.

"이대로 물러나는 건 너무 아깝습니다."

"일단 길목을 닦아놓았으니 거기에만 만족하자구. 원양, 우리는
지금 허도로 간다."

그쯤 되자 하후돈은 더 이상 업으로의 진군만을 고집할 수 없었
다. 주군인 조조의 심리를 누구보다 잘 알고 있었기 때문이다. 지금
부터는 무력이 아닌 모계가 더 필요한 시점인지도 모른다.

하후돈은 말없이 눈을 감고 있는 조조의 얼굴을 바라보며 그의 흉
중을 살폈다.

조조는 인간 깊숙이 도사린 심리와 그것을 바탕으로 천하를 헤아
리는 안목이 뛰어났다. 그는 지금 마음속으로 이 천하패권 쟁탈전의
전황을 굽어보고 있었다.

여양에서 원담에게 압력을 가했을 때 원상이 대군을 이끌고 가세
하러 왔다. 아무리 의가 나쁜 형제라도 이렇듯 외적(外敵)에 대해

서는 힘을 합쳐 대항하는 것이다.

극단적으로 말한다면 지금 원씨 가문의 분열, 붕괴를 지연시키고 있는 것은 오히려 조조라는 강적의 존재였다.

'할 수 있다면 나는 녀석들 앞에서 사라져 버리고 싶다네.'

그것은 실제로 불가능한 일이지만 그와 비슷한 상태는 조성할 수 있다.

'조조는 형주의 유표와의 싸움에 모든 걸 투입할 결심을 했다. 따라서 당분간 원씨네와 전쟁할 계획은 없다.'

이런 것을 알게 되면 원씨 형제는 내부 권력 투쟁에 몰두하게 되리라.

내부 분쟁 뒤에 찾아오는 것은 자멸뿐이다.

전쟁의 업(業)

"가신(賈信)의 부대만 남기고 나머지는 진군! 허도로 돌아간다. 다음 적은 유표다! 새로운 기분으로 싸우자. 오늘밤은 남흉노의 좌현왕을 맞이하여 대연회를 베풀겠다. 모두들 마음껏 마시고 기분을 풀도록!"

조조는 전군에 포고했다.

군졸들의 술잔치는 들에서 열렸고 장사(長史 : 600석) 이상의 고급 관원들은 본진의 연회장으로 초대되었다.

주빈은 좌현왕 표였다.

채문희의 아버지 채옹(蔡邕)은 조조의 친구였다. 하지만 조조는 채문희의 얼굴을 모른다. 문희도 자기의 신분을 감추고 있었다. 문희는 평양 남흉노 궁정의 여관장(女官長)이라고 자기 소개를 해두었다.

"하하하, 흉노에도 여관장이라는 게 있는가? 그것은 처음 듣는 소리군그래. 하하하, 흉노의 여관장이라……. 딴은, 흥평 2년 (195) 장안에서 낙양으로 가던 후궁들이 흉노에게 납치되었다는 말을 듣긴 했지만……."

조조는 웃었다. 흉노에게 궁녀가 있다는 것조차 그에게는 우스웠던 것이다.

문희가 말했다.

"옛날부터 흉노 궁정에는 여관이 있었습니다."

"그렇다면 굳이 한실의 후궁을 납치하지 않아도 되었을 게 아닌가. ……실은 그때 내 친구의 딸도 함께 납치되었거든. 대단한 학자라고 소문난 여자였지. 채백개가, 그러니까 그 여자의 아버지가 꽤나 자랑했었지. 소박을 맞아 돌아오긴 했지만 아주 미녀란 소문이 들려 나도 한번 만나보고 싶었는데……. 여관장, 혹시 채옹의 딸이 어떻게 되었는지 모르는가?"

조조는 술잔을 든 채 문득 이런 말을 했다.

문희는 눈을 내리깐 채 화제에 오른 자기 이야기를 들었다. 자기의 평판은 그다지 나쁘지는 않은 것 같았다. 무엇보다도 조조와 같은 인물이 자기를 기억하고 있다는 것이 고마웠다.

'나는 그때 황하 가에서 죽은 사람이다. 지금의 나는 이미 채옹의 딸이 아니다. 딴 사람이다…….'

채문희는 이렇게 생각하였다.

죽었다곤 하지만 모두에게서 잊혀진다는 것은 쓸쓸한 일이다. '남편도 죽고 아버지도 죽었다. 이젠 문희라는 여자가 이 세상에 살았었다는 것조차 기억하는 사람도 없다.' 이렇게 생각하자 견딜 수 없었다. '어떤 사람이라도 좋다. 그 사람의 머리 한구석에라도 좋으니 나는 살아 있고 싶다.' 미련을 갖는 것 같지만 그러기를 바라고 있었던 것이다.

문희는 물었다.

"채백개의 딸이라 하시면…… 그 이름은?"

"음, 염(琰)이라 했던가? ……그렇지, 자는 문희라고 했어. 금

(箏)의 명수일뿐더러 문학에서는 남자 중에서도 그녀와 견줄 만한 자가 드물었지. ……그야 어쨌든 흉노는 그와 같은 인간 보물을 얻고서 과연 쓸모있게 쓰고나 있는지 걱정스럽구면."

조조는 자못 아깝다는 듯이 말했다.

"그 문희라는 여자, 아름다웠습니까?"

옆에서 끼어든 것은 조조의 아들 조비(曹丕)였다. 조비는 아직 젊었는데 몹시 겉늙은 얼굴이었다.

"응, 꽤나 아름다웠다고 들었다. 채백개가 좀처럼 남에게 보이지 않을 만큼 애지중지했으니까."

"특히 아버지가 보여달라고 하면, 상대가 경계했겠지요. 평소의 행동이 좋지 않으셨으니까. ……하하하."

조비는 얼굴 근육도 움직이지 않고 웃었다.

"이 녀석! 아직 애송이 주제에 무슨 소리를 하는 거냐! 으하하하……."

조조는 두 어깨를 크게 흔들며 웃었다. 조비는 또 말했다.

"그 여자가 흉노 땅에 건재하고 있다 하더라도 벌써 할머니가 되었겠군요."

"야만 땅에서 헛되이 청춘만 보냈을까……. 생각해 보면 가엾기도 하지."

조조는 잔을 입으로 가져가면서 말했다. 한 모금 마시고서 생각난 듯이 물었다.

"여관장, 문희의 소문을 들어보지 못했소?"

"그러고 보니 학자 딸이 평양에 끌려왔다는 이야기를 흘끗 들은 적이 있습니다만."

문희는 시치미를 뗐다.

"호오, 그런가. 평양에 돌아가거든 염두에 두고서 한번 알아봐 주시게. 채백개의 딸이 혹시 흉노 속에 있다면 이 조조가 몸값을 치르고라도 데려오고 싶다고 전해 주오."

조비가 싱글싱글 웃으면서 말했다.

"아버님, 그만두시는 것이 좋겠어요."

"왜?"

"이야기로 듣는 미녀, 이야기로 듣는 학식이 깊은 여자, 그런 것은 환상입니다. 환상은 환상인 채로 두어야 합니다. 현실로 그것을 보면 틀림없이 실망하실 겁니다."

"꼭 그렇다곤 할 수 없지. 인생 경험이 얕은 너는 잘 모른다. 세상에는 뜻하지 않은 일도 있는 법. 환상과 현실이 들어맞는 일도 결코 적지가 않단 말이다."

"그럴까요? 인생 경험이 풍부하신 아버님의 말씀이라 틀림이 없겠지요. 저도 희망을 갖기로 하겠습니다."

"어떤 희망이냐?"

"환상의 여자가 들은 그대로이고 현실에서 내 것이 된다……그런 일이 생긴다는 희망입니다."

"너의 환상의 여자는 어디 있느냐?"

"바로 업에 있습니다."

조비는 이때 18세였다.

조비가 태어나던 날, 그 지붕 위에는 보랏빛을 띤 구름이 마치 수레의 휘장처럼 덮여 온종일 사라지지 않았다고 한다.

그때 기상으로 점치는 관원이 조조에게 찬양해 마지않았다.

"이 구름은 바로 천자의 기운입니다. 공자께서 귀하게 됨은 무어라 비유해 말할 수가 없습니다."

조비가 천자의 기운에 휩싸여 태어났는지 어쨌는지는 모르지만 그가 뛰어난 인재인 것만은 틀림없었다. 여덟 살에 글을 지어 아버지를 놀라게 했고, 역사와 정세에 밝았으며 말타기·활쏘기·칼쓰기 같은 무예에도 뛰어난 솜씨를 보였다.

첫 출전이 관도(官渡) 싸움이었는데, 그때 벌써 이름 있는 적장과 맞붙어 목을 베었다. 원씨 형제와의 싸움에서는 항상 선봉을 맡았다. 여양(黎陽)을 함락시킬 때도, 양평정(陽平亭)을 공략할 때도 늘 앞장서서 쳐들어갔던 것이다.

환상의 여자가 업성에 있다고 18세의 조비는 말했다. 그 환상의 여자란 원소의 둘째아들 원희(袁熙)의 아내였다.

'절세의 미녀.'

이 소문은 멀리 허도에까지 들렸다.

소문으로는, 혼례날 비로소 둘째며느리를 보았을 때 원소는 자못 분한 듯이 중얼거렸다고 한다.

"희에게는 아까운 여자야."

이 여자는 성이 견(甄), 이름은 낙(洛)이라 했다.

아버지는 견일(甄逸), 3남 5녀의 막내가 낙이었다.

평양 같은 시골까지는 그 소문이 나지 않았지만 중원의 문명권에서는 원희 부인이 '환상의 여인'이라는 것을 모르는 사람이 없을 정도였다.

표조차도 이렇게 말했다.

"그 여자를 한번 보고 싶군그래."

"어머, 바람기가 많은 사람이네요. 백마사의 경매와도 아직 만나지 못했으면서."

문희는 문득 질투를 느꼈다.

'이럴 리가 없는데…… . 열두 살이나 어린 표가 어떤 생각을 하든, 난 조금도 흔들리지 않겠다고 스스로 다짐했었는데…… .'

그러나 그것은 질투가 분명했다.

문희는 자기 자신이 처량해서 무엇엔가 기도하고 싶은 심정이 되었다.

'이런 때 의지할 수 있는 게 부도의 가르침이 아닐까.'

문희는 강국(康國)의 불교 신자들이 문득 생각났다. 동시에 그 아름다운 소용의 모습도 떠올랐다. 소용이 가르치는 오두미도 역시 질투와 같은 마음의 지옥에서 벗어나는 길이 아닐까?

조조가 여양에서 허도로 철수한 것은 5월의 일이고, 유표를 치기 위해 허도에서 서평(西平)으로 향한 것은 8월이었다.

그 바로 뒤 원씨 형제는 조조가 예상했던 대로 벌써 집안 싸움을 시작했다.

허도로 철수하는 조조군의 뒤를 추격하여 치느냐 마느냐 하는 문제로 격론을 벌였다. 원담은 추격하자고 주장했다.

"귀국한다 하여 조조군은 한시라도 빨리 고향에 돌아가고 싶어하리라. 망향의 감상을 억누를 수 없어 싸울 뜻 따위는 잊어 버렸을 것이 틀림없다. 이것이야말로 하늘이 주신 다시 없는 기회이다."

후계자 다툼에서 탈락한 원담은 공을 서두르고 있었다. 하지만 조조군을 추격하려 해도 그의 병력만으로는 어려웠다. 아무래도 동생 손아귀에 쥐어진 기주의 군사를 빌려야만 했다.

원상은 추격에 반대였다.

"병졸도 백성도 지쳐 있소. 지금은 쉬어야 하오."

원담은 이를 갈았다.

'내가 원씨 가문의 총수가 되어 있다면 이 호기를 놓치지 않을 텐데!'

감정이 격했을 때 옆에서 중상 비슷한 말이 들어오면 금방 불타오른다.

"아버지가 돌아가신 뒤 상을 옹립한 주모자는 저 심배였습니다."

신평이 부채질했다.

원상파의 심배와 원담파의 신평은 이미 불구대천의 원수가 되어 있었다. 파벌 싸움의 귀착점은 주의 주장은 뒷전으로 밀려나고 오직 감정에만 치우치게 되는 것이다.

"좋아, 병사를 빌려주지 않는다면 병사를 빼앗을 수밖에."

원담은 동생 원상을 기습했다. 하지만 업성 성문 밖에서의 싸움에서 원담은 패하고 남피(南皮)라는 곳까지 달아났다.

안 될 때에는 자빠져도 코가 깨진다고 할까. 그즈음 원담의 영지인 청주에서 부장들이 반란을 일으켰다.

아버지 원소가 죽기 바로 전까지 후계자 결정을 망설였던 것은 반드시 후처 유씨의 압력 탓만도 아니었다. 장남인 원담의 성격에 문제가 있었기 때문이었다.

조조 추격을 주장했을 때 동생 원상은 백성이나 병사가 지쳐 있다고 반대했지만, 원담은 백성의 어려움 따위는 도무지 염두에 두지 않았다. 청주에서 반란이 일어난 것도 당연한 일이었다.

원상은 이때다 싶어 형을 공격했다. 원담은 패주에 패주를 거듭하여 가까스로 평원(平原)까지 달아났다.

원상은 대군으로써 성을 포위했다.

이렇게 되면 이미 될 대로 되라이다. 원담은 조조에게 원군을 청해 동생을 칠 것을 결심했다.

바로 얼마 전까지 동생과 진을 나란히 싸운 상대에게, 그 동생을 치겠으니 도와 달라고 애원하는 것이다.

그 사자로 조조와 안면이 있는 신비(辛毗)가 뽑혔다. 신평의 동생이다.

신비는 자가 좌치(佐治)로, 평원령(平原令)으로 있었으며 언변 좋기로 소문난 자였다.

원담이 부르자 신비는 기다렸다는 듯이 바로 달려왔다. 원담은 조조에게 보내는 밀서를 신비에게 건네고 호위병을 붙여 그가 무사히 경계를 넘도록 조처했다. 신비는 밤새 말을 달려 곧장 조조의 진영을 찾아갔다.

신비가 정중히 예를 올리고 원담의 투항 의사를 밝혔다. 그리고 그가 친히 적어준 밀서를 조조의 손에 건네주었다. 조조는 밀서를 한눈에 훑어보더니 눈짓으로 신비를 비롯한 주위 사람들을 모두 나가 있게 했다. 그리고 몇 명의 모사들만을 불러놓고 상의했다. 정욱이 먼저 말했다.

"원담이 위급해져서 어쩔 수 없이 항복하려는 것입니다. 항복을 받아주더라도 별반 이득이 없습니다."

그러자 여건과 만총이 나서서 거들었다.

"승상께서 친히 군사를 거느리고 여기까지 오셨는데 유표를 눈앞에 두고 한갓 믿을 수 없는 적장 원담을 돕는다는 것은 있을 수 없는 일입니다."

그러나 순욱의 생각은 달랐다.

"유표가 장강과 한수 일대만 장악하고 더 이상 욕심을 부리지 않는 것은 그에게 천하패권의 야망이 없기 때문입니다. 하지만 기주, 청주, 유주, 병주 네 고을을 확보하고 있는 원씨 형제가 서로 힘을 합해 수십만의 군세로 밀고 들어온다면 천하 정세는 가늠하기 힘들 정도로 어려워지게 됩니다. 먼저 원담이 동생 원상을 치게 하고 뒤이어 이쪽에서 원담을 치게 되면 결과적으로 우리는 큰 손실을 입지 않고 훨씬 많은 이득을 취할 수 있게 됩니다. 이 호기(好機)를 절대 놓쳐선 안 됩니다."

순욱의 말이 끝나자 조조는 고개를 끄덕였다. 그리고 곧장 장막으로 신비를 불러들여 물었다.

"원담이 내게 항복하려는 것이 진심인가?"

아직 의심이 풀리지 않은 듯 조조는 거듭 확인했다. 신비는 거침없이 대답했다.

"원씨 일가는 몇 년 동안의 전쟁에 지칠 대로 지쳐 있습니다. 또한 안으로는 내분의 양상이 심해지고 있는 데다 하늘의 재앙까지 겹쳐 가뭄이 계속되고 있습니다. 각 고장은 유례없는 흉년에 날이

갈수록 원성이 높아가고 민심은 이미 흉흉해진 지 오래이옵니다. 이에 승상께서 업(鄴)을 치시면 원상은 말머리를 돌려 제 영지를 지키기 위해 돌아올 것이고, 원담은 그 뒤를 쫓아 골육상잔의 피비린내 나는 싸움을 시작할 것입니다. 그렇게 되면 승상께서는 어렵지 않게 그들을 섬멸하고 업을 차지하실 수 있을 것입니다. 그렇지 않고 만일 유표를 치기 위해 형주로 가신다면 이 호기를 놓치게 될 것입니다."

조조는 그 말을 듣고 크게 고개를 끄덕였다.

"좌치는 참으로 명석하도다. 내 그대를 이제서야 만난 것이 안타깝구나."

조조는 이때 형주의 유표를 치기 위해 서평에 진을 치고 있었다.

'형주에 전력을 기울인다.'

이렇게 공언하고 있었지만, 사실은 배후의 원씨 형제 동향에 주의를 게을리하지 않았다. 진형(陣形)도 언제라도 동북으로 돌릴 수 있도록 은밀히 궁리해 놓고 있었다.

형주에는 유비가 있다. 그리고 형주의 주인 유표는 천하 쟁패에 별로 관심이 없는 것 같았다. 형주가 골치아픈 존재가 되는 것은, 유비가 유표의 병권을 빼앗아 자립했을 때이다.

유비는 조조와의 밀약이 이미 끝난 것으로 생각하고 있었지만, 조조는 그렇지 않았다.

"유비가 유표의 병권을 빼앗아서 자립했을 때, 그때야말로 나와 유비의 비밀 동맹은 끝나게 될 테지."

그러나 유비가 형주를 탈취하려면 앞으로 몇 년이 걸릴 것이다.

조조는 형주의 첩자로부터 보고를 받아 유비의 동향에 대해서 자세히 알고 있었다.

"형주에서는 객장 유비의 평판이 차츰 높아지고 있습니다."

그러므로 원씨 형제를 토벌하려면 지금이 기회이다.

조조는 일단 허도로 돌아갔다.

그리고 어느 날 표와 문희를 불러 물었다.

"전쟁 구경을 하고 싶은가?"

"예, 견학할 수 있다면 다행이옵니다."

표는 눈을 빛냈다.

"견학보다 차라리 참가하는 게 어떤가?"

"허락해 주신다면……."

표는 더욱 눈을 빛냈다. 옆에서 문희가 걱정스런 표정을 지었다.

"전쟁이라는 것은 야전의 공방만으로 결정되는 것이 아니야. 평양에서 어째서 곽원이 아군에게 패했는지 좌현왕은 잘 알고 있을 테지?"

"예."

곽원은 포위된 남흉노를 구하고자 달려왔었다. 구해줄 남흉노가 조조군과 밀약을 맺고 있었다. 원상의 곽원군은 보기좋게 모략에 걸려 대패한 것이다.

"그런 것을 공부하도록. 이제 그 기회를 베풀어 주겠다. 우리는 이제부터 원상을 친다. 관도에서 대파한 뒤로 원씨는 이미 우리들의 강적이 아니다. 하물며 지금은 둘로 갈라져 있다. 그렇다고 얕보아서는 안 된다. 만일 우리들이 고전하는 일이 생긴다면, 그것은 원상에게 뜻하지 않은 원군이 가세했을 때뿐이다. 그와 같은 일이 생기지 않도록 세밀하게 작전을 써야만 한다."

조조 곁에는 비와 셋째아들 식(植)이 있었다.

조조는 표에게 가르치듯 말하였지만 동시에 두 아들에게도 들려주고 있었다. 그는 말을 이었다.

"전쟁터 언저리를 헤매다니는 들도둑 가운데 일이 없는 무리가 있다. 그들은 이익을 좇아 움직인다. 실례이지만 평양에 자리잡기 전의 선왕 오프라도 그런 사람이었지. 지금은 흑산패라 불리는 집단이 가장 강력하다. 그 총수는 장연으로, 나도 자주 싸웠지만 만만치 않은 인물이었다. 들으니 지금 세력은 10여만이라 한다. 그럴 우려는 없으나 그들이 원상측에 붙게 하면 안 된다. 그러기 위해 이쪽에서 말 잘하는 자를 사자로 파견해야 한다. 그 사절단을 따라가 교섭하는 방식을 배우도록 하라."

"예, 고맙습니다."

표는 고개를 조아렸다.

조비는 얼굴을 꼿꼿이 세우고 뭔지 비웃고 있는 느낌이었다.

동생 조식은 아직 12세의 소년이었으나 심각한 얼굴로 아버지의 말을 열심히 듣고 있었다.

조조가 원담의 청을 받아 다시 여양에 진을 친 것은 10월이었다.

원상은 허둥지둥 평원성의 포위를 풀고 본거지인 업으로 돌아왔다. 남의 성을 공격하는 일보다 당장 자기 성을 지키는 일이 급했다.

평원의 포위를 풀게 하려는 목적을 이루었기 때문에 조조는 여양에서 철수했다.

원상은 머리끝까지 노여움이 치밀었다.

"아버지 원수인 조조를 끌어들이다니 형이라 할지라도 용서치 않겠다."

그가 더욱 화난 것은 여양에서 그의 부하 장수 2명이 조조에게 항복했기 때문이다.

새해가 되어 건안 9년(204) 2월, 원상은 심배와 소유(蘇由) 두 장수를 업에 남기고 자기는 스스로 대군을 거느리고서 형이 있는 평원성을 공격했다.

조조는 기다렸다는 듯이 다시 병사들을 이끌고서 황하를 건너, 곧바로 원상의 근거지인 업을 공격했다.

평원에의 출병이 조조의 재출격을 가져온다는 것은 원상도 알고 있었다. 그렇건만 어째서 그런 짓을 감히 결행하였을까? 형이 밉다는 일념에서만은 아니었다. 흑산패 10여만과 줄을 대고 있었던 것이다.

원상의 아버지 원소도 흑산패 때문에 애를 먹은 일이 한두 번이 아니었다. 그래서 원소는 흑산패와 흥정을 하여 그들을 무마하기로 했었다. 원상은 아버지의 방법을 배워 그들과 교섭하고 있었다.

그런데 장연의 입장은 어떠했던가?

그는 난처했다.

부하의 수효는 5만쯤이 적당한데 10만으로 늘어났다. 부하 수효가 많아 곤란한 것은 그들을 먹여 살려야 하기 때문이다.

'금년은 흉년이어서 군량 공급이 큰 문제다. 무슨 수단을 써야 할 텐데……'

그는 머리를 싸매고 있었다.

전쟁 청부업자인 그는 주위를 둘러보며 일거리를 찾았다.

원씨 가문 형제간의 집안 싸움과 조조와의 얽힘이 있었다. 자기 쪽에서 제의할 것도 없이 조조와 원상의 양쪽에서 사자가 찾아왔다.

국색(國色)

'나는 제비'라고 불리는 장연도 늙어감에 따라 피로를 느끼는 일이 많았다. 전장에서의 활동에는 아직도 남에게 뒤지지 않을 자신이 있었지만 부하를 먹여 살리는 일에는 어지간히 지쳐 버렸다.

'모조리 맡아서 뒷바라지해 줄 자는 없을까?'

주인이 있다면 부하를 먹여살릴 걱정은 하지 않아도 된다.

조조와 원상, 양쪽에서 교섭이 있었을 때 장연은 주저없이 조조를 택했다.

"우리들 모두를 고용해 주십시오."

조조는 일찍이 청주 황건당 수십만을 고용한 일이 있다.

더욱이 그들에 대한 처우도 공평했었다. 결코 차별 대우를 하지 않았다. 그것을 장연도 잘 알고 있었다.

원씨 가문은 비정규군을 일시적으로 매수한 적은 있어도 그들을 자기 부하로 삼은 적은 없었다. 명문임을 내세우는 그들은 출신을 까다롭게 따졌다.

흑산의 빈민군이 그런 도도한 상대를 주인으로 받들 리 만무했다.

"원씨를 해치운 뒤 우리 진영에 참가하도록."

조조의 사자는 대답했다.

조조는 흑산패에게 원씨 토멸의 한몫을 담당시킬 작정이었던 것이다.

"원씨 가문에 가세하는 척하시오."

흑산 10여만의 병력이 가세했다 하면, 원상은 틀림없이 대담한 행동으로 나오리라. 조조는 그것을 노리겠다는 의도였다.

조조 사절단의 일원이 되어 이 교섭을 자세히 지켜본 표는, 그 모략에 혀를 내둘렀다.

표는 견학을 위해서만 흑산의 본진에 간 것은 아니었다. 사실 조조는 그에게도 하나의 소임을 주었던 것이다.

사절단 대표가 장연에게 표를 소개하며 이렇게 말했다.

"이 젊은이는 장연님의 전우이기도 했던 저 오프라 선우의 유아(遺兒)입니다. 남흉노는 지금 우리 조공의 산하에 들어와 있고, 좌현왕인 표님은 이렇듯 수업차 허도에 보내고 있지요."

"오오, 그렇소?"

장연은 눈을 가늘게 떴다.

"그렇다면 내 아들도 조공에게 보내어 단련을 부탁할 수 있을까?"

이 말로 자식을 가진 장연의 마음을 더 꽉 잡을 수 있었다.

흑산 10여만을 믿고 본거지를 떠나 평원성의 형을 공격하던 원상은 아무리 기다려도 흑산이 움직이지 않자 차츰 초조해지기 시작했다.

이윽고 소문이 들려왔다.

'흑산패가 조조의 군문에 항복했다.'

"당했구나!"

원상은 급히 군을 돌렸다.

이미 7월이었다.

조조는 5월부터 업성을 포위하고 있었다. 성 둘레에 참호를 파고 장수(漳水)의 물을 끌어들여 수공(水攻)으로 나갔다.

성 안의 식량은 떨어졌고 주민의 반은 굶어 죽었다. 수비장수 심배가 아무리 맹장이라고 해도 조조군이 총공격을 해온다면 쉽게 떨어지리라.

하지만 조조는 총공격을 가하지 않았다. 업성이 함락되면 원상은 어딘가로 도주하리라. 과연 원상은 업성을 구하기 위해 평원 포위 군병을 이끌고 돌아왔다.

'성 안과 성 밖이 긴밀히 호응하여 포위한 조조군을 협격한다.'

원상군에게는 정석대로의 작전밖에 없었다. 원상은 업에 가까이 다가오자 봉화를 올려 성 안에 알렸다. 성 안의 심배는 성문을 열고서 출격했다.

조조군은 구원군인 원상은 거들떠보지도 않고 성 안에서 뛰쳐나온 부대를 있는 힘을 다해 맹공격했다.

이런 상황이라면 보통은 군을 둘로 나누지만 조조는 그렇게 하지 않았다.

성 안 군졸들은 굶주림으로 걸음마저 제대로 걷지 못했다. 조조군은 먹잇감을 공격하는 늑대처럼 달려들어 큰 손해를 입혔다. 심배는 하는 수 없이 패잔병을 수습하여 성 안으로 도망쳐 들어갔다.

한쪽을 침묵시킨 뒤, 조조는 다시 있는 힘을 다 기울여 원상군을 공격했다. 흑산군의 가세와 협력, 원상군이 마음먹었던 일은 빗나가고 말았다. 이런 군대는 낙담으로 인해 사기가 떨어져 본디의 실력보다도 훨씬 약해지는 법이다.

조조군의 맹공격을 받아 원상은 곡장(曲漳)까지 도망쳤지만 곧 포위되고 말았다.

'이제는 마지막이다.'

원상은 이를 악물고서 조조에게 항복을 제의했지만 거절당했다.

원상은 밤을 틈타 기산까지 달아났다. 그러나 조조군의 추격을 받아 거기서 또 포위되었다. 원상은 부득이 보급 수송부대를 버리고 변장한 채 중산(中山) 방면으로 달아났다.

조조군은 거기서 원상이 가지고 있던 인수와 의복을 손에 넣었고 그것을 장대에 꿰달아 업성 사람들에게 보였다.

"원상은 알몸으로 도망쳤다. 이제 누구도 도우러 오지 않는다. 단념해라, 단념해!"

조조군이 목청껏 외쳐댔다.

심배는 사기가 떨어진 성안 병사와 주민들에게 말했다.

"원상님이 패하더라도 원희님이 유주의 정병을 이끌고 반드시 구원하러 온다. 반드시 말이다! 우리들도 지쳤지만 적군도 지쳤다. 희망을 버려선 안 된다!"

인심을 분기(奮起)시키기 위해 심배는 좀더 격렬한 방법을 썼다.

"우리를 이토록 괴롭힌 것은 조조를 원씨 가문 집안싸움에 끌어들인 신평·신비 형제이다. 신씨 일족을 남김없이 주살하겠다. 앞으로도 비겁한 짓을 하는 자는 신씨 일족과 같은 말로를 걸으리라!"

업성 안의 신씨 일족은 남녀노유를 가리지 않고 시장에 끌려나와 목이 잘렸다. 아비규환의 지옥도가 따로 없었다. 주살된 신씨 일족은 80명이나 되었다.

이때 새파랗게 질린 얼굴로 이를 악물고 처형 장면을 지켜보는 젊은이가 있었다.

그의 온몸은 덜덜 떨렸다.

이 처형을 명령한 심배의 조카인 심영(審榮)이었다. 그는 신씨 일족의 딸과 서로 사랑하는 사이였다. 그런데 그 애인이 살해되어 그는 분노에 몸을 떨었다.

심영은 성문 수비 장수였다.

'사랑하는 약혼녀를 죽인 삼촌! 꼭 원수를 갚고 말 테다!'

그는 성문을 열고 조조군을 성 안으로 끌어들일 것을 생각했다. 그는 내통하는 글을 써서 화살에 매어 성 밖으로 쏘았다.

'무인(戊寅)날 이경(二更)에 성문을 열겠다.'

포위군 중에는 흑산패에게 갔던 표도 관전자(觀戰者)로 종군하고 있었다.

표에게 조비가 살며시 속삭였다.

"오늘밤 재미있는 것을 보여주겠다. 당신은 전쟁을 구경하러 온 것이지? 전쟁에서 가장 재미있는 장면을 보고 싶을 거다."

"어떤 것입니까?"

"제 1 착…… 업성 돌입의 제 1 착이지."

"오늘밤? 어떻게 그것을 알 수 있지요?"

표의 물음에 조비는 싱긋 웃고 작은 종이쪽지를 보였다. 그것은 심영이 쏘아보낸 글이었다. 조비 자신이 쪽지를 발견하고 누구에게도 말하지 않았다고 한다.

"2, 30기를 이끌고 문 앞에서 기다린다. 문이 열린다…… 뛰어든다…… 어때? 제1착이 틀림없잖아!"

"그런 짓을 해도 괜찮겠습니까?"

"곧이어 문이 열린다는 것을 전군에 알리도록 지시해 놓았어. 나는 단지 제1착으로 돌입하고 싶을 뿐이야. 한발 앞서 성에 들어가면, 그것으로서 족해. 무슨 일이 있어도 선두가 되고 싶어."

표는 뜻밖이었다.

조비는 그보다 한 살 아래이지만 아무래도 손위인 것 같은 느낌이 들었다. 19세 치고서는 너무 어른스러웠다. 그 조숙한 표정은 어딘가 무시무시하기도 했다.

그렇지만 한사코 제1착을 바라고 있다. 이 또한 너무도 어린애같지 않은가 ?

조비는 말했다.

"좌현왕에게 부탁할 일이 있어."

조비는 위험을 조금도 두려워하지 않고 불과 30여 기를 거느리고 당당히 업성 안으로 돌입했다.

"원소가 살던 집이 어느 것이냐?"

그 집 문앞에 이르자 말에서 내려 조비와 표는 성큼 안으로 들어갔다.

조비는 칼을 뽑아들고 이리저리 눈동자를 굴리며 돌아다니다가 후당으로 들어섰다.

문득 방 안에서 흐느끼는 소리가 들렸다. 소리나는 쪽으로 들어가 보니 두 부인이 마주 끌어안고 떨고 있었다. 옷차림과 장식품이 화려한 것으로 보아 원씨 집안이란 것을 알 수 있었다.

조비가 물었다.

"부인들은 누구요?"

중년 부인 쪽이 원망스러운 듯이 쳐다보며 대답했다.

"나는 원소의 아내 유가요. 이 아이는 둘째아들 원희의 아내요."

"원희의 아내라면 왜 유주로 가지 않았소?"

"원희는 이미 유주에 둘째, 셋째 아내를 두고 있어요. 이 아이가 너무 마음씨가 고운 탓으로 오랫동안 멀리 떨어져 있었지요. 가엾은 아이입니다."

조비는 다가가 그 얼굴을 들여다보았다. 어떤 위험이 닥칠지 모르므로 얼굴에 검정칠을 하고 있었다.

조비는 전포 소매로 그 얼굴을 닦았다.

"아니, 이건!"

조비는 눈을 크게 떴다.

'옥 같은 살결이란 바로 이를 두고 하는 말이로구나!'

검정칠 밑에서 떠오른 것은 아침 햇살을 받은 복숭아같은 미모였다.

조비는 감탄했다.

'과연 소문이 거짓은 아니었구나.'

조비는 정신없이 들여다보다가 말한다.

"좋아! 그대들은 내가 구해 주겠소. 나는 승상의 맏아들 조비요. 안심해도 좋소."

조비는 힘주어 말했다.

원희 부인 견씨(甄氏)는 이때 22세, 조비보다 3세 위였다.

견 부인은 대대로 2천 섬 대관 가문의 5녀로서 어릴 때부터 뛰어난 미모와 남다른 총명함으로 재색이 빛나는 여인이었다. 원소는 살아 생전 인근의 평판만을 전해 듣고 두말없이 자신의 며느리감으로 견씨를 낙점했다고 한다.

중국 사서에 여성의 생년월일이 기록되는 일은 거의 드문데 〈위서(魏書)〉에는 광화 5년(182년) 12월 15일 태생으로 견 부인의 생년월일이 적혀 있다. 업성이 함락된 건안 9년 (204년) 9월에는 만 22세였던 것으로 기록돼 있다.

이윽고 조비는 넋을 잃고 있는 표에게 소리쳤다.

"좌현왕, 뭘 꾸물거리고 있어? 빨리 이 여자를 데리고 가라!"

조비의 부탁은 이것이었던 것이다.

얼마 뒤 조조가 위풍당당하게 뭇 장수들을 거느리고 입성했다.

성문을 막 들어섰을 때 갑자기 허유가 말을 달려나오면서 큰소리로 말했다.

"어떻습니까, 승상? 내가 원소를 속여 묘한 꾀를 썼기 때문에 오늘의 승리를 가져올 수 있었던 것 아닙니까!"

허유는 마냥 뽐냈다.

조조는 웃으며 고개를 끄덕여 보였다.

"그렇고말고."

확실히 그의 배신으로 조조는 원소군을 물리칠 수 있었다. 그러나 그것이 승리의 직접적 계기가 된 것은 아니었다.

조조의 인정에 우쭐할 대로 우쭐해진 허유는 어느 날 성문 앞에서 허저와 마주쳤다. 허유는 그냥 지나치려는 허저에게 거만한 말투로 먼저 시비를 걸었다.

"이봐, 허저! 아는 체도 하지 않고 가나? 나를 봤으면 냉큼 인사를 해야지. 예의를 전혀 모르는군. 무사들이란 힘만 있지 머리가 영 텅 비었단 말이야. 그렇게 어깨에 힘주고 잘난 체하면서 성문을 드나들 수 있는 게 다 누구 덕택인지 알기나 하나?"

허저는 가만히 허유를 쏘아보았다. 주군인 조조가 아니라면 벌써 허유의 목은 남아 있지 않았을 것이다. 허저는 장수로서의 마지막 인내심을 발휘하여 참았다.

"맹덕도 인정한 나를 한갓 졸개들이 우습게 안단 말이야."

그 말에 허저의 인내심은 무너지고 말았다. 이제야말로 허유를 처단할 확실한 명분이 선 것이다.

'감히 주군의 존함을 함부로 들먹여? 넌 괘씸죄에 주군 모독죄까지 추가되었다.'

허유를 노려보는 허저의 눈에 시퍼런 불꽃이 튀었다. 그런데도 허유는 계속 지껄이고 있었다.

"건방진 것들!"

허유의 입에서 마지막으로 튀어나온 말이다. 그 말을 듣자 분노가 폭발한 허저는 단칼에 허유의 목을 치고 말았다. 책사(策士)가 스스로 부른 운명이랄 수밖에 없었다.

조조는 원소의 집 문앞에 이르자 물었다.

"먼저 이 문을 들어간 사람이 있느냐?"

조비가 들어갔다는 말을 듣자 조조는 버럭 성을 냈다.

"아무리 조비일지라도 함부로 행동한 것을 용서치 않는다!"

조비는 원소의 처 유씨와 원희의 처 견씨를 데리고 아버지 앞으로 나왔다.

조조가 아들을 무섭게 꾸짖자 유씨가 말했다.

"작은 장군께서 맨먼저 들어와 우리들을 보호해 주지 않았으면 우리는 지금쯤 잡병들의 놀림감이 되었을 것이옵니다. 이 은혜에 보답하기 위해 이 아이를 작은 장군께 바칠까 하옵니다."

조조는 경국지미(傾國之美)를 간직한 견씨를 바라본 다음 그 눈길을 조비에게로 옮겼다.

조비의 두 볼이 빨갛게 물드는 것을 본 조조는 씁쓸하게 웃었다.

"아비의 금령을 범하면 어여쁜 여자를 얻게 되는 건가."

조조 역시 소문난 미녀 견씨에게 눈독을 들이고 있었던 것이다. 그러므로 입성에 앞서 전군에게 원씨 집에 들어가는 것을 금지했던 것이다.

"어쩌면 이 녀석은 내가 하지 못한 일을 할지도 몰라."

조조는 혼잣말하며 술잔을 손에 들었다.

훗날 조비는 견 부인을 정실로 맞아들였다. 그리고 슬하에 1남1녀를 두었다. 남아는 조예(曹叡)인데 위의 명제가 된 인물이다. 조조는 유난히 조예를 사랑해서 5, 6세 때부터 직접 연회에 데리고 다니며 손자 자랑을 했을 정도였다. 그러나 그 어머니인 견 부인의 운명은 그다지 평탄치 못했다.

한 노인이 병석에 누워 있다. 그 노인의 성은 공손(公孫), 이름은 도(度), 자는 승제(升濟). 요 몇 년 동안 병으로 골골했으며 요즘 부쩍 몸이 쇠약해졌다. 그러나 성미만은 팔팔했다.

"이런 것, 광 속에나 처박아 둬라!"

병석에서 상반신을 일으킨 공손도는 손에 들었던 것을 아무렇게나 휙 던졌다.

그것은 인수였다.

관인(官印)은 권력 행사가 합법임을 증명하는 물건이다. 인(印)은 거의가 금속제이고, 그것에 딸린 끈을 수(綬)라 불렀고, 그것을 몸 어딘가에 걸었다. 관리라면 누구든 그것을 한시도 몸에서 떼지 않았다. 후한 말기에는 대개 팔꿈치에 걸고 있었다.

공손도가 던진 인수는 마룻바닥에 메마른 소리를 내며 뒹굴었다.

조정에서 공손도를 무위장군(武威將軍) 승녕향후(承寧鄕侯)에 봉한다는 조서를 내렸고 지금 그 인수가 전해졌던 것이다.

이곳은 요동(遼東)의 양평성(襄平城)이다. 지금의 심양(瀋陽) 북쪽이다.

공손도는 이 고장 주인이었다. 그의 세력 범위는 다시 남쪽으로 뻗쳐 고구려와도 닿아 있었다.

후한 왕조가 쇠약하여 지방에 대한 통제력이 약해진 틈을 노려 그는 그곳에서 자립했다. 그는 벌써 꽤 오랫동안 요동의 주인이었다. 조정도 이제야 그것을 인정하고 그를 겨우 열후로 봉했던 것이다.

"경축하옵니다."

군신들이 축하를 올렸건만 그는 인수를 휙 내던졌다.

가신들은 이상하다는 표정이었다.

노인은 씹어뱉듯 말했다.

"조정이라고 했자 기껏해야 조조가 아닌가!"

공손도로서는 환관의 손자인 조조 따위는 우습게 보였다.

어쩌다가 중원에 있었다는 지리적 조건으로 지금 천자를 받들고 있는 데 지나지 않는다.

'나는 재수가 없었던 거야.'

요동이라는 지역은 천하를 호령하기에는 지리적 조건이 나쁘다. 그래서 조조 따위에게 중원의 패자라는 지위를 허락하고 있는 것이 분하기 이를 데 없었다.

그런데 지금 그 조정, 다시 말해서 조조에게서

너는 그 고장의 실권자이다. 그것을 인정해 주마. 겸해서 무위 장군의 지위와 승녕향후를 봉하리라.

하는 사자가 온 것이다.

공손도가 인수를 내던진 것은 그로서는 당연한 행동이었다. 가신들은 이상하다는 표정이었는데 그들이 오히려 더 이상하지 않은가!

"나는 말이다. 내 힘으로 요동의 왕이 된 거야. 이제 와서 열후에 봉해졌다고 무엇이 기쁘겠는가? 흥, 아니꼬운 조조 녀석!"

공손도가 다시 누워 이불을 뒤집어썼다. 건안 9년(204)이었다.

공손도는 착각하고 있었다. 언제나 자기를 불운하다고 말했지만 사실은 행운아였는지도 모른다.

그가 만일 중원의 땅에 있는 군웅의 하나였다면 벌써 오래 전에 멸망했으리라. 그는 어차피 그 정도의 그릇이었다.

공손도는 지금 조조를 가리켜 환관의 자손이라고 경멸하고 있지만, 지금까지 조조와의 사이에 원씨라는 강력한 벽이 있어 마음놓고 지낼 수 있었던 것이다. 원씨라는 벽이 없어진 지금 공손도는 직접 조조의 위협 아래 놓이게 되었다.

'어떠냐, 나에게 항복하겠는가?'

그가 천하 정세를 보는 눈이 있었다면, 조정이 인수를 보내온 이면에 조조의 이러한 은근한 압력이 있음을 읽었을 터였다.

공손도는 그것을 읽지 못했다. 나이를 먹었다는 것 외에도 병이 그의 판단력을 얼마쯤 흐리게 했으리라.

얼마 뒤 그는 죽었다. 그리고 아들인 공손강(公孫康)이 뒤를 이었다.

공손강은 아버지 공손도가 조정에서 받은 승녕향후의 관작을, 동생인 공손공(公孫恭)에게 주었다. 공손강은 아버지의 입버릇인 '나는 요동의 왕이다.' 하는 의식을 고스란히 계승했다. 그 탓에 열후의 작위를 동생에게 줘 버린 것이다.

그러나 아들인 공손강은 아버지에 비한다면 얼마쯤 천하 형세를 읽고 있었다. 요동의 왕으로 남아 있기 위해선 임기응변, 유연한 자세를 취하여야 된다는 것을 이해하고 있었다.

원상은 보급 수송부대를 버린 뒤 변장하고 중산까지 달아났다. 이윽고 흩어졌던 부하도 차츰 모였다. 그러나 적이 나타났다.

"조조군인가?"

놀라 긴장하고 있을 때 척후로부터 들어온 보고는 뜻밖이었다.

"현사(顯思)의 군사입니다. 맹렬히 공격을 가해 오고 있습니다."

현사는 원담의 자이다. 원씨 3형제는 자(字)의 돌림이 모두 현이었다. 원희는 현혁(顯奕), 그리고 원상은 현보(顯甫)였다.

"형이라고?"

원상은 하늘을 우러르며 탄식했다.

막내인 그가 가문을 이은 것을 맏형인 원담은 아직도 용서치 않고 있는 것이다. 지금, 대군을 보내어 패배한 동생을 공격해 오고 있는 것이다.

원상은 중얼거렸다.

"너무나 이악스럽군!"

형의 집념도 이악스럽고 자기에게 원씨 가문을 잇게 하려고 꾀한 어머니도 상황이 이렇게 되고 보니 이악스럽다고 생각되었다. 아니 자기를 포함해서 모두가 이악스러웠다. 그래서 더욱 허무했다.

원상에겐 이제 싸울 마음이 조금도 없었다. 그는 측근 몇 명을 데리고 은밀히 중산성을 탈출했다. 찾아간 곳은 둘째 형 원희가 있는 고안성(故安城)이었다.

원담은 싸우지 않고 중산성에 들어가 막내동생 원상의 군대를 고스란히 손에 넣었다.

그는 막내동생의 손에서 원씨 가문의 총수 지위를 빼앗기 위해 아버지의 원수인 조조와 손을 잡았다. 그런데 이제 막내동생 원상의 군대를 합치고 나니 조조는 역시 원씨 가문의 적임을 깨달았다. 조조의 공격으로부터 몸을 지키자면 어떻게 해야만 하는가?

조조의 등 뒤엔 형주의 유표가 있다. 유표가 움직이면 틀림없이 조조도 경계하게 되리라. 당연히 북쪽 원씨에 대한 공세도 늦추어질 것이다.

원담은 유표에게 밀사를 보냈다.

'함께 손을 잡고 조조를 치자!'

동맹을 제의했다.

"어떻게 하면 좋소?"

유표는 객장 유비에게 자문했다.

"원담의 제의를 받아들이는 게 좋을 것입니다."

유비는 대답했다. 그러나 유비는 이때 아주 미묘한 입장에 놓여 있었다.

그동안 유표는 현덕을 종친의 한 사람으로 대우하고 있었다.

그런 유표에게, 정실부인 채씨와 채씨의 친정 동생 채모는 유비를 경계하라고 거듭 간언했다.

"현덕은 언제 이빨을 드러낼지 모르는 호랑이와 같습니다. 가까이 두지 말고 먼 곳으로 물리치십시오."

'현덕으로 인해 우리 집안이 두 패로 나뉘는 것은 좋지 못하다.'

유표도 이런 생각이 들어 어느날 현덕을 불렀다.

"내 말을 아무 다른 뜻이 없는 것으로 들어주오. 공은 지금 3천 명 군사를 거느리고 우리 성 안에 식객으로 머무르고 계시오. 남의 성 안에 머물다 보니 군사 훈련도 제대로 못하는 것으로 알고 있소. ……양양의 속읍으로 신야현(新野縣)이 있는데, 작기는 하지만 성곽도 있고 무기와 군량도 비축되어 있는 곳이오. 군사를 거느리고 그곳으로 가시면 어떻겠소?"

현덕으로서는 좋다 싫다가 있을 수 없었다.

이튿날 유표에게 하직 인사를 한 다음 현덕은 군사 3천을 이끌고 성문을 나섰다.

그러자 한 선비가 다가와 현덕에게 절을 하고 충고했다.

"그 말을 타시는 것은 좋지 않습니다."

현덕이 탄 말은 보기에 힘차고 날래보였다. 지난 달 현덕은 유표의 부탁으로 반란을 일으킨 장무와 진손을 토멸한 일이 있었다. 그때 장무의 말을 빼앗았던 것이다. 이마에 흰점이 있고 이름을 적로(的盧)라 불렀다.

"당신은 누구요?"

현덕이 물었다.

"형주의 막빈(幕賓)으로 이름은 이적(伊籍), 자를 기백(機伯)이라 합니다. 이 적로는 명마이지만 이를 타는 주인에겐 언제나 화가 따르게 됩니다. 장무가 목숨을 잃은 것도 이 말을 얻은 때문입니다."

이 말을 듣고 현덕은 웃으며 말했다.

"사람이 죽고 사는 것은 하늘에 달렸지 말에 있는 건 아닐 거요. 고작 말에 매인 목숨이라면 버려도 아까울 것이 없겠지."

이적은 그 담담한 태도에 감탄했다. 그 뒤로 이적은 현덕에게 마음이 끌렸다.

신야는 양양성에서 멀지 않은 한적한 시골이었다. 한번 대군의 습격이라도 당하면 당장 짓밟히고 말 작은 성에 지나지 않았다. 그러나 도리어 그것이 단 한 번도 병화를 입지 않고 평화를 지켜온 이유이기도 했다.

현덕은 부하들과 함께 3년 남짓 이 작은 성에서 평온한 나날을 보냈다. 그 동안 감 부인이 처음으로 사내아이를 낳았다.

아기를 배었을 때 북두칠성을 삼키는 꿈을 꾸어서 아명(兒名)을 아두(阿斗)라 불렀다. 뒷날의 유선(劉禪)이다.

조조가 수십만 대군을 이끌고 업성을 친 것은 이 무렵이었다.

"조조가 없는 허도는 전혀 무방비일 것입니다. 지금이야말로 형주와 양양의 정예를 이끌고 쳐들어갈 때인 줄 압니다."

그러자 유표는 고개를 저었다.

"나는 가만히 앉아서 아홉 군을 통치하고 있소. 이 이상 야망은 없소."

그러나 그 웃던 얼굴은 느닷없이 굳어졌다. 병풍 뒤에 사람이 숨어 있고, 그것이 채 부인이란 것을 알아차린 것이다.

유표는 가정적으로 고민이 있었다.

전처 진 부인이 낳은 맏아들 유기(劉琦)는 착하기는 했으나 병약한 몸이었다. 후처 채 부인이 낳은 둘째아들 유종(劉琮)은 몹시 총명하고 튼튼했으며 용기도 있었다.

그래서 유표는 맏아들을 폐하고 둘째로 뒤를 잇게 할 생각이었으나, 이것은 예법에 벗어나는 일이었다. 그렇다고 맏아들에게 뒤를 물려주려니 뒷일이 걱정되었다. 채씨 집안이 군무의 요직에 앉아 있기 때문에 자기가 죽은 다음 반드시 대란이 일어날 염려가 있었다.

유비는 유표의 속내를 대충 짐작하고 있었다.

현덕은 유표의 태도를 가만히 지켜보고 있다가, 이윽고 채 부인이 병풍 뒤에서 떠나기를 기다려 조용한 목소리로 말했다.

"주제넘는 소리 같지만 옛날부터 맏아들을 폐하고 차자를 세우는 것은 난을 일으키는 불씨로 여겨져 왔습니다."

"그러나 그 어린 쪽의 주위 세력이 강하다면 어떻게 하겠소?"

"서두르지 말고 조금씩 그 권세를 꺾는 것이 좋을 겁니다."

이렇게 말하고 현덕은 뒷간에 갔다.

이윽고 돌아온 현덕의 표정은 침울했다.

유표가 이상해서 물었다.

"어찌 된 일이오?"

"말씀드리기 쑥스럽습니다만, 날이 갈수록 제 허벅다리가 여자처럼 살이 쪄 가는 것을 느낍니다. 전에는 늘 전쟁터로 바쁘게 뛰어다니느라고 허벅다리에 살이 붙을 겨를이 없었는데, 벌써 3년째 신야에 묻혀 있는 동안, 어느 사이에 군살이 붙고 말았습니다. 세월은 쉬지 않고 흐르는데, 무엇 하나 이룬 일이 없으니 참으로 부끄러울 뿐입니다."

현덕은 고개를 떨어뜨렸다.

오늘까지 전해 오는 '비육지탄(髀肉之嘆)'이란 말은 바로 여기서 나온 말이다. 유표는 뭐라고 대답할 말이 생각나지 않았다.

"좀 취기가 도는 것 같으니 이만 물러가겠습니다."

현덕은 인사를 하고 정해진 관사로 돌아갔다.

어떤 사람이 시를 지어 찬탄했다.

　　조조가 첫 손가락 꼽으며 말했다네
　　천하의 영웅은 오직 그대와 나뿐이라오
　　허벅지 군살 오른다고 탄식을 하니
　　어찌 천하분으로 나아가지 않으랴

유표는 어쩐지 개운치 못한 기분으로 후당으로 들어갔다. 그러자 채 부인이 곧 뒤따라 들어왔다.

"유비는 정말 무서운 사람입니다. 병풍 뒤에서 듣자하니 그 사람은 장군을 업신여기고 있습니다. 당신을 배신하고 조조와 내통하여 형주를 앗으려 하고 있는 것이 틀림없습니다."

"그만해 두시오. 그만 물러가오."

유표는 귀찮은 듯이 손을 흔들었다.

채 부인은 남편의 우유부단한 태도에 몸이 달았다. 자기 방으로 돌아와 채모를 불렀다.

"유비를 살려 두어서는 안 된다."

"알았습니다. 곧 관사를 습격해서 목을 자르고 말겠습니다."

채모는 서둘러 한 부대를 이끌고 몰래 관사를 습격할 준비를 갖추었다.

바로 그 시각, 현덕은 촛불을 가까이 하고 병서를 읽고 있었다.

가만히 문을 두드리는 사람이 있었다. 대답을 하자 들어선 사람은 막빈 이적이었다.

"채모가 곧 쳐들어옵니다. ……어서 달아나십시오."

"고맙소."

현덕은 곧 수행인을 부르더니 명마 적로를 끌어내 안개 사라지듯 성 밖으로 달아났다.

채모가 그 방으로 뛰어들었을 때 발견한 것은 벽에 붙어 있는 네 줄의 글귀였다.

여러 해 헛되이 고생만 하며
속절없이 옛 산천만 바라보누나
용이 어찌 웅크려 못 속에 살리오
우레 타고 하늘로 오르려 한다

채모는 주군 유표에게 그 시를 보이고, 당장 군대를 신야로 보내 유비 일족을 무찌르라고 졸라댔다. 그러나 유표는 고개를 저었다.

"안 된다! 아직 그럴 때가 아니다."

채모는 채 부인과 몰래 상의한 끝에 꾀로써 유비를 죽이기로 했다. 다음 날 채모는 유표에게 건의했다.

"요즘 몇 해를 두고 풍년이 계속되었으니 지방 수령들을 양양으로 모이게 하여 위로 잔치를 베푸는 것이 어떻겠습니까."

유표는 고개를 끄덕이고 나서 말했다.

"나는 요즘 마음이 개운치 못해 잔치에 나갈 생각이 나지 않는다. 기와 종을 대신 내보내겠다."

"공자들은 아직 나이 어려 혹시 예절에 벗어나는 일이 있을까 두렵습니다."

"그럼 신야에 있는 현덕에게 두 아이들의 뒤를 보살펴 손님 접대를 해달라고 하면 좋겠군."

'……됐다!'

채모는 속으로 웃었다.

곧 사자가 신야로 떠났다.

살

신야로 돌아온 뒤 현덕은 어딘지 우울해 보였다. 그런 모습을 바라보고 손건 등은 짐작했다.

'……양양에서 무슨 일이 있었던 것이 틀림없다.'

사자가 양양에서 연회 소식을 가지고 왔다.

현덕은 잠깐 생각한 뒤에 승낙했다.

손건이 나아가 간했다.

"주군께서는 앞서 위험한 일을 당하시지는 않았습니까? ……어쩌면 이건 간악한 음모일지도 모릅니다. 가시지 않는 것이 좋겠습니다."

현덕은 그제야 양양성 안에서 일어났던 사건을 모두에게 들려주고, 먼저 관운장에게 의견을 물었다.

운장은 말했다.

"유경승 자신은 절대로 주군을 의심하지 않을 것으로 짐작됩니다. 채모 따위가 간사한 꾀를 쓴다 해도 무슨 별일이야 있겠습니까? 이번 일은 유경승이 직접 부탁하는 일이므로 가셔야 될 줄 압니다. 양양은 여기서 가까운 곳이므로, 만일 가시지 않는다면 도리어 유경승의 의심을 사게 될 것입니다."

"내 생각도 같아."

현덕이 고개를 끄덕이자 장비가 큰 소리로 반대했다.

"안 됩니다! 가시면 위험합니다! 군자는 위험한 곳을 가까이하지 않는다고 했습니다!"

"잠깐만!"

조운이 앞으로 나서며 말했다.

"제가 마보군 300을 거느리고 따라가겠습니다. 채모의 간계 따위는 물리칠 수 있습니다. 무사히 주군을 신야로 모시고 돌아올 것을 약속드립니다."

자룡의 말을 듣고 모두 안심하는 눈치였다.

위급한 일이 생기면 자룡은 능히 자기 목숨을 내던져서라도 주군을 지킬 수 있는 용장이었다.

그날 현덕이 양양으로 가자 채모는 교외까지 나와 맞았고, 유기·유종 두 형제도 문무 관원들을 거느리고 성문까지 나와 맞았다.

모계를 꾸미고 있는 것 같지는 않았다.

관사로 든 현덕은 잠시 쉬고 나서 유기와 유종 두 공자를 맞았다.

관사 언저리에는 조자룡이 지휘하는 300명 정예부대가 경비를 하고 있고, 자룡 자신은 긴칼을 차고 현덕 옆에 우뚝 서 있었다. 뜻밖의 변이 일어나면 자기 한 몸을 버리고 주군을 지키려는 기개가 엿보였다.

유기는 현덕의 앞으로 나오자 정중히 인사했다.

"아버지는 요즘 우울증 때문에 거동이 어려운 형편입니다. 이번 지방 관원들을 위로하는 잔치에는 황숙께서 아버지를 대신하여 접대해 주셨으면 하는 부탁이 계셨으니, 황숙께서는 사양하지 마시기 바랍니다."

"내가 해도 좋다면……."

현덕은 승낙했다.

같은 때 채모는 유표군의 총지휘관인 괴월(蒯越)과 비밀 의논을 하고 있었다.

"유비는 보기 드문 영웅이므로 만에 하나 주군께서 세상을 뜨는 날엔 반드시 조조와 내통을 하게 될 거요. 그러니까……."

이렇게 말하는 채모의 의견에 괴월은 쉽게 동의하지 않았다.

"유 황숙을 죽이면 천하의 비난을 듣게 될 터인데……."

"장군……. 이 일은 주군의 비밀 명령에 의한 거요."

그 말에 괴월은 하는 수 없이 응했다.

"그렇다면 나로서도 반대야 할 수 없지요. 그러나 유 황숙 쪽에서도 잠시도 방심은 하지 않을 겁니다. 조운의 태도에서 경계하는 기색을 역력히 볼 수 있었습니다."

"해치울 계획은 이미 서 있소."

채모는 빙그레 웃어 보였다.

동문을 나와 현산(峴山)으로 가는 큰 길에는 채모의 아우 채화(蔡和)가 기병 3천을 거느리고 서 있고, 남문 밖은 채중(蔡中)이, 북문 밖은 채훈(蔡勳)이 각각 2천 기를 거느리며 지키고 있었다. 서문 밖은 군대를 숨겨 두지 않았으나, 앞에 단계(檀溪)의 급류가 수만의 군사를 대신하는 역할을 하고 있기 때문에 날개가 있지 않는 한 넘을 수 없는 일이었다.

채모의 설명을 들은 괴월은 눈살을 찌푸리고 말했다.

"그러나 조운 같은 일기당천의 용사가 잠시도 옆을 떠나지 않는 한 유비를 죽이기는 참으로 어려울 것으로 생각되는데……."

"걱정 마오. 성 안에도 500 정예군을 숨겨 두고 있소. 한꺼번에 덮치고 들어가면 아무리 조운이 있어도 유비의 목을 베는 것쯤 문제가 없소."

"아닙니다. 채 장군은 조운의 무용을 모르기 때문에 그런 말을 하시는 겁니다. 내게 한 가지 꾀가 있습니다. 문빙(文聘)과 왕위(王威), 두 사람을 시켜 따로 술자리를 만들고 무장들을 그곳으로 불러 대접하게 합시다. 조운도 당연히 그쪽 자리로 옮겨야 하기 때문에 유 황숙과 자연 떨어지게 될 것입니다."

"그거 참 절묘한 꾀요."

이리하여 준비는 끝났다.

이튿날 아침 초청된 9군 41현의 관원들이 속속 위로연이 열리는 후원으로 들어왔다. 그 수가 1만을 넘었다.

그 넓은 후원이 완전히 사람의 물결로 뒤덮였다.

이윽고 유현덕이 명마 적로를 타고 이르렀다. 대청으로 올라와 주인 자리에 앉자 그 좌우에 두 공자가 따라 앉았다. 현덕의 등 뒤에는 조자룡이 우뚝 선 채 꼼짝하지 않았다.

화려하고 흥겨운 잔치가 무르익는 가운데 100명의 꽃다운 무녀들의 춤이 끝났을 즈음, 문빙과 왕위가 앞으로 나오더니 청했다.

"무장 일동을 위해 따로 자리가 마련되었으니, 조 장군께서는 그곳으로 오셔서 무용담이라도 들려주시기 바랍니다."

"아닙니다. 저는 여기가 좋습니다."

자룡은 한 마디로 거절했다.

그러나 자룡이 아무리 사양해도 문빙과 왕위는 끈질기게 매달렸다. 현덕은 뒤돌아보며 권했다.

"가서 함께 어울리도록 하라."

그래도 자룡은 여전히 움직일 생각을 하지 않았다.

"자룡, 오늘 유경승이 예절에 벗어나는 일이 없도록 하기 위해 나를 대신 주인 자리에 앉게 하였으니 나를 따라온 사람도 예절을 잃을 수는 없지 않은가."

현덕이 이렇게까지 말하자 더이상 거절할 도리가 없었다. 하는 수 없이 자룡은 현덕 옆을 떠나서 문빙을 따라갔다.

자룡이 바깥으로 따라나가는 것을 보자, 채모도 천연스럽게 자리를 떴다.

술이 세 차례 돌 무렵이었다.

현덕을 깊이 존경하고 있는 이적이 잔을 들고 현덕의 앞으로 나왔다. 그는 잔을 올리면서 찡긋 눈짓을 해보였다.

"옷을 갈아 입을 때입니다."

현덕은 끄덕이고 나서 자리에서 일어나 후원으로 갔다.

이적이 급히 뒤를 따라오면서 속삭였다.

"오늘 잔치는 황숙을 해치기 위한 간책입니다. 채모는 벌써 성문 밖 동남북을 군사로 지키고 있습니다. 서문에는 군사가 없으니 그 쪽으로 내달아 단계를 벗어나기만 하면 무사히 신야로 돌아가실 수 있을 것입니다."

"고맙소이다."

"적로는 서문 옆에 세워 두었습니다."

이적은 말하고 사방을 둘러보았다. 만일 두 사람의 속삭임을 엿듣는 사람이 있으면 불문곡직 목을 칠 기세였다.

서문을 지키던 수문장은 느닷없이 달려오는 말을 보고 외쳤다.

"멈춰라!"

그러나 고삐를 잡을 겨를도 없이 수문장은 번쩍하는 칼날 아래 피투성이가 되어 넘어졌다.

적로는 번개같이 달렸다. 서문을 빠져나와 단계를 향해 땅 위를 스치듯 지나갔다.

급보를 들은 채모가 외쳤다.

"뒤를 쫓아라! 유현덕을 죽이는 사람은 부대장으로 승진시킨다!"

성 안을 지키고 있던 500명 군사는 저마다 공을 세우려고 성난 파도처럼 서문을 달려나갔다.

5리쯤 달려온 현덕은 밀림을 벗어난 곳에 앞을 가로막고 있는 단계의 급한 흐름을 보았다. 너비 수십 척에 이르는 급류는 바위를 물어뜯고 흰 거품을 토하며 하늘 높이 물안개를 일으키고 있었다. 아무리 명마 적로였지만 굽이치는 격류 앞에서는 앞발을 곤두세울 뿐이었다. 하는 수 없이 말머리를 돌리던 현덕은 밀림 저쪽에서 일어나는 자욱한 흙먼지를 발견하고 탄식했다.

"이젠 마지막이구나!"

돌아서서 혼자 구름 같은 적을 상대하지 않으면 안 된다.

어느 길을 택할 것인가.

"적로야!"

현덕은 심복 부하에게라도 묻듯 적로의 목을 두드렸다.

"적군이냐, 급류냐! 너는 어느 쪽을 택하겠느냐?"

이렇게 말하며 힘껏 채찍을 휘둘렀다.

적로는 높이 소리지르며 날개라도 돋친 듯 급류를 향해 몸을 솟구쳤다. 여울에는 바위가 몇 개 흰 물결에 잠기듯 떠 있었다. 적로는 그 바위를 살짝 내리밟고 다시 몸을 솟구쳐 눈 깜짝할 사이에 맞은편 언덕에 앞발을 걸쳤다.

지극히 짧은 찰나의 일이었다.

사람과 말은 온몸이 젖어 있었다. 저녁 햇살을 받으며 우뚝 서 있는 인마의 모습은 이 세상 것이 아닌 신비로운 그림자로 보였다.

소동파는 단계를 뛰어넘은 유비를 기리며 시 한 수를 남겼다.

꽃은 늙어 시들고 봄날도 저무는데
벼슬살이 떠돌다 단계 길에 이르렀네
말 세우고 바라보며 홀로 서성이니
눈앞에는 떨어져서 흩날리는 붉은 꽃잎들

한나라 국운이 쇠하던 때를 생각하니
용이 싸우고 호랑이 다투어 서로 버티던 시절
양양의 연회석에서 왕손이 술을 마시다
좌중의 유현덕 몸이 위태롭게 되었네

살길 찾아 홀로 서문으로 나와 도망치니
등 뒤에서 추격 군사 따라오누나
안개 덮인 단계에 가득 차 출렁이는 물결
황급하게 소리치며 말 몰아 물속으로 뛰어드네

말발굽에 푸른 유리 같은 물결 부서지고
바람소리 울리는 곳에 금채찍 날리도다
귓전에는 무수한 기병들 말발굽 소리
물결 속에서 홀연 쌍룡이 날아오른다

서천에서 패업 이룰 영명한 임금이라
탄 말 또한 용마로다 때마침 잘 만났네
단계의 냇물은 여전히 동으로 흐르거니
용마와 명군은 지금 모두 어디 있는가?

단계 물결 보며 내뿜는 탄식 가슴만 쓰리다
저녁 해는 쓸쓸하게 빈 산을 비추네
천하삼분 웅대한 사업 모두가 꿈결인데
자취만 부질없이 세상에 남아있더라

 이쪽 언덕에서는 뒤쫓아온 500기가 넋을 잃고 서서 이 꿈같은 광
경을 지켜보고 있었다.

뒤쫓아온 채모가 시냇가에 모습을 나타내며 외쳤다.

"유 황숙! 무엇 때문에 자리를 뜨시는 거요?"

'……이 뻔뻔스런 녀석 같으니!'

현덕은 속으로 찬 웃음을 웃으며 대답했다.

"해치는 사람이 있을 때는 미리 피하는 것이 선비의 도리가 아닌가."

"무슨 말씀을! 도대체 우리가 황숙을 해칠 이유가 무엇이겠습니까?"

그 말에 현덕은

"이 위선자! 네가 몰래 나를 해치려는 것은 무엇 때문이냐!"

그 한 마디를 남기고 현덕은 말을 달려 사라졌다.

"빌어먹을! 또 놓쳤다!"

채모는 분한 듯이 혀를 찼다. 하는 수 없이 군사를 거두어 성으로 돌아가려 했다.

거기에 조자룡이 300명 군사를 거느리고 날 듯이 달려왔다.

"오오, 채 장군! 우리 주군은 어디 계시오?"

자룡은 벌써 머리털이 거꾸로 서 있었다.

　　용마는 높이 뛰어 능히 주인을 구하고
　　범 같은 장수 따라와서 원수를 베려하네

자룡은 문빙과 왕위를 따라 자리를 옮긴 후 갑자기 성 안에 배치된 군사의 수가 늘어난 것을 눈치챘다.

'……혹시?'

불길한 생각이 들어 본디 있던 자리로 돌아와 보았다. 거기에는 벌써 현덕의 모습을 볼 수 없었다.

'그렇다면?'

자룡은 부하 군사들을 시켜 사방을 돌아보게 했다. 그 결과 동남 북쪽 성문이 철강병에 의해 달아날 틈 없이 지켜지고 있다는 것을 알게 되었다.

거기에 이적이 달려와서 일러 주었다.

"유 황숙은 서문으로 달아나셨습니다."

자룡은 회오리바람을 일으키며 뒤쫓아갔다.

"아아, 조 장군이시군요. 우리 역시 유 황숙께서 갑자기 보이지 않는지라 찾아나선 길이오."

"그게 정말이오? 당신은 황숙을 해치기 위해 쫓아나온 것이 아니오?"

자룡은 채모를 노려보았다.

"무슨 터무니없는 말씀을……. 우리 주군을 대리하신 유 황숙을 해치다니 어떻게 그런 못된 생각을 가질 수 있겠소?"

자룡은 당장 채모의 목을 치고 싶었지만 증거가 없는 한 경솔하게 행동할 수는 없었다.

"흑백은 뒷날 밝히기로 하겠다!"

그러고는 조운이 말을 몰고 밀림을 빠져나가자 그곳엔 상강(湘江)으로 흐르는 큰 시내가 가로놓여 있을 뿐이었다.

도저히 이 급류를 건너갔을 것으로는 생각되지 않았다.

"아아!"

자룡은 언덕에 서서 길게 한숨을 내쉬었다.

수경 선생

신야를 향해 혼자 말을 달리던 현덕은 서쪽 지평선 아래로 처연하게 지는 해를 바라보는 순간, 문득 온몸에서 힘이 쏙 빠져 나가는 것을 느꼈다.

'이 넓은 들판을 헤매고 있는 이 모습이 내 평생의 운명을 보여주는 것은 아닐까?'

갑자기 살아야 한다는 희망마저 사라져 버리는 것만 같았다.

돌이켜보면 단 한 번도 싸움에 이겨 영토를 넓혀 본 적이 없었다. 싸우면 언제나 패하고 영토를 잃었다. 조조의 식객이 되기도 하고 원소 앞에 무릎을 꿇기도 했다. 지금은 유표의 동정에 기대고 있을 뿐이 아닌가.

단 한 번 서주의 성주가 된 적은 있었다. 그러나 그것 또한 자신의 힘으로 얻은 것은 아니었다.

오늘 이 모습이 하늘이 정한 내 운명이라면 이렇게 평생을 쫓고 쫓기며 이곳저곳 헤매다, 결국 어느 들판에서 한줌 흙으로 변하는 것이 아닐까.

침통한 표정으로 현덕은 고개를 떨구었다.

그때, 아련한 피리 소리가 멀리서 들려왔다.

머리를 들어 바라보니, 어두워 가는 들길에 아이 하나가 소를 타고 이쪽으로 오는 것이 보였다.

'……태평을 노래하는 저 어린아이만도 못하구나.'

현덕은 비참한 생각에 잠기면서 목동과 스쳐 지나가려 했다.

그러자 황혼을 뚫고 현덕을 바라본 목동이 놀란 소리로 말했다.

"아, 장군님은 유현덕 아니십니까?"

"어떻게 나를 아느냐?"

"네에. 저의 선생님께서 손님과 얘기하시는 것을 들었습니다. 유비 현덕이란 무장이야말로 당대의 영웅인데, 귀가 큰 것이 특색이라고요. ……지금 장군님의 귀를 보고 문득 생각이 났습니다."

"너의 선생님은 어떤 분이시냐?"

"사람들이 '수경 선생(水鏡先生)'이라고 부르는 분입니다. 이름은 사마휘(司馬徽), 자는 덕조(德操)라고 합니다."

'……사마휘.'

어디선가 그 이름을 들은 기억이 있다.

'……그렇다. 진등이 언젠가 말한 적이 있다. 형주 양양에 이 시대의 대학자인 사마휘란 사람이 있는데, 그의 초당에 모이는 사람들은 모두 뛰어난 수재들이라고. ……아아! 잊고 있었다! 그 선생 문하에 제갈량이란 보기 드문 인재가 있다고 했었지!'

현덕은 갑자기 눈앞이 훤히 밝아오는 느낌이 들었다.

"너의 선생님은 이 근처에 사시느냐?"

"네에."

아이는 손으로 가리켰다.

"저 언덕 중턱에 사십니다."

"안내해 줄 수 있겠니?"

"그럼요."

아주 초라한 두메의 목동이 어른다운 예절을 알고 있는 것만 보아도, 사마휘란 학자가 얼마나 존경할 만한 분인가를 짐작할 수 있었다.

숨은 인물은 바로 가까이 있었던 것이다.

언덕 기슭에 이르자, 나무들 사이로 깜박이는 등불이 보였다.

거기서 말을 내린 현덕은 적로를 붙들어 매어놓고 완만한 비탈을 걸어 올라갔다. 사립문을 지나자, 초당 안에서 거문고 소리가 들렸다. 은은하게 산속 구석구석 스며드는 소리였다.

"선생님이 타시는 겁니다."

목동은 곧 초당 안으로 달려가려 했다.

"가만……."

현덕은 목동을 말리고 조용히 귀를 기울였다. 이윽고 거문고 소리가 뚝 멎었다.

창문이 열리며 노인의 얼굴이 나타났다.

"누구신가? 맑고 조용하게 울리던 거문고가 갑자기 내 손놀림을 거스르고 어지러워졌으니, 이는 필시 거기 서서 듣고 있는 분이 온통 피비린내로 꽉 차 있기 때문이려니……."

목동이 나서서 유현덕을 모시고 왔다고 알렸다.

유현덕은 수경 선생의 뒤를 따라 들어갔다.

선반 위에는 책이 수북이 쌓여 있고, 돌평상에는 방금 타던 거문고가 가로놓여 있었다. 창 밖으로 대나무잎을 스치는 바람 소리가 들렸다. 허공을 나는 것 같은 맑은 기운은 속세를 떠난 느낌을 불러 일으켰다.

노인은 현덕 앞에 단정히 자리잡고 앉았다. 지금까지 만나 본 많은 훌륭한 사람들과는 전혀 다른 풍모를 갖추고 있었다. 소나무 형체에 학의 목〔首〕이란 바로 이 노인을 두고 한 말 같았다.

"형색을 보니 험한 일을 당하셨던 듯합니다."

수경 선생 사마휘는 웃음을 머금고 말했다.

현덕은 머리를 숙였다.

"이렇게 흉한 모습으로 찾아뵙게 되어 부끄럽기 그지없습니다."

사마휘는 현덕을 바라보며 말했다.

"기백이 조조를 앞지르는 황숙께서 무엇 때문에 이토록 불우한 처지에 놓여 있는 걸까요?"

"운수가 아직 오지 않은 때문인 줄 압니다."

"그럴 리는 없겠지요."

"그렇다면?"

"곁에 사람이 없기 때문입니다."

"부끄러운 말씀이오나, 저는 비록 못나고 재주가 없지만 좌우에는 충성스런 부하들이 따르고 있습니다. 문관으로는 손건·미축·간옹 등이 있고, 무장으로는 관우·장비·조운 같은 사람이 있습니다. 모두 제후가 탐내는 쟁쟁한 사람들입니다."

수경 선생은 이 말에 미소를 지으며 고개를 옆으로 저었다.

"과연 관우·장비·조운은 만부부당의 용사임에 틀림없습니다. 그러나 황숙께서 아직 한 고을도 갖지 못한 것은 그 용맹이 별로 힘이 되지 못했다는 증거가 아니겠습니까? 또한 손건·미축·간옹의 무리도 나라를 세우고 세상을 건질 재주는 없기 때문에, 아무리 충성을 다한다 하더라도 결국은 한낱 서생이 옆에 있는 것과 다를 바 없습니다."

모진 판단을 내렸으나 현덕은 조금도 언짢아하는 기색이 없었다. 현덕은 오히려 수경 선생의 입에서 그런 말이 나오기를 기다리고 있었다.

"초야에 아직도 많은 인재들이 숨어 있는 줄 압니다. 그러나 아직 한 분도 만나지 못했습니다."

"공자님의 말씀에 아무리 작은 마을에도 반드시 훌륭한 선비는 있는 법이라고 했습니다. 어찌 숨은 선비가 없겠습니까?"

"선생님……, 바라옵건대 그 숨은 인재가 있는 곳을 가르쳐 주십시오."

"황숙께서 유표의 식객으로 계시니, 형주 양양의 마을 아이들이 노래 부르는 것을 들으셨겠지요?"

"글쎄요? ……"

"제가 들려 드리지요."

수경 선생은 조용히 노래를 불렀다.

　8, 9년이 되면 비로소 약해지기 시작
　13년 이르면 하나도 남은 것이 없으리라
　결국은 하늘의 명이 돌아가는 곳 있어
　진흙 속 서린 용 하늘 향해 오르네

"그건 무슨 뜻이지요?"

"이 노래는 건안 초부터 아이들 입에 올랐습니다. 그 뒤 8, 9년이 지나 태수 유경승은 전처를 잃게 되고, 그 집은 차츰 쇠해지며 어지러워질 조짐을 분명히 드러내고 말았습니다. 하나도 남은 것이 없다는 말은, 유경승이 죽은 뒤 그 남은 아들들이 나라를 다스릴 재주가 없어 망하게 될 것이라는 뜻입니다. 그 집안이 망하고 난 다음 누가 그 자리에 오를 것인가? ……자연 하늘의 운명이 돌아가는 곳이 있어, 서리고 있던 용이 이윽고 진흙 속에서 나타나 하늘을 향해 날아오르게 된다는 뜻입니다."

"그 서린 용이란?"

"바로 제 앞에 앉아 계십니다."

수경 선생은 현덕의 얼굴을 손으로 가리켰다.

"제가 유경승을 대신해서 형주자사가 된다는 말씀인가요? 당치도 않은 말씀입니다. 제게는 도저히 그럴 힘이 없습니다."

"그렇지요. 지금의 황숙에겐 도저히 그런 힘이 있을 수 없겠지요. 그러나 숨어 있는 인재를 하나 얻게 되면……."

"부디 가르쳐 주십시오. 그 숨은 인재가 있는 곳을……."

"와룡(臥龍)이든가, 아니면 봉추(鳳雛)든가. 그 가운데 누구 한 사람을……."

"와룡과 봉추란?"

현덕은 눈을 반짝이면서 수경 선생을 바라보았다.

갑자기 노학자는 손뼉을 치며 웃었다.

"하하하……좋지요, 좋아."

'좋다니?'

현덕은 눈썹을 찌푸렸다.

그러나 수경 선생은 와룡과 봉추에 대해서는 더이상 말하려 들지 않았다.

'나보고 직접 찾으라는 말이겠지.'

현덕은 알아차렸다.

아마 그 중 한 사람이 제갈량 공명이 틀림없을 것이다.

밤도 깊었으므로 수경 선생은 현덕이 하룻밤 묵을 수 있도록 서재를 비워 주고 자신은 안방으로 들어갔다.

현덕은 침상에 눕기는 했으나 잠을 이루지 못한 채 어둠속에 눈을 뜨고 있었다.

'……와룡! 봉추!'

"이 둘 중에 하나를 얻지 않으면 안 된다. 내 운명은 그 한 사람을 얻느냐 얻지 못하느냐에 따라 결정되는 것이다!"

현덕이 그런 생각에 잠겨 있을 때 갑자기 말발굽 소리가 들려왔다.

"선생님, 선생님."

현덕이 자고 있는 서재 앞에서 불렀다.

그러자 안방에서 수경 선생의 목소리가 들렸다.

"원직인가? 여기다."

깊은 밤에 찾아온 사람은 곧 뜰을 돌아갔다.

현덕은 귀를 기울였다.

"밤중에 찾아뵈어 죄송합니다."

"너는 언제나 이상한 행동을 즐기는구나."

수경 선생은 말했다. 그러나 별로 성난 음성은 아니었다.

"어디로 갔었더냐?"

"실은 양양에 가 있었습니다. 유경승이 훌륭한 인물이란 말을 듣고 찾아갔었는데 기대가 어긋나고 말았습니다. 유경승은 오랜 병 때문인지 생각마저 평범한 사람으로 변하고 말았습니다."

"경솔한 행동도 도가 지나치구나. 적어도 왕좌(王佐)의 재질을 가진 사람이라면 소문만 듣고 찾아다니지는 않을 것이다."

"명심하겠습니다."

'혹시?'

귀기울이고 있던 현덕은 가슴이 두근거렸다.

'……와룡이나 봉추 중 한 사람이 아닐까?'

그러나 갑자기 뛰어드는 것도 예가 아니었으므로 현덕은 참았다.

날이 밝기를 기다렸다가 수경 선생을 찾아 간밤에 찾아왔던 사람은 누구냐고 물었다.

"제자 가운데 한 사람입니다."

"만나게 해 줄 수 없겠습니까?"

"새벽 일찍 떠났습니다. 훌륭한 주인을 찾으려고 다른 곳으로 갔습니다."

"선생님!"

현덕은 그 자리에 두 손을 짚고 몸을 숙였다.

"소원입니다. 와룡과 봉추가 누구인지 이름을 가르쳐 주십시오."

그러나 수경 선생은 여전히 웃을 뿐이었다.

아침을 마치고 났을 때, 어젯밤 현덕을 이리로 데리고 왔던 초립 동이 달려왔다.

"수백 명 군사를 거느린 장수가 오고 있습니다. 뒤를 쫓는 군사인 지도 모르니, 장군께서는 멀리 피하십시오."

그러나 현덕은 이미 각오가 서 있는지라 움직이지 않았다.

비탈을 달려온 것은 추격군이 아니고, 주군의 행방을 찾고 있는 조자룡이었다.

신야로 돌아온 현덕은 양양에서의 변괴를 말하고 앞으로의 대책을 물었다. 손건이 말했다.

"먼저 유경승에게 편지를 보내 이 사실을 남김없이 알려야 할 줄 압니다."

현덕은 붓을 들어 유표에게 편지를 썼다.

손건이 편지를 가지고 떠났다.

유표는 손건이 가져온 편지를 읽자, 금방 얼굴이 창백해지며 반백의 수염을 떨었다.

"채모를 당장 불러들여라!"

유표는 채모가 들어오자 편지를 들이대며 말했다.

"모른다고 하지 않겠지?"

"사실 현덕을 없애려고 했습니다. 그것은 오로지 유씨 집안을 생각하는 저희들의 충성심에서……."

"듣기 싫다! 현덕은 어디까지나 손님이 아니냐? 또 나를 대신해 달라고 하지 않았더냐! 그래 놓고 죽이려 하다니! 사람의 탈을 쓰고 짐승 짓을 했다는 욕을 먹어도 변명할 여지가 없지 않겠느냐? 천하에 부끄러운 짓을 저지른 책임을 져라!"

유표가 칼을 집어 채모 앞으로 던졌다.

그러자 채 부인이 달려나와 살려달라고 애원했다. 유표는 허락하지 않았다.

보다못한 손건이 유표의 마음을 달랬다.

"채 장군에게 죄를 묻고자 온 것은 결코 아닙니다. 다만 이 일로 인해 우리 주군께서 신야를 버리고 딴 곳으로 떠나게 되는 것이 섭섭하여 일단 보고를 드린 것뿐입니다."

유표는 그제야 채모의 죄를 용서하고, 큰아들 유기에게 손건을 따라 신야로 가서 유현덕에게 정중히 사죄하라고 말했다.

이 암살 음모 사건이 있고 난 뒤인지라 원담의 제의에 대해 유표가 자문해 왔을 때 유비는 자신의 의견에 신중을 기하지 않을 수 없었다.

아니나다를까 채모가 옆에서 말했다. 채모는 대체로 유비의 말이라면 덮어놓고 반대하는 경향이 있었다.

"원담은 일찍이 조조와 손을 잡았고 이번엔 또 우리 형주와 손을 잡겠다고 합니다. 이런 말많은 일에는 휩쓸리지 않는 것이 좋을 것입니다. 지금 원담에게 가세하여 병을 일으킨다면, 조조는 북쪽 원담을 버려두고 우리 형주 쪽에 전군을 보내 올 것입니다. 조조는 양면 작전을 하지 않는 인물입니다."

유표는 채모의 말에 동조했다.

"그래! 업성 때도 그랬었지."

조조는 업성을 포위했을 때 원상의 구원군이 들이닥쳤지만 구원군은 돌아보지도 않고 전력을 다해 심배가 지휘하는 성 안의 군사만을 공격했다.

양면 작전을 싫어하고 전군을 동원해 각개 격파를 목표한다, 조조에게는 틀림없이 이와 같은 경향이 있었다.

'총력을 기울여 이 형주를 공격해 오면 큰일이다!'

유표는 원담의 제의를 거절하기로 했다. 하지만 유표는 체면을 앞세우는 사람이라 이렇게 말했다.

"거절하더라도 좀더 그럴 듯한 방법은 없을까?"

"그것은 경승께서 잘 아시는 일이 아닙니까?"

유비의 말이었다.

듣기에 따라서 비꼬는 말이었으나 유표는 싱글싱글 웃었다.

"그래그래, 좋은 수가 있어."

유표는 체면차리는 데는 과연 명수였다.

피는 물보다 진하오. 우리와 동맹하기보다 동생들과 화해하여 형제의 힘을 합쳐 조조와 맞서는 게 좋을 것이오. 적은 힘이나마 이 유표가 형제분의 화해를 주선해드리겠소.

이런 내용의 답서를 보냈다.

조조에게 형편없이 격파된 동생을, 이때다 하고 무정하게 공격한 형 원담이 그 동생 원상과 화해할 리가 없다.

그것을 알고 있으면서 이와 같은 회답을 보냈다는 것은 거절한다는 뜻임을 한눈에 알 수 있었다.

"이젠 끝장이다."

원담은 비통하게 부르짖고 남피(南皮)까지 후퇴하여 청하(淸河) 변에 진을 쳤다.

평원을 휩쓴 조조가 남피성을 향해 밀어닥친 것은 건안 10년 (205) 정월이었다.

원담도 이미 죽을 각오를 하고 있었다.

"나는 천하의 명문 원씨의 당주(當主)다. 환관의 손자인 조조에게 무인이 어떻게 싸우는지 모범을 보여 주리라."

죽음을 결심한 군대만큼 무서운 것은 없다. 남피 싸움에선 원담군의 용맹스러움에 무적의 조조군도 뒤로 밀리지 않을 수 없었다.

"이건 도무지 녹록지 않구나. 너무나 희생이 많다. 일단 군을 물리는 게 어떨까……?"

조조도 이렇게 말했을 정도였다. 그러자 사촌동생 조순(曹純)이 반대했다.

"이곳까지 천리길을 헤쳐 왔는데 이렇게 물러설 수는 없습니다. 지금 물러서면 군의 사기가 떨어질 우려가 있습니다. 비록 지금 원담군이 만만치 않은 것은 사실이나, 원담군의 용맹은 자포자기한 끝에 나오는 것으로 그리 오래 지속될 것 같지는 않습니다. 이대로 나아가야 합니다!"

"좋아, 해 보자!"

조조는 몸소 북채를 잡고 북을 울렸다. 조조군은 그것에 힘을 얻어 죽을 힘을 다하여 싸웠다.

역시 조순의 말처럼 원담군의 용맹은 그리 오래 지속되지 않았다. 조조군이 공격을 늦추지 않는다는 것을 알자 원담군의 사기는 무너졌다.

총수인 원담은 스스로 나와 군졸을 독려하다가 전사하고 말았다.

이리하여 기주는 한치 남김없이 조조의 손에 들어갔다. 이 남피 싸움은 한겨울의 악조건 아래 벌어졌다. 강이 얼어붙어 병력이나 군수품을 나르는 배가 통행할 수 없었다. 그래서 이웃 주민들을 징발하여 얼음을 깨게 했다.

그 징발을 싫어하여 도망친 자가 적지 않았다. 조조는 엄명을 내렸다.

"얼음 깨는 일을 마다하고 달아난 자는 귀순해 오더라도 용서하지 말라!"

전쟁이 끝난 뒤, 얼음깨기를 피해 달아난 주민 가운데 자수한 자가 있었다.

"이거 야단났구나. 너를 용서하면 내가 내린 명령을 내 스스로 거

역하는 것이 된다. 그렇다고 너를 죽이면 기특하게 자수한 자를 죽이는 무참한 짓을 저지르게 된다. 집에 돌아가 꼭꼭 숨어 있어라. 관원에게 들키면 안 된다!"

조조는 이렇게 말하고 턱짓을 하였다. 그 사나이는 눈물을 흘리며 물러갔다.

기주에는 장례식을 호화롭게 지내는 풍습과 원수갚는 것을 기뻐하는 기풍이 있었다. 조조는 기주의 주인이 되자 맨먼저 후장(厚葬)과 복수를 엄중히 금했다.

원상과 원희는 고안성으로 달아났지만, 원희의 부하 장수 초촉(焦觸)과 장남(張南)이 반란을 일으켰으므로 다시 형제는 탈출하여 오환족(烏桓族 ; 烏丸族)에게로 달아났다. 흉노에게 쫓겨 오환 안으로 달아났기 때문에 그렇게 불리었다.

오환은 그때 세 세력으로 나뉘어져 있었다. 구력거(丘力居)가 거느리는 요서(遼西)의 오환, 난루(難樓)가 이끄는 상곡(上谷)의 오환, 그리고 요동의 속국인 오환은 소복연(蘇僕延)이 통솔하고 있었다. 이밖에도 오연(烏延)이 이끄는 우북평(右北平)의 오환이 있었다. 이 중 가장 인구가 많았던 것은 상곡의 오환이었다.

그러나 요서 오환의 지도자 구력거가 죽고 그 아들인 누반(樓班)이 어렸기 때문에 조카인 답돈(蹋頓)이 대신 지도자로 섰다. 이 답돈은 무략(武略)이 있는 인물이라 곧 두각을 나타내어 세 그룹의 영수로 받들어졌다.

답돈은 원소와 손을 잡으면서 세력을 떨쳤다. 그때 원소는 유주의 공손찬과 싸우고 있었다. 답돈은 원소 편을 들어 공손찬을 무찌르는데 큰 공을 세웠다. 원소는 멋대로 선우의 관직을 주고 계속 회유책을 썼다.

부하인 초촉과 장남이 반란을 일으키자 원희·원상 형제는 이제 의지할 곳이란 오환족밖에 없었던 것이다.

오환이 원상 형제를 받아들였다는 것은 조조를 적으로 돌렸다는 것을 뜻한다.

원씨 형제가 의지한 것은 원씨와 가장 밀접한 관계가 있었던 요서의 오환이었다. 원소는 오환을 회유하기 위해 부하의 딸을 자기 딸인 것처럼 꾸며 선우에게 아내로 주기까지 했다. 요서의 오환으로선 원씨 형제가 자기들의 친척이었던 셈이다.

이 무렵 요서의 오환은 구력거의 아들 누반이 이미 성장해 있었다. 이들은 추장 대행인 답돈의 힘으로 강성해졌지만, 누반이 성인이 되었으므로 답돈은 그를 선우로 세우고 자기는 그 아래의 왕이 되었다. 하지만 실권은 답돈이 쥐고 있었다. 아직 새파란 애송이 누반에게 모든 것을 맡길 수 없었던 것이다.

그러나 누반은 선우가 된 터라 자기가 권력을 행사하고 싶었다.

원씨 형제가 찾아왔을 때 답돈은 말했다.

"쫓아 버리십시오. 그들을 받아들이면 위험합니다."

"아냐, 그렇다면 의에 어긋난다. 우리들 오환은 원씨와 동맹을 맺고 혼인했다. 원씨가 곤경에 빠졌을 때 등을 돌린다면 인륜(人倫)에서 벗어난다. 인의로서도 그들을 쫓아낼 수는 없다."

젊은 누반은 이렇게 주장했다.

'교육을 잘못시켰구나.'

답돈은 입술을 깨물었다.

누반은 한인에게 교육을 받으며 성장했다. 중원의 동란으로 숱한 한인이 평화를 찾아 변경으로 흘러들었다. 오환족뿐 아니라 선비족(鮮卑族)에게도 똑같이 한인이 흘러들어왔다. 유목 기마민족인 오환이 어느덧 한인화의 경향을 보이고 있었다. 문자가 없는 오환족은 부족 자제의 교육을 일체 한인에게 맡기고 있었다. 본디 오환은 기사(騎射), 격투기를 중히 여기고 문자에 의한 교육은 가볍게 보았다. 그런 것은 한인에게 맡기면 된다고 생각했던 것이다.

‘글자를 쓸 수 있다면 여러 가지로 편리하겠지. 안 배우는 것보다는 나을 거야.’

이 정도로 가볍게 생각했다.

그런데 한인 스승은 오환의 자제에게 읽고 쓰기뿐 아니라 인의니 인륜이니 하며 한인들의 가치관을 주입해 놓았다.

애당초 오환의 추장은 부족대회에서 추천되어 선출되었다. 결코 세습제가 아니었다. 그것이 어느 틈엔가 세습제로 바뀌었다. 이것도 오환족의 사회에 한인이 늘었기 때문이리라.

답돈은 거듭 말했다.

"원씨 형제를 받아들이면 조조가 반드시 우리를 치러 옵니다."

"치러 올 테면 오라지! 맞아 싸우자꾸나."

누반은 말하며 가슴을 폈다.

"조조는 중원에서 가장 강합니다. 우리 오환이 패할지도 모릅니다."

"패할지라도 우리는 싸워야 한다. 이것은 의전(義戰)이니까."

"의전? 의보다도 부족의 생존이 더 중요하지 않을까요?"

"아니다! 부족이 살아남는다 해도 오환이 인의를 배반하고 맹우를 팔아 넘겼다고 손가락질 받게 되면, 자자손손 치욕을 맛보게 된다."

답돈은 그만 어깨를 움츠렸다.

젊은 누반은 완전히 한인식의 사고방식을 가지고 있다. 유목·기마의 집단생활을 해온 오환은 본능적으로 이익을 좇아 행동했었다. 유리하냐, 불리하냐, 그것이 그들 행동의 절대적 기준이었다. 이익이란 곧 부족이 좀더 나은 삶을 누릴 수 있게 해 주는 것이었다. 삭북(朔北)의 가혹한 대자연 속에서는 그것이 당연한 '법'이었다.

그런데 젊은 추장은 이(利)보다도 의(義)를 좇아 행동하겠다고 하고 있다.

답돈은 거듭 한숨지었다.

"그건 곤란합니다. 위험한 생각입니다."

"때로는 위험한 일이라도 대담하게 해야 한다. 답돈도 일찍이 그렇게 하지 않았던가? 왜 나는 그것을 하면 안 되는가?"

누반은 이렇게 맞섰다.

누반은 일찍이 답돈이 원소에게 가세하여 공손찬을 친 것을 말하고 있는 것이다.

하지만 그것은 우연한 일이 아니었다.

답돈은 그때 정보를 수집하여 원소측이 틀림없이 유리하다고 확신할 수 있었기에 공손찬을 쳤던 것이다.

이번의 경우 원씨 형제와의 의리를 지키는 것은 확실히 불리하다고밖에 생각되지 않았다.

답돈이 말했다.

"우리 오환의 어린이들 생각도 해주어야 합니다."

"그렇지! 오환의 어린이들이 세상의 웃음거리가 되지 않도록 지금이야말로 우리들은 인의를 좇아야 한다!"

답돈은 어쩔 수 없다는 듯이 고개를 저었다. 그러나 그로서는 이미 젊은 선우의 힘을 누를 수가 없었다.

고산 대삼국지 인간경영
3
이간 승패 이이제이

이간 승패 이이제이

□리더의 조건

CEO의 조건으로

① 선견성

② 정보 수집력

③ 결단력

④ 통솔력

을 꼽을 수 있다. CEO는 넓고 깊게 정보를 수집하여 사고(思考)를 잘 하면 선견성도 태어나고 자연히 결단력도, 선택력도 붙게 되어 리더십을 발휘할 수 있다.

조조 역시 꾸준히 배우고 정보를 모으고 사고하는 인물이었다. 《위서(魏書)》에선 '시를 잘 짓고 운동 능력도 빼어났다'고 칭찬하고 있지만, 이것은 지나친 칭찬인지 모른다. 하지만 대격동기의 통솔자로서 필요한 사고만은 늘 하고 있었다.

조조뿐 아니라 IBM사의 창업자 토머스 와트슨도 사규(社規)로 이 점을 강조했었다.

"근무 시간 이외라도 술을 마셔선 안 된다. 언제나 생각하도록 힘써라."

또한 조조는 절약가로서, 사치를 싫어했다. 전리품은 모두 공있는 부하에게 나누어 주었고 자기는 아무것도 가지지 않았다고 한다. 이 청렴한 태도가 부하로부터 존경받았다. 이것은 현대에도 적용되는 일로 아널드 토인비의 말처럼 '변화기의 리더는 청렴하지 않으면 안 된다.'

□ 첩보·모략

적은 힘으로 큰 사업을 하자면 모략이 필요하다. 모략이란 실력을 사용치 않고 상대편을 자기 마음먹은 대로 하는 것으로, 모략 공작의 근본 원리는 상대편에게 계산시켜 우리편 주장에 동조하는 편이 옳고 유리하다고 그들 스스로 판단시키는 데 있다.

상대를 속이지 않는 것도 아니지만 트릭 공작으로써는 큰일을 할 수도 없고 오래 가지도 못한다. 모략의 베테랑이 '모략이란 성심(誠心)이다', '모략의 비결은 적을 사랑하는 일이다'라고 말하는 것도 이 때문이다.

모략에는 선전이 필수적이다. 내 위력을 과시하여 약점을 숨기고, 꾀하는 것을 얼버무리기 위해선 교묘한 선전이 필요하다. 그러나 이상하게도 온갖 술수로 둘러친 듯이 보이는 모략의 세계에서도 거짓의 선전 효과는 오래 가지 않는다는 점이다.

"으뜸가는 병략가는 모(謀)로써 친다. 다음은 교(交)로써 친다. 다음은 병(兵)으로써 치는 자이다. 최하책은 성(城)을 치는 일이다."

손자는 이렇게 말했다.

모략에는 적을 속이는 방법과 상대를 수긍케 하는 방법 두 가지가 있다. 적을 기만하는 방법은 곧잘 기효(奇效)를 나타내지만 속는 인간은 바보이거나 일시적 착오를 일으키고 있는 것이므로 큰 것을 얻지는 못한다. 큰 것은 상대편을 수긍케 만드는 공작이다.

제2차 세계대전에서 일본을 대소련전에 끌어들이려 한 도이칠란트·이탈리아와 일본군의 예봉을 미국으로 돌리게 하려 한 소련의 일본에 대한 모략전은 엄청난 것으로, 일본의 지도자 대부분은 이것에 말려들었었다. 이런 공작은 결코 단순한 이해 관계만으로써 될 수 있는 것이 아니다. 일본인의 북방민족에 대한 본능적 공포감, 앵글로색슨 민족에 대한 반발심, 전통적인 애국심, 주의에 대한 신앙적 열정 따위에 불을 붙여 부채질했기 때문에 관계자는 죽음도 겁내지 않는 용기로써 공작에 열중했고 두 파로 갈라진 일본의 요인들도 저마다 자기의 행위가 참으로 일본을 위한 것이라 믿었던 것이며 지금도 믿고 있다.

모략은 상대의 애국심이나 애사심(愛社心)을 부추기거나 냉정히 계산케 하여 '이쪽 주장에 찬성하는 편이 옳고 유리하다'는 결론을 품게끔 유도하는 것이 최고이다. 그리고 모략에는 여러 가지 방법이 있고 모략에 성공한 좋은 보기가 많지만, 여기서 주목할 공통점은 틈이 없는 상대에겐 효과가 없다는 점이다.

□ 이이제이

오랑캐로써 오랑캐를 제어한다는 중국 전통의 모략이다. 즉 외적(外敵)끼리 싸우게 하고 자기는 싸우지 않고서 목적을 달성하는 책략이 이이제이(以夷制夷)이다.

1937년 7월, 중·일 두 나라 군대는 베이징 부근(盧溝橋)에서 작은 충돌을 일으켰다. 그때 루거우차오 부근엔 일본군의 여단사령부와 보병 1개대대밖에 없었지만 중국군은 3개사단 병력으로 일본군을 포위 위압하고 있었다.

"전쟁이 일어나면 안 된다."

양군 사령부는 이런 인식 아래 필사적 화평 공작을 펼쳤지만, 그러는 동안 기묘한 일이 생겼다. 양군 군사(軍使)의 노력으로 정전 협정이 성립되면 그날 밤 반드시 총성이 울리는 것이다. 서로 상대편의 불신을 분개하며 항의하는 것이었으나 양쪽이 모두

"이쪽은 발포하지 않았는데 너희들 쪽이 괘씸하다."

고 말했다. 중국군도 일본군도 실제로 전쟁을 하고 싶은 생각은 없었다. 특히 일본은 그때 소만 국경에서 소련과 대치 상태에 있었던 만큼 일을 확대하고 싶지 않았던 것이 진실이다. 그런데 정전 협정을 방해하는 총성이 울려오곤 했다.

범인은 중공군의 공작대였고 그 지도자는 류사오치(劉少奇)였다고 한다. 그때의 중공군은 장제스의 국부군에 압박받아 곤경에 빠져 있었다. 그 궁지를 타개하는 길은 일본군을 부추겨 국부군을 두드리는 수밖에 없었다. 중·일 간의 정전(停戰)은 그들로서는 바람직한 일이 못되었다. 중공군으로서는 바로 적으로 하여금 적을 치게 한 셈이다.

□ 이간책

진시황제가 죽자 초나라 항우와 한나라 유방 두 사람이 천하를 다투고 5년에 걸쳐 사투했지만, 유방은 팽성(彭城) 공방의 결전에서 대패하여 궁지에 몰렸다.

이 무렵 항우의 사자가 유방의 본진을 찾아왔다. 유방의 참모 진평(陳平)이 이를 맞아 최고의 요리를 차려내어 환대했지만, 사자가 항우에게서 명령받은 내용을 말하려 하자, '범증(范增)님의 사자인

줄 알았더니 항우의 사자였군' 하며 준비했던 요리를 곧 가져가게 하고 그대신 한결 불품없는 요리를 가져오게 하여 접대했다. 범증은 항우의 오른팔과도 같은 명참모였다.

기분이 상한 사자는 돌아가자마자 곧 항우 앞에 나가 이것을 과장하여 보고했다. 범증이 유방과 내통하고 있는 것이 아닐까 하고 의심한 항우는 이로부터 그의 헌책은 전혀 받아들이지 않게 되었다. 화가 난 범증은 마침내 사직하고 고향으로 돌아갔다. 스스로의 손으로 자기의 한 팔을 자르는 어리석음을 저지른 항우는 급속히 세력을 잃고 멸망했다.

□ 대숙청 = 히틀러의 모략

제1차 세계대전도 끝난 1922~1932년 사이 독일과 소련 양국은 정치·군사·경제 분야에서 굳게 손잡고 있었다. 이때 군사적으로 소련을 대표하여 독일과 교섭하고 있었던 것이 투하체프스키 등 젊은 엘리트 장군들이었다.

투하체프스키는 1893년 가난뱅이 귀족의 아들로 태어나 사관학교를 졸업했고 1918년 공산당에 입당하여 반혁명군과 싸웠다. 1920년에는 27살의 약관으로 동남 정면군 사령관에 임명되어 데니킨군을 소탕했고 이어 폴란드전, 크론시타트의 반란을 진압하는 등 발군의 전공을 세웠다. 그리하여 참모총장·육군차관을 거쳐 1936년 42살로 세계에서 최연소 원수까지 올라간, 소련군 최대의 병략가로 '소련의 나폴레옹'이라고 불렸다.

투하체프스키는 군사적 천재로 그의 《전략전술론》은 전세계의 병학계를 경탄케 하였다. 그의 병법 특징은 전차를 군의 주력으로 삼았던 일이다.

독일 군부는 투하체프스키와 접촉하는 사이 '이대로 있다가는 큰일이다' 하는 공포감마저 품었다. 그래서 마침내 투하체프스키 제거 공작을 계획했다.

독일에는 투하체프스키 원수와 독일 군부 간의 교환문서가 많이 있었다. 나치스 모략기관은 이것을 이용하여 다음과 같은 서류를 위조했다.

①투하체프스키의 서명이 있는 가짜 수령증이나 차용증
②투하체프스키가 제공했다고 꾸민 정보에 대한 다액의 금액지불증
③독일 카나리스 첩보부장 발행의 가짜 표창장

이것들을 먼저 게슈타포(독일비밀경찰) 출입의 소련측 공작원에 홀려 차츰 공작을 확대시킨 뒤, 1937년 5월 앞서의 위조 서류를 200만 루블로 소련 첩보 기관에 팔아넘겼다.

이 모략에 감쪽같이 속아 넘어간 것은 소련의 독재자 스탈린이다. 곧 투하체프스키 원수 일파를 체포하여 비밀재판에 붙여 처형해 버렸다. 이 대숙청의 규모가 얼마나 컸었는지는 소련군 장군 55명을 포함한 수뇌진 3분의 2를 말살한 것만으로도 알 수 있다. 그뿐 아니라 도이칠란트 첩보부는 이 모략으로 투하체프스키 원수의 전술 이론을 그대로 받아들여 제2차 대전에 써먹었다. 기갑군단과 이것에 직접 협력하는 급강하 폭격대에 의한 전격작전이 그것이었다.

□병법에 나타난 정보 활동

'10만의 사(師)를 일으키면 하루에 천금을 쓰며 싸우게 된다. 백금을 아껴 적정(敵情)을 모른다면 이는 불인(不仁)이다.'

요컨대 정보수집에 돈을 아끼지 말라는 뜻이다. 실제 전쟁에 들어가는 돈과 정보에 쓰이는 돈의 어느 것이 더 경제적인가는 말할 필요도 없다. 만일 정보 부족으로 고전하게 되면 국비와 인명을 낭비하게 되므로 불인(不仁)이라 했던 것이다.

'적을 알고 자기를 알면 승리한다. 하늘을 알고, 땅을 알면 더욱 완전한 승리를 한다.'

적(그 있는 곳·능력·환경·동태)을 알고 자기(그 능력·입장)를 잘 분별하고 싸운다면 백 번 싸워도 위태롭지가 않다. 게다가 기후와 지형을 알면 완전히 이길 수 있다.

회사도 먼저 충분한 마케팅을 실시하는 것이 중요하며, 그러기 위해선 고객의 수요·상품 선정·자사(自社)의 제조나 공급 능력·일반 경제정세·동업자의 동향 등에 관해 많은 데이터를 모으고 분석 종합하여 이길 수 있는 전망을 세워 두어야 한다.

즉 전승의 확률은 정보에 비례된다.

"싸움의 요결은 먼저 적장을 점친다." (吳子)

100마리의 사자 집단과 100마리의 양 집단이 싸우면 100마리의 사자 집단이 이길 것은 뻔하다. 그러나 양 집단의 주장(主將)을 바꾸어 1마리의 사자에게 100마리의 양 집단을 지휘케 하고 1마리의 양에게 100마리의 사자 집단을 지휘시켜 싸우게 하면 100마리의 양 집단이 이긴다고 한다.

싸움을 시작하자면 먼저 적의 전력(戰力) 판단을 해야 하지만, 그런 때 가장 중요한 것은 적 주장의 성격·능력 따위를 아는 일이다. 앞에서 비유했듯이 적의 전력은 그 주장에 의해 좌우되는 일이 많기 때문이다.

우리들의 경우도 이것과 마찬가지로 거래처 담당자나 고객의 성격·취미·가족 사항·가정 환경 등을 충분히 알지 않으면 안 된다.

□승자와 패자

진수(陳壽)는 여포를 평(評)하여 다음과 같이 말했다.

"여포는 미처 날뛰는 호랑이처럼 용맹스러웠다. 하지만 특출한 책모가 없는데다가 경솔하고 교활했으며 걸핏하면 남을 배신했다. 그러면서도 다만 눈앞의 이익만 좇았다. 옛날부터 이런 식으로 하여 파멸하지 않은 자를 본 일이 없다."

여포는 그렇다 하지만, 원소는 어찌하여 멸망했을까?

한 마디로 원소와 조조는 성격차로 승자와 패자의 운명을 갈랐다. 조조는 이기기 위해 수단을 가리지 않았지만, 원소는 항상 정공법(正攻法)으로 밀고 나갔다. 그것은 자기의 힘이 절대로 우세하다는 자신감에 의해서만이 아니라 기질적인 것이었다.

싸움의 본도(本道)는 대전력(對戰力)으로 하는 정공법이다. 그러나 대전력을 가졌어도 손해를 적게 하려는 자는 판에 박은 듯한 방법으로 싸우지 않고 임기응변·기략종횡의 변화가 필요하다.

기계의 발달 경과를 생각해 볼 때 최초의 것은 단순 소박하고, 그것이 진보함에 따라 차츰 복잡화되어 여러 가지 성능을 구비하게 되지만, 마지막에 가선 그 성능을 갖춘 채로 단순한 모양과 기구가 된다. 이것은 비행기나 라디오의 진화에도 잘 나타나 있다. 또한 현대의 진보된 텔레비전이나 전자기기들의 구조는 아직도 꽤 복잡하지만, 그것을 사용하는 데는 스위치와 다이얼을 조작하는 것만으로 충분하여 어린이라도 자유롭게 사용한다. 자동차도 마찬가지이다. 갖가지 기능이 첨가되어 복잡한 구조를 하고 있지만 운전석의 스티어링휠과 몇 가지 페달과 버튼만 조작할 줄 알면 차를 운전할 수 있다. 이 정도로 되지 않고서는 진보된 상품이라 할 수 없다.

관도(官渡)의 결전은 글자 그대로 천하의 향방을 결정하는 싸움이었다. 그리하여 구질서의 권문(權門) 의식에 매달린 원소는 아마추어인 농민병으로 이루어진 조조의 신흥세력 앞에 무릎을 꿇었던 것이다.

□정의

"관우, 장비는 군사 1만에 해당된다."

조조의 모사 정욱(程昱)·곽가(郭嘉)는 두 사람의 무용을 이렇게 평했다. 그런데도 유비는 패전의 연속이었고 조조에 비한다면 너무도 불우한 세월을 오래도록 맛보아야만 했었다.

그 이유는 참모가 없었으므로 정확한 전략·전술을 쓸 수 없었기 때문이겠지만 유비의 성격도 그 이유의 한 가지로 들지 않을 수 없다.

유비는 한 마디로 말해서 정의(情義)의 사람이었다. 이와 같은 성격은 급물살의 시대인 난세에서는 스스로의 행동을 속박하는 족쇄가 되기 쉽다.

건안 13년(208) 조조가 대군을 일으켜 형주로 쳐내려올 때 유비는 유표의 객장으로서 신야라는 작은 성에 있었다. 때마침 유표가 죽고 그 어린 아들 유종이 뒤를 이었지만, 유종은 조조의 막강한 세력에 겁을 집어먹고 싸우지도 않고 항복해 버렸다. 유비는 신야로선 도저히 조조의 대군을 막을 수 없을 것 같아서 식량과 무기가 저장돼 있는 강릉으로 철수하여 전열을 가다듬으려 했다. 그런데 유종에게 실망한 형주의 백성들이 모두 유비를 따라와 피난민이 10여만으로 불어났고 그들의 피난 짐수레만 하여도 수천 량에 이르렀다. 자연히 작전에 막대한 지장을 주었다.

그때 참모 하나가 유비에게 권했다.

"신속히 행동하여 강릉을 지키십시오. 지금 크게 군사가 불어났다 하나 정녕 쓸 만한 자는 많지 않습니다. 만일 조조의 대군이 밀어닥치면 도대체 그것을 어찌 막아내려 하십니까?"

그러나 유비는 말했다.

"무릇 큰일을 도모하려는 사람은 반드시 사람을 아끼는 법이오. 지금 민중은 내게 의지하려 모여들었소. 그런데 내 어찌 그들을 버릴 수 있으리오!"

좋든 나쁘든 이것이 유비의 재산이었다. 아니나다를까, 유비의 본대는 곧 조조의 기병대들에 따라잡히고 마구 짓밟혔으며 유비 자신조차 처자를 버린 채 목숨만 겨우 살아 도망쳤던 것이다.

그러나 왕왕 장점은 단점으로, 단점은 장점으로 바뀐다. 조조가 장기로 한 '권모'는 전쟁이나 정쟁(政爭)의 수라장에선 무서운 위력을 발휘하지만 인심은 얻지 못했다. 이것에 대해 유비의 정의는 전략 전술의 결정에선 마이너스 효과밖에 얻지 못하지만 사람의 마음을 잡는 데는 큰 위력을 발휘했다. 관우와 장비, 그리고 공명이 유비를 위해 분골쇄신(粉骨碎身)한 이유가 이 때문이었다.

□ 애사심은 스스로 만들게 하라

"인간은 은혜를 베풀면 은혜를 받은 것과 같은 만큼 그 사람을 위해 모든 힘을 다한다."　　　　　　　　　　　　　(마키아벨리)

애사심은 사원 스스로의 마음에서 우러난 것이어야 참된 애사심이고 회사를 위해 전력 투구하게 된다. 사원 스스로 애사심을 일으키게 하려면 회사가 그러한 마음이 우러날 여건을 조성해 주어야 한다. 말로만 '회사를 사랑하라'고 귀따갑게 떠들며 몰아쳐 보았자 불평불만만 늘어난다.

□ 간부는 역설에 강해야

"위험과 책임감은 명장의 판단력을 활발케 하지만, 범장(凡將)의 판단력을 못쓰게 만든다."　　　　　　　　　　(클라우제비츠)

명장은 무거운 책임을 지게 할수록, 위험한 상태에 직면할수록 더욱더 전의를 높여 명작전을 연출하지만, 범장은 그 반대이다.

사장이 사원의 사기를 고무하기 위해 회사가 위기에 직면해 있음을 강조했는데 뜻밖의 사태가 일어나 아연했다. 분발심을 기대하고 한 말인데 믿던 과장까지도 '그만두겠다'고 말한 것이다.

□ 노력은 권위이다

통솔력을 권위의 파도에 실으면 급속히 전파된다. 권위 없는 자가 아무리 좋은 말을 하여도 사람들은 움직이지 않는다. 통솔자는 어떤 의미로서도 권위를 가지지 않으면 안 된다.

권위에는 공적 권위와 사적 권위가 있다. 공적 권위는 부장·과장과 같은 직책에 임명됨으로써 발생하고, 조직의 힘을 배경삼는 권한에 의해 생긴다. 사적 권위는 개인의 몸에 밴 능력이나 인덕에 의해 생기는 것이지 임명으로 얻어지는 것은 아니다.

같은 조건의 인간이 모여 있는 집단이라도 자연히 리더격으로 올라가는 자가 있다. 동물의 세계에서는 싸움에 이긴 보스가 그 자리를 차지하지만, 인간 사회에선 부지런히 단체 시중을 드는 자가 그렇게 된다. 노력하는 자의 말은 약간 무리한 것이라도 따르지 않을 수가 없다. 노력은 권위이다.

권위를 유지하고자 무리를 하며 항상 한 치의 빈틈도 없이 잔뜩 버티고 있다면 어리석은 짓이다. 부하를 가진 자는 천진할 정도의 틈이 있는 편이 오히려 좋다. 또한 권위는 항상 애정에 의해 뒷받침될 필요가 있다.

'가장 싫은 일을 자진해서 맡는 자에게는 자연히 권위가 생긴다.'

'간부로서 권위를 가지기 위한 가장 좋은 방법은 부하가 곤란받고 있는 일을 해결해 주는 데 있다.'

위 두 가지는 명심해야 할 것이다.

□ 일관전략

제갈공명은 유비의 '한나라를 재흥하겠다'는 대의명분과 '삼고초려'에 감동되어 출려(出廬)를 결심하게 된다. 이때 공명은 천하 삼분계(三分計)라는 계책을 내놓았다. 이것은 매우 웅대한 계획이었으나, 그때까지 닥치는 대로 불리한 전쟁만 해오던 유비에게는 획기적인 것이었다. 비로소 그에게 장기 비전이 생겨난 셈이었다.

그것보다 주목할 것은 공명의 기본 전략은 '삼분계'가 전부였다는 점이다. 즉 조조가 거느리는 위나라는 100만 대군이 있고 황제까지 업고 있으므로 어찌 해볼 도리가 없었다. 손권의 오나라도 발판이 있고 유능한 가신이 보좌하고 있어 파고들 틈이 없었다. 남은 것은 형주와 익주의 두 주뿐, 촉 땅에 할거할밖에 없다는 전략이었다.

　더욱이 위나라와 오나라의 2대 강국이 긴장 관계에 있을 때에는 제3자의 작은 힘으로도 그 밸런스는 쉽게 무너진다고 공명은 보았다. 그러기 위해서 그는 오나라와의 제휴를 항상 머릿속에 생각하고 있었다.

　그리하여 공명은 '촉에 들어간다'는 구상(최종목표)을 설정하고 이 기본정책을 일관해서 추진했다. 긴 도전의 비전이 참으로 명료했다. 그러므로 개개의 전투승패 따위는 별로 문제삼지 않았다. 뒷일이지만 관우의 복수를 위해 유비가 오나라를 칠 때에는 공명은 한사코 반대했다. 이릉의 싸움에서 대패한 유비가 백제성에서 죽자 공명은 곧 등지를 파견하여 오나라와의 화평 교섭, 관계 수복에 힘썼다. 어디까지나 오나라 중시의 정책이 그의 기본 정책이었다.

고산(高山)

서울출생. 성균관대학교국문학과졸업. 성균관대학교대학원비교문화학전공졸업. 소설 〈청계천〉으로 〈자유문학〉 등단. 1956년~현재 동서문화사 발행인. 1977~87년 동인문학상운영위집행위원장. 1996년 〈파스칼세계대백과사전〉 편찬주간. 지은책 〈얼어붙은 장진호〉〈한국출판100년을 찾아서〉〈망석중이들 잠꼬대〉〈한국인〉新文館 崔南善·講談社 野間淸治〈愛國作法〉한국출판학술상수상 한국출판문화상수상

그림/이우경 정준용 카츠시카 정웬 류성잔 스셍첸

1956

高山 大三國志
3 다섯 관문 깨뜨리고
고산 고정일 지음
1판 발행/2008년 8월 8일
발행인 고정일
발행처 동서문화사
창업 1956. 12. 12. 등록 16-345(윤)
서울강남구신사동540-22 ☎ 546-0331~6 (FAX) 545-0331
www.epascal.co.kr
잘못 만들어진 책은 바꾸어 드립니다.
*
이 책의 출판권은 동서문화사가 소유합니다.
의장권 제호권 편집권은 저작권 법에 의해 보호를 받는 출판물이므로 무단전재와 무단복제를 금합니다.
사업자등록번호 211-87-75330
ISBN 978-89-497-0466-1 04820
ISBN 978-89-497-0463-0 (세트)